U0118568

射鵰英雄傳

前頁圖／
吳作人「鷹擊長空」：
吳作人，當代著名畫家，
原在比利時專攻油畫，
後來在國畫上也有很大成就，
尤其水墨畫獨創風格。
上圖／嘉興‧南湖煙雨樓。

南无白水精妙尊者

上圖／
張勝溫繪佛像：
原圖藏故宮博物院。

張勝溫，大理國人，
此圖繪於大理盛德五年，
即一燈大師（段智興）
在大理做皇帝之時。

下圖／
張勝溫佛像圖上的題記：
右為釋妙光題。
左為明翰林學士宋濂題，
宋濂所考訂的年代有誤，
詳見本書後記。

大理國描工張勝溫换諸聖容以利蒼生求我記之
夫至虚至極有拖則有虚虚極之中自主明相矣
明相生一氣一氣成火千有衆生為有佛出矣衆
主先盡虚寂海若一氣瀰漫則待影像
深心實如神發其之道風採張其之美繇者有
當額衆生心中佛心中衆生唯佛與衆主無一
聖兆異妙齿於手重顯於心家用國興身安冨有
聖兆妙齿於手重顯於心家用國興身安冨有
盛德五年庚子歲正月十一日
釋妙光謹記

右覽疊心卷大理國畫師張勝溫之畫凡紀其法止為利益一切衆生敬為國王等願造於盛德五年庚子歲正月十一日以其
摹色之誠諸佛及諸菩薩妙相端嚴金彩煥發設色之精亦
深山禪德之蘊詳此神品高妙有非世俗畫工所可彷彿者
其間人物樂器之類俱詳且審雖吳生之妙未必過是然
未知張勝溫者何如人也惜乎姓名不傳于後世盡其職
之翰林學士金華宋濂題

3

南湖曉霽

嘉興，南湖有一湮雨樓，蓋以煙雨空濛得朦

錢松嵒「南湖曉霽」圖：

錢松嵒，當代國畫家。

張茂「雙鴛鴦圖」：張茂，臨安人，宋光宗時畫院畫師，與周伯通是同時代人。圖中的一對白頭鴛鴦，正有「春波碧草，曉寒深處，相對浴紅衣」之境。

成吉思汗像：原圖藏故宮博物院。圖中的成吉思汗相貌過於慈和，似乏英氣。

四大帝國的比較：（自上至下）

一、成吉思汗的蒙古帝國；二、亞力山大帝國；三、羅馬帝國；四、拿破崙帝國。

成吉思汗的蒙古帝國，只指在他生時所征服的土地，

他後代子孫更向北、向南、向西大舉擴充，領域遠較圖中的紅色部分為大。

上圖／
成吉思汗聽道圖：
波斯畫家所繪，或許即繪他聽
丘處機講述長生之道。

中圖／
成吉思汗用過的木碗，
現藏 Mandal Gobi 附近的
一所喇嘛寺中。

下圖／
俄國人所製之蒙古式頭盔，
現藏莫斯科克里姆林宮博物院。
俄國曾為蒙古人統治
達四百年之久。

窩闊台像：原圖藏故宮博物院。此圖可能比較近似窩闊台的原貌，左眼角的大黑斑，相信不會是畫家胡亂加上去的。所戴尖頂氈帽是蒙古人的帽式。

群獸圖：波斯畫家作。群獸是波斯畫的筆法，背景竹木花卉則是中國畫風格。由此圖可見到蒙古人西征，將中國文化傳播到了西方。原圖現藏伊斯坦堡大學圖書館。

旭烈兀汗大宴圖：波斯畫家作，現藏伊朗德黑蘭皇家圖書館。

成吉思汗伐金圖：波斯畫家繪。現藏大英博物館。

成吉思汗攻打花剌子模城池：古波斯歷史家拉施特所作《黃金史》中的插畫。

上圖／
波斯人為蒙古兵所俘圖：
波斯畫家作。

下圖／
蒙古大汗行帳：
錄自Yule本《馬可波羅行記》。
行帳由二十二匹牛拖拉。
該圖是十九世紀畫家的作品，
史家認為圖中細節均與記載相符。

上圖／
成吉思汗致訓圖：
成吉思汗攻破花剌子模城池，
在回教寺院中致訓。
古波斯畫家繪。

中圖／
成吉思汗所用的馬鐙。
他死後傳給其婿，
其婿又傳給子孫。

下圖／
蒙古武士圖：
意大利十五世紀時
著名畫家Pisanello作。
現藏巴黎羅浮博物院。

上圖右／王重陽像：
錄自《列仙全傳》。
以下五圖均錄自此書。
上圖中／馬鈺像。
上圖左／譚處端像。
下圖右／丘處機像。
下圖中／郝大通像。
下圖左／王處一像。

射鵰英雄傳

（四）

金庸

《射鵰英雄傳》 目錄

一燈大師述說當年與劉貴妃之間的
種種恩怨愛憎。

郭靖與黃蓉坐在他面前蒲團上傾聽。

漁樵耕讀四弟子侍立一燈大師身後。

一燈大師低低嘆了口氣道：「其實真正的禍根，還在我自己。我乃大理國小君，雖不如中華天子那般後宮三千，但后妃嬪御，人數也甚眾多，這當真作孽。想我自來好武，少近婦人，連皇后也數日難得一見，其餘貴妃宮嬪，更甚少有親近的時候。」說到此處，向四名弟子道：「這事的內裏因由，你們原也不知其詳，今日好教你們明白。」

黃蓉心道：「他們當真不知，總算沒騙我。」只聽一燈說道：「我眾妃嬪見我日常練功學武，有的瞧著好玩，纏著要學，我也就隨便指點一二，好教她們得健身延年。內中有個姓劉的貴妃，天資特別穎悟，竟然一教便會，一點即透，難得她年紀輕輕，整日勤修苦練，武功大有進境。也是合當有事，那日她在園中練武，卻給周伯通周師兄撞見了。那位周師兄是個第一好武之人，生性又天真爛漫，不知男女之防，眼見劉貴妃練得起勁，立即上前跟她過招。周貴妃得自他師哥王真人的親傳，劉貴妃又怎能是他對手……」黃蓉低聲道：「啊喲，他出手不知輕重，定是將劉貴妃打傷了？」

一燈大師道：「人倒沒打傷，他是三招兩式，以點穴法將劉貴妃點倒，隨即問她服是不服。劉貴妃自然欽服。周師兄解開她穴道，甚是得意，便即高談闊論，說起點穴功夫的秘奧來。劉貴妃本來就在求我傳她點穴功夫，可是你們想，這門高深武功，我如何能傳給後宮妃嬪？周師兄這麼說，正投其所好，當即恭恭敬敬的向他請教。」

黃蓉道：「咳，那老頑童可得意啦。」一燈道：「你識得周師兄？」黃蓉笑道：「我們是老朋友了，他在桃花島上住了十多年沒離開一步。」一燈道：「他這樣的性兒，怎能就得住？」黃蓉笑道：「是給我爹爹關著的，最近才放了他。」一燈點頭道：「這

就是了。周師兄身子好罷？」黃蓉道：「身子倒好，就是越老越瘋，不成體統。」指著

郭靖，抿嘴笑道：「老頑童跟他拜了把子，結成了義兄義弟。」

一燈大師忍不住莞爾微笑，接著說道：「這點穴功夫除了父女、母子、夫婦，向來是男師不傳女徒，女師不傳男徒的……」黃蓉道：「為甚麼？」一燈道：「男女授受不

親啊。你想，若非周身穴道一一摸到，這門功夫怎能授受？」黃蓉道：「那你不是

點了我周身穴道麼？」那漁人與農夫怪她老是打岔，說些不打緊的閒話，齊向她橫了一

眼。黃蓉也向兩人白眼，道：「怎麼？我問不得麼？」一燈微笑道：「問得問得。你是

小女孩兒，又當重傷，自作別論。」黃蓉道：「好罷，就算如此。後來怎樣？」

一燈道：「後來一個教一個學，周師兄血氣方剛，劉貴妃正當妙齡，兩個人肌膚相

接，日久生情，終於鬧到了難以收拾的田地……」黃蓉欲待詢問，口唇一動，終於忍

住，只聽一燈接著道：「有人前來對我稟告，我心中雖氣，礙於王真人面子，只裝作不

曉，那知後來卻給王真人知覺了，想是周師兄性子爽直，不善隱瞞……」黃蓉再也忍不

住，問道：「甚麼啊？怎麼鬧到難以收拾？」一燈一時不易措辭，微一躊躇才道：「他

們並非夫婦，卻有了夫婦之事。」

黃蓉道：「啊，我知道啦，老頑童和劉貴妃生了個兒子。」一燈道：「唉，那倒不

是。他們相識才十來天，怎能生兒育女？王真人發覺之後，將周師兄綑縛了，帶到我跟

前來讓我處置。我們學武之人義氣為重，女色為輕，豈能為一個女子傷了朋友交情？我

當即解開他的綑縛，並把劉貴妃叫來，命他們結成夫婦。那知周師兄大叫大嚷，說道本

來不知這是錯事，既然這事不好，那就殺他頭也決計不幹，無論如何不肯娶劉貴妃為妻。當時王眞人大為惱怒，嘆道：『若不是早知他傻裏傻氣，不分好歹，做出這等大壞門規之事來，早已一劍將他斬了。』

黃蓉伸了伸舌頭，笑道：「老頑童好險！」

一燈接著道：「這一來我可氣了，說道：『周師兄，我確是甘願割愛相贈，豈有他意？自古道：兄弟如手足，夫妻如衣服。區區一個女子，這幾句話簡直胡說八道。』那農夫再黃蓉急道：『呸，呸，師伯，你瞧不起女子，這幾句話簡直胡說八道。』那農夫再也忍不住了，大聲道：『你別打岔，成不成？』黃蓉道：『他說話不對，我定然要駁。』

在漁樵耕讀四人，一燈大師既是君，又是師，對他說出來的話，別說口中決不會辯駁半句，連心中也奉若神明，但聽得黃蓉信口恣肆，都不禁又驚又怒。

一燈大師卻不在意，續道：『周師兄聽了這話，只是搖頭。我心中更怒，說道：『你若愛她，何以堅執不要？若不愛她，又何以做出這等事來？我大理國雖是小邦，豈容得你如此上門欺辱？』周師兄呆了半晌，突然雙膝跪地，向著我磕了幾個響頭，說道：『段皇爺，是我的不是，你要殺我，也是該的，我不敢還手，也決不逃避。請你快快殺了我罷！』我萬料不到他竟會如此，只道：『我怎會殺你？』他道：『那麼我走啦！』從懷中抽出一塊錦帕，遞給劉貴妃道：『還你。』劉貴妃慘然一笑不接。周師兄鬆了手，那錦帕落在我足邊。周師兄重重打了自己幾個耳光，打得滿臉是血，向我磕頭告別，此後就沒再聽到他音訊。王眞人向我道歉再三，不住賠罪，跟著也走了，聽說他不久就撤

手仙遊。

黃蓉道：「王眞人英風仁俠，並世無出其右，唉……」

黃蓉道：「王眞人的武功或許比你高這麼一點兒，但說到英風仁俠，我看也就未必勝得過師伯。他收的七個弟子就都平平無奇，差勁得很，恐怕比不上你的四位弟子。」

一燈道：「全眞七子名揚天下，好得很啊！」黃蓉扁嘴道：「完全不見得！武功人品都是漁樵耕讀強些！」又問：「那塊錦帕後來怎樣？」

四弟子聽她稱讚自己，都有點高興，但又都怪她女孩兒家就只留意這些手帕啦、衣服啦的小事，卻聽師父說道：「我見劉貴妃失魂落魄般的呆著，好生氣惱，拾起錦帕，見帕上織著一幅鴛鴦戲水之圖，咳，這自是劉貴妃送給他的定情之物。我冷笑一聲，見鴛鴦之旁，還繡著一首小詞……」黃蓉忙問：「可是『四張機，鴛鴦織就欲雙飛』？」

那農夫厲聲喝道：「連我們也不知，你怎麼又知道了？老胡說八道的打岔！」一燈大師嘆道：「正是這首詞，你也知道？」

此言一出，四大弟子相顧駭然。

郭靖跳了起來，叫道：「我想起啦。那日在桃花島上，周大哥給毒蛇咬了，神智迷糊，嘴裏便反來覆去的念這首詞。正是，正是……四張機，鴛鴦就……又有甚麼甚麼頭先白。蓉兒，還有甚麼？我記不得了。」黃蓉低聲念道：「四張機，鴛鴦織就欲雙飛。可憐未老頭先白。春波碧草，曉寒深處，相對浴紅衣。」

郭靖伸掌一拍大腿，道：「一點兒也不錯。周大哥曾說美貌女子見不得，一見就會做錯了事也不知道，得罪好朋友，惹師哥生氣，又說決不能讓她摸你周身穴道，否則要

倒大霉。蓉兒，他還勸我別跟你好呢。」黃蓉嗔道：「呸，老頑童，下次見了，瞧我擰不擰他耳朵！」忽然嘆咪一聲笑了出來，道：「那天在臨安府，我隨口開了個玩笑，說他娶不到老婆，老頑童忽然發了半天脾氣，顛倒爲了這個。」郭靖道：「我聽瑛姑唸這首詞，總好像是聽見過的，可是始終想不起來。咦，蓉兒，瑛姑怎麼也知道？」黃蓉嘆道：「唉，瑛姑就是那位劉貴妃啊。」

四大弟子中只有那書生已猜到了五六成，其餘三人都大爲驚異，一齊望著師父。

一燈低聲道：「姑娘聰明伶俐，不愧是藥兄之女。劉貴妃小名一個『瑛』字。那日我將錦帕擲了給她，此後不再召見。我鬱鬱不樂，國務也不理會，整日以練功自遣……」黃蓉插嘴道：「師伯，其實你心中很愛她啊，你知不知道？如果不愛，就不會老是不開心啦。」四大弟子惱她出言無狀，齊聲叫道：「姑娘！」黃蓉道：「怎麼？我說錯了？師伯，你說我錯了麼？」

一燈黯然道：「此後大半年中，我沒召見劉貴妃，但睡夢之中卻常和她相會。一天晚上半夜夢迴，再也忍耐不住，決意前去探望。我也不讓宮女太監知曉，悄悄去她寢宮，想瞧瞧她在幹些甚麼。剛到她寢宮屋頂，便聽得裏面傳出一陣兒啼之聲。咳，屋面上霜濃風寒，我竟怔怔的站了半夜，直到黎明方才下來，就此得了一場大病。」

黃蓉心想他以皇帝之尊，深更半夜在宮裏飛簷走壁，去探望自己妃子，實在大是奇事。四弟子卻想起師父這場病不但勢頭兇猛，而且纏綿甚久，以他這身武功，早就風寒不侵，縱有疾病，也不致久久不愈，此時方知當年他心中傷痛，自暴自棄，才不以內功

抵禦病魔。

黃蓉又問：「劉貴妃給你生了個兒子，豈不甚好？師伯你幹麼要不開心？」一燈道：「傻孩子，這孩子是周師兄生的。」黃蓉道：「老頑童早就走啦，難道他又偷偷回來跟她相會？」一燈道：「不是的。你沒聽見過『十月懷胎』這句話嗎？」

黃蓉恍然大悟，道：「啊，我明白啦。那小孩兒一定生得很像老頑童，兩耳招風，鼻子翹起，否則你怎知不是你生的呢？」一燈大師道：「那又何必見到方知？這些日子中我不曾和劉貴妃親近，孩子自然不是我的了。」黃蓉似懂非懂，但知再問下去必定不妥，也就不再追問。

只聽一燈道：「我這場病生了大半年，痊愈之後，勉力排遣，也不再去想這回事。過了兩年有餘，一日夜晚，我正在臥室裏打坐，忽然門帷掀起，劉貴妃衝了進來。門外的太監和兩名侍衛急忙阻攔，卻那裏攔得住，都給她揮掌打了開去。我抬起頭來，只見她臂彎裏抱著孩子，臉上神色驚恐異常，跪在地下放聲大哭，只是磕頭，叫道：『求皇爺開恩，大慈大悲，饒了孩子！』

「我起身一瞧，只見那孩子滿臉通紅、氣喘甚急，抱起來細細查察，他背後肋骨已折斷了五根。劉貴妃哭道：『皇爺，賤妾罪該萬死，但求皇爺救了孩子的小命。』我聽她說得奇怪，問道：『孩子怎麼啦？』她只是磕頭哀求。我問：『是誰打傷的？』劉貴妃不答，只哭叫：『求皇爺開恩饒了他。』我摸不著頭腦。她又道：『皇爺賜我的死，我決沒半句怨言，這孩子，這孩子……』我道：『誰又來賜你死啦？到底孩子是怎麼傷

的？」劉貴妃抬起頭來，顫聲道：「難道不是皇爺派侍衛來打死這孩子麼？」我知事出

蹺蹊，忙問：「是侍衛打傷的？那個奴才這麼大膽？」劉貴妃叫道：「啊，不是皇爺的

聖旨，那麼孩子有救啦！」說了這句話，就昏倒在地。

「我將她扶起，放在床上，把孩子放在她身邊。過了半晌，她才醒了轉來，拉住我手

哭訴。原來她正拍著孩子睡覺，窗中突然躍進一個蒙了面的御前侍衛，拉起孩子，在他

背上拍了一掌。劉貴妃急忙上前阻攔，那侍衛將她推開，又在孩子胸口拍了一掌，這才

哈哈大笑，越窗而出。那侍衛武功極高，她又認定是我派去殺她兒子，當下不敢追趕，

逕行來我我寢宮求懇。

「我越聽越驚奇，再細查孩子的傷勢，卻瞧不出是被甚麼功夫所傷，只是帶脈已給震

斷，那刺客實非庸手。可是他又顯然手下留情，孩子如此幼弱，居然身受兩掌尚有氣

息。當下我立即到她的臥室查看，瓦面和窗檻上果然留著極淡的足印。我對劉貴妃道：

『這刺客本領甚高，尤其輕功非同小可。大理國中除我之外，再沒第二人有此功力。』劉

貴妃忽然驚呼：『難道是他？他幹麼要殺死自己兒子？』她此言一出，臉色登時有如死

灰。」

黃蓉也低低驚呼一聲，說道：「老頑童不會這麼壞罷？」一燈大師道：「當時我卻

以為定是周師兄所為。除他之外，當世高手之中，又有誰會無緣無故的來加害一個孩

兒？料得他是不願留下孽種，貽羞武林。劉貴妃說出此言，又羞又急，又驚又愧，不知

如何是好，忽然又道：『不，決不是他！那笑聲定然不是他！』我道：『你在驚惶之

中，怎認得明白？」她道：「這笑聲我永遠記得，我做了鬼也忘不了！不，決不是他！」

眾人聽到這裏，身上都驟感一陣寒意。郭靖與黃蓉心中泛起瑛姑的言語容貌，想像當日她說那幾句話時咬牙切齒的神情，不禁凜然生怖。

一燈大師接著道：「當時我見她說得如此斬釘截鐵，也就信了。只猜想不出刺客到底是誰。我也曾想，難道是王真人的弟子馬鈺、丘處機、王處一他們之中的一個？為了保全全真教聲譽，竟爾千里迢迢的趕來殺人滅口……」

郭靖口唇動了一下，要待說話，只不敢打斷一燈大師的話頭。一燈見了，道：「你想說甚麼，但說不妨。」郭靖道：「馬道長、丘道長、王道長他們都是俠義英雄，決不做這等惡事。」一燈道：「王處一我曾在華山見過，人品不錯。旁人如何就不知了。不過若是他們，輕輕一掌就打死了孩兒，卻何以又打得他半死不活？」

他抬頭望著窗子，臉上一片茫然，十多年前的這個疑團，始終沒能在心中解開，禪院中一時寂靜無聲，過了片刻，一燈道：「好，我再說下去……」

黃蓉忽然大聲道：「確然無疑，定是歐陽鋒。」一燈道：「後來我也猜想到他。但歐陽鋒是西域人，身材高大，比常人要高出一個頭。據劉貴妃說，那兇手卻又較常人矮小。」黃蓉道：「這就奇了。」

一燈道：「我當時推究不出，劉貴妃抱著孩子不停哭泣。這孩子的傷勢雖沒黃姑娘這次所受的沉重，只是他年紀幼小，抵擋不住，若要醫愈，也要我大耗元氣。我躊躇良久，見劉貴妃哭得可憐，好幾次想開口說要給他醫治，但每次總想到只要這一出手，日

後華山二次論劍，再也無望獨魁羣雄，九陰真經休想染指。唉，王真人說此經是武林的一大禍端，傷害人命，戕賊人心，當真半點不假。爲了此經，我仁愛之心竟然全喪，一直沉吟了大半個時辰，方始決定爲他醫治。唉，在這大半個時辰之中，我實是個禽獸不如的卑鄙小人。最可恨的是，到後來我決定出手治傷，也並非改過遷善，只是抵擋不住劉貴妃的苦苦哀求。」

黃蓉道：「師伯，我說你心中十分愛她，一點兒也沒講錯。」

一燈似沒聽見她的話，繼續說道：「她見我答應治傷，喜得暈了過去。我先給她推宮過血，救醒了她，然後解開孩子的內衣，以便用先天功給他推拿，那知內衣一解開，露出了孩子胸口的肚兜，登時教我呆在當地，做聲不得。但見肚兜上織著一對鴛鴦，旁邊繡著那首『四張機』的詞，原來這個肚兜，正是用當年周師兄還給她那塊錦帕做的。

劉貴妃見到我的神情，知道事情不妙，她臉如死灰，咬緊牙關，從腰間拔出一柄匕首對著自己胸口，叫道：『皇爺，我對你不住，再沒面目活在人世，只求你大恩大德，准我用自己性命換了孩子性命，我來世做犬做馬，報答你恩情。』說著匕首一落，猛往心口插入。」

眾人雖明知劉貴妃此時尚在人世，但也都不禁低聲驚呼。

一燈大師說到此處，似乎已非向眾人講述過去事蹟，只是自言自語：「我急忙使擒拿法將她匕首奪下，饒是出手得快，但她匕首已傷了肌膚，胸口滲出大片鮮血。我怕她再要尋死，點了她手足穴道，包紮了她胸前傷口，讓她坐在椅上休息。她一言不發，只

呆呆的瞧著我，眼中盡是哀懇之情。我們兩人都不說一句話，那時寢宮中只有一樣聲

音，就是孩子急促的喘氣聲。

「我聽著孩子的喘氣，想起了許多許多往事：她最初怎樣進宮來，我怎樣教她練武，對她怎樣寵愛。她一直敬重我、怕我，柔順的侍奉我，沒半點違背我心意，可是她從來沒真心愛過我。我本來不知道，可是那天見到她對周師兄的神色，我就懂了。一個女子真正全心全意愛一個人的時候，原來竟會這樣的瞧他。她眼怔怔的望著周師兄將錦帕投在地下，眼怔怔的望著他轉身出宮。她這片眼光教我寢不安枕、食不甘味的想了幾年，現在又見到這片眼光了。她又在為一個人而心碎，不過這次不是為了情人，是為她的兒子，是她跟情人生的兒子！

「大丈夫生當世間，受人如此欺辱，枉為一國之君！我想到這裏，不禁怒火填膺，一提足，將面前一張象牙圓橈踢得粉碎，抬起頭來，不覺呆了，我道：『你……你的頭髮怎麼啦？』她好似沒聽到我的話，只望著孩子。我以前真的不懂，一個人的目光之中，能有這麼多的疼愛，這麼多的憐惜。她這時已知我是決計不肯救這孩子的了，在他還活著的時候，多看一刻是一刻。

「我拿過一面鏡子，放在她面前，道：『你看你的頭髮！』原來剛才這短短幾個時辰，在她宛似過了幾十年。那時她還不過十八九歲，這幾個時辰中驚懼、憂愁、悔恨、懇求、失望、愛憐、傷心，諸般心情夾攻，鬢邊竟現出了無數白髮！

「她全沒留心自己容顏有了改變，只怪鏡子擋住了她眼光，令她看不到孩子，她說：

「鏡子，拿開。」她說得很直率，忘了我是皇爺，是主子。我很奇怪，心裏想：她一直愛惜自己容顏，怎麼這時卻全不理會？便將鏡子擲開，只見她目不轉瞬的凝視著孩子，我從來沒見過一個人會盼望得這麼懇切，只盼那孩子能活著。我知道，她恨不得自己的性命能鑽到孩子身體裏，代替他那正在一點一滴消失的性命。」

說到這裏，郭靖與黃蓉同時互望了一眼，心中都想：「當我受了重傷，眼見難愈之時，你也是這樣的瞧著我啊。」兩人不自禁的伸出手去，握住了對方的手，兩顆心勃勃跳動，感到全身溫暖，當聽到別人傷心欲絕的不幸之時，不自禁想到自己的幸福，因為親愛的人就在自己身旁坐著，因為對方的傷勢已經好了，不會再死。是的，不會再死，在這兩個少年人心中，對方是永遠不會死的。

只聽一燈大師繼續說道：「我實在不忍，幾次想要出手救她孩子，但那塊錦帕平平正正的包在孩子胸口。錦帕上繡著一對鴛鴦，親親熱熱的頭頸偎倚著頭頸，這對鴛鴦的頭是白的，這本來是白頭偕老的口彩，但為甚麼說『可憐未老頭先白』？我轉頭見到她鬢邊白髮，身出冷汗，我心中又剛硬起來，說道：『好，你們倆要白頭偕老，卻把我冷冷清清的撇在宮裏做皇帝！這是你倆新生的孩子，我為甚麼要耗損功力來救活他？』

「她向我望了一眼，這是最後的一眼，眼色中充滿了怨毒與仇恨。她以後永遠沒再瞧我，可是這一眼我到死也忘不了。她冷冷的道：『放開我，我要抱孩子！』她這兩句話說得十分嚴峻，倒像她是我的主子，教人難以違抗，我解開了她穴道。她把孩子抱在懷裏，孩子一定痛得難當，想哭，但哭不出半點聲音，小臉兒脹得發紫，雙眼望著母親，

求她相救。可是我心中剛硬，沒半點兒慈心。我見她頭髮一根一根的由黑變灰，由灰變白，不知這是我心中的幻象，還是當真如此，只聽她柔聲道：『孩子，媽沒本事救你，媽卻能教你不再受苦，你安安靜靜的睡罷，孩子，你永遠不會醒啦！』我聽她輕輕的唱起歌兒來哄著孩子，唱得眞好聽，喀喀，就是這樣，就是這樣，你們聽！」

眾人聽他如此說，卻聽不到半點歌聲，不禁相顧駭然。那書生道：「師父，你說得累了，請歇歇罷。」

一燈大師恍若不聞，繼續說道：「孩子臉上露出一絲笑意，但隨即又痛得全身抽動。她又柔聲道：『我的寶貝心肝，你睡著了，身上就不痛啦，一點兒也不苦啦！』猛聽得波的一聲，她一匕首插在孩子心窩之中。」

一燈大師卻不理會，又道：「總有一日，我要用這匕首在你心口也戳一刀。』她指著自己手腕上的玉環，說道：『這是我進宮那天你給我的，你等著罷，那一天我把玉環還你，那一天這匕首跟著也來了！』」一燈說到這裏，把玉環在手指上又轉了一圈，微微一笑，說道：「就是這玉環，我等了十幾年，今天總算等到了。」

黃蓉道：「師伯，她自己殺死兒子，跟你何干？孩子又不是你打傷的。況且她用毒藥害你，縱使當年有甚仇怨，也一報還一報的清償了。我到山下去打發她走路，不許她再來滋擾……」

黃蓉一聲驚呼，緊緊抓住郭靖手臂，其餘各人也均臉上沒半點血色。

一燈大師恍若不聞，退了幾步，險些摔倒，心中混混沌沌，一片茫然。只見她慢慢站起身來，低低的道：

1285

她話未說完，那小沙彌匆匆進來，道：「師父，山下又送來這東西。」雙手捧著一個小小的布包。一燈接過揭開，眾人齊聲驚呼，包內正是那錦帕所做的嬰兒肚兜。

錦緞色已變黃，上面織著的那對鴛鴦卻燦然如新。兩隻鴛鴦之間穿了一個刀孔，孔旁是一灘已變成黑色的血跡。

一燈呆望肚兜，淒然不語，過了良久，才道：「鴛鴦織就欲雙飛，嘿，欲雙飛，到頭來總成一夢。她抱著兒子的屍體，長聲哀哭，從窗中一躍而出，飛身上屋，轉眼不見了影蹤。我不飲不食，苦思了三日三夜，終於大徹大悟，將皇位傳給我大兒子，就此出家為僧。」

他指著四個弟子道：「他們跟隨我久了，不願離開，和我一起到大理城外的天龍寺住。起初三年，四人輪流在朝輔佐我兒，後來我兒熟習了政務，國家清平無事，我們又遇上大雪山採藥、歐陽鋒傷人之事。四個弟子追查歐陽鋒的蹤跡，子柳卻查到瑛姑在湘西桃源林中的沼澤裏隱居，修習武功。我擔心她修練上乘功夫時走火出事，便從大理過來，長時在這荒山上坐禪，盼能就近照料，又派人為她種樹植林，送她糧食用品……」

黃蓉插口道：「師伯，你心中一直十分愛她，捨不得離開她，可不是嗎？」

一燈嘆了口氣，說道：「他們四個不放心，跟著來服侍我，大夥兒搬到了這裏，也就沒再回大理。

「我心腸剛硬，不肯救那孩子性命，此後十來年中，日日夜夜教我不得安息，總盼多救世人，贖此大罪。他們卻不知我的苦衷，總是時加阻攔。唉，其實，就算救活千人萬

人，那孩子總是死了，除非我把自己性命還了他，這罪孽又那能消解得了？我天天在等候瑛姑，等她來把匕首刺入我的心窩，怕只怕等不及她到來，我卻壽數已終，這場因果難了。好啦，眼下總算給找盼到了。她又何必在九花玉露丸中混入毒藥？我若知她下毒之後跟著就到，這幾個時辰總支持得住，也不用師弟費神給我解毒了。」

黃蓉氣憤憤的道：「這女人心腸好毒！她早已查到師伯的住處，也知師伯一直在照顧她，就怕自己功夫不濟，處心積慮的在等待時機，剛巧碰到我給裘鐵掌打傷，就指引我來求治。雙管齊下，既讓你耗損了真力，再乘機下毒，真想不到我竟成了這惡婦手中害人的鋼刀。師伯，歐陽鋒那幅畫又怎到了她的手裏？這畫又有甚麼干係？」

一燈大師取過小几上那部《大莊嚴論經》，翻到一處，讀道：「昔有一王，名曰尸毘，精勤苦行，求正等正覺之法。一日有大鷹追逐一鴿，鴿飛入尸毘王腋下，舉身戰怖。大鷹求王見還，說道：『國王救鴿，鷹卻不免餓死。』王自念救一害一，於理不然，於是即取股肉與鷹。那鷹又道：『國王所割之肉，須與鴿身等重。』尸毘王命取天平，鴿與股肉各置一盤，但股肉割盡，鴿身猶低。王續割胸、背、臂、脅俱盡，仍不及鴿身之重，王舉身而上天平。於是大地震動，諸天作樂，天女散花，芳香滿路。天龍、夜叉等俱在空中嘆道：『善哉，善哉，如此大勇，得未曾有。』」這雖是神話，但一燈讀得慈悲莊嚴，眾人聽了都不禁感動。

黃蓉道：「師伯，她怕你不肯為我治傷，是以用這幅畫來打動你。」

一燈微笑道：「正是如此。她當日離開大理，心懷怨憤，定然遍訪江湖好手，意欲

學藝以求報仇，料想由此而和歐陽鋒相遇。那歐陽鋒必代她籌劃了這個方策，繪了這圖給她。此經在西域流傳甚廣，歐陽鋒是西域人，也必知道這故事。」黃蓉恨恨的道：「老毒物利用瑛姑，那瑛姑又來利用我，這是借刀殺人的連環毒計。」一燈嘆道：「你也不須自責，你如不與她相遇，她也必會隨意打傷一人，指點他來求我醫治。只是若無武功高強之人護送，輕易上不得山峯。歐陽鋒此圖繪成已久，安排下這個計謀，少說也已有十年。這十年之中竟遇不著一個機緣，那也是運數該當如此了。」

黃蓉道：「師伯，我知道啦。她還有一件心事，比害你更加要緊。」一燈「啊」了一聲：「甚麼事？」黃蓉道：「老頑童給我爹爹關在桃花島上，她要去救他出來。」將她苦學奇門術數之事說了，又道：「後來得知縱使再學一百年，也難及得上我爹爹，又見我正好受了傷，於是……」

四弟子不約而同的伏地大哭，齊叫：「師父！」

一燈嘆道：「你們跟了我這許多年，難道還不明白師父的心事？」轉頭向靖蓉二人道：「我求兩位一件事。」靖蓉齊道：「但教所命，無有不遵。」一燈道：「好。現下你們這就下山去。我一生負瑛姑實多，日後她如遇到甚麼危難艱險，務盼兩位瞧在老僧份上，盡力援手。兩位如能玉成她與周師兄的美事，老僧更感激無量。」

一燈一聲長笑，站起身來，說道：「好了，好了，一了百了，諸事湊合，今日總算得遂她的心願。」沉著臉向四弟子道：「你們好好去接引劉貴妃，不，接引瑛姑上山，不得有半句不敬的言語。」

靖蓉兩人愕然相顧，不敢答應。一燈見兩人不作聲，又追問一句：「老僧這個懇求，兩位難以答允麼？」黃蓉微一猶豫，說道：「師伯既這麼說，我們遵命就是。」一扯郭靖的衣袖，下拜告別。一燈又道：「你們不必和瑛姑見面，從後山下去罷。」黃蓉又答應了，牽著郭靖的手轉身出門。

四弟子見她並無戚容，都暗罵她心地涼薄，眼見自己救命恩人危在頃刻，竟漠不關心的說走便走。

郭靖卻知黃蓉決不肯袖手不顧，必另有計謀，當下跟著她出門。走到門口，黃蓉俯口到他耳邊低低說了幾句話。郭靖停步遲疑，終於點頭，轉過身來，慢慢回房。

一燈道：「你宅心忠厚，將來必有大成。瑛姑的事，我重託你了。」郭靖道：「好！師伯吩咐，晚輩自當盡心竭力。」突然反手抓出，拿住一燈身旁那天竺僧人的手腕，左手乘勢戳去，閉住了他「華蓋」「天柱」兩個大穴。這兩穴一主手，一主足，兩穴遭閉，四肢登時動彈不得。這一著大出人人意料之外，一燈與四大弟子俱各大驚失色，齊叫：「幹甚麼？」郭靖更不打話，左手又往一燈肩頭抓去。

一燈大師見郭靖抓到，右掌翻過，快似閃電，早已拿住他左手手腕。郭靖吃了一驚，心想此際一燈全身已在自己掌力籠罩之下，竟能破勢反擊，而且一擊正中要害，這功夫確是高深之極，只是一燈手掌與他手脈寸關尺甫觸，立顯真力虛弱，這一拿虛晃不穩。郭靖立時奪位逆拿，翻掌扣住他手背麻筋，右掌「神龍擺尾」，擊退漁人與樵子從後攻來的兩招，左手食指前伸，點中了一燈大師脅下的「鳳尾」「精促」二穴，說道：「師

伯，對不住之至。」

此時黃蓉已使開打狗棒法，將那農夫直逼到禪房門外。那書生以變起倉卒，未明靖蓉二人用意，連呼：「有話請說，不必動手。」那農夫見師父爲人所制，勢如瘋虎，不顧性命的向禪房猛衝，但那打狗棒法何等精妙，連衝三次，都給黃蓉逼得退回原位。郭靖雙掌呼呼風響，使成一個圈子，從禪房裏打將出來，漁人、樵子、書生三人爲他掌力所迫，一步步退出房門。黃蓉猛地出招，直取農夫眉心。這一棒迅捷無倫，那農夫一聲「啊也」，向後急仰，平平躍出數尺。黃蓉叫聲：「好！」反手關上背後的房門，笑瞇瞇的道：「各位住手，我有話說。」

那樵子和漁人每接郭靖一掌，都感手臂痠麻，足下踉蹌，眼見郭靖又揮掌擊來，兩人並肩齊上，只待合力抵擋。郭靖聽得黃蓉此言，這一掌發到中途，忽地收住，抱拳說道：「得罪，得罪。」漁樵耕讀愕然相顧。黃蓉莊容說道：「我等身受尊師厚恩，眼見尊師有難，豈能袖手不顧？適才冒犯，實爲意圖相救。」

那書生上前深深一揖，說道：「家師對頭是我們四人的主母，尊卑有別，她找上山來，我們不敢出手。何況家師爲了那……那姓周的小孩之死，十餘年來耿耿於心，這一次就算功力不損，身未中毒，見到那劉貴妃前來，也必不閃不避，袖手受她一刀。我們師命難違，心焦如焚，智窮力竭，不知如何是好。姑娘絕世才華，若能指點一條明路，我輩粉身碎骨，亦當相報大恩大德。」

黃蓉聽他說得如此懇切，倒也不便再如先前那樣和他嬉皮笑臉，說道：「我師兄妹

對尊師感恩之心，與四位無異，定當全力以赴。如能阻止瑛姑踏進禪院，自是最好不過，但想她處心積慮，在山下黑泥沼中苦候十餘年，此次必定有備而來，只怕不容易阻擋。小妹想到的法子要冒一個奇險，若能成功，倒可一勞永逸，更無後患。只風險甚大，那瑛姑精明狡猾，武功又高，此計未必能成。但我才智庸愚，實想不出一個萬全之策。」漁樵耕齊道：「願聞其詳。」黃蓉秀眉微揚，說出一番話來，只把四人聽得面面相覷，半晌做聲不得。

酉牌時分，太陽緩緩落到山後，山風清勁，只吹得禪院前幾排棕櫚樹搖擺不定，荷塘中殘荷枯葉簌簌作響。夕陽餘暉從山峯後面映射過來，照得山峯的影子宛似一個極大怪人，橫臥在地。

漁樵耕讀四人盤膝坐在石梁盡處的地下，睜大了眼睛，只向前望，每人心中都志忑不安。等了良久，天漸昏暗，幾隻烏鴉啞啞鳴叫，先後飛入下面山谷，谷中白霧濛濛升起，但石梁彼處端的山崖轉角處仍無人出現。

那樵子心道：「但願得劉貴妃心意忽變，想起此事怪不得師父，竟肯懸崖勒馬，從此不來。」那漁人心想：「這劉貴妃狡詐多智，定是在使甚奸計。」那農夫最是焦躁，心道：「早一刻來，早一刻有個了斷，是禍是福，是好是歹，便也有個分曉。說來卻又不來，好教人惱恨。」那書生卻想：「她來得愈遲，愈是凶險，這件事也就愈難善罷。」他本來足智多謀，在大理國從政多年，甚麼大陣大仗都見過了，但這時竟心頭煩躁，思

潮起伏，拿不出半點主意，眼見周圍黑沉沉地，遠處隱隱傳來幾聲梟鳴，突然背上感到一陣寒意：「難道師父當真逃不過這番劫難，要死在這女子手裏麼？」

正想到此處，忽聽那樵子顫聲低呼：「來啦！」一抬頭，只見一條黑影在石梁上如飛而至，遇到缺口，輕飄飄的縱躍即過，似乎絲毫不費力氣。四人見她武功大進，都感駭異。眼見那黑影越奔越近，四人站起身來，分立兩旁。轉瞬之間，那黑影走完石梁，只見她一身黑衣，面目隱約可辨，正是段皇爺當年十分寵愛的劉貴妃。四人跪倒磕頭，說道：「小人參見娘娘。」

瑛姑「哼」了一聲，橫目從四人臉上掃過，說道：「甚麼娘娘不娘娘？劉貴妃早死了，我是瑛姑。嗯，大丞相，大將軍，水軍都督，御林軍總管，都在這裏。我道皇爺當真看破世情，削髮爲僧，卻原來躲在這深山之中，還是在做他的太平安樂皇帝。」這番話中充滿了怨毒，四人聽了，心下慄然。

那書生道：「皇爺早不是從前的模樣了。娘娘見了他必定再也認不出來。」瑛姑冷笑道：「你們娘娘長、娘娘短的，是譏刺我麼？直挺挺的跪在這裏，想拜死我麼？」漁樵耕讀四人互視一眼，站起身來，說道：「小的向您請安。」瑛姑把手一擺，說道：「皇爺是叫你們阻攔我來著，又鬧這些虛文幹麼？要動手快動手啊。你們君的君，臣的臣，不知害過多少百姓，對我這樣一個女子還裝甚麼假？」

那書生道：「我皇愛民如子，寬厚仁慈，大理國臣民至今無不稱頌。我皇別說生平絕無殘害無辜，就算別人犯了重罪，我皇也常常法外施恩。娘娘難道不知？」瑛姑臉上

一紅，厲聲道：「你敢出言挺撞我麼？」那書生道：「微臣不敢。」瑛姑道：「你口中稱臣，心中豈有君臣之份？我要見段智興去，你們讓是不讓？」

那「段智興」正是一燈大師俗家的姓名，漁樵耕讀四人心中雖知，但從來不敢出之於口，耳聽得瑛姑直斥其名，都不禁凜然。那農夫在朝時充任段皇爺的御林軍總管，這時再也忍耐不住，大聲喝道：「一日為君，終身是尊，你豈可出言無狀？」

瑛姑縱聲長笑，更不打話，向前便闖，四人各伸身雙臂相攔，心想：「她功夫雖高，我四人合力，儘也阻攔得住。今日雖違了師命，事急從權，也說不得了。」豈知瑛姑既不出掌相推，也不揮拳毆擊，施展輕功，迎面直撞過來。

那樵子見她衝到，不敢與她身子相碰，微向旁閃，伸手便抓她肩頭。這一抓出手極快，抓力亦猛，但掌心剛觸到她肩頭，卻似碰到一件異常油膩滑溜之物一般，竟抓之不住。就在此時，農夫與漁人齊聲猛喝，雙雙從左右襲到。

瑛姑一低頭，人似水蛇，已從漁人腋下鑽了過去。漁人鼻中只聞到一陣似蘭非蘭、似麝非麝的幽香，心中略感慌亂，手臂非但不敢向內壓夾她身子，反而向外疾張，生怕碰著她身上甚麼地方。農夫怒道：「你怎麼啦！」十指似鉤，猛向瑛姑腰間插去。樵子急喝：「不得無禮！」那農夫充耳不聞，剎時之間，十指的指端都已觸及瑛姑腰間，但不知怎的，指端觸處只覺油光水滑，給她一溜便溜了開去。

瑛姑以在黑沼中悟出來的泥鰍功連過三人，已知這四人無法阻攔自己，反手發掌，猛向農夫拍去。書生迴臂出指，逕點她手腕穴道。豈知瑛姑突然伸出食指，快如電光石

火，手指尖和他手指尖在空中對準了一碰。此時書生全身精力盡集於右手指，突然間指尖正中一麻，身如電震，叫聲「啊喲」，一交跌翻。樵子與漁人忙俯身相救。農夫左拳直出，猶似鐵鎚般往瑛姑身上擊去。

這一拳勢挾勁風，力道驚人，瑛姑眼見拳風撲面，竟不避讓。那農夫一驚，心想這一拳勢必將她打得腦漿迸裂，急忙收招，但拳面已碰到瑛姑鼻尖。瑛姑腦袋微側，拳鋒便從她鼻尖滑落，在她臉頰上擦過。那農夫左臂不及回縮，手腕已給對方拿住，急忙後奪，只聽得喀的一聲，尚未覺得疼痛，手肘關節已讓她反拳打脫。那農夫一咬牙，更不理會，右手食指急往對方臂彎裏點去。

漁樵耕讀四人的點穴功夫都得自一燈大師的親傳，雖不及乃師一陽指的出神入化，但在武林中也算得是第一流的功夫，豈知遇著瑛姑，剛好撞正了剋星。她處心積慮的要報喪子之仇，深知一燈大師手指功夫厲害，於是潛心思索剋制的手段。她是刺繡好手，竟從女紅中想出了妙法，在右手食指尖端上戴了一個小小金環，環上突出一枚三分來長的金針，針上餵以劇毒，她眼神既佳，手力又穩，苦練數年之後，空中飛過蒼蠅，伸指戳去，金針能將蒼蠅穿身而過。此際臨敵，她一針先將書生的食指傷了，待見那農夫手指點到，冷笑一聲，纖指輕曲，指尖對準指尖，一針又刺在他食指尖端的中心。

常言道：「十指連心」，那食指尖端屬手陽明大腸經，金針刺入，即抵「商陽穴」。

那農夫敗中求勝，這一指點出時出了全力，瑛姑卻毫不使勁，只是在恰好時際將金針擺在恰好的處所，不是以針刺他指尖，卻是讓他用指尖自行戳在金針之上。這一針刺入，

那農夫虎吼一聲，撲翻在地。

瑛姑冷笑道：「好個大總管！」搶步往禪院奔去。那漁人大呼：「娘娘留步。」瑛姑止步回身，冷笑道：「你待怎地？」這時她已奔至荷塘之前，荷塘與禪寺只一條小石橋相通，瑛姑站在橋頭，瞪目而視，雖在黑夜，僅有微光可辨面目，但那漁人與她一對面，只覺兩道目光冷森森的直射過來，不禁心中凜然，不敢上前動手。瑛姑冷冷的道：「大丞相、大總管兩人中了我的七絕針，天下無人救得。你也想送死嗎？」說罷也不待他答話，轉身緩緩而行，竟不回頭，不理他是否從後偷襲。

一條小石橋只二十來步，將到盡頭，忽然黑暗中轉出一人，拱手道：「前輩您好。」瑛姑吃了一驚，暗道：「此人悄無聲息的突然出現，我竟沒知覺？倘若他暗施毒手，此刻只怕我已非死即傷。」定睛看時，只見他身高膀闊、濃眉大眼，正是自己指點上山的郭靖，便問：「小姑娘的傷治好了嗎？」郭靖躬身說道：「多謝前輩指點，我師妹的傷蒙一燈大師治好了。」瑛姑哼了一聲道：「她怎麼不親來向我道謝？」口中說著，腳下不停，逕自前行。

郭靖站在橋頭，見她筆直走來，忙道：「前輩請回！」瑛姑那來理他，身形微側，展開泥鰍功，從他身側急滑而過。郭靖雖在黑沼茅屋中曾與她動過手，但料不到她說過就過，身子滑溜如此，情急之下，左臂後抄，迴振反彈，卻是周伯通所授「空明拳」的奇妙家數。瑛姑眼見已滑過他身側，不料一股柔中帶韌的拳風忽地迎面撲至，逼得她非倒退不可。她此來有進無退，不管郭靖拳勢猛烈，仍鼓勇直衝。郭靖急叫：「留神！」

只感一個女子溫軟的身軀已撲入自己臂彎，大驚之下，足下給瑛姑一勾，兩人同時落向荷塘。

兩人身在半空之時，瑛姑左手從郭靖右腋下穿過，繞至背後抓住他左肩，中指捲曲，扣向郭靖咽喉，大指食指施勁捏落。這是小擒拿手中的「前封喉閉氣」之法，只要一捏而中，敵人氣管封閉，呼吸立絕，最是厲害不過。郭靖身子斜斜下跌，又覺肩頭遭拿，心知不妙，右臂立彎，挾向瑛姑頭頸，這也是小擒拿手中閉氣之法，稱為「後挾頸閉氣」。瑛姑知他臂力厲害，己所不及，雖搶了先著，卻不能跟他硬碰硬的對攻，忙鬆手放開他肩頭，伸指戳出。郭靖左臂撞開了她手腕。

從石橋落入荷塘，只一瞬之間，但兩人迅發捷收，頃刻間已各向對方施了三招，這近身肉搏，使的都是快速無倫的小擒拿手。瑛姑功力深厚，郭靖卻力大招精，這三招誰也奈何不了誰，撲通一聲，雙雙落入塘中。

塘中污泥約有三尺來深，塘水直浸至兩人胸間。瑛姑左手下抄，撈起一把污泥往郭靖口中抹去。郭靖一怔，忙低頭閃避。瑛姑在泥濘遍地的黑沼一居十餘年，見泥鰍穿泥遊行而悟出了一身泥鰍功，在陸上與人動手過招已滑溜異常，一入軟泥浮沙，更深得地利之便，她將郭靖拉入荷塘，也是知他武功勝己，非逼得他身處困境，難以過橋。她指戳掌打，在污泥中比陸上更迅捷數倍，有時更撈起一團團爛泥，沒頭沒腦的向郭靖抹去。

郭靖雙足深陷，又不敢猛施掌力將她打傷，只拆了四五招，立時狼狽萬分。但聽風

聲響處，一團塘泥挾著臭氣撲面而至，忙側頭閃避，那知瑛姑數泥同擲，閃開了兩團污泥，第三團卻給迎面擲個正中，口鼻雙眼登被封住。他久經江南六怪指點，知道身上如中暗器，若手忙腳亂的去拔暗器、看傷口，敵人必乘機搶攻，痛下殺手，此時呼吸已閉，眼目難開，當下呼呼連推三掌，教敵人不能近到自己五尺之內，這才伸左手抹去臉上污泥，睜開眼來，卻見瑛姑已躍上石橋，走向禪院。

瑛姑闖過郭靖這一關，心中暗叫：「慚愧！若非此處有個荷塘，焉能打退這傻小子？想來是老天爺今日教我得報此仇。」腳步加快，走向寺門，伸手推去，那門竟未上門，呀的一聲，應手而開。這一下倒出乎她意料之外，生怕門後設有埋伏，在外面待了片刻，見屋內並無動靜，這才入內，見大殿上佛前供著一盞油燈，映照著佛像寶相莊嚴。瑛姑心中一酸，跪倒在蒲團上暗暗禱祝。

剛默默祝得幾句，忽聽身後格格兩聲輕笑，當即左手後揮，劃了個圈子，防敵偷襲，右手在蒲團上一按，借力騰起，在空中輕輕巧巧的轉身，落下地來。只聽得一個女子聲音喝了聲采：「好俊功夫！」定睛看時，只見她青衣紅帶，頭上束髮金環閃閃發光，一雙美目笑嘻嘻的凝視著自己，手中拿著一根晶瑩碧綠的竹棒，正是黃蓉。

只聽她說道：「瑛姑前輩，我先謝你救命之恩。」黃蓉嘆道：「世間恩仇之際，原也難明。我爹爹在桃花島上將老頑童周伯通關了二十五年，終也救不活我媽媽的性命。」瑛

姑在害人，並非為了救你，又何必謝我？」瑛姑森然道：「我指點你前來求醫，志在害人，並非為了救你，又何必謝我？」瑛姑森然道：「我指點你前來求

姑聽她提到周伯通，登時身子劇震，厲聲喝問：「你母親與周伯通有甚干係？」

黃蓉一聽她的語氣，即知她懷疑周伯通與自己母親有甚情愛糾纏，致讓父親關在桃花島上，看來雖事隔十餘年，她對老頑童並未忘情，否則怎麼憑空會吃起這份乾醋來？

垂首淒然道：「我媽是給老頑童累死的。」

瑛姑更增懷疑，燈光下見黃蓉肌膚白嫩，容顏嬌媚，自己當年美豔極頂之時，也遠不及她美貌，她母親若與她相似，難保周伯通見了不動心，不禁蹙眉沉思。

黃蓉道：「你別胡思亂想，我媽是天人一般，那周伯通頑劣如牛，除了有眼無珠的女子，誰也不會對他垂青。」瑛姑聽她嘲罵自己，但心中疑團打破，反而欣慰，臉上卻仍冷冷的不動聲色，說道：「既有人愛蠢笨如豬的郭靖，自也有人喜歡頑劣如牛之人。你媽媽又怎地給老頑童害死了？」黃蓉慍道：「你罵我師哥，我不跟你說話啦。」

說著拂袖轉身，佯作動怒。

瑛姑一心要問明究竟，忙道：「好啦，我以後不說就是。你師哥聰明得很。」黃蓉停步回頭，道：「我師哥也毫不聰明，他只忠厚老實，他跟我好了之後，就天塌下來，他還是對我好。那老頑童也不是存心害死我媽，可是我媽不幸謝世，卻是從他身上而起。我爹爹一怒之下，將他打斷了兩條腿，關在桃花島上，可是關到後來，心中卻也悔了。冤有頭，債有主，是誰害死你心愛之人，你該走遍天涯海角，找這真兇報仇才是。遷怒旁人，又有何用？」這幾句話猶如當頭棒喝，把瑛姑說得呆在當地，做聲不得。

黃蓉又道：「我爹爹自知不該遷怒旁人，早將老頑童放了……」瑛姑驚喜交集，說

道：「那就不用我去救他啦？」黃蓉微笑道：「若我爹爹又不肯放人，你又救得了老頑童嗎？」瑛姑默然。

瑛姑當年離了大理，隱居黑沼後，曾設法找尋周伯通，起初打探不到消息，後來才輾轉得知他爲黃藥師囚禁桃花島上。那日周伯通在大理不顧她而去，甚是決絕，她知若非有重大變故，勢難重圓，得悉他失手被禁，不由得又悲又喜，悲的是意中人身遭劫難，喜的是這卻是個機緣，若自己將他救出，他豈能不念恩情？那知桃花島上道路千迴百轉，別說救人，連自己也陷了三日三夜，險些餓死。還是黃藥師派啞僕帶路，才送她離島。她回歸黑沼，潛心修習術數之學。這時聽說周伯通已經獲釋，不禁茫然若失，甜酸苦辣諸般滋味，一齊湧上心來。

黃蓉笑吟吟的道：「老頑童最肯聽我的話，我說甚麼他從來不會駁回。你若想見他，這就跟我下山。我爲你們撮合良緣，就算是我報答你的救命之恩如何？」這番話只把瑛姑聽得雙頰暈紅，怦然心動。

眼見這場仇殺就可轉化爲一椿喜事，黃蓉正自大感寬慰，忽聽啪的一聲，瑛姑雙掌反向背後相互一擊，臉上登似罩了一層嚴霜，厲聲道：「憑你這黃毛丫頭，就能叫他聽你的話？他幹麼要聽你指使？爲了你美貌嗎？我無恩於你，也不貪圖你的報答。快快讓路，再遲片刻，莫怪我出手無情。」黃蓉笑道：「啊喲喲，你要殺我麼？」瑛姑雙眉豎起，冷冷的道：「殺了你又怎樣？別人忌憚黃老邪，我卻天不怕地不怕。」黃蓉笑嘻嘻的道：「殺了我不打緊，誰給你解那三道算題啊？」

那日黃蓉在黑沼茅屋的沙地上寫下了三道算題，瑛姑日夜苦思，絲毫不得頭緒。她當初研習術數原是為了相救周伯通，豈知任何複雜奧妙的功夫，既經鑽研，便不免令人廢寢忘食，欲罷不能。她明知這些算題即令解答得出，與黃藥師的學問仍相去霄壤，對救人之事毫無裨益，但好奇之心迫使她殫精竭慮，非解答明白，實難安心，這時聽黃蓉提及，那三道算題立時清清楚楚的在腦海中顯現，不由得躊躇。

黃蓉道：「你別殺我，我教了你罷。」從佛像前取過油燈，放在地下，取出一枚鋼針，在地下方磚上劃出字跡，登時將第一道「七曜九執天竺筆算」計了出來，只把瑛姑看得神馳目眩，暗暗讚嘆。

黃蓉接著又解明了第二道「立方招兵支銀給米題」，這道題目更加深奧。瑛姑待她寫出最後一項答數，不由得嘆道：「這中間果然機妙無窮。」頓了頓，說道：「這第三道題呢，說易是十分容易，說難卻又難到了極處。『今有物不知其數，三三數之賸二，五五數之賸三，七七數之賸二，問物幾何？』我知道這是二十三，不過那是硬湊出來的，要列一個每數皆可通用的算式，卻想破了腦袋也想不出。」

黃蓉笑道：「這容易得緊。以三三數之，餘數乘以七十；五五數之，餘數乘以二十一；七七數之，餘數乘以十五。三者相加，如不大於一百零五，即為答數；否則須減去一百零五或其倍數。」瑛姑在心中盤算了一遍，果然絲毫不錯，低聲記誦道：「三三數之，餘數乘以七十；五五數之……」黃蓉道：「也不用這般硬記，我唸一首詩給你聽，那就容易記了：三人同行七十稀，五樹梅花廿一枝，七子團圓正半月，餘百零五便得知。」

知。

瑛姑聽到「三人同行」、「團圓半月」幾個字，不禁觸動心事，暗道：「這丫頭既識得他，自早知我的陰私。三人同行是刺我一女奉二男，團圓半月卻譏我與他只有十餘日的恩情。」她昔年做下了虧心之事，不免處處多疑，當下沉著聲音道：「好啦，多謝你指點。朝聞道，夕死可矣。你再囉唆，我可容你不得啦？」黃蓉笑道：「朝聞道，夕死可矣。死的是聞道之人啊，倒不曾聽說是要弄死那傳道之人的。」

瑛姑瞧那禪院情勢，知道段皇爺必居後進，眼見黃蓉跟自己不住糾纏，必有詭計，心想這丫頭年紀雖小，精靈古怪不在乃父之下，莫要三十老娘倒繃嬰兒，運糧船撞翻在陰溝裏，為了看她計算，已躭擱了不少時刻，大事當前，怎地還在無用的術數上耗無謂心思？當下更不打話，舉步向內。轉過佛殿，見前面黑沉沉的沒一星燈火。她孤身犯險，不敢直闖，提高聲音叫道：「段智興，你到底見我不見？在黑暗裏縮頭藏尾，算是甚麼大丈夫的行逕？」

黃蓉跟在她身後，接口笑道：「你嫌這裏沒燈麼？大師就怕燈火太多，點出來嚇壞了你，才教人熄了的。」瑛姑道：「哼，我是個命中要下地獄之人，還怕甚麼刀山油鍋？」黃蓉拍手笑道：「那好極了，我正要跟你玩玩刀山的玩意。」從懷中取出火摺晃亮了，俯身點燃了她身旁地下一個火頭。

豈知自己足邊就有油燈，這倒大出瑛姑意料之外，定睛看時，其實也不是甚麼油燈，只是一隻瓦茶杯中放了小半杯清油，浸著一根棉芯作燈心，茶杯旁豎著一根削尖的

竹籤，約有一尺來長，一端插在土中，另一端向上挺立，甚是鋒銳。黃蓉足不停步，不住點去，片刻之間，地下宛似滿天繁星，布滿了燈火與竹籤，每隻茶杯之旁，必有一根尖棒。

待得黃蓉點完，瑛姑早已數得明白，共是一百一十三隻茶杯、一百一十三根竹籤，不禁大爲狐疑：「若說這是梅花椿功夫，不是七十二根，就該是一百零八根，一百一十三根卻是甚麼道理？排列得又零零落落，既非九宮八卦，又不是梅花五出。而且這竹籤如此鋒利，上面那裏站得人？是了，她必是穿了鐵底的鞋子。」心想：「小丫頭有備而作，在這上面我必鬥她不過，且假作不知，過去便是。」當下大踏步走去，竹籤布得密密麻麻，難以通行，她橫腳踢去，登時踢倒了五六根，口中說道：「搗甚麼鬼？老娘沒空陪小娃娃玩。」

黃蓉急叫：「咦，咦，使不得，使不得！」瑛姑毫不理會，繼續踢去。黃蓉叫道：「好啊，你蠻不講理，我可要熄燈啦。快用心瞧一遍，把竹籤方位記住了。」瑛姑心中一驚：「若是數人合力在此處攻我，他們早記熟了方位，黑暗裏我可要喪生在竹籤之上。」一提氣，加快腳步，踢得更加急了。黃蓉叫道：「也不怕醜，胡賴！」

油燈映照下一條綠幽幽的棒影從面前橫掠而過，瑛姑那把這個十幾歲的少女放在心上，左掌直劈，就想一掌震斷竹棒。那知黃蓉這一棒使的是「打狗棒法」中的「封」字訣，棒法全是橫使，並不攻擊敵身，一條竹棒化成一片碧牆，擋在面門，只要敵人不踏竹棒起處，擋在瑛姑面前。

上一步，那就無礙，若施攻擊，立受反打。瑛姑這掌劈去，嗒的聲響，手背反給棒端戳中，急忙縮手，已感又疼又麻。

這一下雖非打中要害穴道，痛得卻也甚為厲害，瑛姑本不把黃蓉的武功放在眼裏，斗然間受了這一下，不禁又驚又怒。她吃了這小虧，毫不急躁，反而沉住了氣，先守門戶，要瞧明白對方武功的路子再說，暗道：「當年曾聽人說過黑風雙煞的武功，十分了得，但他們先已在桃花島學了不少厲害功夫，怎麼這小小丫頭也有如此造詣？必是黃藥師已把生平絕藝授了他這獨生愛女。」她當年在桃花島上吃過大虧，沒見到黃藥師一面，便已險些一命喪島上，對這位桃花島主心中向來著實忌憚。

她卻不知這「打狗棒法」是丐幫幫主的絕技，即令是黃藥師親至，一時之間也未必破解得了。就在她這只守不攻、暗自沉吟之際，黃蓉竹棒仍使開那「封」字訣，擋住她進路，足下卻不住移動走位，在竹籤之間如穿花蝴蝶般飛舞來去，片刻之間，已用足尖把一百一十三盞油燈踢滅了大半。妙的是只踢熄火頭，不但作燈的茶杯並未踏翻踢碎，連清油也濺出不多，燈旁插著的尖利竹籤自沒碰動。

她足上使的是桃花島的「旋風掃葉腿法」，移步迅捷，落點奇準，但瑛姑已瞧出她功夫未臻上乘，遠不如竹棒的變化莫測，何況她傷勢初愈，元氣未復，若攻她下盤，數十招即可取勝，心中計算方定，油燈已給踢得賸下七八盞，這幾盞油燈盡數留在東北角，在夜風中微微顫動，其餘三隅已漆黑一片，突然間黃蓉竹棒搶攻兩招，瑛姑一怔，借著昏黃的燈光看準竹籤空隙，退後一步。黃蓉竹棒在地下一撐，身子平掠而起，長袖拂

去，袖拂中含了劈空掌功夫，七八盞油燈應手而滅。

瑛姑暗暗叫苦：「我雖已有取勝之法，可是在這竹籤叢中，每踏一步都能給籤子刺穿足掌，那又如何動手？」黑暗中只聽得黃蓉叫道：「你記住竹籤方位了罷？咱們在這裏拆三十招，只要你傷得了我，就讓你入內見段皇爺如何？」瑛姑道：「竹籤是你所布，又不知在這裏已練了多少時候，別人一瞬之間，怎能記得這許多油燈的方位。」黃蓉年幼好勝，又自恃記心過人，笑道：「這有何難？你點著油燈，將竹籤拔出來重行插過，你愛插在那裏就插那兒，然後熄了燈再動手過招如何？」

瑛姑心想：「這不是考較武功，卻考較記心來了。這機伶小鬼聰明無比，我大仇未報，豈能拿性命來跟她賭賽記心？」靈機一動，已有計較，說道：「好，那倒也公平，老娘就陪你玩玩。」取出火摺晃亮，點燃油燈。

黃蓉笑道：「你何必自稱老娘？我瞧你花容月貌，還勝過二八佳人，難怪段皇爺當年對你如此顛倒，而且數十年來顛倒之心絲毫不變。」瑛姑正在拔著一根根竹籤挪移地位，聽了此言，呆了一呆，冷笑道：「他對我顛倒？我入宮兩年，他幾時睬過人家？」

黃蓉奇道：「咦，他不是教你武功了嗎？」瑛姑道：「教武功就算理睬人家了？」黃蓉道：「啊，我知道啦。段皇爺要練先天功，可不能跟你太要好啊。」瑛姑哼了一聲，道：「你懂甚麼？怎麼他又生皇太子？」黃蓉側過了頭，想了片刻，道：「皇太子是從前生的，那時他還沒練先天功呢。」

瑛姑又哼了一聲，不再言語，只拔著竹籤移動方位。黃蓉見她插一根，心中便記一

1304

根，不敢有絲毫怠忽，此事性命攸關，只要記錯了數寸地位，待會動起手來，立時有竹籤穿腳之禍。瑛姑心中，一直在琢磨黃蓉的言語。

過了一會，黃蓉又道：「段皇爺不肯救你兒子，也是為了愛你啊。」瑛姑道：「你都知道了？哼，為了愛我？」語意中充滿怨毒。黃蓉道：「他是喝老頑童的醋。倘若不愛你，為甚麼要喝醋？他本已決定出手救你兒子，見到他肚兜上那塊『四張機』的鴛鴦錦帕，『可憐未老頭先白』，你要跟老頑童白頭偕老，段皇爺當真傷心之極，當時只想死了！」瑛姑從沒想到段皇爺對己居然有這番情意，不禁呆呆出神。

黃蓉道：「我瞧你還是好好回去罷。」瑛姑冷冷的道：「除非你擋得住我。」黃蓉道：「好，既是定要比劃，我只得捨命陪君子。你闖得過去，我決不再擋。倘若闖不過呢？」瑛姑道：「以後我永不再上此山。要你陪我一年之約，也作罷論。」黃蓉拍手道：「妙極，跟你在一起雖然挺有趣，但在爛泥塘裏住上一年，也真難熬。」

說話之間，瑛姑已將竹籤換插了五六十根，隨即逐一踢滅油燈，說道：「其餘的不用換了。」黑暗中五指成抓，猛向黃蓉戳來。黃蓉記住方位，斜身竄出，左足不偏不倚，剛好落在兩根竹籤之間，竹棒抖出，點她左肩。那知瑛姑竟不回手，大踏步向前，只聽格格格一連串響聲過去，數十根竹籤全給她踏斷，逕入後院去了。

黃蓉一怔，立時醒悟：「上了她當！她換竹籤時手上使勁，暗中將籤條都捏斷了。」只因好勝心盛，於這一著竟沒料到，不由得大是懊惱。

瑛姑闖進後院，伸手推門，只見房內蒲團上居中坐著一個老僧，銀鬚垂胸，厚厚的僧衣直裹到面頰，正自低眉入定。漁樵耕讀四大弟子和幾名老和尚、小沙彌侍立兩旁。

那樵子見瑛姑進來，走到老僧面前，合什說道：「師父，劉娘娘上山來訪。」那老僧微微點了點頭，卻不說話。

禪房中只點著一盞油燈，各人面目都看不清楚。瑛姑早知段皇爺已經出家，卻想不到十多年不見，一位英武豪邁的皇爺竟已成為如此衰頹的老僧，想起黃蓉適才的話，似乎皇爺當年對自己確也不是少了情意，不禁心中一軟，握著刀柄的手慢慢鬆開。

一低頭，只見那錦帕所製的嬰兒肚兜正放在段皇爺蒲團之前，肚兜上放著一枚玉環，正是當年皇爺賜給她的。瞬時之間，入宮、學武、遇周、絕情、生子、喪兒的一幕幕往事都在眼前現了出來，到後來只見到愛兒一臉疼痛求助的神色，雖是小小孩兒，眼光中竟也似有千言萬語，似在埋怨母親不為他減卻些微苦楚。

她心中斗然剛硬，提起匕首，勁鼓腕際，對準段皇爺胸口一刀刺了進去，直沒至柄。她知段皇爺武功了得，這一刀未必刺得他死，而且匕尖著肉之際，似乎略有異樣，當下向裏回奪，要拔出來再刺第二刀，那知匕首牢牢嵌在他肋骨之中，一時竟沒能拔動。只聽得四大弟子齊聲驚呼，同時搶上。

瑛姑十餘年來潛心苦修，這當胸一刺不知已練了幾千幾萬遍。她明知段皇爺必定衛護周密，右手白刃刺出，左手早已掌招連發，守住左右與後心三面，這一奪沒將匕首拔出，眼見情勢危急，忙躍向門口，回頭一瞥，只見段皇爺左手撫胸，顯得十分痛楚。

她此刻大仇已報，心中卻殊無快慰之意，忽然想起：「我與人私通生子，他沒一言半語相責，放我隨周伯通而去，正式結爲夫婦，是老頑童那廝不要我，可不是他不放我。他仍任由我在宮中居住，不但沒將我處死，一切供養只有比前更加豐厚。我隱居黑沼，他派人爲我種樹植林，送我食糧物品，這些年來照應無缺。他實在一直待我好得很啊。」她向來只記著段皇爺不救自己兒子性命，心中全是怨毒，此刻當胸一刀，才想到他的諸般好處，長嘆一聲，轉身出門。

這一轉過身來，不禁尖聲驚呼，全身汗毛直豎，但見一個老僧合什當胸，站在門口。燈光正映在他的臉上，隆準方口，眼露慈光，雖作僧人裝束，卻明明白白是當年君臨大理的段皇爺。瑛姑如見鬼魅，一個念頭如電光般在心中閃過：「適才定是殺錯了人。」眼光橫掃，但見讓自己刺了一刀的僧人慢慢站起，解去僧袍，左手在頦下一扯，將一把白鬍子盡數拉了下來。瑛姑又尖聲驚呼，這老僧竟是郭靖假裝的。

這正是黃蓉安排下的計謀。郭靖點了一燈大師的穴道，就是存心要代他受這一刀。他只怕那天竺僧人武功厲害，是以先出手相攻，豈知此人竟絲毫不會武藝。當黃蓉在院子中向瑛姑詳細解明三道算題、以「打狗棒法」阻路、再布油燈竹籤之時，四弟子趨速給郭靖洗去身上泥污，剃光頭髮。他頦下白鬍，也是剃了一燈的鬍子黏上去的。四大弟子本覺這事戲弄師父，大人不敬，而且郭靖須得干冒大險，各人也感不安，若山四弟子中一人假扮，他們武功不及，勢必給瑛姑刺死。

瑛姑挺刀刺來之時，郭靖眼明手快，在僧袍中伸出兩指，揑住了刀鋒扁平的兩側。

那知瑛姑這一刺狠辣異常，饒是郭靖指力強勁，終於刃尖還是入肉半寸，好在未傷肋骨，終無大礙。他若將軟蝟甲披在身上，原可擋得這一刀，但瑛姑機伶過人，匕首中甲，定然知覺，那麼禍胎終是不去，此次一擊不中，日後又會再來尋仇。

這「金蟬脫殼之計」眼見大功告成，那知一燈突然在此時出現，不但瑛姑吃驚，餘人也都大出意料之外。原來一燈穴道中指遭點，內功未失，郭靖又怕傷他身子，只點了他最不關緊要的穴道。一燈在隔房潛運內功，緩緩解開了自身穴道，恰好在這當口到了禪房門口。瑛姑臉如死灰，自忖這番身陷重圍，定然無倖。

一燈向郭靖道：「把匕首還她。」郭靖不敢違拗，將匕首遞了過去。瑛姑茫然接過，眼望一燈，心想他不知要用甚麼法子來折磨我，只見他緩緩解開僧袍，又揭開內衣，說道：「大家不許難為她，要好好讓她下山。好啦，你來刺罷，我等了你很久很久了。」眼瞧瑛姑，神色慈和。

這幾句話說得十分柔和，瑛姑聽來卻如雷轟電掣一般，見他眼光之中，甚至有幾分柔情，昔日恩情，湧向心頭，仇怨霎時盡泯，說道：「是我對你不起！」手一鬆，噹的一聲，匕首落地，雙手掩面疾奔而出。只聽她腳步逐漸遠去，終於杳無聲息。

眾人相互怔怔的對望，都默不作聲。突然間咕咚、咕咚兩聲，那書生和農夫一俯一仰的跌倒在地。原來兩人手指中毒，強自撐住，這時見師父無恙，心中一喜，再也支持不住。那樵子叫道：「快請師叔！」話猶未了，黃蓉已陪同那天竺僧人走了進來。他是

療毒聖手，取出藥來給二人服了，又將二人手指頭割開，放出黑血，臉上神色嚴重，口中嘰哩咕嚕的說道：「阿馬里，哈失吐，斯骨爾……」

一燈懂得梵語，知道二人性命不妨，但中毒甚深，須得醫治兩月，方能痊愈。

此時郭靖已換下僧服，裹好胸前傷口，向一燈磕頭謝罪。一燈忙伸手扶起，嘆道：「你捨命救我，真是罪過，罪過。」他轉頭向師弟子說了幾句梵語，簡述郭靖的作為。那天竺僧人道：「斯里星，昂依納得。」

郭靖一怔，這兩句話他是會背的，當下依次背了下去，說道：「斯熱確虛，哈虎文鉢英……」當日周伯通教他背誦九陰真經，最後一篇全是這些古怪說話，郭靖不明其意，可是心中囫圇吞棗的記得滾瓜爛熟，這時便順口接了下去。

一燈與那天竺僧人聽他居然會說梵語，都是一驚，又聽他所說的卻是一篇習練上乘內功的秘訣，更是詫異。一燈問起原委，郭靖照實說了。

一燈驚嘆無已，說道：「此中原委，我曾聽重陽真人說過。撰述九陰真經的那位高人黃裳不但讀遍道藏，更精通內典，識得梵文。他撰完真經，下卷的最後一章是真經的總旨，真經最高祕奧，全在總旨之中，前面所有難以明解的關鎖，總旨乃是鑰匙。他忽然想起，此經倘若落入心術不正之人手中，持之以橫行天下，無人制他得住。但若將這章闡明最高武學的總旨毀去，總是捨不得，於是改寫為梵文，卻以中文音譯，心想此經是否能傳之後世，已然難言，中土人氏能通梵文者極少，兼修上乘武學者更屬稀有。得經者如為天竺人，雖能精通梵文，卻不識中文。中華人士如能通識梵文，武學又高，此

人就不至為奸惡小人。他如此安排，差不多等於不欲後人明他經義。因此這篇梵文總旨，連重陽真人也不解其義。你如此安排，你不懂梵文，卻記熟了這些咒語一般的長篇大論，當真是難得之極的因緣。」當下要郭靖將經文梵語一句句的緩緩背誦，他將之譯成漢語，寫在紙上，授了郭靖、黃蓉二人。

道家武功本來以陰柔為主，九陰極盛，乃成為災，黃裳所以名之為「九陰真經」，原有陰陽不調，即成為災之意。這九陰真經的總旨闡述陰陽互濟、陰陽調和的至理，糾正道家但重陰柔的缺失，比之真經中所載的功夫更深了一層。

這九陰真經的總旨精微奧妙，一燈大師學識淵博，內功深邃，卻也不能一時盡解，說道：「你們在山上多住些日子，待我詳加鑽研，轉授你二人。」又道：「我玄功有損，原須修習五年，方得復元，但依這真經練去，看來不用三月，便能有五年之功。雖我所習是佛門功夫，與真經中所述的道家內功路子頗不相同，但看這總旨，武學到得最高處，殊途同歸，與佛門所傳亦無大別。」

黃蓉說起洪七公為歐陽鋒擊傷之事，一燈大師甚是關心，說道：「你二人將這九陰神功告知你們師父，他必可由此自復功力，倒不必由老友動手了。」郭蓉二人聽了更是歡喜。

二人在山上一連住了十餘日，一燈大師每日裏講解九陰神功的要旨，黃蓉更藉此養傷。這一日兩人正在禪寺外閒步，忽聽空中鵰鳴啾急，那對白鵰遠遠從東而至。黃蓉拍手叫道：「金娃娃來啦。」只見雙鵰歙翼落下，神態甚是委頓。兩人不由得一驚，但見

1310

雌鵰左胸血肉模糊，受了箭傷，箭枝已然不在，想是鵰兒自行拔去了，雄鵰腳上縛了一塊青布，卻無金娃娃的蹤跡。

黃蓉認得這青布是從父親衫上撕下，那麼雙鵰確是已去過桃花島了。瞧這情形，莫非桃花島來了強敵，黃藥師忙於迎敵，無暇為女兒做那不急之務？雙鵰神駿異常，雌鵰卻給射中一箭，發箭之人武功自必甚是高強。郭靖忙為雌鵰裹創敷藥。

黃蓉推詳半天，不得端倪。雙鵰不會言語，雖目睹桃花島上情景，也不能透露半點消息。兩人掛念黃藥師安危，當即向一燈大師告別。

一燈道：「本期尚有多日相聚，桃花島既然有事，我也不能再留你們了。但藥兒神通廣大，足智多謀，料來當世也沒人能加害於他，你們不必多慮。」當下將漁樵耕讀四人都傳來，命靖蓉二人坐在面前蒲團之上，講述武學中的精義，直說了一個多時辰，這才講畢。靖蓉二人依依不捨的告別下山。書生與農夫未曾痊愈，送到山門。那漁人與樵子直送到山腳，待二人找到小紅馬，這才執手互道珍重而別。

回程熟路，景物依然，心境卻已與入山時大不相同。想起一燈大師的深恩厚意，黃蓉情不自禁的向著山峯盈盈下拜，郭靖跟著跪倒磕頭。

一路上黃蓉雖然掛念父親，但想他一生縱橫天下，罕有受挫，縱遇強敵，即或不勝，也必足以自保，正如一燈大師所云：「料來當世也沒人能加害於他」，是以也不怎麼擔心。兩人坐在小紅馬背上，談談說說，甚是暢快。雙鵰在空中緩緩相隨。

黃蓉笑道：「咱倆相識以來，不知遇了多少危難，但每吃一次虧，多少總有點好處，像這次我挨了裘千仞那老傢伙兩掌，卻換得了九陰神功的祕奧，就算當年王重陽，卻也不知。」郭靖道：「我寧可一點兒武功也沒有，只要你平平安安。」黃蓉心中甚是歡喜，笑道：「啊喲，要討好人家，也不用吹這麼大的氣！你如不會武功，早就給打死啦，別說歐陽鋒、沙通天他們，就鐵掌幫的一名黑衣漢子，也一刀削了你的腦袋。」郭靖道：「不管怎樣，我可不能再讓你受傷啦。上次在臨安府自己受傷倒不怎樣，這幾天瞧著你挨痛受苦，唉，當真心裏難受。」黃蓉笑道：「哼，你這人沒良心。」郭靖奇道：「怎麼？」黃蓉道：「你寧可自己受傷，讓我來心裏不好過。」

郭靖無言可答，縱聲長笑，足尖在小紅馬肋上輕輕一碰，小紅馬昂首輕嘶，電馳而出，四足猶似凌空一般。

中午時分，已到桃源縣治。黃蓉元氣究未恢復，騎了半天馬，累得雙頰潮紅，呼吸頓促。桃源城中只一家像樣的酒家，叫作「避秦酒樓」。兩人入座叫了酒菜。

郭靖向酒保道：「小二哥，我們要往漢口，相煩去河下叫一艘船。」酒保道：「客官如搭人同走，省錢得多，兩人包一艘船花銀子可不少。」黃蓉白了他一眼，拿出一錠五兩的銀子往桌上一拋，道：「夠了麼？」酒保忙陪笑道：「夠了，夠了。」轉身下樓。

郭靖怕黃蓉傷勢有變，不讓她喝酒，自己也陪她不飲，只吃飯菜。剛吃得半碗飯，那酒保陪了一個梢公上來，言明直放漢口，管飯不管菜，共三兩六錢銀子。黃蓉也不講

價，把那錠銀子遞給梢公。那梢公接了，行個禮道謝，指了指自己的口，嘶啞著嗓子「啊」了幾聲，原來是個啞巴。他東比西指的做了一陣手勢，黃蓉點點頭，也做了一陣手勢，姿式繁複，竟長篇大論，滔滔不絕。啞巴喜容滿臉，連連點頭而去。

郭靖問道：「你們兩個說些甚麼？」黃蓉說道：「他說等我們吃了飯馬上開船。我叫他多買幾隻雞、幾斤肉，好酒好菜，儘管買便是，回頭補錢給他。」郭靖嘆道：「這啞梢公要是遇上我，可不知怎生處了。」要知桃花島上侍僕均是啞巴，跟啞巴打手勢說話，黃蓉三歲上便已會了。

那酒樓的一味蜜蒸臘魚做得甚是鮮美，郭靖吃了幾塊，想起了洪七公，道：「不知恩師現在何處，傷勢如何，教人好生掛懷。」恨不得將臘魚包起來，拿去給洪七公吃。

黃蓉正待回答，只聽樓梯腳步聲響，上來一個道姑，身穿灰布道袍，用遮塵布帕蒙著口鼻，只露出了眼珠。

那道姑走到酒樓靠角裏的一張桌邊坐下，酒保過去招呼，那道姑低低說了幾句話，酒保吩咐下去，不久端將上來，是一份素麵。黃蓉見這道姑身形好熟，卻想不出曾在那裏見過。郭靖見她留上了神，也向那道姑望了一眼，見她忙轉過頭去，似乎也正打量著他。黃蓉低聲笑道：「靖哥哥，那道姑動了凡心，說你英俊瀟灑。」郭靖道：「呸，別瞎說，出家人的玩笑也開得的？」黃蓉笑道：「你不信就算啦。」

兩人吃完了飯，走向梯口。黃蓉心中狐疑，又向那道姑一望，只見她將遮在臉上的布帕揭開一角，露出臉來。黃蓉一看之下，險些失聲驚呼。那道姑一搖手，隨即將帕子

1313

遮回臉上，低頭吃麵。郭靖走在前頭，並未知覺。

下樓後會了飯帳，那啞梢公已等在酒樓門口。黃蓉做了幾下手勢，意思說要去買些物事，稍待再行上船。那啞梢公點點頭，向河下一艘箬篷大船指了一指。黃蓉會意，見那梢公並不走開，與郭靖向東首走去。在街角邊牆後一縮，不再前行，注視著酒樓門口。

過不多時，那道姑出了酒樓，向門口的紅馬雙鵰望了一眼，似在找尋靖蓉二人，四下一瞥未見人影，逕向西行。黃蓉低聲道：「對，正該如此。」一扯郭靖衣角，快步向東。郭靖莫其其妙，卻不詢問，只跟著她一股勁兒的走著。

桃源縣城不大，片刻間出了東門，黃蓉折而南行，繞過南門後，又轉向西。郭靖道：「咱們去跟蹤那道姑嗎？你可別跟我鬧著玩。」黃蓉笑道：「甚麼鬧著玩？這天仙般的道姑，你不追可悔之晚矣。」郭靖急了，停步不走，道：「蓉兒，你再說這些話我要生氣啦。」黃蓉道：「我才不怕呢，你倒生點兒氣來瞧瞧。」

郭靖無奈，只得跟著又走，約莫走出五六里路，遠遠見那道姑坐在一株槐樹底下，她見靖蓉來到，便即站起，循著小路走向山坳。

黃蓉拉著郭靖的手跟著走向小路。郭靖急道：「蓉兒，你再胡鬧，我要抱你回去啦。」黃蓉道：「我當真走得累了，你一個人跟罷。」郭靖蹲低身子，說道：「可莫累壞了，我揹你回去。」

黃蓉格格一笑，道：「我去揭開她臉上手帕，給你瞧瞧。」加快腳步，向那道姑奔

去。那道姑回轉身子等她。黃蓉撲過去一把抱住了，伸手去揭她臉上布帕。

郭靖隨後跟來，只叫：「蓉兒，莫胡鬧！」突然見到道姑的臉，一驚停步，只見她蛾眉深蹙，雙目含淚，一副楚楚可憐的神色，卻是穆念慈。

黃蓉抱著她的腰道：「穆姊姊，你怎麼啦？楊康那小子又欺侮了你嗎？」穆念慈垂首不語。郭靖走近來叫了聲：「世妹。」穆念慈輕輕嗯了一聲。

黃蓉拉著穆念慈的手，走到小溪旁的一株垂柳下坐了，道：「姊姊，他怎樣欺侮你？咱們找他算帳去。我和靖哥哥也給他作弄得苦，險此兒兩條命都送在他手裏。」

穆念慈低頭不語，她和黃蓉二人的倒影映在清可見底的溪水之中，水面一瓣瓣的落花從倒影上緩緩流過。郭靖坐在離二人數尺外的一塊石上，滿腹狐疑：穆家世妹怎地作了道姑打扮？在酒樓中怎麼又不招呼？楊康卻不知到那裏去了？

黃蓉見了穆念慈傷心的神色，也不再問，默默的握著她手。過了好一陣，穆念慈才道：「妹子，郭世哥，你們僱的船是鐵掌幫的。他們安排了鬼計，要加害你們。」靖蓉二人吃了一驚，齊聲道：「那啞巴梢公的船？」穆念慈道：「正是。不過他不是啞巴。他是鐵掌幫裏的好手，說話聲音響得很，生怕一開口引起你們的疑心，因此假裝啞巴。」

黃蓉暗暗心驚，說道：「不是你說，我還真瞧不出來。這傢伙手勢倒打得好，想來他時時裝啞巴。」

郭靖飛身躍上柳樹，四下張望，除了田中二三農人之外，再無旁人，心想：「若非她二人大兜圈子，鐵掌幫定然有人跟來。」

1315

穆念慈嘆了一口長氣，緩緩的道：「我跟楊康的事，以前的你們都知道了。後來我運義父義母的靈柩南下，在臨安牛家村冤家路狹，又遇上了他。」黃蓉接口道：「那回事我們也知道，還親眼見他殺了歐陽克。」穆念慈睜大了眼睛，難以相信。

黃蓉將她與郭靖在密室養傷之事簡略說了，又說到楊康如何冒認丐幫幫主、兩人如何脫險等事。這些事經過曲折，說來話長，黃蓉急於要知道穆念慈的經歷，只扼要一提。

穆念慈切齒道：「這人作惡多端，日後總沒好下場，只恨我有眼無珠，命中有此劫難，竟會遇上了他。」黃蓉摸出手帕，輕輕替她拭去頰上淚水。

穆念心中煩亂，過去種種紛至沓來，一時不知從何說起，又過半晌，待心中漸漸寧定，才說出一番話來。

那啞巴梢公突然取出一柄斧頭，兩下猛砍便斬斷了纜索，跟著伸手提起鐵錨。那船給湍急的江水一沖，驀地裏側身橫斜，轉個圈子，飛也似的往下游衝去。

第三十二回

湍江險灘

穆念慈右手讓黃蓉握著，望著水面的落花，說道：「我見他殺了歐陽克，只道他從此改邪歸正，又見丐幫兩位高手恭恭敬敬的接他西去，那兩位丐幫大叔我本來相識，知道是七公他老人家的親信下屬，他們對他既如此相待，我心中歡喜，就和他同行。

「到了岳州後，丐幫大會君山。他事先悄悄對我說道：洪恩師曾有遺命，著他接任丐幫幫主。我又驚又喜，實在難以相信，但見丐幫中連輩份最高的眾長老對他十分敬重，卻又不由得我不信。我不是丐幫中人，不能去參預大會，便在岳州城裏等他，心裏想著，他一旦領袖丐幫羣雄，必能爲國爲民，做一番轟轟烈烈的大事，將來也必能手刃大仇，爲義父義母報仇。這一晚我東想西想，竟沒能安枕，只覺事事美滿之極，一生中極少這樣開心過，直到黎明時分，正要矇矓睡去，他忽然從窗中跳了進來。

「我嚇了一跳，還道他忽又起了胡鬧的念頭。他卻低聲道：『妹子，大事不好啦，咱們快走。』我驚問原委，他道：『丐幫中起了內叛，污衣派不服洪幫主的遺命。淨衣派與污衣派爲了立新幫主的事，大起爭鬥，已打死了好多人。』我大吃一驚，問道：『那怎麼辦？』他道：『我見傷人太多，甘願退讓，不做幫主了。』我想顧全大局，也只有如此。他又道：『可是淨衣派的長老們卻又不放我走，幸得鐵掌幫裘幫主相助，才得離開君山。眼下咱們且上鐵掌山去避一避再說。』我也不知鐵掌幫是好是歹，他既這麼說，便跟了他同去。

「到了鐵掌山上，那鐵掌幫的裘幫主也沒見著，說是出門去了。我冷眼旁觀，見鐵掌幫行事鬼鬼祟祟，到處透著邪門，就對他說：『你雖退讓，不做丐幫幫主，可也不能就

此一走了之。我瞧還是去找你師父長春子丘道長，請他約齊江湖好漢，主持公道，由丐幫眾英雄在幫中推舉一位德高望重之人出任幫主，免得幫中自相殘殺，負了洪恩師對你的重託。』他支支吾吾的，既不說是，也不說不是，卻只提跟我成親的事。我疾言厲色的數說了他幾句，他也生氣了，兩人吵了一場。

「過了一天，我漸漸後悔起來，心想他雖輕重不分，不顧親仇，就只念著兒女之情，但總是對我好，而且我責備他的話確是重了些，也難怪他著惱。這天晚上我愈想愈不安，點燈寫了個字條，向他賠個不是。我悄悄走到他窗下，正想把字條從窗縫中塞進去，忽然聽得他正在跟人說話。我從窗縫中張望，見另一人是個身材矮小的花白鬍子老頭，身穿黃葛短衫，手裏拿著一柄大葵扇。」

郭靖與黃蓉對視一眼，均想：「不知是裘千仞還是裘千丈？」

穆念慈續道：「那老頭兒從懷裏摸了一個小瓷瓶出來，放在桌上，低聲道：『楊兄弟，你那位沒過門的夫人不肯就範，這事容易得緊，你將瓶裏的藥粉在清茶裏放下一些，給她喝了，我包你今晚就洞房花燭。』」

靖蓉兩人聽到這裏，心中都道：「是裘千丈。」

穆念慈續道：「楊康他居然眉花眼笑，連聲道謝。我氣得幾乎要暈了過去。不多時那老頭兒告辭出來。我悄悄跟在後面，走遠之後，撲上去在他背心上一拳，打倒在地。

「若不是身在險地，真便要一刀結果了他。我接連幾拳將他打量了，在他身上一搜，這傢伙懷裏的東西也真多，甚麼戒指、斷劍、磚塊，古裏古怪一大套，想來都是害人的物

事，另外有一本冊子，我想其中或許有甚麼名堂，便取了揣在懷裏，越想越惱，決意去跟楊康理論。

「我重到楊康房外，不料他已站在門口，笑吟吟的道：『妹子，請進來罷。』我打定了主意，這晚非一切說個清楚不可，到了他房裏，他便指著桌上的瓷瓶，笑道：『妹子，你猜，瓶子裏裝的是甚麼？』我怒道：『誰知道是甚麼髒東西了。』他笑道：『一個朋友剛才送給我的，說道這藥粉只要在清茶裏放上一些，騙你喝了，一切便能如我所願。』這句話倒大出我意料之外，我登時消了氣，拿起瓷瓶，推開窗子丟了出去，說道：『你留著幹麼？』他說：『我敬重妹子猶如天人一般，怎會幹這等卑鄙齷齪的勾當？』」

郭靖點頭道：「楊兄弟這件事可做對了。」穆念慈哼了一聲，並不答話。黃蓉回想那日在鐵掌山上隔窗窺探，見到楊康坐在床沿，摟著穆念慈喁喁細語，當時穆念慈臉含微笑，神色溫柔，想來便是擲去瓷瓶之後的事，又想：「那多半是你打倒裘千丈，他在後面瞧見了，就故意向你賣好。」

郭靖問道：「後來怎樣？」他得周伯通教誨，凡是別人述說故事，中途停頓，便須追問「後來怎樣？」以助人談興，不料穆念慈突然滿臉通紅，轉過了頭去，垂頭不答。

黃蓉叫了出來：「啊，姊姊，我知道啦，後來你就跟他拜天地，做了夫妻。」

穆念慈回過頭來，臉色卻已變得蒼白，緊緊咬住了下唇，眼中發出奇異的光芒。黃蓉嚇了一跳，知道自己說錯了話，忙道：「對不起，我胡說八道，好姊姊，你別見怪。」

穆念慈低聲道：「你沒胡說八道，是我自己胡塗。我……我跟他做了夫妻，可是沒……沒拜天地。只恨我自己把持不定……」說到這裏，淚水簌簌而下。

黃蓉見她神情淒苦，伸左臂摟住她肩頭，想說些話來安慰，過了好一會，指著郭靖道：「姊姊，你不用難過，那也沒甚麼。那天在牛家村，靖哥哥也想跟我做夫妻。」此言一出，郭靖登時張口結舌，忸怩不堪，說道：「我們……沒有做……」黃蓉笑道：「那你想過沒有呢？」郭靖連耳根子也都羞得通紅，低頭道：「是我不好。」黃蓉右手伸過去拍拍他肩頭，柔聲道：「你想跟我做夫妻，我歡喜得很呢，你沒有甚麼不好。」

穆念慈嘆了口氣，心想：「黃家妹子雖聰明伶俐，畢竟年紀小，於男女之事還不大懂。她遇上了這個忠厚老實的郭大哥，真是福氣。」黃蓉問道：「姊姊，後來怎樣？」

穆念慈望著溪水，低聲道：「後來……後來……我聽得窗外有人大聲喝叱與傳呼號令之聲，很是混亂，他叫我別作聲，說是鐵掌幫他們幫裏自己的事，跟我們不相干。後來有人來到房外的庭中，號令幫眾，說來了敵人，我從窗中望出去，指揮幫眾的竟然是剛才那糟老頭兒。我想原來他是鐵掌幫的幫主，心裏很是不安，怕他來責問我為甚麼暗算他。我那時候怎……怎見得人？幸好他匆匆忙忙的號令幫眾，趕了出去，神氣倒挺威風的。」

黃蓉笑道：「姊姊，這兩個老頭兒不是一個人。」穆念慈奇道：「不是一個人？」

黃蓉笑道：「他兩個是雙生兄弟，相貌一模一樣。你打倒的那個叫裘千丈，武功稀鬆平

常，淨會吹牛騙人。這個裘幫主裘千仞可了不起啦。幸好你打的是假幫主，倘若遇到的是真幫主，他鐵掌一揮，你的小命兒可難保得住了。」穆念慈黯然道：「原來如此。那日我遇上的若是那裘幫主，給他一掌打死了，倒也乾淨。」黃蓉笑道：「咱們的楊大哥可捨不得。」穆念慈一扭身，將她手臂從自己肩頭摔了下來，怫然道：「你別再跟我說這些話。」黃蓉伸了伸舌頭，笑道：「好罷，是我捨不得。」

穆念慈站起身來，道：「郭大哥，黃家妹子，我走了。」兩位保重，留神鐵掌幫船上的詭計。」黃蓉忙站起來拉住她手，央求道：「好姊姊，你別生氣，以後我不敢跟你胡說了。」穆念慈嘆道：「我不是生你的氣，是……是我自己傷心。」

黃蓉道：「怎麼？楊康這小子惹惱你了？」拉她又坐了下來。

穆念慈道：「那老兒走後，楊康又來跟我囉唆。我問他，以後我們兩個到底怎麼打算。他說：『我跟你已做了夫妻，一切都不用瞞你啦。大金國大軍不日南下，咱們得了鐵掌幫這樣的大援，裏應外合，兩湖唾手可得。』他說得興高采烈，說大金滅了宋朝後，他父王趙王爺將來必登大寶，做大金國皇帝，他便是皇太子，那時候富貴榮華，不可限量。

「我一言不發的聽著。他忽然說：『妹子，那時候你就是皇后娘娘了。』我……我再也忍耐不住，重重打了他一個耳光，奪門而出，直向山下急奔。這時鐵掌峯上已鬧得天翻地覆，無數幫眾嘍囉拿了燈籠火把，齊向那座最高的山峯上奔去。我獨自下山，倒也沒人攔阻。經了這番變故，我心如死灰，只想一死了之。那時候也不知東西南北，只是

1324

亂走。後來見到一所道院，就闖了進去，剛踏進門，便暈倒了。幸好那裏的老道姑收留了我，我一場大病，病了十多天，這幾天才好了些。我換上了這身道裝，啓程回臨安牛家村去，不想在這裏遇上了你們。」

黃蓉喜道：「姊姊，我們要回桃花島，正好同路。咱三個兒一塊走罷，道上也熱鬧些。你若不嫌棄，一路上我跟你說幾套武功。」穆念慈搖了搖頭，道：「不，我……我一個人走。妹子的好意可多謝了。」站起身來，從懷中取出一本冊子，說道：「郭大哥，這本冊子中所記的事，跟鐵掌幫有關。你們見到七公之時，請交了給他老人家，說不定有些用處。」郭靖道：「是。」伸手接過。

穆念慈快步走遠，頭也不回的去了。

郭靖和黃蓉眼望她的背影在一排大柳樹後消失，兩人默然半晌。郭靖道：「她孤身一人，千里迢迢的回兩浙去，只盼她道上別再受歹人欺侮。好在她武功不弱，尋常壞人，她也不怕。」黃蓉道：「那也難說得很，就是像你我這樣，也免不了受歹人欺侮。」

郭靖嘆道：「二師父常說：亂世之際，人不如狗，那也是沒法的事。」

黃蓉道：「好，咱們殺那啞巴狗去。」郭靖道：「甚麼啞巴狗？」黃蓉道：「自然要坐。衷千仞那老賊打得我好痛，怎麼能就此算了？老賊打不過，先去殺他幾個徒子徒孫再說。」

當下兩人又回酒樓來，只見那啞巴梢公正在酒樓前探頭探腦的張望，見到兩人回

1325

轉，臉露喜色，忙迎上來。靖蓉二人只作不知，隨他到碼頭落船。那船是一艘不大不小的篾篷船，載得八九十石米。沅江中這般船隻最多，湘西山貨下放，湖濱稻米上運，用的都是這些篾篷木船。只見船上兩名後生赤了膊正在洗刷甲板。

靖蓉二人上了船，那梢公解開船纜，把船撐到江心，張起布帆。這時南風正急，順風順水，那船如箭般向下游駛去。

郭靖想到楊康和穆念慈之事，不勝感歎，心想：「結義兄弟該當有福共享，有難同當。楊康義弟如今誤入歧途，我不能不理，說甚麼也要勸得他改邪歸正才是。」斜倚在艙內船板之上，呆呆的出神。

黃蓉忽道：「穆姊姊給你的那本冊子讓我瞧瞧，不知寫著些甚麼。」郭靖從懷中取出給她。黃蓉一頁頁的翻閱，忽然叫道：「啊，原來如此。你快來瞧。」

郭靖挪動身子，坐到她身旁，從她手裏瞧那冊子。

此時天已向晚，朱紅的晚霞映射江心，水波又將紅霞反射到了黃蓉的臉上、衣上、書上，微微顫動。

原來這冊子是鐵掌幫第十三代幫主上官劍南所書，記著幫中逐年大事。那上官劍南原是韓世忠部下的將領。秦檜當權後岳飛遭害，韓世忠給削除兵權，落職閒住。他部下官兵大半也解甲歸田。上官劍南其時年歲甚輕，憤恨奸臣當道，領著一批兄弟在荊湖一帶落草，有的到襄陽去投軍守城，上官劍南則入了鐵掌幫。不久老幫主去世，他接任幫主之位。這鐵掌幫本來只是個小小幫會，經他力加整頓，多行俠義之事，兩湖之間的英

禮。

雄好漢、忠義之士聞風來歸，數年間聲勢大振，在江湖上浸尋已可與北方的丐幫分庭抗

上官劍南心存忠義，雖身在草莽，卻念念不忘衛國殺敵、恢復故土，常派遣部屬在臨安、汴梁等地打探消息，以待時機。事隔多年，鐵掌幫中一名兄弟與當年看守岳飛的一名獄卒交好，得悉岳飛死後遺物入棺，其中有一部兵法遺書，輾轉打聽之下，得悉是在皇宮之中。這訊息快馬報到鐵掌峯上，上官劍南即日盡幫中高手，傾巢東下，夜入深宮，毫不費力的便將遺書《破金要訣》盜了出來，當晚持書去見舊主韓世忠。

此時韓世忠年紀已老，在西湖邊隱居，見到上官劍南送來的岳飛遺書，想起英雄冤死、壯志不售，不由得拔劍斫案、扼腕長嘆。他說自己年紀已老，這部兵法上官劍南或許有用，他爲紀念舊友，曾將岳飛生平所作的詩詞、書啓、奏議等等鈔成一卷，於是將這一卷鈔本也贈給了上官劍南，勉他繼承岳武穆遺志，相率中原豪傑，盡驅異族，還我河山。

韓世忠與上官劍南談論之際，忽然想到：岳飛這部兵法中處處勉人忠義報國，以他生平抱負，此書定是有所爲而作，決不是寫了要帶入墳墓的，料想因秦檜防範周密，以致無法傳出。但想岳飛智計非凡，定有對策，卻不知他傳出來的消息輾轉落在何處，若是他所欲傳授之人得訊遲了，再到宮中去取，豈非要撲一個空？兩人商談之後，上官劍南繪了一幅鐵掌山的圖形，夾層中又藏一紙，上書：「武穆遺書，在鐵掌山，中指峯上，第二指節」十六字。韓世忠怕後來之人不解，又在畫上題了一首岳飛的舊詩，心想

1327

岳飛心目中的傳人若非岳飛的子弟，亦必是他舊部，自然知道此詩，當會對這畫細細參詳。上官劍南再入皇宮，留下圖畫，以便後來者據此線索而到鐵掌幫取書。

上官劍南研讀武穆遺書，於練兵破敵之道，頗有領會。但此後金兵南侵，鐵掌幫唯能自保，未能聚集義師北上抗金，上官劍南心懷抗金大志，始終不得施展抱負，數十年後鬱鬱而終，將幫主之位傳於裘千仞。上官劍南知裘千仞武功甚強，亦富才略，但生平志在精研武功，於家國興亡大義不甚措心，素來不習兵陣韜略，武穆遺書於他無用，生怕落入不肖者之手，於是依照圖畫中所留線索，臨終時帶入鐵掌山中指峯的洞穴。

郭靖翻完冊子，喟然嘆道：「想不到這位上官幫主竟是一位好漢子。他臨死之時還牢牢抱著那部遺書。我只道他也和裘氏兄弟一般，勾結大金，賣國求榮，對他頗爲卑視，早知如此，對他的遺骨倒要恭恭敬敬的拜上幾拜。當年鐵掌幫中大都是忠臣義士，到今卻變成了一夥奸賊。上官幫主地下有靈，不知要怎麼生氣了。」

說話之間，天已向黑，梢公駛船在一個村子旁攏了岸，殺雞做飯。黃蓉怕他在飯菜中做甚手腳，假意嫌他飯菜骯髒，自行拿了雞肉蔬菜，與郭靖上岸到村中農家做飯。那梢公吹鬚瞪眼，極是惱怒，苦於自裝啞巴，既沒法出言相勸，又見黃蓉打起手勢來「妙語如珠、伶牙俐齒」，自己無論如何「辯」她不過，只有暗暗咬牙切齒，待靖蓉二人上了岸後，才在船艙中壓低了嗓子大罵。

飯罷，靖蓉二人在農舍前樹蔭下乘涼。郭靖道：「上官幫主這本記事冊，不知如何

會落入裘千丈手中，他拿來又有甚麼用？」黃蓉道：「老騙子的相貌和他弟弟一模一樣，要偷這本冊子並不為難。他招搖冒充幫主，自須熟知幫中舊事，以免給人拆穿。」

過了一會，又道：「想不到曲靈風曲師哥無意中建了大功。」郭靖愕然不解。

黃蓉道：「這武穆遺書本來藏在大內翠寒堂旁的水簾石洞之中，上官劍南既將書盜了來，他畫的那幅畫，自然是放在原來藏書之處，是不是？」郭靖點頭道：「不錯。」

黃蓉道：「曲師哥給逐出桃花島後，眷戀師門，知道我爹爹喜愛書畫古玩，又想天下奇珍異寶，自然以皇宮之中最多，於是冒險入宮，盜了不少名畫法帖……」

郭靖接口道：「是啦，是啦。你曲師哥將這幅畫連同別的書畫一起盜了來，藏在牛家村密室之中，要想送給你爹爹，不幸給宮中侍衛打死。待完顏洪烈那奸賊到得皇宮之時，非但武穆遺書不見，連指點線索的這幅圖畫也不在了。唉，早知如此，咱們在水簾洞前大可不必拚命阻攔，我不會給老毒物打傷，你也不用操這七日七夜的心了。」黃蓉道：「那卻不然。你若不在牛家村密室養傷，又怎能見到這幅畫？又怎能……」

她想到也就是在牛家村中與華箏相見，不禁黯然，隔了一陣才道：「不知爹爹現今怎麼啦？」抬頭望著天邊一彎新月，輕輕的道：「八月中秋快到了。嘉興煙雨樓比武之後，你就回蒙古大漠了罷？」

郭靖道：「不，我先得殺了完顏洪烈那奸賊，給我爹爹和楊叔叔報仇。」黃蓉凝望月亮，說道：「殺了他之後呢？」郭靖道：「還有很多事啊，要醫好師父身上的傷，要請周大哥到黑沼去找瑛姑。要到六位師父家裏，一家家的去瞧瞧；再得去找到我爹爹的

1329

墳墓。」黃蓉道：「這一切全辦好之後，你總得回蒙古了罷？」

郭靖道：「我不去！」可實在說不出甚麼理由，母親在蒙古，總得接她回江南。黃蓉笑道：「靖哥哥，你很好，你老是在想拖延時日，你不捨得跟我分開。唉，我也不捨得跟你分開。我真傻，儘想這些幹麼？乘著咱倆在一塊兒，多快活一刻是一刻，這樣的好日子過一天便少一天。咱們回船去，捉弄那假啞巴玩兒。」

兩人回到船中，梢公和兩個後生已在後梢睡了。郭靖在黃蓉耳邊道：「你睡罷，我留神著他們。」黃蓉低聲道：「我教你幾個啞巴罵人的手勢，明天你做給他看。」郭靖道：「你自己幹麼不做？」黃蓉輕笑道：「那是粗話，女孩兒家說不出口。」郭靖心想：「原來啞巴也會罵人。」說道：「你先休息一會，明天再罵他不遲。」黃蓉傷後元氣未復，確也倦了，把頭枕在郭靖腿上，慢慢睡著了。她上身穿著軟蝟甲，留神不把肩背靠上郭靖大腿。

郭靖本擬打坐用功，但恐梢公起疑，當下橫臥艙板，默默記誦一燈大師所授九陰真經中梵文所錄總旨，依法照練，練了約莫半個時辰，只覺四肢百骸都充塞勁力，正自歡喜，忽聽得黃蓉迷迷糊糊的道：「靖哥哥，你別娶那蒙古公主，我自己要嫁給你的。」郭靖一怔，不知如何回答，只聽她又道：「不，不，我說錯了。我不求你甚麼，我知道你心中真的只喜歡我，那就夠啦。」郭靖低聲叫了兩聲：「蓉兒，蓉兒。」黃蓉卻不答應，鼻息微聞，又沉沉睡去，原來剛才說的是夢話。

郭靖又愛又憐，但見淡淡的月光鋪在黃蓉臉上，此時她重傷初痊，血色未足，臉肌

1330

在月光之下，白得有似透明一般。郭靖呆呆的望著，過了良久，見她眉尖微蹙，眼中流出幾滴淚水來。郭靖心道：「她夢中必是想到了咱倆的終身之事，莫瞧她整日價似乎無憂無慮，嘻嘻哈哈的，其實心中卻不快活。唉，是我累得她這般煩惱，當日在張家口她如沒遇上我，於她豈不是好？可是我呢？我又捨得撇下她嗎？」

一個人在夢中傷心，一個睜著眼兒愁悶，忽聽得水聲響動，一艘船從上游駛了下來。郭靖微感詫異：「沉江水急灘險，甚麼船隻恁地大膽，竟在黑夜行舟？」正想探頭出去張望，忽聽得坐船後梢上有人輕輕拍了三下手掌，掌聲雖輕，但在靜夜之中，卻在江面上遠遠傳了出去。接著聽得收帆扳槳之聲，原來江心下航的船向右岸靠將過來，不多時，已與郭靖的坐船並在一起。

郭靖輕輕拍醒黃蓉，只覺船身微微一晃，忙掀起船篷向外張望，見一個黑影從自己船上躍往來船，瞧身形正是那啞巴梢公模樣。郭靖道：「我過去瞧瞧，你守在這兒。」

黃蓉點點頭。郭靖矮著身子，躡足走到船首，見來船搖晃未定，縱身躍起，落在梢桿的橫桁之上，落點正好在那船正中，船身微微往下一沉，並未傾側，船上各人絲毫未覺。他貼眼船篷，從縫隙向下瞧去，見船艙中站著三名黑衣漢子，都是鐵掌幫的裝束，其中一人身形高大，頭纏青布，似是首領。

郭靖身法好快，那假裝啞巴的梢公雖比他先躍上來船，此時也剛走入船艙向那大漢躬身行禮，叫了聲：「喬寨主。」

那喬寨主問道：「兩個小賊都在麼？」梢公道：

「是。」喬寨主又問：「他們可起甚麼疑心？」那梢公道：「疑心倒沒有。只兩個小賊不肯在船上飲食，做不得手腳。」喬寨主哼了一聲，道：「左右叫他們在青龍灘上送命。後日正午，你們船過青龍灘，到離灘三里的青龍集，你就折斷船舵，咱們候在那裏接應。」那啞梢公應了。喬寨主又道：「這兩個小賊功夫厲害得緊，可千萬小心了。事成之後，幫主必有重賞。你從水裏回去，別晃動船隻，驚醒了他們。」那梢公道：「是。」喬寨主還有甚麼吩咐？」喬寨主擺擺手道：「沒有了。」那梢公行禮退出，從船舷下水，悄悄游回。

郭靖雙足在桅桿上一撐，回到坐船，將聽到的言語悄悄與黃蓉說了。黃蓉冷笑道：「一燈大師那裏這般的急流，咱倆也上去了，還怕甚麼青龍險灘、白虎險灘？睡罷。」既知賊人陰謀，兩人反而寬懷，次日在舟中觀賞風景，安心休息，晚上也不必守夜。

到第三日早晨，那梢公正要收錨開船，黃蓉道：「且慢，先把馬匹放上岸去，莫在青龍灘中翻船，送了性命。」那梢公微微變色，假裝不懂。黃蓉雙手揚起，忍不住要「說」幾句粗話罵他，桃花島上的啞僕個個邪惡狠毒，罵人的「言語」自也不凡，黃蓉幼時學會，其實也不明其中含意，這時她左手兩指剛圍成圓圈，終覺不雅，格格幾聲輕笑，放下手來，自與郭靖牽馬上岸。

郭靖忽道：「蓉兒，別跟他們鬧著玩了。咱們從這裏棄船乘馬就是啦。」黃蓉道：「為甚麼？」郭靖道：「鐵掌幫陰險小人，何必跟他們計較？咱倆只要太太平平的馳守在

一起，比甚麼都強。」黃蓉道：「難道咱倆當真能太太平平的廝守一輩子？」郭靖默然，眼見黃蓉鬆開小紅馬的韁繩，指著向北的途徑。那小紅馬甚有靈性，數次離開主人，這時知道主人又要暫離，便放開足步向北奔去，片刻間沒了蹤影。

黃蓉拍手道：「下船去罷。」郭靖道：「你身子尚未復原，何必干冒危險？」黃蓉道：「你不來就算了。」自行走下江邊斜坡，上了篷船。郭靖無奈，只得跟著上船。

黃蓉笑道：「傻哥哥，咱們此刻在一起多些希奇古怪的經歷，日後分開了，便多有點事情回想，豈不是好？」郭靖道：「咱們日後難道……難道當真非分開不可？我……我說甚麼也不跟你分開！」黃蓉凝視著他臉不答。

郭靖心頭一片茫然，如有大鐵錘在心口敲擊。當時在牛家村一時意氣，答應了拖雷要娶華箏，此後才體會到其中的傷痛慘酷。

又駛了一個多時辰，眼見日將當午，沅江兩旁羣山愈來愈險峻，料想青龍灘已不在遠。靖蓉二人站在船頭眺望，只見上行的船隻都由人拉縴，大船的縴夫多至數十人，最小的小船也有三四人。每名縴夫躬身彎腰，一步步的往上挨著，額頭幾和地面相觸，在急流衝激之下，船隻竟似釘住不動一般。眾縴夫都頭纏白布，上身赤膊，古銅色的皮膚上滿是汗珠，在烈日下閃閃發光，口中大聲吆喝，數里長的河谷間呼聲此伏彼起，綿綿不絕。下行的船隻卻順流疾駛而下，剎那間掠過了一羣羣縴夫。

郭靖見了這等聲勢，不由得暗暗心驚，低聲向黃蓉道：「蓉兒，我先前只道沅江水勢縱險，咱倆也不放在心上。現下瞧這情勢，只怕急灘極長，如坐船翻了，你身子沒好

全，或有不測。」黃蓉道：「依你說怎生處？」郭靖道：「打倒啞巴梢公，攏船靠岸。」黃蓉搖頭道：「那不好玩。」郭靖急道：「現下怎是玩的時候？」黃蓉抿嘴笑道：「我就是愛玩嘛！」郭靖見混濁的江水束在兩旁陡峯之間，湍急已極，心中暗自計議，但他心思遲鈍，又計議得出甚麼來？

江水轉了個彎，遠遠望見江邊有數十戶人家，房屋高高低低的倚山而建。急流送船，勢逾奔馬，片刻間到了屋邊。岸上有數十名壯漢沿江相候，啞梢公將船上兩根纜索拋上岸去，眾壯漢接住了，套在一個大絞盤上。十多人扳動絞盤，將船拉到岸邊。

這時下游又駛上一艘篷船，三十多名縴夫到了這裏都氣喘吁吁，有的便躺在江邊，疲累之極，再也動彈不得。郭靖心道：「瞧來下面的江水比這裏更急得多。」又見縴夫中有幾個是花白頭髮的老者，有幾個卻是十四五歲的少年，都面黃肌瘦，胸口肋骨根根凸出，驀地裏覺得世上人人皆苦，不由得喉頭似乎有物哽住了。

船靠岸後，那梢公拋下鐵錨，郭靖見山崖邊還泊著二十幾艘船。黃蓉問身旁一個男子：「大哥，這兒是甚麼地方？」那男子道：「青龍集。」

黃蓉點點頭，留神啞梢公的動靜，只見他跟斜坡上一名大漢打了幾下手勢，突然取出一柄斧頭，兩下猛砍，便斬斷了纜索，跟著伸手提起了鐵錨。那船給湍急的江水一沖，驀地裏側身橫斜，轉了個圈子，飛也似的往下游衝去。岸上眾人都大聲驚呼起來。

一過青龍集，河床陡然下傾，江水噴濺注瀉。啞梢公雙手掌舵，雙眼目不轉睛的瞪視著江面。兩名後生各執長篙，分站在他兩側，似是預防急流中有甚不測，又似護衛啞

梢公，怕靖蓉二人前來襲擊。

郭靖見水流愈來愈急，那船如墮峭壁，狂衝而下，每一瞬間都能撞上山石，碰成碎片，高聲叫道：「蓉兒，搶舵！」說著拔步奔往後梢。兩名後生聽見叫聲，長篙挺起，各守一舷。郭靖那把這兩人放在眼裏，疾往右舷衝去。

黃蓉叫道：「慢著！」郭靖停步回頭，問道：「怎麼？」黃蓉低聲道：「你忘了鵰兒？待船撞翻，咱倆乘鵰飛走，瞧他們怎麼辦。」郭靖大喜，心想：「蓉兒在這急流之中有恃無恐，原來早就想到了這一著。」招手將雙鵰引在身旁。那啞梢公見他正要縱身搶來，忽又止步，不知兩人已有避難之法，還道兩個乳臭未乾的娃娃給湍急的江水嚇得手足無措，沒了主意，心中暗暗歡喜。

轟轟水聲之中，忽然遠處傳來縴夫的齊聲吆喝，剎時之間，已瞧見迎面一艘篷船逆水駛來，桅桿上一面黑旗迎風招展。啞梢公見了這船，提起利斧，喀喀幾聲，砍斷了舵柄，站在左舷，只待那黑旗船擦身而過時便即躍上。

郭靖按著雌鵰的背叫道：「蓉兒，你先上！」黃蓉卻道：「不用急！」心念一轉，叫道：「靖哥哥，擲鐵錨打爛來船。」郭靖依言搶起鐵錨。這時坐船失了舵掌，順水猛往來船衝去。眼見兩船相距已只丈餘，來船轉舵避讓，江上船夫與山邊縴夫齊聲大呼，郭靖奮力手揮鐵錨擲出，這一揮之中，使上了降龍十八掌中的一招「時乘六龍」，右掌勁發，全身似欲飛起，鐵錨疾飛出去，撞向來船船頭的縴桿。

那縴桿給七八條百丈竹索正拉得緊緊的，扳成了弓形，鐵錨攔腰撞到，喀喇一聲巨

1335

響，斷成了兩截。數十名縴夫正出全力牽引，竹索斗然鬆了，人人俯跌在地。那船登時有如紙鳶斷線，在水面上急轉幾圈，便即尾前首後的向下游衝去。眾人更大聲驚呼，頃刻間人聲水聲，在山峽間響成一片。

啞梢公出其不意，驚得臉色慘白，縱聲大叫：「喂，喂！救人哪，救人哪！」黃蓉笑道：「啞巴會說話啦，當真是天下奇聞。」郭靖擲出一錨，手邊尚有一錨，見坐船與來船並肩順流衝下，相距甚近，吸一口氣，使出一招「見龍在田」，雙手舉錨揮了幾下，身子連轉三個圈子，一半運力，一半借勢，脫手將鐵錨拋向前船尾舵。

眼見這一下要將舵柄打得粉碎，兩船俱毀已成定局，忽然前船艙中躍出一人，搶起長篙刺出，篙身輕顫，貼在鐵錨柄上，那人勁力運處，竹篙彎成弧形，啪的一聲，篙身中折，但鐵錨給長篙這麼一掠，去勢偏了，水花飛濺，鐵錨和半截長篙都落入了江心。

持篙那人身披黃葛短衫，一部花白鬍子在疾風中倒捲到耳邊，站在顛簸起伏的船梢上穩然不動，威風凜凜，正是鐵掌幫幫主裘千仞。

靖蓉二人見他斗然在這船上現身，不由得吃了一驚，心念甫轉，只聽咯喇喇一聲巨響，坐船船頭已迎面撞上一座礁石，這一下把兩人震得直飛出去，後心撞在艙門之上。

江水來得好快，頃刻間已沒至足踝，這時要騎上鵰背，也已不及。

當此緊急關頭更無餘暇思索，郭靖飛身縱起，叫道：「跟我來！」一招「飛龍在天」，和身直撲，猛向裘千仞撞去。他知這時候生死間不容髮，若在敵船別處落足，裘千仞定然不待他站穩即行從旁襲擊，以他功力，自己必然禁受不起，現下迎面猛攻，逼他

先取守勢，便有間隙在敵船取得立足之地。

裘千仞知他心意，半截竹篙一擺，在空中連刺數點，叫他拿不準刺來方向，虛虛實實，變幻不定。郭靖使一招「密雲不雨」，雙掌交替連拍，擊向裘千仞頭頂，左臂格開篙頭，身子續向敵船落去。裘千仞縱聲長嘯，竹篙脫手，併掌往郭靖當胸擊去，他足踏實地，敵在半空，掌力一交上了，非將對手震入江中不可。

那竹篙尚在半空未落，突然橫來一根竹棒在篙上一搭，借勢躍來一人，正是黃蓉。

她人未至，棒先到，凌虛下擊，連施三下殺手。裘千仞料不到她來勢竟這般迅捷，左眼險為棒端戳中，只得還掌擋格。郭靖乘機站上船梢，「降龍十八掌」中極少使用的一招「損則有孚」出招夾擊。裘千仞不敢怠慢，側身避過竹棒，右腿橫掃，將郭靖逼開一步，隨即呼呼拍出兩掌。

這鐵掌功夫豈同尋常？鐵掌幫開山建幫，數百年來揚威中原，靠的就是這套掌法，威猛雖不及降龍十八掌，但掌法精奇巧妙，猶在降龍十八掌之上。兩人頃刻之間在後梢頭拆了七八招，各存忌憚，掌未使足，已然收招，水聲雖響，卻也蓋不了四張手掌發出的呼呼風聲。

這時裘千仞的坐船中早有幫眾搶上來掌住了舵，慢慢轉過船來，頭前尾後，向下游急衝。啞梢公所乘那船已碎成兩截，船板、布帆、啞梢公和兩個後生都在一個大漩渦中團團打轉。啞梢公大聲慘呼，遠遠傳送過來，果然是聲音洪亮。黃蓉百忙中左手向後揮出，做個手勢，終於還是「罵」了他一句，反正沒旁人見到，不雅也就算了。啞梢公

等三人雖竭力掙扎，怎逃得出水流的牽引，轉眼間捲入了漩渦中心，直沒江底。

黑旗船順水疾奔。黃蓉回頭望去，漩渦已在兩三里之外。雙鵰在空中盤旋飛翔，不住啼鳴。黃蓉揮動竹棒，把船上幫眾逼向船頭，返身正要相助郭靖雙戰裘千仞，眼角間瞥見船艙中刀光閃動，一名黑衣漢子舉刀猛向甚麼東西砍落。

她也不及看清那人要砍甚麼，左手揚處，一把鋼針飛出，都釘上他手腕手臂。那人手中鋼刀跌落，砍上自己右腿，大聲慘叫。黃蓉搶入船艙，舉腳將他踢開，見艙板上橫臥著一人，手足受縛，動彈不得。那人一對眼冷冷的瞧著自己，卻是神算子瑛姑。

黃蓉萬料不到竟會在此處救了她性命，拾起艙板上鋼刀，割斷她手上繩索。瑛姑雙手脫縛，右手斗地伸出，施展小擒拿手從黃蓉手裏奪過鋼刀。黃蓉猝不及防，但見刀光閃動，瑛姑已一刀將那黑衣漢子砍死，這才彎腰割斷她自己腳上繩索，說道：「你雖救了我，可別盼我將來報答。」黃蓉笑道：「誰要你報答了？你救過我，今日我救還你一次，正好扯直，以後咱們誰也不欠誰的情。」

黃蓉說著後半句時，已搶到船梢，伸竹棒上前相助郭靖。裘千仞腹背受敵，掌上加勁，倒也支持得住。但聽得撲通、撲通、啊喲、啊唷之聲連響，瑛姑持刀將船上幫眾一一逼入江中。在這激流之中，再好的水性也逃不了性命。

裘千仞與郭靖對掌，本已漸佔上風，但黃蓉使打狗棒法上來加攻，他以一敵二，十餘招以後，不由得左支右絀，繞著船舷不住倒退，他背心向著江面，教黃蓉攻不到他後背。郭靖連使狠招，裘千仞雙足猶似釘在船舷上一般，再也逼不動他半寸，這時只消退

得一步，立時身墮江心。黃蓉心道：「你雖然外號『鐵掌水上飄』，但這『水上飄』三字也不過你自吹輕功了得，莫說在這江中的駭浪驚濤之上，便湖平如鏡，畢竟也不能在水面飄行。除非學了你老兄的法子，先在水底下打上幾千幾百根木樁。」又見他出掌沉穩，目光不住向江面上眺望，似在盼望再有船隻駛來援手，心想：「你武功雖高，但今日咱們以三敵一，如再奈何不了你，咱們也算膿包之至了。」

這時瑛姑已將船上幫眾掃數驅入水中，只留下掌舵的一人，見靖蓉二人一時不能得手，冷笑道：「小姑娘讓開了，我來。」黃蓉聽她言語中意存輕視，不禁有氣，竹棒前伸，連攻兩招，這是以進爲退，待裘千仞側身相避，便即躍後兩步，拉了拉郭靖的衣襟，說道：「讓她來打。」郭靖收掌護身，退了下來。

瑛姑冷笑道：「裘幫主，你在江湖上也算名氣不小，卻乘我在客店中睡著不防，用迷香害我。這般下三濫的勾當，虧你也做得出來。」裘千仞道：「你給我手下人擒住，還說甚麼嘴？若是我自己出馬，只憑這雙肉掌，十個神算子也料理了。」瑛姑冷冷的道：「我甚麼地方得罪鐵掌幫啦？」裘千仞道：「這兩個小賊擅闖我鐵掌峯聖地，你幹麼收留在黑沼之中？我好言求你放人，你竟敢謊言包庇，你當我裘千仞是好惹的麼？」

瑛姑道：「啊，原來是爲了這兩個小賊。你有本事儘管拿去，我才不理會這些閒事呢。」說著退後幾步，抱膝坐倒在船舷，神情閒逸，竟存了隔山觀虎鬥之心，要靖蓉二人和裘千仞拚個兩敗俱傷。她這麼一來，裘千仞、郭靖、黃蓉三人都大出意料之外。

瑛姑當時行刺一燈大師，爲郭靖以身相代，又見一燈祖胸受刃，忽然天良發現，再

也不忍下手，下得山來，愛兒慘死的情狀卻又在腦際縈繞不去。她在客店中心煩意亂，憤怨糾結，於神不守舍之際，竟給鐵掌幫用迷藥做翻，否則以她的精明機伶，豈能折在無名小輩之手？這時見了靖蓉二人，滿腔怨毒無處發洩，竟盼他們三人在這急流中同歸於盡。

黃蓉心道：「好，我們先對付了裘千仞，再給你瞧些好的。」向郭靖使個臉色，兩人一使竹棒，一發雙掌，並肩向裘千仞攻去，頃刻間三人又打了個難解難分。瑛姑凝神觀鬥，見裘千仞掌力雖然凌厲，終難勝二人，但見他不住移動腳步，似是要設法出奇制勝。

郭靖怕黃蓉重傷初愈，鬥久累脫了力，說道：「蓉兒，你且歇一會，待一忽兒再來助我。」黃蓉笑道：「好！」提棒退下。

瑛姑見二人神情親密，郭靖對黃蓉體貼萬分，心想：「我一生之中，幾時曾有人對我如此？」由羨生妒，因妒轉恨，忽地站起，叫道：「以二敵一，算甚麼本事？來來來，咱四人兩對兩的比個輸贏。」雙手在懷中一探，取出兩根竹籌，不待黃蓉答話，雙籌縱點橫打，向她攻去。黃蓉罵道：「失心瘋的婆娘，難怪連老頑童也不愛你。」

瑛姑雙眉倒豎，攻勢更厲。她這一出手，船上形勢立變。黃蓉打狗棒法雖然精妙，畢竟不及她功力深厚，何況重傷之後，內力未復，身法頗減靈動，只得以「封」字訣勉力擋架。瑛姑滑溜如魚，在這顛簸起伏、搖晃不定的船上，更能大展所長。黃蓉只得出言引她心神恍惚，說道：「你愛上老頑童，可不用學他的瘋瘋顛顛，我跟你說，他不愛

1340

瘋顛婆娘。」

那邊郭靖與裘千仞對掌，一時未分勝敗。郭靖自得一燈大師指點武學精要，這些日子來內力雖未能速增，掌法循環牽引之道卻領悟了不少，勉力支撐，居然尚能自保。裘千仞見瑛姑先由敵人變為兩不相助，忽又由兩不相助變為出手助己，雖感莫名其妙，卻不禁暗暗叫好，精神一振，掌力更為沉狠，料得定時候稍長，對手終究會抵擋不住，見郭靖揮掌猛擊而來，當即側身，避過正面鋒銳，右掌高，左掌低，同時拍出。郭靖回掌兜截，一招「損則有孚」，四掌相接，各使內勁。兩人同時「嘿」的一聲呼喊，都退出了三步。裘千仞退向後梢，拿住了勢子。郭靖左腳卻在船索上一絆，險些跌倒，他怕敵人乘虛襲擊，索性乘勢翻倒，一滾而起，使掌護住門戶。

裘千仞勝算在握，又見他跌得狼狽，不由得哈哈一聲長笑，踏步再上。

瑛姑已把黃蓉逼得氣喘吁吁，額頭見汗，正感快意，突然間聽到笑聲，不由得心頭大震，臉色劇變，左手竹籌發出了竟忘記撤回。黃蓉見此空隙，良機難逢，竹棒急轉，點向她前胸，棒端正要戳中她胸口「神藏穴」，驀見瑛姑身子顫動，如中風邪，大叫一聲：「原來是你！」勢若瘋虎般直撲裘千仞。

裘千仞見她雙臂猛張，這一撲直已把性命置之度外，口中惡狠狠的露出一口白牙，似要牢牢將自己抱住，再咬下幾口肉來，他雖武功高強，見了這般拚命的狠勁，也不由得吃驚，忙旁躍避開，叫道：「你幹甚麼？」

瑛姑更不打話，一撲不中，隨即雙足力登，又向他撲去。裘千仞左掌掠出，往她肩

頭擊落，滿擬她定要伸手相格，豈知瑛姑不顧一切，對敵人來招絲毫不加理會，仍然向

他猛撲。裘千仞大駭，心想只要給這瘋婦敵人抱住了，只怕急切間解脫不開，那時郭靖上來

一掌，自己那有命在？當下顧不得掌擊敵人，先行逃命要緊，忙矮身竄向左側。

黃蓉拉著郭靖的手，讓在一邊，見瑛姑突然發瘋，甚感驚懼，但見她狂縱狠撲，口

中荷荷發聲，張嘴露牙，拚著命要抱住裘千仞。

裘千仞武功雖高，但瑛姑豁出了性命不要，委實奈何她不得，只得東閃西避，眼見

她臉上肌肉扭曲，神情猙獰，心中愈來愈怕，暗叫：「報應，報應！今日當真要命喪這

瘋婦之手。」瑛姑再撲幾次，裘千仞已避到了舵柄之旁。瑛姑眼中如要噴血，一抓仍然

不中，手掌起處，蓬的一聲把舵漢子打入江中，接著飛腳又踢斷了舵柄。

那船一失掌舵，在急流中立時亂轉。黃蓉暗暗叫苦：「這女子遲不遲，早不早，偏

在這時突然發起瘋來，看來咱們四人都難逃命。」當下撮唇作嘯，要召雙鵰下來救命。

就在此時，那船突然打橫，撞向岸邊岩石，砰的一聲巨響，船頭破了個大洞。

裘千仞見瑛姑踢斷舵柄，已知她決意與己同歸於盡，眼見離岸不遠，心想不管是死

是活，非冒險逃命不可，斗然提氣向岸上縱去。這一躍雖使全力，終究還差了丈些，上

不了岸，撲通一聲，跌入水裏，立時沉至江底，他身子一冒上來，立時給急流沖走，幸

好毀船之餘，江中飄浮不少斷桅碎木，裘千仞抓住一根斷木，牢牢抱住，乘流而下。他

不通水性，但內功深厚，在急流中一面閉氣，一面拚命向岸邊划去，雖吃了十多口水，

終於爬上了岸。他筋疲力盡，坐在石上喘氣，已在下游十餘里之遙，但見那船在遠處已

成為一個黑點，想起瑛姑咬牙切齒的神情，兀自心有餘悸。

瑛姑見裘千仞離船逃脫，大叫：「惡賊，逃到那裏去？」奔向船舷，跟著要躍下水去。這時那船又已給急流沖回江心，在這險惡的波濤之中，下去那有性命？郭靖不忍她送命，奔上抓住她後心。瑛姑大怒，回手揮去，郭靖忙低頭避過。

黃蓉見雙鵰已停在艙面，叫道：「靖哥哥，理這瘋婦作甚？咱們快走。」

江水洶湧，轉瞬間便要浸到腳面，郭靖鬆開了手，見瑛姑雙手掩面，放聲大哭，不住慘呼：「兒啊！兒啊！」黃蓉連聲催促。郭靖想起一燈大師的囑咐，命他照顧瑛姑，叫道：「你乘鵰上岸，再放回來接我們。」黃蓉急道：「那來不及啊。」郭靖道：「你快走！咱們不能負了一燈大師的託付。」

黃蓉想起一燈的救命之恩，登感躊躇，正自徬徨無計，突然轟的一聲猛響，船身又撞中了江心一塊大礁，身受劇震，江水直湧進艙，船身頃刻間沉下數尺。黃蓉叫道：

「跳上礁去！」郭靖點點頭，躍過去扶住瑛姑。

這時瑛姑如醉如痴，見郭靖伸手來扶，毫不抗拒，雙眼發直，望著江心。郭靖右手托在她腋下，叫道：「跳！」三人一齊躍上礁石。那礁石在水面下約有尺許，江水在三人身周奔騰而過，濺得衣衫盡濕，待得三人穩穩站定，那艘篷船已沉在礁石之旁。黃蓉雖然自幼與波濤為伍，但見滾滾急流掠身瀉注，也不禁頭暈目眩，抬頭向天，不敢平視江水。

郭靖作哨呼鵰，要雙鵰下來揹人。不料雙鵰怕水，盤旋來去，始終不敢停上浸在水

面下的礁石。黃蓉四下張望，見左岸挺立著一棵大柳樹，距礁石不過十來丈遠，心生一計，道：「靖哥哥，你拉住我手。」郭靖依言握住她左手，咕咚一響，黃蓉溜入了江中。郭靖大驚，見她向水下沉船潛去，忙伏低身子，自己的上身也浸入了水中，儘量伸長手臂，雙足牢牢鉤住礁石上一塊凸出的尖角，右手用勁握住她左腕，唯恐江水沖擊之力太強，一個脫手，那她可永遠不能上來了。

黃蓉潛向沉船桅桿，扯下帆索，回身上礁，雙手交互將船上的帆索收了上來。待收到二十餘丈，說道：「靖哥哥，你短劍給我！」郭靖將腰間短劍遞了給她。黃蓉拔劍出鞘，割斷繩索，然後伸出臂去，招呼雌鵰停在她肩頭。這時雙鵰身量已長得頗為沉重，郭靖怕她禁受不起，伸臂接過。

黃蓉將繩索一端縛在雌鵰足上，向大柳樹一指，打手勢叫牠飛去。雌鵰托著繩索在柳樹上空打了幾個盤旋，重又飛回。黃蓉急道：「唉，我是叫你在樹上繞一轉再回來。」可是那鵰不懂言語，只急得她不住嘆氣。到第八次上，黃蓉將鵰身放低，那鵰才碰巧繞了柳樹一轉回來。靖蓉二人大喜，將繩索的兩端用力拉緊，牢牢縛在礁石凸出的尖角上。

郭靖道：「蓉兒，你先上岸罷。」黃蓉道：「不，我陪你，讓她先去。」瑛姑向兩人瞪了一眼，也不說話，雙手拉著繩子，交互換手，上了岸去。

黃蓉笑道：「小的侍候一套玩意兒，郭大爺，你多賞賜罷！」一躍上繩，施展輕身功夫，就像賣藝的姑娘空中走繩一般，揮舞竹棒穩定身子，橫過波濤洶湧的江面，到了柳樹枝上。

郭靖沒練過這功夫，只怕失足，不敢依樣葫蘆，也如瑛姑那般雙手攀繩，身子懸在繩上，吊向岸邊，眼見離岸尚有數丈，忽聽黃蓉叫道：「咦，你到那裏去？」聽她語氣之中頗有驚訝之意，郭靖怕瑛姑神智未清，出了亂子，急忙雙手加快，不等攀到柳樹，已躍下地來。黃蓉指著南方，叫道：「她走啦。」郭靖凝目而望，只見瑛姑在亂石山中全力奔跑，說道：「她心神已亂，一個人亂走只怕不妥，咱們追。」黃蓉道：「好罷！」

提足要跑，突然雙腿酸軟，隨即坐倒，搖了搖頭。

郭靖知她傷後疲累過度，不能再使力奔跑，說道：「你坐著歇歇，我去追她回來。」向瑛姑奔跑的方向奔跑，轉過一個山坳，前面共有三條小路，瑛姑已人影不見，不知她從何而去。此處亂石嵯峨，長草及胸，四野無人，眼見夕陽下山，天漸昏暗，生怕黃蓉遇險，只得廢然而返。

兩人在亂石中忍飢過了一宵，次晨醒來，沿著江邊小路而下，要尋到小紅馬再上大路。走了半日，找到一家小飯店打尖，買了三隻雞，一隻自吃，兩隻餵了雙鵰。

雙鵰停在高樹之上，把兩頭公雞啄得毛羽紛飛，酣暢吞食，驀地裏雌鵰昂首長鳴，拋下半隻沒吃完的公雞，振翅向北疾飛。雄鵰跟著飛起，鳴聲啾急，隨後急趕。郭靖道：「兩頭鵰兒的叫聲似乎甚是忿怒，不知見到了甚麼？」黃蓉道：「瞧瞧去。」

兩人跑上大路，只見雙鵰在遠處盤翔兩周，突然同時猛撲而下，一撲即起，打了幾個圈子，又再撲下。郭靖道：「遇上了敵人。」兩人加快腳步趕去，追出兩三里，只見

前面房屋櫛比鱗次，是個市鎮，雙鵰卻在空中交叉來去，似是失了敵蹤。

二人趕到鎮外，呼哨命雙鵰下來，雙鵰卻不理會，只四下盤旋找尋。郭靖道：「鵰兒不知跟誰有這麼大的仇恨。」過了好一陣，雙鵰才先後下來。只見雄鵰左足上鮮血淋漓，一條刀痕著實不淺，若非筋骨堅硬，那隻腳已給砍下來了，再看雌鵰，卻見牠右爪牢牢抓著一塊黑黝黝之物，取出看時，原來是塊人的頭皮，帶著一大叢頭髮，想來是讓牠硬生生從頭上抓下來的，頭皮的一邊鮮血斑斑。

黃蓉給雄鵰在傷足上敷了金創藥。郭靖將頭皮翻來翻去的細看，沉吟道：「這對鵰兒自小十分馴良，若不是有人相犯，決不會輕易傷人，怎會突然跟人爭鬥？」黃蓉道：「其中必有蹊蹺，只要找到這失了一塊頭皮之人就明白了。」兩人在鎮上客店中宿了，分頭出去打聽。但那市鎮甚大，人煙稠密，兩人訪到天黑，絲毫不見端倪。郭靖道：「我到處找尋沒了一片頭皮之人，始終找不到。」黃蓉微笑道：「那人沒了頭皮，想必要戴上頂帽兒遮住。」郭靖大叫一聲：「咦！」恍然大悟，想起適才在鎮上所見，戴帽之人著實不少，卻也無法再去一一揭下他們的帽子來察看。

次晨雙鵰飛出去將小紅馬引到。兩人記掛洪七公的傷勢，又想中秋將屆，煙雨樓頭有比武之約，雙鵰與人結仇，也非大事，便啟程東行。

兩人同騎共馳，小紅馬奔行迅速，雙鵰飛空相隨。一路上黃蓉笑語盈盈，嬉戲歡暢，尤勝往時，雖至午夜，仍不肯安睡。郭靖見她疲累，常勸她早些休息，黃蓉卻只不理，有時深夜之中，也抱膝坐在榻上，尋些無關緊要的話頭，跟他有一搭沒一搭的胡

扯。

這日從江南西路到了兩浙東路境內，縱馬大奔了一日，已近東海之濱。兩人在客店中歇了，黃蓉向店家借了隻菜籃，要到鎮上買菜做飯。

郭靖勸道：「你累了一天，將就吃些店裏的飯菜算啦。」黃蓉道：「我是做給你吃，難道你不愛吃我做的菜麼？」郭靖道：「自然愛吃，不過我要你多歇歇，待將養好了，慢慢再做給我吃也不遲。」黃蓉道：「待我將養好了，慢慢再做……」臂上挽了菜籃，左腳跨在門檻之外，竟自怔住了。郭靖尚未明白她的心思，輕輕從她臂上除下菜籃，道：「是啊，待咱們找到師父，一起吃你做的好菜。」

黃蓉呆立了半晌，回來和衣倒在床上，不久似乎睡著了，臉上卻有淚水。

店家開飯出來。郭靖叫她吃飯。黃蓉躍起身來，笑道：「靖哥哥，咱們不吃這個，你跟我來。」郭靖依言隨她出店，走到鎮上。

黃蓉揀一家白牆黑門的大戶人家，見大門大開，有不少賓客進去，裏面鼓吹相迎，當即繞到後牆，躍入院中。郭靖不明所以，跟著進去。黃蓉逕向前廳闖去，只見廳上燈燭輝煌，主人正在請客。

黃蓉大喜，叫道：「妙極！這可找對了人家。」笑嘻嘻的走向前去，喝道：「通統給我滾開。」廳上筵開三席，賓主三十餘人一齊吃驚，見她是個美貌少女，個個相顧愕然。黃蓉順手揪住一個肥胖客人，腳下一勾，摔了他個觔斗，笑道：「還不讓開？」眾客一轟而起，亂成一團。主人大叫：「來人哪，來人哪！」

嘈雜聲中，兩名教頭率領十多名莊客，掄刀使棒，打將入來。黃蓉笑吟吟的搶上，不兩招已將兩名教頭打倒，奪過一把鋼刀，舞成一團白光，假意向前衝殺。眾莊客發一聲喊，跌跌撞撞，爭先恐後的都逃了出去。

主人見勢頭不對，待要溜走，黃蓉縱上去一把扯住他鬍子，右手掄刀作勢便砍。那主人慌了手腳，雙膝跪倒，顫聲道：「女……女大王……好……姑娘……你要金銀，立時……馬上取出獻上，只求你饒我一條老命……」黃蓉笑道：「誰要你金銀？快起來陪我們飲酒。」左手揪著他鬍子提了上來。那主人吃痛，卻不敢叫喊。

黃蓉一扯郭靖，兩人居中在主賓的位上坐下。黃蓉叫道：「大家坐啊，怎麼不坐了？」手一揚，一把明晃晃的鋼刀插在桌上。眾賓客又驚又怕，擠在下首兩張桌邊，沒人敢坐到上首的桌旁來。黃蓉喝道：「你們不肯陪我，是不是？誰不過來，我先宰了他？」眾人聽了，紛紛擁上，你推我擠，倒把椅子撞翻了七八張。黃蓉喝道：「又不是三歲小孩，好好兒坐也不會嗎？」眾賓客推推擠擠，好半晌才分別在三張桌邊坐定了。

黃蓉自斟自飲，喝了杯酒，問主人道：「你幹麼請客，家裏死了人嗎？死了幾個？」主人結結巴巴的道：「小老兒晚年添了個孩兒，今日是彌月湯餅之會，驚動了幾位親友高鄰。」黃蓉笑道：「那很妙啊，把小孩抱出來瞧瞧。」

那主人面如土色，只怕黃蓉傷害了孩子，但見到席上所插的鋼刀，卻又不敢不依，只得命奶媽抱了孩子出來。黃蓉抱過孩子，在燭光下瞧瞧他的小臉，再望望主人，側頭道：「一點也不像，只怕不是你生的。」那主人神色尷尬，全身顫抖，只道：「是，

是！」也不知他說確是他自己生的，還是說：「姑娘之言甚是。」眾賓客覺得好笑，卻又不敢笑。黃蓉從懷裏掏出一錠黃金，交給奶媽，又把孩子還給她，道：「小意思，算是他外婆的一點見面禮罷。」眾人見她小小年紀，竟然自稱外婆，又見她出手豪闊，個個面面相覷。那主人自喜出望外，連聲稱謝。

黃蓉道：「來，敬你一碗！」取一隻大碗來斟了酒，放在主人面前。那主人道：「晚輩量淺，阿姨恕罪則個。」他聽黃蓉對他兒子自稱「外婆」，料來她喜自居長輩，便將「姑娘」叫成了「阿姨」。黃蓉秀眉上揚，伸手一把扯住他鬍子喝道：「今天咱們辦喜事還是辦喪事？你喝不喝？」主人無奈，只得端起碗來，骨都骨都的喝了下去。

黃蓉笑道：「是啊，這才痛快，來，咱們來行個酒令。」她要行令就得行令，滿席之人誰敢違拗？但席上不是商賈富紳，就是腐儒酸丁，哪有一個真才實學之人？各人戰戰兢兢的胡謅，黃蓉一會兒就聽得不耐煩了，喝道：「都給我站在一旁！」眾人如逢大赦，急忙站起來。只聽得咕咚一聲，那主人連人帶椅仰天跌倒，原來他酒力發作，再也支持不住了。

黃蓉哈哈大笑，自與郭靖飲酒談笑，旁若無人，讓眾人眼睜睜的站在一旁瞧著，直吃到初更已過，郭靖勸了幾次，這才盡興而歸。

回到客店，黃蓉問：「靖哥哥，今日好玩嗎？」郭靖道：「無端端的累人受驚擔怕，卻又何苦來？」黃蓉道：「我但求自己心中平安舒服，那去管旁人死活。」郭靖一怔，覺得她語氣頗不尋常，但一時也體會不到這言語中的深意。黃蓉忽道：「我要出去

逛逛，你去不去？」郭靖道：「這陣子還到那裏？」黃蓉道：「我想起剛才那孩兒倒也

有趣，外婆去抱來玩上幾天，再還給人家。」郭靖驚道：「這怎使得？」

黃蓉一笑，已縱出房門，越牆而出。郭靖急忙追上，拉住她手臂勸道：「蓉兒，你

已玩了這麼久，難道還不夠麼？」黃蓉站定身子，說道：「自然不夠！」她頓了一頓，

又道：「要你陪著，我才玩得有興致。過幾天你就要離開我啦，你去陪那華箏公主，她

一定不許你再來見我。跟你在一起的日子，過得一天，就少了一天。我一天要當兩天、

當三天、當四天來使。這樣的日子我過不夠。靖哥哥，晚間我不肯安睡休息，卻要跟你

胡扯瞎談，你現下懂了罷？你不會再勸我了罷？」

郭靖握著她的手，又憐又愛，說道：「蓉兒，我生來心裏胡塗，一直不明白你對我

這番心意，我……我不能離開你……」說到這裏，卻又不知如何說下去。

黃蓉微微一笑，道：「從前爹爹教我唸了許多詞，都是甚麼愁啦、恨啦。我只道他

念著我那去世了的媽媽，因此盡愛唸這些話。今日才知在這世上，歡喜快活原只一忽兒

時光，愁苦煩惱才是一輩子的事。爹爹常說：『世上無人不傷心！』這話真對！」

柳梢頭上，淺淺一彎新月，夜涼似水，微風拂衣。郭靖心中本來一直渾渾噩噩，雖

知黃蓉對自己一片深情，卻不知情根之深，惱人至斯，這時聽了她這番言語，回想日來

她的一切光景，心想：「我是個粗魯直肚腸的人，將來跟蓉兒分別了，雖然常常會想著

她、念著她，但總也能熬得下來。可是她呢？她一個人在桃花島上，只有她爹爹相伴，

豈不寂寞？」隨即又想：「將來她爹爹總是要去世的，那時只有幾個啞巴僕人陪著她，

她小心眼裏整日就愛想心思、轉念頭，這可不活活的坑死了她？思念及此，不由自主的打了個寒顫，雙手握住了她手，痴痴望著她臉，說道：「蓉兒，就算天塌下來了，我也在桃花島上陪你一輩子！」

黃蓉身子一顫，抬起頭來，顫聲問道：「你……你說甚麼？」郭靖道：「我再也不理甚麼成吉思汗、甚麼華箏公主，這一生一世，我只陪著你。」黃蓉低呼一聲，縱體入懷。郭靖伸臂摟住了她，這件事一直苦惱著他，此時突然把心一橫，不顧一切的如此決定，心中登感舒暢。兩人摟抱在一起，一時渾忘了身外天地。

過了良久，黃蓉輕輕道：「你媽呢？」郭靖道：「我接她到桃花島上住。」黃蓉道：「你不怕你師父哲別、義兄拖雷他們麼？」郭靖道：「他們對我情深義重，但我的心分不成兩個。」黃蓉道：「你江南的六位師父呢？馬道長、丘道長他們又怎麼說？」郭靖嘆了口氣道：「他們定要生我的氣，但我會慢慢求懇。蓉兒，你離不開我，我也離不開你呢。」

黃蓉笑道：「我有個主意。咱們躲在桃花島上，一輩子不出來，島上我爹爹的布置何等玄妙，他們就是尋上島來，也找不到你來責罵。」

郭靖心想這法兒可不妥當，正要叫她另籌妙策，忽聽十餘丈外腳步聲響，兩個夜行人施展輕身功夫，從南向北急奔而去，依稀聽得一人說道：「老頑童已上了彭大哥的當，不用怕他，咱們快去。」

黃蓉斥道：「你作死嗎？」

在靈智上人肩頭輕輕一推。

那和尚應手而倒，橫臥於地，仰面朝天，雙手雙腳蜷曲不動，仍做著盤膝打坐的姿式，模樣甚為古怪。

第三十三回

來日大難

郭靖與黃蓉此刻心意歡暢，原不想理會閒事，但聽到「老頑童」三字，心中一凜，同時躍起，忙隨後跟去。前面兩人武功平平，並未知覺。出鎮後奔了五六里，那兩人轉入一個山坳，只聽得呼喊叫罵之聲，不斷從山後傳出。

靖蓉二人足下加勁，跟入山坳，只見一堆人聚在一起，有兩人手持火把，人叢中周伯通坐在地下，僵硬不動，不知生死；又見周伯通對面盤膝坐著一人，身披大紅袈裟，正是靈智上人，也是一動不動。

周伯通左側有個山洞，洞口甚小，只容一人彎腰而入。那堆人中有人向著洞口吆喝叫罵，卻不敢走近，似怕洞中有甚麼東西出來傷人。

郭靖記起那夜行人曾說「老頑童上了彭大哥的當」，又見周伯通坐著宛如一具殭屍，只怕他已遭難，心下惶急，縱身欲上。黃蓉拉住他手臂，低聲道：「瞧清楚了再說。」

二人縮身在山石之後，看那洞外幾人時，原來都是舊相識：參仙老怪梁子翁，鬼門龍王沙通天、千手人屠彭連虎，少了一條手臂，額頭卻多了三個肉瘤的三頭蛟侯通海，還有兩人就是適才所見的夜行人，火光照在他們臉上，認得是梁子翁的弟子，郭靖初學降龍十八掌時曾和他們交過手。

黃蓉心想這幾人現下已不是郭靖和自己對手，四下環望，不見再有旁人，低聲道：「以老頑童的功夫，這幾個傢伙怎能奈何得了他？瞧這情勢，西毒歐陽鋒必定窺伺在旁。」正想設法查探，只聽彭連虎喝道：「狗賊，再不出來，老子用煙來薰了。」洞中一人沉著聲音道：「有甚麼臭本事，都抖出來罷。」

郭靖聽聲音正是大師父柯鎮惡，那裏還理會歐陽鋒是否在旁，大聲叫道：「師父，

徒兒郭靖來啦！」人隨聲至，手起掌落，已抓住侯通海的後心，將他身子甩了出去。

這一出手，洞外眾人登時大亂。沙通天與彭連虎並肩攻上，梁子翁繞到郭靖身後，

欲施偷襲。柯鎮惡在洞中聽得明白，揚手一枚毒菱往他背心打去。暗器破空，風聲勁

急，梁子翁急忙低頭，毒菱從頂心掠過，勁風擦得他頭皮隱隱作痛，只嚇得他背上冷汗

直冒，知道柯鎮惡的暗器餵有劇毒，當日彭連虎就險些喪生於此，忙躍開丈許，伸手一

摸頭頂，幸未擦破頭皮，忙從懷中取出透骨釘，從洞左悄悄繞近，要想射入洞中還報；

手剛伸出，突然腕上一麻，已給甚麼東西打中，錚的一聲，透骨釘落地，只聽得一個女

子聲音笑道：「快跪下，又要吃棒兒啦！」

梁子翁急忙回頭，只見黃蓉手持竹棒笑吟吟的站著，驚怒交集，左手發掌擊她肩

頭，右手逕奪竹棒。黃蓉閃身避開他左手一掌，卻不移動竹棒，讓他握住了棒端。梁子

翁大喜，伸手回奪，心想這小姑娘若不放手，定然連人帶棒拖將過來。一奪之下，竹棒

果然順勢而至，豈知棒端忽地抖動，滑出了他手掌。這時棒端已進入他守禦的圈子，他

雙手反在棒端之外，急忙回手抓棒，那裏還來得及，眼前青影閃動，啪的一聲，夾頭夾

腦給竹棒當頭重重猛擊了一下。總算他武功不弱，危急中翻身倒地，滾開丈餘，躍起身

來，怔怔望著這個明眸皓齒的小姑娘，頭頂疼痛，心中胡塗，臉上尷尬。

黃蓉笑道：「你知道這棒法的名字，既給我打中了，你可變成甚麼啦？」梁子翁當

年吃過這「打狗棒法」的苦頭，曾給洪七公整治得死去活來，雖事隔多年，仍心有餘

悸。眼見棒是洪七公的打狗棒，棒法是洪七公的打狗棒法，打中的偏偏是自己身子，而自己似乎並不是狗。摸著頭頂，不明所以，瞥眼見沙彭二人不住倒退，在郭靖掌力催迫下只膽招架之功，叫道：「衝著洪老幫主的面子，咱們就避一避罷！」招呼了兩名弟子，轉身便奔。

郭靖左肘回撞，把沙通天逼得倒退三步，左手隨勢橫掃。彭連虎見掌風凌厲，不敢硬接，急忙避讓。郭靖右手勾轉，已抓住他後心提將起來。彭連虎身子矮小，登時雙足凌空，想要揮拳踢足抗禦，但四肢全沒了力氣，眼見郭靖左手握拳，就要如鐵椎般當胸擊來，這一下如何經受得起，忙叫：「今兒是八月初幾？」郭靖一怔，問道：「甚麼？」

彭連虎又道：「你顧不顧信義？男子漢大丈夫說了話算不算數？」郭靖再問：「甚麼？」右手仍將他身子提著。彭連虎道：「咱們約定八月十五在嘉興煙雨樓比武，這裏是不是嘉興？今天是不是中秋？你怎能傷我？」

郭靖心想不錯，正要放開他，忽然想起一事，問道：「你們把我周大哥怎麼了？」彭連虎道：「老頑童跟那和尚賭賽誰先動彈誰輸，關我甚事？」

郭靖向地下坐著的兩人望了一眼，登時寬懷，心道：「原來如此。」高聲叫道：「大師父，您老人家安好罷？」柯鎮惡在洞中哼了一聲。郭靖怕放手時彭連虎突然出足踢己前胸，右手揮出，將他擲出丈許，叫道：「去罷！」

彭連虎借勢縱躍，落在地下，見沙通天與梁子翁早已遠遠逃走，暗罵他們不夠朋友，向郭靖抱拳道：「七日之後，煙雨樓頭再決勝負。」轉身施展輕功，疾馳而去。一

路之上大惑不解：「每見一次這小子，他武功便增長幾分，那是甚麼古怪？到底是服了

靈丹妙藥，還是得了神仙傳授？」

黃蓉走到周伯通與靈智上人身旁，見兩人各自圓睜雙眼，互相瞪視，當真連眼皮也不眨一眨。黃蓉見到這情勢，再回想那夜行人的說話，已知是彭連虎使了奸計，他們忌憚老頑童武功了得，出言相激，讓這和尚與他賭賽誰先動彈誰輸。靈智上人的武功本來與他相去何止倍蓰，但用這法兒卻可將他穩穩絆住，旁人就可分手去對付柯鎮惡了。老頑童既喜有人陪他嬉耍，又無機心，自不免著了道兒，旁邊雖打得天翻地覆，他卻坐得穩若泰山，連小指頭兒也不動一動，說甚麼也不肯輸了給靈智上人。

黃蓉叫道：「老頑童，我來啦！」周伯通耳中聽見，只怕輸了賭賽，卻不答應。黃蓉道：「你們倆這般對耗下去，再坐幾個時辰，也難分勝敗，那有甚麼勁兒？這樣罷，我同時在你們笑腰穴上呵癢，雙手輕重一模一樣，誰先笑出聲來，誰就輸了。」周伯通正坐得不耐煩，聽黃蓉這麼說，大合心意，只不敢示意贊成。

黃蓉更不打話，走到二人之間，蹲下身來，將打狗棒放在地下，伸直雙臂，兩手食指分別往兩人笑腰穴上點去。

她知周伯通內功遠勝和尚，是以並未使詐，雙手勁力果真不分輕重，但說也奇怪，周伯通固並未動彈，靈智上人竟也渾如不覺，毫不理會。黃蓉暗暗稱奇，心想：「這和尚的閉穴功夫當真了得，倘若有人如此相呵，我早大笑不止了。」當下雙手加勁。

周伯通潛引內力，與黃蓉點來的指力相抗，那笑腰穴位於肋骨末端，肌肉柔軟，最

難運勁，但若挺腰反擊，借力卸力，又怕動了身子，輸了賭賽，但覺黃蓉的指力愈來愈強，只得拚命忍耐，到後來實在支持不住了，肋下肌肉一縮一放，將黃蓉手指彈開，躍起身來，呵呵大笑，說道：「胖和尚，真有你的，老頑童服了你啦！」

黃蓉見他認輸，好生後悔：「早知如此，我該作個手腳，在胖和尚身上多加此勁。」站直身子，向靈智上人道：「你既贏了，姑奶奶也不要你性命啦，快走，快走！」靈智上人渾不理會，仍一動不動的坐著。黃蓉伸手往他肩頭推去，喝道：「誰來瞧你這副蠢相，作死麼？」她這麼輕輕一推，靈智上人胖大的身軀應手而倒，橫在地下，雙手互攏，仰面朝天，兩腿盤起，凌空盤膝，渾似一尊泥塑木彫的佛像。

這一來周伯通和靖蓉二人都吃了一驚。黃蓉心道：「難道他用勁閉穴，功夫不到，竟把自己閉死了？」伸手探他鼻息，好端端的卻在呼吸，一轉念間，不由得又好氣又好笑，向周伯通道：「老頑童，你上了人家的大當還不知道，真是蠢才！」周伯通圓睜雙眼，氣鼓鼓的道：「甚麼？」黃蓉笑道：「你先解開他的穴道再說。」

周伯通一楞，俯身在靈智上人身上摸了幾下，拍了幾拍，發覺他周身八處大穴都已為人閉住，跳起身來，大叫：「不算，不算！」黃蓉道：「甚麼不算？」周伯通道：「他同黨待他坐好後點了他穴道，這胖和尚自然絲毫不會動彈。咱們便再耗三天三夜，他也決不會輸。」轉頭向弓身躺在地下的靈智上人叫道：「來來來，咱們再比過。」

郭靖見周伯通精神奕奕，並未受傷，心中記掛師父，不再聽他胡說八道，逕自鑽進山洞中去看柯鎮惡。

周伯通彎腰爲靈智上人解開穴道，不住口的道：「來，再比，再比！」黃蓉冷冷的道：「我師父呢？你把他老人家丟到那裏去了？」周伯通一呆，叫聲：「啊也！」轉身就往山洞奔去。這一下去勢極猛，險些與從洞中出來的郭靖撞個滿懷。

郭靖把柯鎮惡從洞中扶出，見師父白布纏頭，身穿白衣，不禁呆了，問道：「師父，您家裏有喪事麼？二師父他們那裏去啦？」柯鎮惡抬頭向天，並未回答，兩行眼淚從面頰上簌簌流下。郭靖越發驚疑，不敢再問，忽見周伯通從山洞中又扶出一人，那人左手持葫蘆，右手拿白雞，口裏咬著條雞腿，滿臉笑容，不住點頭，正是九指神丐洪七公。靖蓉二人大喜，齊聲叫道：「師父！」

柯鎮惡臉上突現煞氣，舉起鐵杖，猛向黃蓉後腦擊落。這一杖出手又快又狠，竟是「伏魔杖法」中的毒招，是他當年在蒙古大漠中苦練而成，用以對付失了目力的梅超風，叫她雖聞杖上風聲，卻已趨避不及。黃蓉乍見洪七公，驚喜交集，全沒提防背後突然有人偷襲，待得驚覺，鐵杖上的疾風已將她全身罩住。

郭靖眼見這一杖要打得她頭破骨碎，情急之下，左手疾帶，將鐵杖撥在一邊，右手伸出，已抓住杖頭，只是他心慌意亂之際用力過猛，又沒想到自己此時功力大進，以前出掌使力十分，留力二十分，內力大增之後，出掌勁力三十分，體內餘力自然而然增至七十分，所謂「行有餘力」、「舉重若輕」，便是這個道理。他左掌這一帶使的是「降龍十八掌」中的手法，柯鎮惡只覺一股極大力量突然逼來，勢不可當，登時鐵杖撒手，站

1359

立不定，俯衝摔倒。

郭靖大驚，忙彎腰扶起，連叫：「大師父！」只見他鼻子青腫，撞落了兩顆門牙。

柯鎮惡呸的一聲，把兩顆門牙和血吐在手掌之中，冷冷的道：「給你！」郭靖一呆，雙膝跪地，說道：「弟子該死，求師父重重責打。」柯鎮惡仍伸出了手掌，說道：「給你！」郭靖哭道：「大師父……」語音哽咽，不知如何是好。

周伯通笑道：「自來只見師父打徒弟，今日卻見徒弟打師父，好看啊好看！」柯鎮惡聽在耳裏，怒火愈盛，說道：「好啊，常言道：打落牙齒和血吞。我給你作甚？」伸手將兩顆牙齒拋入口中，仰頭一咽，吞進了肚子。周伯通拍手大笑，高聲叫好。

黃蓉見事出非常，柯鎮惡神情悲痛決絕，又不知他何以要殺死自己，心下驚疑，慢慢靠向洪七公身畔，拉住了他手。

郭靖磕頭道：「弟子萬死也不敢冒犯大師父，一時胡塗失手，只求大師父責打。」

柯鎮惡道：「師父長、師父短，誰是你師父？你有桃花島主做岳父，還要師父作甚？江南七怪這點微末道行，哪配做你郭大爺的師父？」郭靖聽他說得厲害，只有磕頭。

洪七公在旁瞧得忍不住，鬆嘴放開雞腿，右手疾忙伸過抓住，說道：「柯大俠，師徒過招，一個失手也稀鬆平常。適才靖兒帶你這一招是我所授，算老叫化的不是，這廂跟你賠禮了。」說著作了一揖。周伯通聽洪七公如此說，心想我何不也來說上幾句，說道：「柯大俠，師徒過招，一個失手也稀鬆平常，適才郭靖兄弟抓你鐵杖這下的內力是我所授，算老頑童的不是，這廂跟你賠禮了。」說著也是一揖。

他如此依樣葫蘆的說話原意是湊個熱鬧，但柯鎮惡正當狂怒不可抑制，聽來卻似有

意譏刺，連洪七公一片好心也當作了歹意，大聲說道：「你們東邪西毒，南帝北丐，自

恃武藝蓋世，就可橫行天下了？哼，我瞧多行不義，必將自斃。」

周伯通奇道：「咦，南帝又犯著你甚麼了，連他也罵在裏頭？」

黃蓉在一旁聽著，知道愈說下去局面愈僵，有這老頑童在這裏糾纏不清，終難平伏

柯鎮惡怒火，接口道：「老頑童，『鴛鴦織就欲雙飛』找你來啦，你還不快去見她？」

周伯通大驚，高躍三尺，叫道：「甚麼？」黃蓉道：「她要和你『曉寒深處，相對

浴紅衣』。」周伯通更驚，大叫：「在那裏？在那裏？」黃蓉手指向南，說道：「就在那

邊，快找她去。」周伯通道：「我永不見她。好姑娘，以後你叫我做甚麼我就做甚麼，

可千萬別跟她說曾見到過我……」話未說完，已拔足向北奔去。黃蓉叫道：「你說了話

可要作數。」周伯通遠遠的道：「老頑童一言既出，八馬難追！」「難追」兩字一出口，

早一溜煙般奔得人影不見。黃蓉本意是要騙他去找瑛姑，豈知他對瑛姑畏若蛇蝎，避之

惟恐不及，倒大出意料之外，但不管怎樣，總是將他騙開了。

這時郭靖仍跪在柯鎮惡面前，垂淚道：「七位師父為了弟子，遠赴絕漠，弟子縱粉

身碎骨，也難報七位師父的大恩。這隻手掌得罪了大師父，弟子也不能要啦！」從腰間

拔出金刀，就往左腕上砍去。

柯鎮惡惡鐵杖橫擺，擋開了這一刀，雖刀輕杖重，但兩件兵刃相交，火花迸發，柯鎮

惡虎口隱隱發麻，知道郭靖這一刀出了全力，確是真心，說道：「好，既然如此，那就

須得依我一件事。」郭靖大喜，道：「大師父但有所命，弟子豈敢不遵？」

柯鎮惡道：「你如不依，以後休得再見我面，咱們師徒之義，就此一刀兩斷。」

郭靖道：「弟子盡力而為，若不告成，死而後已。」

柯鎮惡鐵杖在地上重重一頓，喝道：「去割了黃老邪和他女兒的頭來見我。」

郭靖這一驚非同小可，顫聲道：「大……師……師父……」柯鎮惡道：「怎麼？」

郭靖道：「不知黃島主怎生得罪了你老人家？」

柯鎮惡嘆道：「咳，咳！」咬牙切齒的道：「我真盼老天爺賜我片刻光明，讓我見見你這忘恩負義小畜生的面目！」舉起鐵杖，當頭往郭靖頭頂擊落。

黃蓉當他要郭靖依一件事時，便已隱約猜到，突見他舉杖猛擊，郭靖卻不閃讓，竹棒從旁遞出，一招「惡狗攔路」，攔在鐵杖與郭靖頭頂之間，待鐵杖擊到，竹棒側抖旁纏，向外斜甩。這「打狗棒法」精妙無比，她雖力弱，但順勢借力，將鐵杖掠開。

柯鎮惡一個踉蹌，不等站穩，便伸手在自己胸口猛搗兩拳，向北疾馳而去。郭靖發足追上，叫道：「大師父慢走。」柯鎮惡停步回頭，厲聲喝道：「郭大爺要留下我的老命麼？」臉色猙獰。郭靖一呆，不敢攔阻，低垂了頭，耳聽得鐵杖點地之聲愈來愈遠，終於完全消失，想起師父的恩義，不禁伏地大哭。

洪七公攜著黃蓉的手，走到他身邊，說道：「柯大俠與黃老邪的性子都古怪得緊，兩人總是結了甚麼極深的樑子。說不得，只好著落在老叫化身上給他們排解。」

郭靖收淚起身，說道：「師父，你可知……可知為了甚麼？」

洪七公道：「餓了半天，師父得先吃個飽，才好說別的。」三人於是回到客店，黃蓉到廚房中找些菜肴酒肉，安排三人吃了，洪七公才說別來情由。

洪七公緩緩說道：「老頑童受了騙，要跟人家賭賽身子不動。那些奸賊正要害我，你大師父在牛家村外撞到了，護著我躲進了這山洞之中，仗著他毒菱暗器厲害，眾奸賊不敢強闖，才支撐了這些時候。唉，你大師父為人是極仗義的，他陪著我在洞中拒敵，明明是決意饒上了自己一條性命。」說到這裏，喝了兩大口酒，把一隻雞腿都塞入了口裏，三咬兩嚼，吞入肚中，伸袖一抹口邊油膩，說道：「適才打得猛惡，我又失了功夫，不能插手相助，跟你大師父見了面，還沒空跟他說甚麼呢。瞧他這般著惱，決非為了你失手摔他一交。他是俠義英雄，豈能如此胸襟狹小？好在沒幾天就到八月中秋，待煙雨樓比武之後，老叫化給你們說開罷。」郭靖哽咽著連聲稱謝。

洪七公笑道：「你兩個娃娃功夫大大進了啊，柯大俠也算是武林中響噹噹的腳色，兩個娃娃一出手就叫他下不了台，那是怎麼一回子事？」

郭靖一時說不出話來。黃蓉咭咭咯咯的將別來諸般情由說了個大概。洪七公聽得楊康殺死了歐陽克，大聲叫好：聽丐幫長老受楊康欺騙，連罵：「小雜種！四個老胡塗！魯有腳有腳沒腦子！那彭長老下次見到我把他殺了！」待聽到一燈大師救治黃蓉、瑛姑子夜尋仇等事端，只呆呆出神；聽到瑛姑在青龍灘上忽然發瘋，不覺「噫」了一聲。黃蓉道：「師父，怎麼？你也識得瑛姑？」心想：「師父一生沒娶妻，難道也給瑛姑迷上

1363

了？哼，這瑛姑又有甚麼好？陰陽怪氣、瘋瘋顛顛的，卻迷倒了這許多武林高手？她年輕之時，容貌美麗，嬌滴滴的，但沒我聰明，不知會不會燒得一手好菜？比我如何？」

幸好聽洪七公接下去道：「沒甚麼。我不識瑛姑，但段皇爺落髮出家之時，我就在他身旁。那日他送信到北邊來，邀我南下。我知他若無要事，決不致驚動老叫化，又想起雲南火腿、過橋米線和餌塊的美味，當即動身。會面之後，我瞧他神情頹傷，與華山論劍時那生龍活虎的模樣已大不相同，好生奇怪。我到達後數日，他就藉口切磋武功，要將先天功和一陽指傳給我。老叫化心想：他當日以一陽指和我的降龍十八掌、老毒物的蛤蟆功、黃老邪的劈空掌與彈指神通打成平手，如今又得王重陽傳授了先天功，二次華山論劍，武功天下第一的名號非他莫屬，為甚麼要將這兩門絕技平白無端的傳給老叫化？如說切磋武功，為甚麼我的降龍十八掌，他就不肯學我。至於他的四大弟子商量，終於瞧出了端倪，原來他把這兩門功夫傳了給我之後，就要自戕而死。至於他為甚麼如此傷心，他的弟子卻不知情。」

黃蓉道：「師父，段皇爺怕他一死之後，沒人再制得住歐陽鋒。」

洪七公道：「是啊，我瞧出了這一節，說甚麼也不肯學他的。他終於吐露真情，說他的四個弟子雖忠誠勤勉，可是分心於國事政務，未能專精學武，又資質悟心不佳，難成大器。全真七子的武功似也不能臻登峰造極之境。一陽指我不肯學，那也罷了，先天功倘若失傳，他卻無面目見重陽真人於地下。我想此事他已深思熟慮，勸也無用，只堅執不學，方能留得他的性命。段皇爺無法可施，只得退一步退位為僧。他落髮那日，我

就在他旁邊。說起來也是十多年前的事了。唉，這場仇冤如此化解，那也很好。」

黃蓉道：「師父，我們的事說完了，現下要聽你說啦。」

洪七公道：「我的事麼？嗯，在御廚裏我連吃了四次鴛鴦五珍膾，算是過足了癮，又吃了荔枝白腰子、鵪子羹、羊舌簽、薑醋香螺、牡蠣釀羊肚……」不住口將御廚中的名菜報將下去，說時不住價大吞饞涎，回味無窮。黃蓉插嘴道：「怎麼後來老頑童找你不到啦？」

洪七公笑道：「御廚眾廚師見煮得好好的菜肴接二連三不見，都說又鬧狐狸大仙啦，大家插香點燭的來拜我。後來給侍衛頭兒知道了，派了八名侍衛到御廚來捉狐狸。老叫化心想這可乖乖不得了，老頑童又人影不見，只得溜到個僻靜處所躲了起來。那地方叫甚麼『萼綠華堂』，種滿了梅樹，瞧來是皇帝小子冬天賞梅花的地方，這大熱天，除了每天早晨有幾名老太監來掃掃地，平時鬼影兒也沒一個，落得老叫化獨個兒逍遙自在。皇宮中到處都是吃的，就是多一百個老叫化也餓不了，正好安安靜靜的養傷。每天好吃好住，比做皇帝還更清閒。也不知過了多少時日，這一晚半夜裏，忽聽得老頑童裝鬼哭，又裝狗叫貓叫，在宮中吵得天翻地覆，又聽得幾個人大叫：『洪七公洪老爺子，洪七公洪老爺子！』我出去一張，原來是彭連虎、沙通天、梁子翁這一夥鬼傢伙。」

黃蓉奇道：「他們找你幹麼？」洪七公道：「我也奇怪得很啊。我一見到他們，立刻縮身，卻給老頑童瞧見了。他十分歡喜，奔上來抱住我，說道：『謝天謝地，總算讓老頑童找著啦。』他當即命梁子翁他們殿後……」

黃蓉奇道：「梁子翁他們怎能聽老頑童的指派？」洪七公笑道：「當時我也是丈二金剛摸不著頭腦。總之這夥奸賊見了老頑童害怕得緊，他說甚麼，大家不敢違拗。他命梁子翁他們殿後，自己負了我到牛家村去，要來尋你們兩個。在路上他才對我說起，他到處尋我不著，心中著急，卻在城中撞到了梁子翁他們，情急無奈之際，便抓著那些人一個個飽打一頓，叫他們白天夜晚不斷在大街小巷中尋找。他說他們在皇宮中已搜尋了幾遍，只地方太大，我又躲得隱秘，始終找我不著。」

黃蓉笑道：「瞧不出老頑童倒有這一手，將眾魔頭制得服服貼貼，不知他們怎麼又逃走？」洪七公笑道：「老頑童自有他的頑皮法兒。他在身上推下許多污垢來，搓成了十幾顆藥丸，逼他們每人服上三顆，說道這是七四十九天後發作的毒藥，劇毒無比，除他之外，天下無人解得。他們若能聽話，到第四十八天上就給解藥。這些惡賊雖將信將疑，但性命可不是鬧著玩的，終於寧可信其有，不可信其無，只得乖乖的聽老頑童呼來喝去，不敢違抗。」郭靖本來心裏難過，聽洪七公說到這裏，忍不住笑了出來。

洪七公又道：「到牛家村後，找你們兩個不見，老頑童逼他們四出尋找。昨兒晚上，個個又垂頭喪氣的回來，老頑童臭罵了他們一頓。他罵得興起，忽然說道：『倘若明天仍找不到郭靖與黃蓉那兩個娃娃，老子再撒泡尿搓泥丸給你們吃！』這句話引起了他們疑心，不住用話套問。老頑童越說越露馬腳，他們才知上了當，所服藥丸壓根兒不是毒藥。我知情勢危險，這批奸賊留著終究後患不小，叫老頑童盡數殺了算啦。那知彭連虎也瞧出情形不妙，便使詭計，要那青海胖和尚跟老頑童比試打坐功夫。我攔阻不

1366

住，只得逃出牛家村，在村外遇到柯大俠，他護著我逃到這裏，彭連虎他們一路追了下來。老頑童雖胡塗，也知離了我不妥，忙趕到這裏。那些奸賊不住用言語相激，老頑童終於忍不得，跟那和尚比賽起來了。」

黃蓉聽了這番話，又好氣又好笑，說道：「若不是撞得巧，師父你的性命要送在老頑童手裏啦。」洪七公道：「我的性命本就是撿來的，送在誰手裏都一樣。」

黃蓉忽然想起一事，道：「師父，那日咱們從明霞島回來……」洪七公道：「不是明霞島，是壓鬼島。」黃蓉微微一笑，道：「好罷，壓鬼島就壓鬼島，那歐陽克這會兒是半點不假的成了鬼啦。那日咱們在木筏上救了歐陽鋒叔姪，曾聽老毒物說道，天下只一人能治得你的傷，可是此人武功蓋世，用強固然不行，你又不願損人利己，求他相救。當時你不肯說出此人姓名，現下我和靖哥哥湘西一行，自然知道此人除了當年的段皇爺、今日的一燈大師，再無別個。」

洪七公嘆道：「他若以先天功一陽指功夫打通我的奇經八脈，原可治好我之傷，只是這一出手，他須得大傷元氣，多則五年，少則三年，難以恢復。就算他把世情看得淡了，不在乎二次華山論劍的勝負，但他已是五六十歲的人了，還能有幾年壽數？老叫化又怎能出口相求？」

郭靖喜道：「師父，原來不須旁人相助，奇經八脈自己也能通的。」洪七公奇道：「甚麼？」黃蓉道：「靖哥哥背熟了的那篇嘰哩咕嚕、咕嚕嘰哩，一燈大師譯出來教給了我們。他吩咐我們跟你老人家說，可以用這功夫打通自己的奇經八脈。」當下將一燈的

譯文唸了個大概，又說了些二燈解說的真經祕奧。洪七公傾聽之後，思索良久，大喜躍起，連叫：「妙，妙！這法兒準成，但至少也得一年半載才見功效。」

黃蓉道：「煙雨樓比武，對方定會邀歐陽鋒前來壓陣。老頑童的功夫雖不輸於他，但此人瘋瘋顛顛，臨場時難保不出亂子，須得到桃花島去請我爹爹來助戰，才有必勝把握。」洪七公道：「這話不錯。我先赴嘉興，你們兩個同到桃花島罷。」

郭靖不放心，定要先護送洪七公去嘉興。洪七公道：「我騎你小紅馬去，要是路上有甚危難，老叫化拍馬便走，任誰也追趕不上。」

次日天明，洪七公吃了一大碗麵，骨都都喝了一大碗酒，上了馬，雙腿一夾。小紅馬向靖蓉二人長嘶一聲，似是道別，向北風馳而去。

郭靖望著洪七公影蹤不見，又想起柯鎮惡欲殺黃蓉之事，疑竇滿腹，悶悶不樂。黃蓉也不相勸，自去僱了船，揚帆直赴桃花島來。

到得島上，打發船夫走後，黃蓉道：「靖哥哥，我求你一件事，你答不答允？」郭靖道：「你先說出來聽聽，別又是我做不到的。」黃蓉笑道：「我可不是要你去割你六位師父的頭。」郭靖不悅道：「蓉兒，你還提這個幹麼？」黃蓉道：「我為甚麼不提？這事你忘得了，我可忘不了。我雖跟你好，卻也不願給你割下腦袋來。」

郭靖嘆道：「我真不明白大師父幹麼生這麼大的氣。他知道你是我最心愛之人，我寧可自己死一千次一萬次，寧可把腦袋讓你割十七八次，也決不肯傷害你半點。」

黃蓉聽他說得真誠，心裏感動，拉住他手，輕輕靠在他身上，指著水邊的一排柳樹，

輕聲問道：「靖哥哥，你說這桃花島美麼？」黃蓉嘆

道：「我只想在這兒活下去，不願給你殺了。」郭靖撫著她的頭髮道：「好蓉兒，我怎會

殺你？」黃蓉道：「要是你六位師父、你的媽媽、你的好朋友們都逼你來殺我，你動不動

手？」郭靖昂然道：「就是普天下的人要一齊跟我為難，我也始終護著你。」

黃蓉把他的手握得更緊了，問道：「你為了我，肯把這一切都捨下麼？」郭靖遲

疑不答。黃蓉微微仰頭，望著他的雙眼，臉上神色焦慮，等他回答。

郭靖道：「蓉兒，我說過要在這桃花島上陪你一輩子，我說的時候，便已打定了主

意，可不是一時興起，隨口說的。」黃蓉道：「好！那麼從今天起，你就不離開這島

啦。」郭靖奇道：「打從今天起？」黃蓉道：「嗯，打從今天起！我會求爹爹去煙雨樓

助戰，我和爹爹去殺了完顏洪烈給你報仇，我和爹爹到蒙古去接你媽媽。甚至，我求爹

爹去向你六位師父賠不是。我要叫你心裏再沒一件放不下的事。」

郭靖見她神色奇特，說道：「蓉兒，我跟你說過的話，決沒說了不作數的，你放心

好啦，那又何必這樣。」黃蓉嘆道：「天下的事難說得很。當初你答允那蒙古公主的婚

事，何嘗想到日後會反悔？從前我只知道自己愛怎麼就怎麼，現今才知道……唉！你

想得好好的，老天偏偏跟你鬧彆扭。」說到這裏不禁眼圈兒紅了，垂下頭去。

郭靖不語，心中思潮起伏，見黃蓉對自己如此情深愛重，原該在這島上陪她一輩子

才是，但就此把世事盡數拋開，把世上旁的人盡數捨了，自己卻又萬萬做不到，但為甚麼

做不到，一時卻又想不明白。

黃蓉輕輕的道：「我不是不信你，也不是定要強你留在這兒，只是，只是……我心裏害怕得緊。」說到這裏，忽然伏在他肩頭啜泣了起來，身子輕輕顫抖。

這一下大出郭靖意料之外，呆了一呆，忙問：「蓉兒，你心裏怕甚麼？」黃蓉不語，只低頭哭泣。郭靖與她相識以來，一起經歷過不少艱險困苦，始終見她言笑自若，這時她回到故居，立時就可與爹爹見面，怎麼反害怕起來？問道：「你怕你爹爹有甚不測麼？」黃蓉搖頭。郭靖再問：「你怕我離開此島後，永遠不再回來？」黃蓉又搖頭。

郭靖連問四五句，她總是搖頭。

過了好一陣，黃蓉抬起頭來，說道：「靖哥哥，到底害怕甚麼，我也說不上來。只是我想到你大師父要殺我的神情，便忍不住心中慌亂，總覺得有一天，你會聽他話而殺了我的。因此我求你別再離開這裏。你答允我罷！」

郭靖笑道：「我還道甚麼大事，原來只為了這個。那日在北京，我六位師父不也罵你小妖女甚麼的？後來我跟著你走了，到後來也沒怎樣。我六位師父好似嚴厲兇狠，心中卻再也慈祥不過。你跟他們熟絡了，他們定會喜歡你的。二師父摸人家口袋的本事神妙無比，你跟他學學，一定有趣得緊。七師父更加溫柔和氣……」

黃蓉截斷他的話，問道：「這麼說，你定是要離開這兒的了？」郭靖道：「咱倆一起離開，一起到蒙古去接我母親，一起去殺完顏洪烈，再一起回來，豈不很好？」黃蓉怔怔的道：「如果是這樣，咱倆永遠不會一起回來，永遠不會廝守一輩子。」郭靖奇

道：「為甚麼？」黃蓉搖頭道：「我不知道。但我見了你大師父的模樣，我猜想得到的。他單是殺了我也還不夠，他已把我恨到了骨頭裏去。」

郭靖見她說這話時似乎心也碎了，臉上雖然還帶著那股小女孩兒的稚氣，但眉梢眼角間的神情，似乎已親見了來日的不測大禍，心想她料事向來不錯，這次我如不聽她的話，日後倘若有甚災難降臨到她身上，那便如何是好？言念及此，心中一酸，再也顧不得旁的，一句話衝口而出：「好！我不離開這裏就是！」

黃蓉向他呆望半晌，兩道淚水從面頰上緩緩的流了下來。

室內桌傾凳翻，書籍筆硯散得滿地，壁上懸著的幾張條幅也給扯爛了半截。

郭靖一動不動的站在房中，

雙眼發直，神情木然。

第三十四回

島上巨變

郭靖低聲問道：「蓉兒，你還要甚麼？」

黃蓉道：「我還要甚麼？甚麼也不要啦！」秀眉微揚，叫道：「要是再要甚麼，老天爺也不容我。」長袖輕舉，就在花樹底下翩翩起舞。但見她轉頭時金環耀日，起臂處白衣凌風，到後來越舞越急，揮動衣袖，拂向身邊花樹，樹上花瓣亂落，紅花、白花、黃花、紫花，如一隻隻蝴蝶般繞著她身子轉動。她舞了一會，忽地縱起，躍到一株樹上，隨即跳到另一株樹上，舞蹈中夾雜著「逍遙遊」與「桃華落英掌」的身法，想見喜悅已極。

郭靖心想：「媽媽從前給我講故事，說東海裏有座仙山，山上有許多仙女。難道世上還能有甚麼仙山比桃花島更好看，有甚麼仙女比蓉兒還美？」

黃蓉飛舞正急，忽然「咦」的一聲低呼，躍下樹來，向郭靖招招手，拔步向林中奔去。郭靖怕迷失道路，在後緊緊跟隨，不敢落後半步。黃蓉曲曲折折的奔了一陣，突然停步，指著前面地下黃鼓鼓的一堆東西，問道：「那是甚麼？」

郭靖搶上幾步，見一匹黃馬倒在地下，忙奔近察看，認得是三師父韓寶駒的坐騎追風黃，伸手在馬腹上一摸，著手冰涼，已死去多時。這馬當年隨韓寶駒遠赴大漠，郭靖自小與牠相熟，便似是老朋友一般，忽見死在這裏，甚是難過，尋思：「此馬口齒雖長，但神駿非凡，這些年來馳驅南北，腳步輕健，一如往昔，絲毫不見老態，怎麼竟會倒斃在此？三師父定要十分傷心了。」

再定神看時，見那黃馬並非橫臥而死，而是四腿彎曲，癱成一團。郭靖一凜，想起

那日黃藥師一掌擊斃華箏公主的坐騎，那馬死時也是這般姿態，忙運力左臂，擱在馬項頸底下抬起，伸右手去摸死馬的兩條前腿，果覺腿骨均已斷裂，鬆手再摸馬背，背上的脊骨也已折斷了。他愈來愈驚疑，忙翻轉馬身細細審視，見那馬全身並無傷口，不禁坐倒在地，心道：「這馬是誰打死的？三師父又到那裏去了？」瞧這馬的死法，在這桃花島上能下手如此狠厲的自只黃藥師一人。

黃蓉在旁瞧著郭靖看馬，一言不發，這時才低聲道：「你別急，咱們細細的查個水落石出。」拂開花樹，看著地下，慢慢向前走去。郭靖見地下濕泥中留有足跡，再也顧不得迷路不迷路，側身搶在黃蓉前面，順著足跡急奔。

足跡時隱時現，道路變幻，好幾次郭靖找錯了路，都是黃蓉細心，重行在草叢中岩石旁找到，有時足跡消失，她又在路旁樹身上尋到了兵器撞出的痕跡。追出數里，前面一片矮矮的花樹，樹叢中露出一座墳墓。黃蓉急奔而前，撲在墓旁。

郭靖初次來桃花島時見過此墓，知是黃蓉亡母埋骨的所在，見墓碑已倒在地下，當即扶起，果見碑上刻著「桃花島女主馮氏埋香之塚」一行字。

黃蓉見墓門洞開，隱約料知島上已生巨變。她不即進墳，在墳墓周圍察看，見墓左青草給踏壞了一片，墓門進口處有兵器撞擊的痕跡。她在墓門口傾聽半晌，沒聽到裏面有甚響動，這才彎腰入門。郭靖恐她有失，亦步亦趨的跟隨。

墓道中石壁到處碎裂，顯見經過一番惡鬥，兩人更驚疑不定。走出數丈，黃蓉俯身拾起一物。墓道中雖然昏暗，仍隱約可辨正是全金發的半截秤桿。這秤桿乃鑌鐵鑄成，

粗若兒臂，卻爲人硬生生折成了兩截。黃蓉與郭靖對望一眼，誰也不敢開口，心知能空手折斷這鐵秤的，舉世只寥寥數人而已，在這桃花島上，自然除黃藥師外更無旁人。黃蓉拿著斷秤，雙手不住發抖。

郭靖從黃蓉手裏接過鐵秤，插在腰帶裏，彎腰找尋另半截，心中只如十五隻吊桶打水，七上八落，又盼找到，又盼找不著。再走幾步，前面愈益昏暗，他雙手在地下摸索，口鼻中已忍不住發出嗚咽之聲，突然碰到一個圓鼓鼓的硬物，正是秤桿上的秤錘，全金發臨敵之時用以飛鏈打人的。

郭靖放在懷裏，繼續摸索，手上忽覺冰涼，又軟又膩，似乎摸到一張人臉。他大驚躍起，蓬的一聲，頭頂結結實實的撞上了墓道石頂，卻也不知疼痛，忙取出火摺晃亮，只叫得一聲苦，腦中猶似天旋地轉，登時暈倒在地。

火摺拿在他手中，兀自燃著，黃蓉在火光下見全金發睜著雙眼，死在地下，胸口插著另外半截秤桿。

到此地步，真相終須大白，黃蓉定一定神，鼓起勇氣從郭靖手裏接過火摺，在他鼻子下薰炙。煙氣上冒，郭靖打了兩個噴嚏，悠悠醒來，呆呆的向黃蓉望了一眼，站起身來逡行入內。

兩人走進墓室，只見室中一片凌亂，供桌打缺了一角，墓室左角橫臥一人，頭戴方巾，鞋子跌落，瞧背影正是朱聰。

郭靖默默走近，扳過朱聰身子，火光下見他嘴角仍留微笑，身上卻早已冰涼。當此

1376

情此境，這微笑顯得分外詭異，分外淒涼。郭靖低聲道：「二師父，弟子郭靖來啦！」

輕輕扶起他身子，只聽得玎玎琤琤一陣輕響，他懷中落下無數珠寶，散了一地。

黃蓉拾起些珠寶來看了一眼，隨即拋落，長嘆一聲，說道：「是我爹爹供在這裏陪

我媽媽的。」郭靖瞪視著她，眼中如要噴出血來，低沉著聲音道：「你說……說我二師

父來偷珠寶？你竟敢說我二師父……」

在這目光的逼視下，黃蓉毫不退縮，也怔怔的凝望著他，眼神中充滿了絕望與愁

苦。

郭靖又道：「我二師父是鐵錚錚的漢子，怎會偷你爹爹的珠寶？更不會……更不會

來盜你媽媽墓中的物事。」但眼看著黃蓉的神色，他語氣漸漸從憤怒轉為悲恨，眼前事

物俱在，珠寶確是從朱聰懷中落下，又想二師父號稱「妙手書生」，別人囊中任何物品，

都能毫不費力的手到拿來。難道他當真會來偷盜這墓中的珠寶麼？不，不，二師父為人

光明磊落，素來不貪財寶，除了對付敵人之外，也不擅取旁人物事，決不能作此等卑鄙

勾當，其中定然另有別情。他又悲又怒，腦門發脹，眼前一陣黑一陣亮，雙掌只捏得格

格直響。

黃蓉輕聲道：「我那日見了你大師父的神色，已覺到你我終究難有善果。你要殺

我，就下手罷。我媽媽就在這裏，你把我葬在她身邊。葬我之後，你快快離島，莫讓我

爹爹撞見了。」郭靖不答，只大踏步走來走去，呼呼喘氣。

她拉開供桌後的帷幕，露出亡母的玉棺，走到棺旁，不禁「啊」的一聲，只見韓寶

1377

駒與韓小瑩兄妹雙雙死在玉棺之後。韓寶駒半身伏在棺上，腦門正中清清楚楚的有五個

指孔。韓小瑩是橫劍自刎，右手還抓著劍柄，當是她自知不敵，不願像韓寶駒那樣慘死

敵手。只見韓小瑩左手撫在玉棺的棺蓋上，五根手指上都蘸滿了血，也不知是韓寶駒

處的還是她自刎後流出來的血，在白玉棺蓋寫了個小小的「十」字，似乎一個字沒寫完

就此死了。

黃蓉之母的玉棺乃以楠木所製，棺蓋朝天的一面鑲以一塊大白玉。韓小瑩左手五根

手指蘸血劃出五條血痕，再加一個小小「十」字，晶瑩白玉襯出凝結的鮮血，又是艷

麗，又是恐怖。郭靖嘶聲叫號：「七師父，你要寫『黃藥師』，弟子知道了，說甚麼也要

給你報仇。」

郭靖走過去抱起韓寶駒的屍身，自言自語：「我親眼見到梅超風已死，天下會使這

九陰白骨爪的，除了你爹爹還會有誰？」把韓寶駒的屍身輕輕放在地下，又把韓小瑩的

屍身扶得端正，邁步向外走去，經過黃蓉時眼光茫然，竟似沒見到她。

黃蓉心中一陣冰涼，呆立半晌，突然眼前一黑，火摺子竟已點完，這墓室雖是她來

慣之地，但現下墓內多了四個死人，黑暗之中不由得又驚又怕，急忙奔出墓道，腳下一

絆，險此摔了一交，奔出墓門後才想起是絆到了全金發的屍身。

眼見墓碑歪在一旁，伸手放正，待要扳動機括關上墓門，心念忽動：「我爹爹殺了

江南四怪之後，怎能不關上墓門？他對媽媽情深愛重，即令當時匆忙萬分，也決計不肯

任由墓門大開。」想到此處，疑惑不定，隨即又想：「爹爹怎能容三個男人的屍身留在

墓內跟媽媽為伴？此事萬萬不可。莫非爹爹也身遭不測了？」當下將墓碑向右推三下，又向左推三下，關上了墓門，急步往居室奔去。

郭靖雖比她先出，但只走了數十步，就左轉右圈的迷失了方向，眼見黃蓉過來，當即跟在她身後。兩人一言不發的穿過竹林，跨越荷塘，到了黃藥師所居的精舍之前，那精舍已給打得東倒西歪，遍地都是斷梁折柱。

黃蓉大叫：「爹爹，爹爹！」奔進屋中，室內也是桌傾櫈翻，書籍筆硯散得滿地，壁上懸著的幾張條幅也給扯爛了半截，卻那裏有黃藥師的人影？

黃蓉雙手扶著翻轉在地的書桌，搖搖欲倒，過了半晌，方才定神，心想：「這不對，不可能這樣……」急步到眾啞僕所居房中去找了一遍，竟一人不見。廚房灶中煙消灰冷，板桌上放著不少空碗，有的還盛著殘羹冷菜，似是人們吃過後膳下來的，沒洗過的箸匙到處都是。眾人就算不死，也已離去多時，看來這島上除了她與郭靖之外，更無旁人。

她慢慢回到精舍，只見郭靖仍直挺挺的站在房中，雙眼發直，神情木然。黃蓉顫聲道：「靖哥哥，你快哭罷，你先哭一場再說！」她知郭靖與他六位師父情若父子，此時心中傷痛已到極處，他內功已練至上乘境界，突然間大悲大痛而不加發洩，定致重傷。那知郭靖宛似不聞不覺，只呆呆的瞪視著她。黃蓉欲待再勸，自己卻也已經受不起，只叫得一聲「靖哥哥」，腿軟欲倒，說話再也接不下去了。

黃蓉要想多找些真相的線索，拉開書桌的抽屜，逐一看去，在右上角的抽屜之中，

1379

見攤著一張白紙，寫滿了字。郭靖夾手搶過，展開看時，見紙上寫道：

「江南下走柯鎮惡、朱聰、韓寶駒、南希仁、全金發、韓小瑩拜上桃花島黃島主前輩尊前：頃聞傳言，全眞六子誤信人言，行將有事於桃花島。晚生等心知實有疑誤，唯恨人微言輕，不足爲兩家解憾言和耳。前輩當世高人，唯可與王重陽眞人爭先決勝，豈能紆尊自降，與後輩較一日之短長耶。昔藺相如讓路以避廉頗，千古傳爲盛事。蓋豪傑之士，胸襟如海，雞蟲之爭，非不能爲，自不屑爲也。行見他日全眞弟子負荊於桃花島階下，天下英雄皆慕前輩高義，豈不美哉？」

郭靖眼見二師父的筆跡，捧著紙箋的雙手不住顫抖，心下沉吟：「全眞七子與黃藥師在牛家村相鬥，歐陽鋒暗使毒計，打死了長眞子譚處端。當時歐陽鋒一番言語，嫁禍於黃藥師，黃老邪目中無人，不屑分辯，全眞教自然恨他入骨。想是我六位師父得知全眞教要來大舉尋仇，生怕兩敗俱傷，是以寫這信勸黃藥師暫且避開，將來再設法言明眞相。六位師父實是一番美意，黃藥師這老賊怎能出手加害？」

轉念又想：「六位師父既已送來此信，又到桃花島來幹甚麼？想是得知全眞六子動身來島，黃藥師未必肯避，難免釀成大禍，爲了好心解紛，匆匆趕來，要想攔阻雙方爭鬥。」隨即又想：「黃老邪啊黃老邪，你必道我六位師父是全眞教邀來的幫手，便不分青紅皂白的痛下毒手。」

黃蓉接過紙箋來仔細看了，心道：「他六位師父到桃花島來，原是一番好意。只恨這妙手書生爲德不卒，生平做慣了賊，見到我媽這許多奇珍異寶，不禁動心，終於犯了

我爹爹的大忌……」怔怔的將紙箋放入抽屜。

兩人呆了半晌，郭靖喃喃的道：「我不殺蓉兒，不殺蓉兒！」黃蓉心中又是一酸，說道：「你師父死了，你痛哭一場罷。」郭靖自言自語：「我不哭，我不哭。」這兩句話說罷，兩人又沉寂無聲。遠處海濤之聲隱隱傳來，剎時之間，黃蓉心中轉過了千百種念頭，從兒時直到十五歲之間在這島上的種種經歷，突然清清楚楚的在腦海中一晃而過，但隨即又一晃而回。只聽得郭靖又自言自語：「我要先葬了師父。是嗎？是要先葬了師父嗎？」黃蓉道：「對，先葬了師父。」

她當先領路，回到母親墓前。郭靖一言不發的跟著。黃蓉伸手待要推開墓碑，郭靖突然搶上，飛起右腿，掃向碑腰。那墓碑是極堅硬的花崗石所製，郭靖這一腿雖使了十成力，也只把墓碑踢得微微歪斜，右足外側卻已碰得鮮血直流，他竟似未感疼痛，雙掌在碑上一陣猛拍猛推，從腰間拔出全金發的半截秤桿，撲上去在墓碑上亂打。石碑上火星四濺，石屑紛飛，突然啪的一聲，半截秤桿又折斷，郭靖雙掌奮力齊推，石碑斷成兩截，露出碑中的一根鐵桿來。他抓住鐵桿使力搖晃，鐵桿尚未拗斷，呀的一聲，墓門卻已開了。郭靖一呆，叫道：「除了黃藥師，誰能知這機關？誰能把我恩師騙入這鬼墓之中？不是他是誰？是誰？」仰天大喊一聲，鑽入墓中。

黃蓉見他對自己母親的墳墓憤恨如此之深，心意已決：「他若毀我媽媽玉棺出氣，我先一頭撞死在棺上。」正要走進墓去，郭靖已抱了全金發的屍身走出。

斷碑上裂痕斑斑，鋪滿了鮮血淋漓的掌印。黃蓉見他對自己母親的墳墓憤恨如此之深，心意已決：「他若毀我媽媽玉棺出氣，我先一頭撞死在棺上。」正要走進墓去，郭靖已抱了全金發的屍身走出。

他放下屍身，又進去逐一將朱聰、韓寶駒、韓小瑩的屍身恭恭敬敬的抱了出來。黃蓉偷眼望去，見他一臉虔誠愛慕的神色，登時心中冰涼：「他愛他眾位師父，遠勝於愛我。我要去找爹爹，我要去找爹爹！」

郭靖將四具屍身抱入樹林，離墳墓數百步之遙，這才俯身挖坑。他先用韓小瑩的長劍掘了一陣，到後來愈掘愈快，長劍啪的一聲，齊柄而斷，猛然間胸中一股熱氣上湧，一張口，吐出兩大口鮮血，俯身雙手使勁抓土，一把把的抓了擲出，勢如發瘋。

黃蓉到種花啞僕的屋中去取了兩把鏟子，一把擲給了他，自己拿了一把幫著掘坑。到此地步，黃蓉也不哭泣，只坐在地下觀看。郭靖全身使勁，只一頓飯工夫，已掘了大小兩坑。他把韓小瑩的屍體放入小坑，跪下磕了幾個頭，呆呆的望著韓小瑩的臉，瞧了半晌，這才捧土掩上，又去搬朱聰的屍身。

他正要將屍體放入大坑，心念一動：「黃藥師的骯髒珠寶，豈能陪我二師父入土？」左手抱著屍身，右手伸到他懷內，將珠玉珍飾一件件的取出，看也不看，順手拋在地下。黃蓉見郭靖又放下朱聰的屍身，扳開他左手緊握著的拳頭，取出一物，托在手中。

黃蓉凝目看去，見是一隻翠玉琢成的女鞋，長約寸許，晶瑩碧綠，雖是件玩物，但雕得與真鞋一般無異，精致玲瓏，確為珍品，但在母親墓中從未見過，不知朱聰從何處得來。

郭靖翻來翻去察看，見鞋底刻著一個「招」字，鞋內底下刻著一個「比」字，此外

再無異處。他恨極了這些珍寶，嘆的一聲，出力拋在地下。

他呆立一陣，緩緩將朱聰、韓寶駒、全金發三人的屍身搬入坑中，要待掩土，瞧著珍寶，怒從心起，雙手捧了，拔足往墳墓奔去。

三位師父的臉，終是不忍，叫道：「二師父、三師父、六師父，你們……你們死了！」聲音柔和，仍帶著往昔和師父們說話時的尊敬語氣。過了半晌，他斜眼見到坑邊那堆珍寶，怒從心起，雙手捧了，拔足往墳墓奔去。

黃蓉怕他入墓侵犯母親玉棺，忙急步趕上，張開雙臂，攔在墓門之前，凜然道：「你待怎地？」郭靖不答，左臂輕輕推開她身子，右手使力往裏擲出，只聽得珠寶落地，琤琤之聲好一陣不絕。黃蓉見那翠玉小鞋落在腳邊，俯身拾起，說道：「這不是我媽的。」說著將玉鞋遞了過去。郭靖木然瞪視，也不理睬。黃蓉便順手放在懷裏，見郭靖轉身又到坑邊，鏟了土將三人的屍體掩埋了。

忙了半日，天漸昏暗，黃蓉見他仍然不哭，越來越擔憂，心想讓他獨自一人，或許能哭出聲來，回到屋中找些醃魚火腿，胡亂做了些飯菜，放在籃中提來，只見他仍站在師父墳邊不動。她這一餐飯做了小半個時辰，可是他不但站立的處所未曾移動，連姿式亦未改變。黑暗中望著他石像一般的身子，黃蓉大是驚懼，叫道：「靖哥哥，你怎麼了？」郭靖不理。黃蓉又道：「吃飯罷，你餓了一天啦！」郭靖道：「我餓死也不吃桃花島上的東西。」

黃蓉聽他答話，稍稍放心，知他性子執拗，這一次傷透了心，這島上的東西說甚麼也不吃的了，便緩緩放下飯籃，慢慢坐倒在地。一個站，一個坐，時光悄悄流轉，半邊

月亮從海上升起，漸漸移到兩人頭頂。籃中飯菜早已冰涼，兩人心中也是一片冰涼。

就在這淒風冷月、濤聲隱隱之中，突然遠處傳來了幾聲號叫，聲音淒厲異常，似是狼嗥虎嘯，卻又似人聲呼叫。

叫聲隨風傳來，一陣風吹過，呼號聲隨即消失。黃蓉側耳傾聽，隱約聽到那聲音是在痛苦掙扎，只不知是人是獸，當下辨明了方向，發足便奔。她本想叫郭靖同去，但一個念頭在心中一轉：「這多半不是好事，讓他見了徒增煩惱。」身當此境，黑夜獨行委實害怕，好在桃花島上一草一木盡皆熟識，雖心下驚懼，仍鼓勇前行。

走出十餘步，突覺身邊風聲過去，郭靖已搶在前面。他不識道路，迅即迷了方向，只見他掌劈足踢，猛力摧打攔在身前的樹木，似乎又失了神智。黃蓉道：「你跟我來。」

郭靖大叫：「四師父，四師父！」他已認出這叫聲是四師父南希仁所發。

黃蓉在彎曲迂迴的小路中緩緩前行，半輪明月初上，夜色朦朧，她察看路上情狀，見路旁樹木有些為鐵器擊斷，路旁花草有些經人踐踏，顯是有人覓路而行，發覺道路不通時又折了回來。走出十餘丈，見當路直插著一根黑黝黝之物，正是南希仁的鐵扁擔。

郭靖搶上拔起扁擔，拿在手中。

兩人上島之前，島上曾經下雨，路上泥濕，黃蓉道：「有三個人的腳印。」郭靖道：「怎麼有三個人的腳印？」前面南希仁沉重的腳印時時走錯，後面兩人卻似熟識道路，步履輕快的跟隨在後。郭靖心想追蹤南希仁的必是黃藥師。「好！你先殺我好啦。」郭靖道：「快去接應四師父。蓉兒，如見到你爹爹在打我四師父，我只好拚命。」黃蓉道：

師無疑，世上只有他輕功既如此高明，又熟知桃花島古怪曲折的道路。黃蓉道：「四師

父的腳印乾了，他已過去幾天，後面兩個腳印卻是新的。」郭靖恨恨的道：「四師父幾

天前逃到了這偏僻的所在。你爹爹今天又追來殺他，快走，快走！救人要緊！」

黃蓉心中又是一涼，尋思：「他四師父見了我，不要了我性命才怪。不知爹爹在不

在？」但這時她早已不顧一切，明知大禍在前，亦不想趨避，領著郭靖向前直奔，慘淡

的月光之下，只見前面桃樹下一個人扭曲著身子正在滾來滾去。

郭靖大叫一聲，搶上抱起，只見南希仁臉露笑容，口中不住發出荷荷之聲。郭靖又

驚又喜，突然哇的一聲哭了出來，邊哭邊叫：「四師父，四師父！」

南希仁口中荷荷聲不止，突然反手就是一掌。郭靖全沒防備，不由自主的低頭避

開。南希仁一掌不中，左手跟著一掌，這一次郭靖想到是師父在責打自己，心中反而喜

歡，一動不動的讓他打了一拳。那知南希仁這一拳力道大得出奇，砰的一聲，把郭靖打

了個觔斗。郭靖自幼與他過招練拳也不知已有幾千百次，於他的拳力掌勁熟知於胸，料

不到這一拳竟勁力突增，大是驚疑。他剛站定身子，南希仁跟著又是一拳，郭靖仍不閃

避。這一拳勁力更大，郭靖眼前金星亂冒，險些暈去。南希仁俯身拾起一塊大石，猛往

他頭頂砸下。

郭靖仍不閃避，這塊大石擊將下去，勢要打得他腦漿迸裂。黃蓉在旁看得凶險，忙

飛身搶上，左手在南希仁臂上一推。南希仁連人帶石摔倒，口中荷荷呼叫，竟爬不起

來。郭靖怒喝：「你幹麼推我四師父？」

黃蓉只是要救郭靖，不提防南希仁竟如此不濟，一推便倒，忙伸手去扶，月光下見他滿臉笑容，但這笑容似是強裝，顯得異樣可怖。黃蓉驚呼一聲，伸出了手，卻不敢碰他身子。南希仁驀然回手一拳，打中她左肩，兩人同聲大叫。黃蓉雖身披軟蝟甲，這一拳也給打得隱隱作痛，跌開幾步。南希仁的拳頭給甲上尖刺戳得鮮血淋漓。

兩人大叫聲中夾著郭靖連呼「四師父」。南希仁向郭靖望了一眼，似乎忽然認出是他，張口要待說話，嘴邊肌肉牽動，出盡了力氣，仍說不出話，臉上兀自帶著笑容，眼神中卻流露出極度失望之色。郭靖叫道：「四師父，你歇歇，是誰害你的？」

南希仁仰起脖子，竭力要想說話，但嘴唇始終沒法張開，撐持片刻，頭一沉，往後便倒。郭靖叫了幾聲「四師父」，搶著要去相扶。黃蓉在旁看得清楚，說道：「你師父要寫字。」郭靖眼光斜過，果見南希仁手指顫抖，要想在地下劃字。

黃蓉看著他努力移動手指，卻寫不成字，心中怦怦亂跳，突然想起：「他身在桃花島，就是最笨之人，也知道是我爹爹殺他。他命在頃刻，還要盡最後的力氣來寫殺他之人的姓名，難道兇手另有其人嗎？」凝神瞧著他的手指，眼見手指越動越無力，心中不住禱祝：「如他要寫別人姓名，千萬快寫出來。」只見他手指在濕泥上移動，一劃一短直，又是一劃連鉤，寫了個「冂」，一個字沒寫完，手指一顫，就此僵直不動了。

郭靖一直跪在地上抱著他，只覺得他身子一陣劇烈的抽搐，再無呼吸，眼望著這小小的「冂」字，叫道：「四師父，我知道你要寫個「東」字，『東』『東邪』黃藥師。是了，在這島上，能害你的兇手，自然是那可惡的老『東邪』！」撲在南希仁身上，縱聲大慟。

這一場搥胸痛哭，才將他悶了整天的滿腔悲憤盡情發洩，哭到後來，竟伏在南希仁的屍身上暈了過去。

也不知過了多少時候，他悠悠醒來，日光耀眼，原來天已大明。起身四望，黃蓉已不知去了那裏，南希仁的屍身仍睜著雙眼。郭靖想到「死不瞑目」那句話，不禁又流下淚來，伸手輕輕把他眼皮合下，想起他臨終時神情奇特，不知受了甚麼傷致命，解開他衣服全身檢視。除了昨晚拳擊黃蓉而手上刺傷之外，自頂至踵竟一無傷痕，前胸後心也無遭受內力拳掌擊傷的痕跡。心想：「黃老邪彈指神通殺人不見血，這功夫我可不懂，他離去不久，遲早要殺他爲師父報仇。」

郭靖抱起南希仁屍身，要想將他與朱聰等葬在一起，樹林中道路怪異，腳印雜亂，走出數十步便已覓不到來路，只得重行折回，便在桃樹下掘了個坑，將他葬了。

他一天不食，腹中飢餓，欲待覓路到海濱乘船回向大陸，卻走得暈頭轉向。他坐著休息片刻，鼓起精神再走，這時打定主意，不管前面有路無路，只筆直朝著太陽東行。

走了一陣，前面出現一片沒法穿過的密林，這林子好不古怪，每株樹上都生滿了長籐鈎刺，實難落腳，尋思：「今日有進無退！」縱身躍上樹頂。

只在樹上走得一步，就聽得嗤的一聲，褲腳給籐刺撕下一塊，小腿上也給劃了幾條血痕。再走兩步，幾條長籐又纏住了左腿。他拔出金刀割斷長籐，放眼遠望，前面刺籐樹密層層，無窮無盡，叫道：「就算腿肉割盡了，也要闖出這鬼島去！」正要縱身躍出，忽聽黃蓉在下面叫道：「你下來，我帶你出去。」低下頭來，見她站在左首一排刺

籐樹下。

郭靖也不答話，縱下地來，見黃蓉容顏慘白，全無血色，不由得一驚，想問是否舊傷復發，終於強行忍住。黃蓉見他似欲與自己說話，但嘴唇微微一動，隨即轉頭。她等了片刻不見動靜，輕輕嘆了口氣，說道：「走罷！」兩人曲折東行。

黃蓉傷勢未愈，斗然遭此大變，一夜間柔腸百轉，心想這事怨不得靖哥哥，怨不得爹爹，只怕也怨不得江南六怪。可是自己好端端地，幹麼要受老天爺這等處罰？難道說老天爺當真妒恨自己太快活了麼？她引著郭靖走向海灘，心知他此去永無回轉之日，兩人再難見面，每走一步，似乎自己的心便碎裂了一塊。待穿出刺籐樹叢，海灘就在面前，再也支持不住，不禁搖搖欲倒，忙伸竹棒在地下一撐，不料手臂也已酸軟無力，竹棒一歪，身子往前直摔。

郭靖疾伸右手去扶，手指剛要碰到她臂膀，師父的大仇猛地在腦海中閃過，左手疾出，啪的一聲，在自己右腕上擊了一拳。這是周伯通所授的雙手左右互搏之術，右手遭擊，翻掌還了一招，隨即向後躍開。黃蓉已一交摔倒。

郭靖眼見她這一交摔下，登時悔恨、愛憐、悲憤，種種激情一時間湧向胸臆，他再心似鐵石，也禁不住俯身抱她起來，要待找個柔軟所在將她放下，四下一望，見東北岩石中有此青布迎風飄揚。

黃蓉睜開眼來，見郭靖的眼光正凝望遠處，順著他眼光望去，也即見到了青布，驚呼一聲：「爹爹！」

郭靖抱她奔去，見一件青布長袍嵌在岩石之中，旁邊還有一片人皮

1388

面具，正是黃藥師的服飾。

郭靖將黃蓉緩緩放下。黃蓉驚疑不定，俯身拾起，見長袍襟上清清楚楚有一張血掌之印，指痕宛然，甚是怕人。郭靖斗然想起：「這是黃藥師使九陰白骨爪害了我三師父後揩拭的。」他本來握著黃蓉的手，此際胸口熱血上湧，使勁摔開她手，搶過長袍，嗤的一聲，撕成了兩截，又見袍角已給扯去了一塊，瞧那模樣，所缺的正是縛在鵰足上的那塊青布。

袍上血掌印清清楚楚，連掌中紋理也印在布面，在日光下似要從衣上跳躍而出，撲面打人一掌，只把郭靖看得驚心動魄，悲憤欲狂。

他捲起自己長袍的下襬塞入懷裏，涉水走向海邊一艘帆船。船上的聾啞水手早已盡數不知去向。他終不回頭向黃蓉再瞧一眼，拔出金刀割斷船纜，提起鐵錨，昇帆出海。

黃蓉望著帆船順風西去，起初還盼他終能回心轉意，掉舵迴舟，來接她同行，但見風帆越來越小，心中漸漸猶如一大塊寒冰凝了起來。

她呆呆望著大海，終於那帆船在海天相接處消失了蹤影，突然想起自己一個人孤零零的留在島上，靖哥哥是否還會回來，今後的日子永遠過不完，難道就一輩子這樣站在海邊麼？蓉兒，蓉兒，你可千萬別尋死啊！

郭靖獨駕輕舟，離了桃花島往西進發，駛出十數里，忽聽空中鵰鳴聲急，雙鵰飛著追來，停在帆桁之上。郭靖心想：「鵰兒隨我而去，蓉兒一個兒在島上，那可更加寂寞

了！」憐惜之念，油然而生，忍不住轉過了舵，要去接她同行，駛出一程，忽想：「大師父吩咐我割了黃藥師與蓉兒的頭去見他。大師父和二師父他們同到桃花島，黃藥師痛下毒手，他雖目不能見，卻清清楚楚聽到了。不知如何，他竟天幸逃得性命。他舉鐵杖要打死蓉兒，要我殺死蓉兒，這事還有甚麼錯？我不能殺蓉兒，二師父他們不是蓉兒害死的。可是我怎麼還能跟她在一起？黃藥師剛害了四師父，應當便在附近。我要割了黃藥師的頭，拿去見大師父。打不過黃老邪，我讓他殺了便是。」當下又轉過舵來。坐船在海面上兜了個圈子，又向西行。

第三日上，帆船靠岸，他恨極了桃花島上諸物，舉起鐵錨在船底打了個大洞，這才躍上岸去，見帆船漸漸傾側，沉入海底，似乎五位師父的遺體也跟著沉入了海底。西行找到農家，買米做飯吃了，問明路程，逕向嘉興而去。

這一晚他宿在錢塘江邊，眼見明月映入大江，水中冰輪已有團團意，驀地心驚，只怕錯過了煙雨樓比武之約，一問宿處的主人，才知這日尚是八月十三，忙連夜過江，買了一匹健馬，加鞭奔馳，午後到了嘉興城中。

他自幼聽六位師父講述當年與丘處機爭勝的情景，醉仙樓頭銅缸賽酒、逞技比武諸般豪事，六人都津津樂道，是以他一進南門即問醉仙樓所在。

醉仙樓在南湖之畔，郭靖來到樓前，抬頭望去，依稀仍是韓小瑩所述的模樣。這酒樓在他腦中已深印十多年，今日方得親眼目睹，但見飛簷華棟，果然好一座齊楚閣兒。

店中豎立著一塊大木牌，寫著「太白遺風」四字，樓頭匾額黑漆已有剝落，蘇東坡所題

1390

的「醉仙樓」三個金字仍擦得閃閃生光。郭靖心跳加劇，三腳兩步搶上樓去。

一個酒保迎上來道：「客官請在樓下用酒，今日樓上有人包下了。」郭靖正待答話，忽聽有人叫道：「靖兒，你來了！」郭靖抬起頭來，見一個道人端坐而飲，長鬚垂胸，紅光滿臉，正是長春子丘處機。

郭靖搶上前去，拜倒在地，只叫了一句：「丘道長！」聲音已然哽咽。

丘處機伸手扶起，說道：「你早到了一天，那可好得很。我也早到了一天。我想明兒要跟彭連虎、沙通天他們動手，早一日到來，好跟你六位師父先飲酒敘舊。你六位師父都到了麼？我已給他們定下了酒席。」郭靖見樓上開了九桌檯面，除丘處機一桌放滿杯筷外，其餘八桌每桌都只放一雙筷子、一隻酒杯。丘處機道：「十八年前，我在此和你七位師父初會，他們的陣仗也就這麼安排。這一桌素席是焦木大師的，只可惜他老人家與你五師父兩位，他們已不能在此重聚了。」言下甚有憮然之意。郭靖轉過頭去，不敢向他直視。丘處機並未知覺，又道：「當日我們賭酒的銅缸，今兒我又去法華寺裏端端來了。待會等你六位師父到來，我們再好好喝上幾碗。」

郭靖轉過頭去，見屏風邊果然放著一口大銅缸。缸外生滿黑黝黝的銅綠，缸內卻已洗擦乾淨，盛滿佳釀，酒香陣陣送來。郭靖向銅缸獃望半晌，再瞧著那八桌空席，心想：「除大師父之外，再也沒人來享用酒席了，只要我能眼見七位恩師再好端端的在這裏喝酒談笑，盡一日之醉，就是我立刻死了，也歡喜不盡。」

丘處機又道：「當初約定今年三月廿四，你與楊康在這兒比武決勝。我欽服你七位

師父雲天高義，起始就盼你得勝，好教江南七怪名揚天下。我東西飄遊，只顧鋤奸殺賊，不曾在楊康身上花多少心血。他生長於金人王府，近墨者黑，我沒讓他學好武功，那也罷了，最不該沒能將他陶冶教誨，成為一條光明磊落的好漢子，實愧對你楊叔父了。雖說他現下已痛改前非，究屬邪氣難除，此刻想來，好生後悔。」

郭靖待要述說楊康行止不端之事，但說來話長，一時不知從何講起。丘處機又道：「人生在世，文才武功都是末節，最要緊的是忠義二字。就算那楊康武藝勝你百倍，論到人品，醉仙樓的比武還是你各位師父勝了。嘿嘿，丘處機當真輸得心服口服。」說著哈哈大笑，突見郭靖淚如雨下，奇道：「咦，幹麼這般傷心？」

郭靖放聲大哭，搶上一步，拜伏在地，哭道：「我……我……我五位恩師都已不在人世了。」丘處機大驚，忙問：「甚麼？」郭靖哭道：「除了大師父，其餘五位……都不在了。」

丘處機猶如焦雷轟頂，半晌做聲不得。他只道指顧之間就可與舊友重逢歡聚，那知驀地裏竟禍生不測。他與江南七怪雖聚會之時甚暫，但十八年來肝膽相照，早已把他們當作生死之交，這時驚聞噩耗，心中傷痛之極，大踏步走到欄干之旁，望著茫茫湖水，仰天長嘯，七怪的身形面貌，一個個在腦海中一晃而過。他轉身捧起銅缸，高聲叫道：「故人已逝，要你這勞什子作甚？」雙臂運勁，猛力往外摔去。撲通一聲大響，水花高濺，銅缸帶著滿缸酒水跌入了湖中。

他回頭抓住郭靖手臂，問道：「怎麼死的？快說！」郭靖正要答話，突然眼角瞥

處，見一人悄沒聲的走上樓頭，一身青衣，神情瀟灑，正是桃花島主黃藥師。郭靖眼睛

一花，還道看錯了人，凝神定睛，卻不是黃藥師是誰？

黃藥師見他在此，也是一怔，突覺勁風撲面，郭靖一招「亢龍有悔」隔桌衝擊而

來。這一掌他當真使盡了平生勁力，聲勢猛惡驚人，只盼與死仇同歸於盡，再也不留餘

力自保。黃藥師身子微側，左手推出，將他掌勢卸在一旁。只聽得喀喇喇幾聲響，郭靖

收勢不住，身子穿過板壁，向樓下直墮。也是醉仙樓合當遭劫，他這一摔正好跌在碗盞

架上，乒乒乒乒，一陣響，碗兒、碟兒、盤兒、杯兒，也不知打碎了幾千百隻。

這日午間，酒樓的老掌櫃聽得丘處機吩咐如此開席，又見他托了大銅缸上樓，想起

十八年前舊事，心中早就惴惴不安，這時只聽得樓上樓下響成一片，不由得連珠價的叫

苦，顛三倒四的只唸：「救苦救難觀世音菩薩，玉皇大帝，城隍老爺……」

郭靖怕碗碟碎片傷了手掌，不敢用手去按，腰背用勁，縱身躍起，立時又搶上樓

來。見灰影閃動，接著青影一晃，丘處機與黃藥師先後從窗口躍向樓下。郭靖心想：

「這老賊武功在我之上，空手傷他不得。」從腰間刀鞘中拔出成吉思汗所賜金刀，心道：

「拚著挨那老賊一拳一腳，好歹也要在他身上砍上兩刀。」奔到窗口，踴身便跳。

這時街上行人熙熙攘攘，聽著酒樓有人跳下，都擁來觀看，突見窗口又有人凌空躍

落，手裏握著一柄白光閃閃的短刀，眾人發一聲喊，互相推擠，早跌倒了數人。

郭靖在人叢中望不見黃丘二人，向身旁一個老者問道：「樓上跳下來的兩人那裏去

了？」那老者見他手握鋼刀，神情兇狠，大吃一驚，只叫：「好漢饒命，不關老漢的

事。」郭靖連問數聲，只把那老者嚇得大叫「救命」。郭靖展臂輕輕將他推開，闖出人叢，丘黃二人卻已影蹤不見。

他又奔上酒樓，四下瞭望，但見湖中一葉扁舟載著丘黃二人，正向湖心土洲上的煙雨樓划去。黃藥師坐在船艙，丘處機坐在船尾盪槳。

郭靖見此情景，不由得一怔，心道：「二人必是到煙雨樓去拚個你死我活，丘道長縱然神勇，那能敵此老賊？」急奔下樓，搶了一艘小船，撥槳隨後跟去。眼見大仇在前，再也難以寧定，可是水上之事，實是性急不得，一下子使力大了，啪的一聲，木槳齊柄折斷。他又急又怒，搶起一塊船板當槳來划，這時欲快反慢，離丘黃二人的船竟越來越遠。好容易將小船撥弄到岸邊，二人又已不見。

郭靖自言自語：「得沉住了氣，可別大仇未報，先送了性命。」深深吐納三下，凝神側耳，果聽得樓後隱隱有兵刃劈風之聲，夾著一陣陣吆喝呼應，卻不止丘黃二人。

郭靖四下觀看，摸清了周遭情勢，躡足走進煙雨樓，樓下無人，奔上樓梯，見窗口一人憑欄而觀，口中尚在嚼物，嗒嗒有聲，正是洪七公。郭靖搶上去叫聲：「師父！」

洪七公點了點頭，向窗下一指，舉起手中半隻熟羊腿來咬了一口。郭靖奔到窗邊，見樓後空地上劍光耀眼，八九個人正把黃藥師圍在垓心，眼見敵寡己眾，心中稍寬，待得看清接戰眾人的面目，又不覺一驚。

只見大師父柯鎮惡揮動鐵杖，與一個青年道士靠背而立，再定睛看時，那青年道士是丘處機的弟子尹志平，手挺長劍，護定柯鎮惡後心。此外尚有六個道人，便是馬鈺、

1394

丘處機等全真六子。

郭靖看了片刻，已瞧出全真派是布了天罡北斗陣合戰，但長真子譚處端已死，「天璇」之位便由柯鎮惡接充，想是他武功較遜，眼睛盲了，又不諳陣法，再由尹志平守護背後，臨時再加指點。全真六子各舞長劍，進退散合，圍著黃藥師鬥得極是激烈。

那日牛家村惡鬥，全真七子中只二人出劍，餘人俱赤掌相搏，戰況已凶險萬狀，此時七柄長劍再加一根鐵杖，更加猛惡驚人。黃藥師卻仍空手，在劍光杖影中飄忽來去，似乎已給逼得只有招架之功，卻無還手之力，數十招中盡避讓敵刃，竟未還過一拳一腳。郭靖心中暗喜：「任你神通廣大，今日也叫你難逃公道。」

突然見黃藥師左足支地，右腿繞著身子橫掃一圈，逼得八人一齊退開三步。郭靖暗讚：「好旋風掃葉腿法！」黃藥師回過頭來，向樓頭洪郭兩人揚了揚手，點頭招呼。郭靖見他滿臉輕鬆自在，渾不是給迫得端不過氣來的神氣，不禁生疑，見黃藥師左掌斜揮，向長生子劉處玄頭頂猛劈下去，已從守禦轉爲攻擊。

這一掌劈到，劉處玄本來不該格擋，須由位當天權的丘處機和位當天璇的柯鎮惡從旁側擊解救，但柯鎮惡目不見物，與常人接戰自可以耳代目，遇著黃藥師這般來無影去無蹤、迅如雷閃的高明掌法，那裏還能隨機應變？丘處機劍光閃閃，直指黃藥師右腋，柯鎮惡待得聽到尹志平指點出杖，已遲了一步。

劉處玄只覺風聲颯然，敵人手掌已拍到頂門，但黃藥師有意容讓，掌到敵頂，稍有

停滯，讓劉處玄來得及倒地滾開。馬鈺與王處一在旁雙劍齊出救援。劉處玄危難雖脫，天罡北斗之陣卻也散亂了，黃藥師哈哈一笑，向孫不二疾衝過去，微一遲疑，待要挺劍刺他脊梁，黃藥師動如脫兔，已闖出圈子，在兩丈外站定。

退，背心撞向廣寧子郝大通。郝大通從未見過這般怪招，衝出三步，突然倒

洪七公笑道：「黃老邪這一手可帥得很啊！」郭靖叫道：「我去！」發足向樓梯奔去。洪七公道：「不忙，不忙！你岳丈初時老不還手，我很為你大師父擔心，現在瞧來他並無傷人之意。」郭靖回到窗邊，問道：「怎見得？」

洪七公道：「若他有意傷人，適才那瘦皮猴道士那裏還有命在？小道士們不是對手，不是對手。」他咬了一口羊腿，又道：「你岳丈與丘處機還沒到來之時，我見那幾個老道和你大師父在那邊排陣，但這天罡北斗陣豈能頃刻之間便學得成？那幾個老道勸你大師父暫不插手助陣，你大師父咬牙切齒，說甚麼也不答應。不知你大師父為了甚麼事，跟你岳丈結下了那麼大怨仇。他跟那小道士合守天璇，終究擋不住你岳丈的殺手。」

郭靖恨恨的道：「他不是我岳丈。」洪七公奇道：「咦，怎麼又不是岳丈了？」郭靖咬牙切齒的道：「他，他，哼！」洪七公道：「蓉兒怎麼啦？你們小兩口吵架了，是不是？」郭靖道：「不關蓉兒的事。這老賊，他，他害死了我五位師父，我跟他仇深似海。」洪七公嚇了一跳，忙問：「這話當真？」

這句話郭靖卻沒聽見，他全神貫注的正瞧著樓下惡鬥。這時情勢已變，黃藥師使出劈空掌法，只聽得呼呼風響，對手八人攻不近身。若論馬鈺、丘處機、王處一等人的武

1396

功，黃藥師原不能單憑一對肉掌便將他們擋在丈許之外，但天罡北斗陣是齊進齊退之勢，郝大通、孫不二、柯鎮惡、尹志平四人武功較弱，只消有一人給逼退了，餘人只得跟著後卻。八人進一步退兩步，與黃藥師愈離愈遠，但北斗之形仍維持不亂。再拆數招，洪七公到這時全真派的長劍已及不著黃藥師身上，他卻可以俟隙而攻。

洪七公道：「黃老邪故意引逗他們展開陣勢，要看清楚陣法精奧。十招之內，他就要縮小圈子了。」郭靖忙問：「怎麼？」洪七公道：「嗯，原來如此。」郭靖

洪七公功力雖失，眼光仍是奇準，果然黃藥師劈出去的掌力一招弱似一招，全真諸子逐漸合圍，不到一盞茶功夫，眾人似已擠成一團。眼見劉處玄、丘處機、王處一、郝大通四人的劍鋒便可同時插到黃藥師身上，不知怎的，四柄長劍卻都貼身而過，畢竟差了數寸，若不是四人收劍迅捷，竟要相互在同門師兄弟身上刺個透明窟窿。

在這小圈子中相鬥，招招相差只毫髮之間。郭靖心知黃藥師既熟識陣法，就不會再跟眾人磨耗，破陣破弱，首當其衝的自然是大師父與尹志平兩人，此處離眾人太遠，危急時不及相救，見陣中險象環生，向洪七公道：「弟子下去。」也不等他答話，飛奔下樓。

待得奔近眾人，卻見戰局又變，黃藥師不住向馬鈺左側移動，越移越遠，似乎要向外逃遁。郭靖手執金刀，只待他轉身發足，立時猛撲而上。忽聽得王處一撮唇而嘯，他與郝大通、孫不二三人組成的斗柄從左轉了上去，仍將黃藥師圍在中間。黃藥師連移三次方位，不是王處一轉動斗柄，就是丘處機帶動斗魁，始終不讓他搶到馬鈺左側，到第

1397

四次上，郭靖猛然醒悟：「啊，是了，他要搶北極星位。」

那日他在牛家村療傷，隔牆見到全真七子布「天罡北斗陣」，先後與梅超風、黃藥師相鬥，其後與黃蓉參詳天上的北斗星宿與北極星，得知若將北斗星宿中「天樞」「天璇」兩星聯一直線，向北伸展，即遇北極星。此星永居正北，北斗七星每晚環之而轉。其後他在洞庭湖君山為丐幫所擒，又再仰觀天文，悟到天罡北斗陣的不少訣竅，但也只將北斗陣連環救援、此擊彼應的巧妙法門用入自己武功而已。黃藥師才智勝於郭靖百倍，又精通天文術數、陰陽五行之學，牛家村一戰未能破得全真七子的北斗陣，事後凝思多日，即悟到了此陣的根本破綻之所在。郭靖所想的只是「學」，黃藥師不屑去學王重陽的陣法，所想的卻是「破」，知道只須搶到北極星方位，北斗陣散了便罷，否則他便坐鎮中央，帶動陣法，以逸待勞，立於不敗之地。

全真諸子見他窺破陣法關鍵，都暗暗心驚，若譚處端尚在，七子渾若一體，決不容他搶到北極星位。此時「天璇」位上換了柯鎮惡與尹志平，武功固遠遜，陣法又不熟，北斗陣威力大減。馬鈺等明知纏鬥下去必無善果，且郭靖伺在旁，只要黃藥師當真遇到危險，他翁婿親情，豈有不救？但師叔與同門遭害之仇不能不報，重陽先師當年武功天下第一，他弟子合六人之力尚鬥不過一個黃藥師，全真派號稱武學正宗，委實名不副實。

黃藥師笑道：「想不到重陽門下弟子，竟這般不知好歹！」斗然欺到孫不二面前，啷啷啷連劈三掌。馬鈺與郝大通挺劍相救。黃藥師身子略側，避開二人劍鋒，啷啷啷，

向孫不二又劈三掌。桃花島主掌法何等精妙，這六掌劈將下來，縱然王重陽復生，洪七公傷愈，也得避其鋒銳，孫不二如何抵擋得住？眼見掌來如風，只得連挽劍花，奮力守住面門。黃藥師驀地裏雙腿連環，又向她連踢六腿。這「桃華落英掌」與「旋風掃葉腿」齊施，正是桃花島的「東風絕技」，六招之下敵人倘若不退，接著又是六招，招術愈來愈快，六六三十六招，任是一等一的英雄好漢，也要教他避過了。柯鎮惡目不見物，斗魁橫過時起步稍遲，黃藥師一聲長笑，已越過他身後。忽然一人在半空中大叫「啊喲」，飛向煙雨樓屋角，卻是尹志平給他抓住背心，擲了上去。

馬鈺等見他專對孫不二猛攻，團團圍上相援，在這緊迫之際，陣法最易錯亂。

這一來陣法破綻更大，黃藥師那容對方修補，低頭向馬鈺疾衝，滿以為他必定避讓，那知馬鈺劍守外勢，左手劍訣直取對手眉心，出手沉穩，勁力渾厚。黃藥師側身避過，讚了聲：「好，不愧全真首徒。」猛地裏回身起腳，將郝大通踢了個觔斗，俯身搶起長劍，當胸刺落。劉處玄大驚，揮劍來格。黃藥師哈哈大笑，說道：「饒他一命！」手腕震處，啪的一聲，雙劍齊斷。但見青影閃動，桃花島主疾趨北極星位。

此時陣法已亂，無人能阻。諸子不住價叫苦，眼見他要以主驅賓，全真派潰於今日。

馬鈺一聲長嘆，正要棄劍認輸，任憑敵人處置，忽見青影閃晃，黃藥師反奔而回，北極星位上多了一人，卻是郭靖。丘處機大喜過望，他在醉仙樓上曾見郭靖與黃藥師拚命。馬鈺與王處一識得郭靖，知他心地純厚，縱然相助岳丈，也決不致向師父柯鎮惡反

噬。餘下三子卻惶急更甚，眼見郭靖已佔住北極星位，他翁婿二人聯手，全真派實無死

所，正驚疑間，卻見郭靖左掌右刀，已與黃藥師鬥在一起，不由得驚詫不已。

黃藥師破亂了陣法，滿擬能將全真派打得服輸叫饒，那知北極星位上突然出現了一

人。他全神對付全真諸子，並未轉身去看此人面目，反手施展劈空掌手段，當胸就是一

掌。那人伸左掌卸開來勢，身子穩凝不動。黃藥師大吃一驚，心想：「世上能憑一人之

力擋得住我一掌的，寥寥可數。此人是誰？」回過頭來，卻見是郭靖。

此時黃藥師前後受敵，如不能驅開郭靖，天罡北斗陣從後包抄上來，委實凶險萬

分。他向郭靖連劈三掌，一掌猛似一掌，每一掌都讓郭靖運勁化開。第四掌他虛實並

用，料著郭靖要乘隙還手，那知郭靖仍只守不攻，金刀豎擋胸口，左掌在自己下腹緩緩

掠過，叫他雖一招雙隙，但雙攻都失了標的。黃藥師一驚更甚：「這傻小子窺破了陣法

秘奧，居然穩守北極星位，竟不移動半步。是了，他必受了全真諸子傳授，在這裏合力

對我。」他自不知這一下只猜對了一半。郭靖確是通悉了天罡北斗陣的精要，然而是從

九陰真經中習得，卻非全真諸子所授。

郭靖面對殺師大仇，卻沉住了氣堅守要位，雙足猶似用鐵釘釘在地下牢牢釘住，任憑

黃藥師故意露出多大破綻誘敵，他只視而不見。黃藥師暗暗叫苦，心道：「傻小子不識

進退！哼，拚著給蓉兒責怪，今日也只有傷你了，否則不能脫身。」他左掌劃了個圈

子，待劃到胸前七寸之處，右掌斗地搭上了左掌，借著左掌這一劃之勁，力道大了一

倍，正要向郭靖面門拍去，心念忽動：「倘若他仍呆呆的不肯讓開，這一掌勢必將他打

成重傷。真要有甚三長兩短，蓉兒這一生可永遠不會快活的了。」

郭靖見他借勁出掌，眼看這一下來勢非同小可，咬一咬牙，出一招「見龍在田」，只得以降龍十八掌的功夫硬拚，自知武功遠爲不及，硬碰硬的對掌有損無益，但若不強接對方這一招而閃身避開，他必搶來佔住北極星位，再要除他可就千難萬難了。這一招出去，實是豁出了性命的蠻幹，不料黃藥師掌出尺許，突然收回，叫道：「傻小子，快讓開，你爲甚麼跟我過不去？」

郭靖見他容讓，弓背挺刀，凝神相望，卻不答話。這時全真諸子已整頓了陣勢，遠遠圍在黃藥師身後，俟機攻上。黃藥師又問：「蓉兒呢？她在那裏？」郭靖仍然不答，臉色陰沉，眼中噴出怒火。黃藥師見了他臉色，疑心大起，怕女兒已遭不測，喝道：「你把她怎麼樣了？快說！」郭靖牙齒咬得更緊，持刀的右手微微發抖。

黃藥師凝目相視，郭靖每一個細微的舉止都逃不過他眼光，見他神色大異，更加驚疑，叫道：「你的手幹麼發抖？你爲甚麼不說話？」郭靖想起桃花島上諸位師父慘死的情狀，悲憤交迸，全身不由自主的劇烈顫動，眼眶也自紅了。

黃藥師見他始終不語，目中含淚，愈想愈怕，只道女兒與他因華箏之事起了爭鬧，傷心自盡，雙足一點，直撲過去。丘處機長劍揮動，天罡北斗陣同時發難，王處一、郝大通兩人一劍一掌，左右攻上。郭靖掌卸來勢，金刀如電而出，還擊一招。黃藥師卻不閃避，反手逕拿他手腕奪刀。這一拿雖既狠且準，但王處一長劍已抵後心，不得不扭腰躲過，就此一讓，奪刀的五指差了兩寸，郭靖已乘機迴刀剁削。

這一番惡鬥，比適才更加激烈數倍。全真諸子初時固欲殺黃藥師而甘心，好為周伯通與譚處端報仇，但動手之後，見黃藥師一再留情，不下殺手，己方敵意也就減了。黃藥師自與江南六怪相見後，明知其中生了誤會，只他生性傲慢，又自恃長輩身分，不屑先行解釋，滿擬先將他們打得一敗塗地、棄劍服輸，再說明真相，重重教訓他們一頓，因此動武之際手底處處留情。否則馬鈺、丘處機等縱然無礙，孫不二、尹志平那裏還有命在？那知郭靖突然出現，不但不出手相助，反而捨死狠拚，心想他如不是逼死了黃蓉，何必如此懼怕自己？一意要抓住郭靖問個明白。

但此際郭靖佔了北極星位，尹志平雖在煙雨樓頂上尚未爬落，雙方優劣之勢已然倒轉。天罡北斗陣法滾滾推動，攻勢連綿不絕。黃藥師連搶數次，始終逼不開郭靖，焦躁起來，每當用強猛衝，全真諸子必及時救援，欲待回身下殺手先破陣法，郭靖卻又穩恃樞紐，居中策應。四、五十招下來，黃藥師已給逼得難以施展，北斗陣漸漸縮小，合圍之勢已成。

鬥到分際，馬鈺長劍一指，叫道：「且住！」全真諸子各自收勢，牢牢守住方位。

馬鈺說道：「黃島主，你是當代武學宗主，後輩豈敢妄自得罪？今日我們恃著人多，佔了形勢，我周師叔、譚師弟的血債如何了斷，請你說一句罷！」

黃藥師冷笑一聲，說道：「有甚麼說的？爽爽快快將黃老邪殺了，以成全真派之名，豈不美哉？看招！」身不動，臂不抬，右掌已向馬鈺面門劈去。

馬鈺一驚閃身，但黃藥師這一掌發出前毫無先兆，發出後幻不可測，虛虛實實，原

是桃華落英掌法中的絕招，他精研十年，本擬在二次華山論劍時用以爭勝奪魁，這一招羣毆之際使用不上，單打獨鬥，丹陽子功力再深，如何能是對手？馬鈺不避倒也罷了，這向右一閃，剛好撞上他的後著，暗叫一聲：「不好！」待要伸手相格，敵掌已抵在胸口，只要他勁力一發，心肺全遭震傷。

黃藥師哈哈一笑，撤掌回臂，說道：「我如此破了陣法，諒你們輸了也不心服。黃老邪死則死耳，豈能讓天下英雄笑話？好道士，大夥兒齊上吧！」

全眞五子盡皆大驚，劍掌齊上，卻那裏還來得及？眼見馬鈺立時要命喪當場，那知劉處玄哼了一聲，揮拳便上，王處一長劍緊跟遁出，天罡北斗陣又已發動。這時使的是第十七路陣法，王處一之後該由馬鈺攻上。王處一疾刺一劍後讓出空檔，但馬鈺不向前攻，反而退後兩步，叫道：「且慢！」眾人又各住手。

馬鈺道：「黃島主，多承你手下容情。」黃藥師道：「好說。」馬鈺道：「按理說，此時晚輩命已不在，先師遺下的這個陣法，已為你破了，我們若知好歹，該當垂手服輸，聽憑處置。只師門深仇，不敢不報，了結此事之後，晚輩自當刎頸以謝島主。」

黃藥師臉色慘然，揮手道：「多說無益，動手罷。世上恩仇之事，原本難明。」

郭靖心想：「馬道長等與他動手，是為了要報師叔師弟之仇。其實周大哥好端端的活著，譚道長之死也跟黃島主無涉。但如我出言解釋明白，全眞諸子退出戰團，單憑大師父和我二人，那裏是他對手？別說殺師大仇決計難報，連自己的性命也必不保。」轉念一想：「我若隱瞞此事，豈非成了卑鄙小人？眾位師父時時言道：頭可斷，義不可

失。」朗聲說道：「馬道長、丘道長、王道長，你們的周師叔並沒死，譚道長是歐陽鋒害死的。」丘處機甚爲詫異，問道：「你說甚麼？」

郭靖於是述說當時如何在牛家村密室養傷，隔牆如何耳聞目睹裘千丈造謠、雙方激鬥、歐陽鋒掌斃譚處端、偷襲黃藥師、梅超風護師殞命等情。他雖口齒笨拙，於重大關節之處卻也說得明明白白。

全眞諸子聽得將信將疑。丘處機喝道：「你這話可眞？」郭靖指著黃藥師道：「弟子恨不得生啖這老賊之肉，豈肯謊言助他？但實情如此，弟子不得不言。」六子知他素來誠信，何況對黃藥師這般切齒痛恨，所說自必屬實。

黃藥師聽他居然爲自己分辯，也大出意料之外，問道：「你幹麼如此恨我？蓉兒呢？」柯鎭惡接口道：「你自己做的事難道不明白？靖兒，咱們就算打不贏，也得跟這老賊拚了。」說著舉起鐵杖，向黃藥師橫掃過去。

郭靖聽了師父之言，知他已原諒了自己，心中一陣喜慰，隨即眼淚流了下來，叫道：「大師父，二師父他們……他們五位，死得好慘！」

黃藥師伸手抓住柯鎭惡鐵杖的杖頭，問郭靖道：「你說甚麼？朱聰、韓寶駒他們好好的在我島上，怎會死了？」柯鎭惡奮力回奪，鐵杖紋絲不動。黃藥師又問郭靖：「你目無尊長，跟我胡說八道，動手動腳，是爲了朱聰他們麼？」郭靖眼中如要出血，叫道：「你親手將我五位師父害了，還要假作不知？」提起金刀，挺臂直削。黃藥師揮手將鐵杖甩出，噹的一聲，杖刀相交，火花四濺。

黃藥師又道：「是誰見來？」郭靖道：「五位師父是我親手埋葬，難道還能冤了你

不成？」黃藥師冷笑道：「冤了又怎樣？黃老邪一生獨來獨往，殺幾個人還會賴帳？不

錯，你那些師父通統是我殺的！」

忽聽一個女子聲音叫道：「不，爹爹，不是你殺的，你千萬別攬在自己身上。」

眾人一齊轉頭，只見說話的正是黃蓉。眾人全神酣鬥，竟沒察覺她何時到來。

郭靖乍見黃蓉，不禁一呆，霎時間不知是喜是愁。

黃藥師見女兒無恙，大喜之下，痛恨郭靖之心全消，哈哈大笑，說道：「好孩子，

過來，讓爹疼妳。」這幾日來黃蓉受盡了煎熬，到此時才聽到一句親切之言，飛奔過

去，投入父親懷中，哭道：「爹，這傻小子冤枉你，他……他還欺負我。」

黃藥師摟著女兒笑道：「黃老邪自行其是，早在數十年前，無知世人便已把天下罪

孽都推在你爹頭上，再加幾樁，又豈嫌多了？江南五怪是你梅師姊的大仇人，當真是我

親手殺了。」黃蓉急道：「不，不，不是你，我知道不是你。」黃藥師微微一笑，道：

「傻小子這麼大膽，竟敢欺侮我乖寶貝，你瞧爹爹收拾他。」一言甫畢，突然回手出掌，

快似電閃，當真來無影、去無蹤。郭靖正自琢磨他父女倆的對答，突然啪的一聲，左頰

熱辣辣的吃了一記耳光，待要伸手擋架，黃藥師的手掌早已回了黃蓉頭上，輕輕撫摸她

秀髮。這一掌打得聲音甚響，勁力卻弱，郭靖撫著面頰，茫然失措，不知該上前動手，

還是怎地。

柯鎮惡聽到郭靖被打之聲，只怕黃藥師已下毒手，急問：「靖兒，你怎麼？」郭靖道：「沒事。」柯鎮惡道：「別聽妖人妖女一搭一檔的假撇清，我雖沒眼珠，但在墳墓外親耳聽到你六師父的秤桿給人奪去用手折斷，桃花島上，除了這老賊之外，更有誰有這高的功力……」郭靖不等他說完，已和身猛向黃藥師撲去。柯鎮惡鐵杖也已疾揮而出。

黃藥師放下女兒，閃開郭靖手掌，搶步來奪鐵杖，這次柯鎮惡有了防備，便沒給他抓到。師徒二人聯手，剎時間已與黃藥師鬥得難解難分。郭靖雖屢逢奇人，學得不少神妙武功，但與這位武學大宗師的桃花島主相較，畢竟相去尚遠，縱有柯鎮惡相助，亦無濟於事，只拆得二三十招，已給逼得難展手腳。

丘處機心道：「全真派危急時他師徒出手相助，眼下二人落敗，我們豈可坐視？且不管周師叔生死若何，先打服了黃老邪再定分曉。」長劍直指，叫道：「柯大俠請退回原陣！」此時尹志平已從煙雨樓頂爬下，雖摔得臉青鼻腫，卻無大傷，奔到柯鎮惡身後仗劍守護。天罡北斗陣再行推動，將黃藥師父女圍在垓心。

黃藥師大是惱怒，心想：「先前誤會，攻我尚有可說，傻小子既已說明真相，你這羣雜毛仍恃眾胡來，黃老邪當真不會殺人嗎？」身形閃處，直撲柯鎮惡左側。

黃蓉見父親臉露殺氣，知他下手再不容情，心中一寒，卻見王處一、馬鈺已擋開父親掌勢，柯鎮惡的鐵杖卻狠狠的向自己肩頭壓下，口中還在罵：「十惡不赦的小賤人、鬼妖女！桃花島上的賤貨！」黃蓉從來不肯吃半點小虧，聽他破口亂罵，怒從心起，叫道：「你有膽子再罵我一句？」

江南七怪都是生長市井的屠沽之輩，出口傷人有甚難處？柯鎮惡恨極了黃藥師父女，聽她如此說，當下甚麼惡毒的言語都罵了出來。黃蓉自幼獨居，那裏聽到過這些粗言穢語，饒是她聰明絕頂，柯鎮惡每罵一句，她都得一怔之後方明白言中之意，到後來越聽越不成話，越聽越不明所以，啐了一口，說道：「虧你還做人家師父，也不怕說髒了嘴。」柯鎮惡罵道：「老子跟乾淨人說乾淨話，跟臭賤人說臭話！你這人越髒，老子的話跟著也是越髒。」

黃蓉大怒，提起竹棒迎面直點。柯鎮惡還了一杖，那知打狗棒法神妙絕倫，數招一過，鐵杖已讓黃蓉以「引」字訣拖住，跟著她竹棒揮舞，棒東杖東，棒西杖西，全然不得自由。柯鎮惡在北斗陣中位居「天璇」，他一受制，陣法登時呆滯。

丘處機劍光閃閃，刺向黃蓉背後，本來這招原可解了柯鎮惡之厄，可是黃蓉恃著身披寶甲，竟不理會，棒法變幻，連出三招。丘處機長劍已指到她背心，心念一動：「丘某是何等樣人，豈能傷這小小女孩？」劍尖觸背，卻不前送。就這麼救援稍遲，黃蓉已搶到空隙，竹棒疾搭急迴，借著伏魔杖法外崩之力，向左甩出。柯鎮惡力道全使反了，鐵杖不由自主的脫出掌握，飛向半空，噗通一聲，跌入了南湖湖邊。

王處一怕她乘勢直上，早已搶在柯鎮惡身前，挺劍擋住。他雖見多識廣，卻從未見過這打狗棒法，不禁大是驚疑。

郭靖見師父受挫，叫道：「大師父，你請歇歇，我來替你。」縱身離開北極星位，搶到「天璇」。他此時武功已勝全真諸子，兼之精通陣法奧妙，一加推動，陣勢威力大

1407

增。北斗陣本以「天權」為主，但他一入陣，樞紐移至「天璇」，陣法立時變幻。這奇勢本來不及正勢堅穩，但黃藥師一時之間參詳不透，雖有女兒相助，仍難抵擋，幸而全真諸子下手各留分寸，不施殺手，只郭靖一人性命相搏，黃藥師尚可支撐。

鬥到分際，郭靖愈逼愈近。他有諸子為援，黃藥師傷他不得，只得連使輕功絕技，方避開了郭靖勢若瘋虎的連環急攻。

黃蓉見郭靖平素和善溫厚的臉上這時籠罩著一層殺氣，猙獰可怖，似乎突然換了一人，變得從不相識，心中又驚又怕，擋在父親面前，向郭靖道：「你先殺了我罷！」郭靖怒目而視，喝道：「讓開！」黃蓉一呆，心道：「怎麼你也這樣對我呼喝？」郭靖搶上前去，伸臂將她推開，縱身直撲黃藥師。

忽聽得身後一人哈哈大笑，叫道：「藥兄不用發愁，做兄弟的助你來啦！」語聲鏗鏘然十分刺耳。眾人不敢就此迴身，將北斗陣轉到黃藥師身後，這才見到湖邊高高矮矮的站著五六人，為首一人長手長腿，正是西毒歐陽鋒。

全真六子齊聲呼嘯。丘處機道：「靖兒，咱們先跟西毒算帳！」長劍揮動，全真六子都圍到了歐陽鋒身周。

那知郭靖全神貫注在黃藥師身上，對丘處機這話恍然不聞。全真六子一抽身，他已撲到黃藥師身前，兩人以快打快，倏忽間拆了五六招。雙方互擊不中，均各躍開，沉肩拔背，相向瞪視。只聽郭靖大叫一聲，攻將上去，數招一過，又分別退開。

1408

此時全真六子已布成陣勢，看柯鎮惡時，但見他赤手空拳，守在黃藥師身旁，側耳傾聽，雙掌張開，顯是要不顧自己安危，撲上去牢牢將他抱住，讓郭靖搏擊他要害。丘處機向尹志平一招手，命他佔了「天璇」之位。馬鈺高聲吟道：「手握靈珠常奮筆，心開天籟不吹簫！」這是譚處端臨終之時所吟的詩句，諸子聽了，敵愾之心大起，劍光霍霍，掌影飄飄，齊向歐陽鋒攻去。

歐陽鋒手中蛇杖倏伸倏縮，將全真派七人逼開。他在牛家村見過全真派天罡北斗陣的厲害，心中好生忌憚，先守緊門戶，以待敵方破綻。北斗陣一經展開，前攻後擊，連環不斷。歐陽鋒遇招拆招，見勢破勢，片刻間已看出尹志平的「天璇」是陣法一大弱點，心想此陣少了一環，實不足畏，當下使開蛇杖堅守要害，遊目四顧，觀看周遭情勢。

郭靖與黃藥師貼身肉搏。黃蓉揮動竹棒，將柯鎮惡擋在距兩人丈餘之外，連叫：「且慢動手，聽我說幾句話。」但郭靖充耳不聞，他將金刀還鞘，只用雙掌，一掌接著一掌拍出，狠命撲擊。黃蓉見父親初時尚手下容情，但給郭靖纏得急了，臉上怒色漸增，出手愈重，眼見局勢危急，只要他兩人之中任誰稍有疏神，定有人遭致傷亡，一抬頭見洪七公在煙雨樓頭憑欄觀戰，忙叫：「師父，師父，你快來分說明白。」

洪七公也早瞧出情形不妙，苦於武功全失，無力排難解紛，正自焦急，聽得黃蓉叫喚，心想：「只要黃老邪對我有幾分故人之情，此事尚有可為。」雙手在欄干上一按，從半空輕飄飄的落下地來，叫道：「大家住手，老叫化有話說。」

1409

九指神丐在江湖上何等威名，眾人見他忽然現身，個個心中一凜，不由自主的住手罷鬥。

歐陽鋒第一個暗暗叫苦，心道：「怎麼老叫化的武功回來了？」他不知洪七公聽了黃蓉口述九陰真經中梵文書寫的神功總旨之後，這幾日來照法而行，自通奇經八脈。洪七公武功原已精絕，既得聞上乘內功訣竅，如法修為，自是效驗如神，短短數日之中，已將八脈打通一脈，輕身功夫已回復了三四成。若論拳勁掌力、搏擊廝鬥，仍還不如一個初練武功的壯漢，但縱躍起伏，身法輕靈，即以歐陽鋒如此眼力，亦瞧不出他徒具虛勢，全無實勁。

洪七公見眾人對自己竟仍如此敬畏，尋思：「老叫化若不裝腔作勢一番，難解今日危局，可是該當說些甚麼話，方能讓全真諸道俯首聽命、叫老毒物知難而退？」一時無計，且仰天打個哈哈再說，猛抬頭，卻見明月初昇，圓盤似的冰輪上緣隱隱缺了一邊，心念忽動，說道：「眼前個個是武林高手，不意行事混帳無賴，說話如同放屁。」

眾人一怔，知他向來狂言無忌，也不以為忤，但如此見責，必有緣故。馬鈺行了一禮，說道：「請前輩賜教。」

洪七公怒道：「老叫化早聽人說，今年八月中秋，煙雨樓畔有人打架，老叫化最怕耳根子不清淨，但想時候還早，儘可在這兒安安穩穩睡個懶覺，那知道今兒一早便聽得砰砰嘭嘭的吵個不休。又是擺馬桶陣、便壺陣啦，又是漢子打婆娘、女婿打丈人啦，殺豬屠狗一般，鬧得老叫化睡不得個太平覺。你們抬頭瞧瞧月亮，今兒是甚麼日子？」

眾人聽了他這幾句話，斗然間都想起今天還是八月十四，比武之約尚在明日，何況彭連虎、沙通天等正主兒未到，眼下動手，確有點兒於理不合。丘處機道：「老前輩教訓得是。我們今日原不該在此騷擾。」轉頭向歐陽鋒道：「歐陽鋒，咱們換個地方去拼個死活。」歐陽鋒笑道：「妙極，妙極，該當奉陪。」

洪七公把臉一沉，說道：「王重陽一歸天，全真教的一輩雜毛鬧了個烏七八糟。我跟你們說個好的，五個男道士加個女道姑，再湊上個武功低微的小道士，滿不是老毒物對手。王重陽沒留下甚麼好處給我，全真教的雜毛死光了也不放在老叫化心上，可是我倒要問一聲：你們訂下了比武約會，明兒怎生踐約啊？七個死道士跟人家打甚麼？」

這番話明裏是嘲諷全真諸子，暗中卻是好意點醒，與歐陽鋒動上了手實是有死無生。他全真派七道鬥不過黃藥師，自也不是歐陽鋒的對手。六子久歷江湖，怎不明他話中含意，但大仇當前，焉能退縮？

洪七公眼角一橫，見郭靖向黃藥師瞪目怒視，黃蓉泫然欲淚，心知其中糾葛甚多，尋思：「待老頑童到來，憑他這身功夫，當可藝壓全場，那時老叫化自有話說。」喝道：「老叫化要睡覺，誰再動手動腳，便是跟我過不去。到明晚任你們鬧個天翻地覆，老叫化誰也不幫。馬鈺，丘處機，你這夥雜毛都給我坐下來練練功夫，內力強得一分是一分，臨時抱佛腳，也勝於不抱。靖兒、蓉兒，來跟我搶腿。」

歐陽鋒對他心存忌憚，暗想他若與全真諸子聯手，便難抵敵，當即說道：「老叫化，藥兄與我哥兒倆跟全真教結上了樑子。九指神丐言出如山，今日給你面子，明兒你

可得誰也不幫。」

洪七公暗暗好笑：「現在你伸個小指頭兒也推倒了我，居然怕我出手。」大聲道：「老叫化放個屁也比你說話香些，不幫就不幫，你準能勝麼？」說著仰天臥倒，把酒葫蘆枕在腦後，叫道：「兩個孩兒，快搥腳！」

這時他啃著的羊腿已只剩下一根骨頭，可是還在戀戀不捨的又咬又舐，似乎其味無窮，望著天邊重重疊疊的雲層，說道：「這雲好不古怪，只怕要變天呢！」又見湖面上水氣瀰漫，用力吸了幾口氣，搖搖頭道：「好氣悶！」轉頭對黃藥師道：「藥兄，借你閨女給我搥搥成不成？」黃藥師微微一笑。黃蓉走過來坐在洪七公身畔，在他腿上輕輕搥著。洪七公嘆道：「唉，這幾根老骨頭從來沒享過這般福氣！」瞪著郭靖道：「傻小子，你的狗爪子沒給黃老邪打斷罷？」郭靖應了一聲：「是。」坐在另一邊給他搥腿。

柯鎮惡倚著水邊的一株柳樹，一雙無光的眼珠牢牢瞪著黃藥師。他以耳代目，黃藥師在湖邊走來走去，走到東他轉頭跟到東，走到西也跟到西。黃藥師並不理會，嘴角邊微帶冷笑。全真六子與尹志平各自盤膝坐在地下，仍布成天罡北斗之陣，低目垂眉，靜靜用功。歐陽鋒手下的蛇夫在船中取出桌椅酒菜，安放在煙雨樓下。歐陽鋒背向眾人，飲酒吃菜，凝思洪七公中了自己沉重之極的掌力之後，何以能得迅速康復。

其時天氣悶熱，小蟲四下亂飛，湖面上白霧濛濛。洪七公道：「我大腿骨發酸，非有大風雨不可，明天中秋若有月亮，老子把大腿砍了給你們。」斜眼看靖蓉兩人，見他們眼光始終互相避開，從沒對望一次，他生性爽直，見了這般尷尬之事，心裏怎瞥得

住？但問了幾次，兩人支支吾吾的總是不答。

洪七公高聲向黃藥師道：「藥兄，這南湖可還有個甚麼名稱？」黃藥師道：「又叫作鴛鴦湖。」洪七公道：「好啊！怎麼在這鴛鴦湖上，你女兒女婿小兩口鬧彆扭，老丈人也不給勸勸？」

郭靖一躍而起，指著黃藥師道：「他……他……害死了我五位師父，我怎麼還能叫他丈人？」黃藥師冷笑道：「希罕麼？江南七怪沒死清，還剩一個臭瞎子。我要叫他也活不過明天……」柯鎮惡沒等他說完，已縱身撲將過去。郭靖搶在頭裏，竟後發先至。

黃藥師還了一招，雙掌相交，蓬的一聲，將郭靖震得倒退兩步。

洪七公喝道：「我說過別動手，老叫化說話當真是放屁麼？」

郭靖不敢再上，恨恨的瞪視黃藥師。洪七公道：「黃老邪，江南六怪英雄俠義，你幹麼殺害無辜？老叫化瞧著你這副樣兒挺不順眼。」黃藥師道：「我愛殺誰就殺誰，你管得著麼？」黃蓉叫道：「爹，他五個師父不是你害死的，我知道。你說不是你害的。」

黃藥師在月光下見女兒容色憔悴，不禁大為愛憐，橫眼向郭靖一瞪，見到他滿臉殺氣，心腸又復剛硬，說道：「是我殺的。」黃蓉哽咽道：「爹，你為甚麼硬要自認殺人？」黃藥師大聲道：「世人都說你爹邪惡古怪，你難道不知？邪人難道還會做好事？天下所有的壞事都是你爹幹的。」

歐陽鋒哈哈大笑，朗聲道：「藥兄這幾句話真是痛快之極，佩服，佩服。」舉起酒杯一飲而盡，說道：「藥兄，兄弟送你一件禮物。」右手微揚，將一個包袱擲了過去。

1413

他與黃藥師相隔數丈之遙，但隨手揮擲，包袱便破空而至，旁觀眾人均感駭異。

黃藥師接在手中，觸手似覺包中是個人頭，打將開來，赫然是個新割下的首級，頭戴方巾，頦下有鬚，面目卻不相識。歐陽鋒笑道：「兄弟今晨西來，在一所書院歇足，聽得這腐儒在對學生講書，說甚麼要做忠臣孝子，兄弟聽得厭煩，將這腐儒殺了。你我東邪西毒，可說是臭味相投了。」說罷縱聲長笑。

黃藥師臉上色變，說道：「我平生最敬的是忠臣孝子。」俯身抓土成坑，將那人頭埋下，恭恭敬敬的作了三個揖。歐陽鋒討了個沒趣，哈哈笑道：「黃老邪徒有虛名，原來也是個為禮法所拘之人。」黃藥師凜然道：「忠孝仁義乃大節所在，並非禮法！」

一言甫畢，半空突然打了個霹靂。眾人一齊抬頭，只見烏雲遮沒了半爿天，眼見雷雨即至。便在此時，只聽得鼓樂聲喧，七八艘大船在湖中划來，船上掛了紅燈，船頭豎著「肅靜」「迴避」的硬牌，一副官宦的氣派。

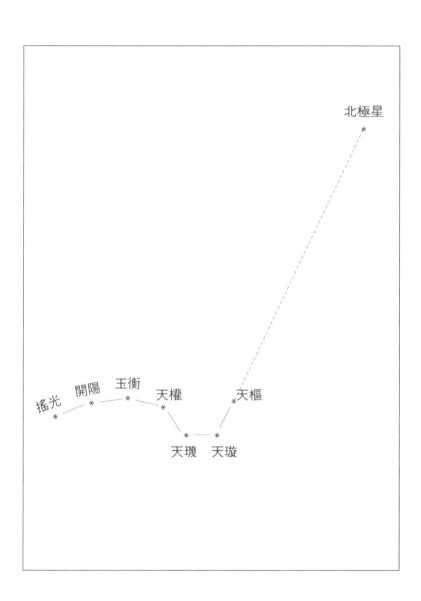

注：北斗七星即西方天文學中的大熊星座七星，道家稱爲天罡。其中天樞、天璇、天璣、天權四星爲斗魁，玉衡、開陽、搖光（又稱瑤光）三星爲斗柄。如下圖：

北極星

搖光　開陽　玉衡　天權　　　天樞

天璣　天璇

兩名官軍被迫抬著柯鎮惡趕路。

黃蓉揮動竹棒，不住向兩人鞭打。

行到傍晚，來到鐵槍廟前。

廟旁高塔上羣鴉築巢，

幾千隻烏鴉在空中飛鳴來去。

第三十五回

鐵槍廟中

船靠岸邊，走上二三十人，彭連虎、沙通天等均在其內。最後上岸的一高一矮，高的是大金國趙王完顏洪烈，矮的是鐵掌幫幫主裘千仞。完顏洪烈恃有歐陽鋒、裘千仞兩人出馬，這番比武有勝無敗，竟親自再下江南。

黃蓉指著裘千仞道：「爹，女兒曾中了這老兒一掌，險些送了性命。」黃藥師在歸雲莊及牛家村外見過裘千仞出醜，卻不知是裘千丈冒充，心想憑他這點微末道行，怎能把女兒打傷，頗覺奇怪。這時歐陽鋒已與完顏洪烈等人會在一起，低聲計議。

過了半晌，歐陽鋒走到洪七公身前，說道：「七兄，待會比武，你兩不相助，這可是你親口說過的？」洪七公心想：「我是有心無力，要助也無從助起。」答道：「甚麼待會不待會的，我是說八月十五。」歐陽鋒道：「就是這樣。藥兄，全真派與江南七怪不識好歹，向你泰山頭上動土，你是一代宗主，跟這些人動手失了身分，待兄弟給你打發，你只袖手旁觀如何？」

黃藥師眼看雙方陣勢：洪七公倘不出手，全真諸子勢必盡遭歐陽鋒毒手，全真派不免就此覆滅；要是郭靖助守「天璇」，歐陽鋒就不是北斗陣對手；但如這傻小子仍一味跟自己糾纏，形勢又自不同，心想：「郭靖這小子乳臭未乾，乃蠢笨少年，全真一派的存亡禍福卻繫於他一念之間，王重陽地下有知，也只有苦笑了。」

歐陽鋒見他神色漠然，不答自己的問話，心想時機稍縱即逝，倘若老頑童周伯通到來，那可不易對付，長嘯一聲，叫道：「大家動手啊，還等甚麼？」洪七公怒道：「你是說人話還是放狗屁？」歐陽鋒向天上一指，笑道：「子時早過，現下已是八月十五清

1418

晨了。」洪七公抬起頭來，只見月亮微微偏西，一半為烏雲遮沒，果然已是子末丑初。

歐陽鋒蛇杖點處，斗然間襲到了丘處機胸前。

全眞六子見大敵當前，彭連虎等在旁虎視眈眈，心想今日只要稍有不愼，勢必一敗塗地，當下抖擻精神，全力與歐陽鋒周旋，只接戰數合，六人不禁暗暗叫苦。這時西毒有意要在眾人之前逞威，施展的全是凌厲殺手。丘處機、王處一等奮力抵擋，只因陣法不全，每一招都接得十分吃力。

黃蓉見郭靖怒視父親，只癡著洪七公，遲遲不敢出手，靈機一動，說道：「整日價嚷甚麼報仇雪恨，哼，當眞殺父仇人到了，卻又害怕。」郭靖為她一言提醒，瞪了她一眼，心想：「先殺金狗，再找黃藥師不遲。」拔出金刀，向完顏洪烈直奔過去。

沙通天與彭連虎同時搶上，擋在完顏洪烈面前。郭靖金刀反腕斜砍，彭連虎舉起判官雙筆封架，錚的一響，只震得虎口發麻，郭靖卻已搶過二人。沙通天疾施「移形換位」，沒將他擋住，忙飛步追去。靈智上人與梁子翁各挺兵刃攔截。

郭靖閃過梁子翁發出的兩枚透骨釘，雙手連刀帶掌，使一招「羝羊觸藩」，和身衝將過去。梁子翁見來勢凌厲，忙臥地滾避。靈智上人身軀肥大，行動不便，又想自己若也閃開，敵人便搶到趙王爺面前，當即舉起雙鈸強擋他這一招，噹噹兩聲大響，雙鈸為掌力震得飛向半空，郭靖的掌風卻又迎面劈到。靈智上人自恃掌力造詣深厚，兼之手上有毒，當即揮掌拍出，斗覺胸口氣窒，臂膀酸麻，手掌軟軟垂下，腕上關節已給震脫，毒掌功夫竟半點沒能使上。靈智不明所以，既無靈，又無智，頭腦中一團混亂，呆立不

動。郭靖此時若乘勢補上一掌，立時便要了他性命，但他志在擊殺完顏洪烈，更不向靈

智上人多瞧一眼。兩面大銅鈸從空中黃光閃閃的先後落將下來。噹的一聲大響，第一面

銅鈸正中靈智上人頭頂，幸好是平平跌落，否則鈸邊鋒利如刀，勢須將他的光頭一分為

二，跟著又是噹的一聲，這一次更加響亮，卻是第二面銅鈸落下，雙鈸互擊，響聲嗡嗡

不絕，從湖面上遠遠傳送出去。

完顏洪烈見郭靖足不停步的連過四名高手，倏忽間搶到面前，不禁大駭，叫聲：

「啊也！」拔步飛奔。郭靖揮刀趕去，只追出數步，眼前黃影閃動，雙掌從斜刺裏拍到。

郭靖側身避過，金刀戳出，身子卻為來掌帶得一晃，忙踏上一步，見敵人正是鐵掌幫幫

主裘千仞。郭靖知他武功在自己之上，顧不得再追殺仇人，當下右刀左掌，凝神接戰。

彭連虎見郭靖為裘千仞擋住，梁子翁與沙通天雙雙守衛完顏洪烈，險境已過，縱到

柯鎮惡身前，笑問：「柯大俠，怎麼江南七怪只來了一怪？」

柯鎮惡的鐵杖給黃蓉甩入南湖，耳聽得敵人出言奚落，揮手發出一枚鐵菱，隨即後

躍。月色朦朧下鐵菱來勢勁急，彭連虎吃過這劇毒暗器的大苦頭，當真是驚弓之鳥，不

敢揮判官筆去擋擊，挺雙筆在地下急撐，憑空躍起，嗤的一聲，鐵菱剛好從腳底擦過。

他見柯鎮惡手中沒兵刃，一咬牙，提筆疾上。

柯鎮惡足有殘疾，平時行走全靠鐵杖撐持，聽得敵人如風而至，只得勉力再向旁躍

開兩步，落地時左足酸軟，險此摔倒。彭連虎大喜，左筆護身，防他突施絕招反擊，右

筆便往他背心猛砸而下。柯鎮惡聽聲辨形，打滾避開。彭連虎的鑌鐵判官筆打在地下石

上，濺起數點火星，罵道：「賊瞎子，恁地奸滑！」左筆跟著遞出。

柯鎮惡又是一滾，嗤的一聲，還了一枚鐵菱。靈智上人左手捧著右手手腕，正自嘰哩咕嚕的罵人，陡見柯鎮惡滾到身旁，便提腳踹落。柯鎮惡聽得風聲，左手在地下一撐，斜斜竄出。他避開了靈智這一踹，再躲不開雙筆齊至，只覺後心一痛，暗叫不好，只得閉目待死，卻聽一聲嬌叱：「去罷！」接著一聲：「啊唷！」隨即蓬的一聲。原來黃蓉使打狗棒法帶住鐵筆，順勢旁甩，捧了彭連虎一交。這棒法便是適才甩去柯鎮惡鐵杖那一招，只見彭連虎也不肯脫手，便連人帶筆一齊摔出。

彭連虎又驚又怒，爬起身來，見黃蓉使開竹棒護著柯鎮惡，讓他站起。柯鎮惡罵道：「小妖女，誰要你救我？」黃蓉叫道：「爹，你照顧這瞎眼渾人，別讓人傷了。」

說著奔去相助郭靖，雙戰裘千仞。柯鎮惡呆立當地，一時迷茫不知所措。

彭連虎見黃藥師站得遠遠的，背向自己，似乎沒聽到女兒的話，悄悄掩到柯鎮惡身後，判官筆斗然打出。這一招狠毒迅猛，兼而有之，即令柯鎮惡眼能見物，鐵杖在手，也未必招架得了，眼見得手，突聽嗤的一聲，一物破空飛至，撞在他筆上，炸得粉碎，卻是小小一粒石子。這一下只震得他虎口疼痛，鐵筆摔落。彭連虎大吃一驚，不知此石從何而至，怎地勁力大得這般出奇，但見黃藥師雙手互握，放在背後，頭也不回的望著天邊烏雲。

柯鎮惡在歸雲莊上聽到過這彈指神通的功夫，知是黃藥師出手相救，反而怒火大熾，向他身後猛撲過去，叫道：「七兄弟死賸一個，留著何用？」黃藥師仍不回頭，待

1421

他欺近背心尚有三尺，左手向後輕輕揮出。柯鎮惡但覺一股大力推至，不由自主的仰天坐倒，氣血翻湧，站不起身。

此時天空愈黑，湖上迷迷濛濛的起了一陣濃霧，湧上土洲，各人雙腳都已沒入霧中。

郭靖得黃蓉相助，已與裘千仞戰成平手。那邊全真派卻迫蹙異常，郝大通腿上給蛇杖掃中，孫不二的道袍給撕去了半邊。王處一暗暗心驚，情知再鬥下去，不多時已方必有人非死即傷，乘著馬鈺與劉處玄前攻之際，從懷中取出一個流星點起，嘶的一聲，一道光芒劃過長空。

全真七子每人均收了不少門徒，教中第三代弟子人數眾多，除尹志平外，如李志常、張志敬、王志坦、祁志誠、張志儉、趙志敬、甄志丙、宋德方等均是其中的佼佼者。這次嘉興煙雨樓比武，七子深恐彭連虎、沙通天等攜帶大批門徒嘍囉倚多為勝，命不少門下弟子也隨來嘉興，要他們候在南湖之畔，若見流星升起，便趕來應援。這時王處一見局面不利，便放出流星。但突然間大霧瀰漫，相隔數尺便即人形難辨，只怕眾弟子未必能衝霧而至。

再鬥一陣，白霧愈重，各人裹在濕氣之中都感窒悶。天上黑雲也越積越厚，穿過雲層透射下來的月光漸漸微弱，終於全然消失。眾人各自驚心，雖不罷鬥，卻互相漸漸離漸遠，出招之際護身多而相攻少。

郭靖、黃蓉雙鬥裘千仞，突然一陣濃霧湧到，夾在三人之間。郭靖見裘黃二人身形忽隱，當即抽身去尋完顏洪烈。

他睜大雙目，要找完顏洪烈頭頂金冠的閃光，但大霧密密層層，看不出三尺之外，正東奔西突尋找間，忽聽霧中一人叫道：「我是周伯通，誰找我打架啊？」郭靖大喜，要待答話，丘處機已叫了起來：「周師叔，你老人家好啊？」

就在此時，烏雲中露出一個空隙，各人突見敵人原來近在咫尺，一出手就可傷到自己，不約而同的驚叫後躍。

周伯通笑嘻嘻的站在眾人之間，高聲說道：「人這麼多啊，熱鬧得緊，妙極，妙極！」右手在左臂彎裏推了幾下，搓下一團泥垢，說道：「給你吃毒藥！」往身旁沙通天嘴裏塞去。沙通天急閃，饒是他移形換位之術了得，仍沒能閃開，給周伯通左手揪住，將泥垢塞入了口中。他吃過老頑童的苦頭，知道倘若急忙吐出，勢須挨一頓飽打，只得悶聲不響的含在口裏，料知此丸無毒，倒也並不害怕。

王處一見周伯通突然到來，大喜過望，叫道：「師叔，原來你當真沒給黃島主害死。」周伯通怒道：「誰說我死了？黃老邪一直想害我，十多年來從沒成功。哈，黃老邪，你倒再試試看。」說著揮拳向黃藥師肩頭打去。

黃藥師不敢怠慢，還了一招桃華落英掌，叫道：「全真教的雜毛老道怪我殺了你，我幾時給你殺死過了？好纏夾不清，你瞧清楚了，我是老頑童呢還是老頑鬼？」越打越快。黃藥師見他不可理喻，真正纏夾不清的倒是此公，但出招卻精妙奇幻，只得全力接戰。

全真諸子滿以為師叔一到，他與黃藥師就可聯手對付歐陽鋒，那知這位師叔不會聽

話，霎時之間與黃藥師鬥了個難解難分。馬鈺連叫：「師叔，別跟黃島主動手！」歐陽鋒接口道：「對，老頑童，你決不是黃老邪敵手，快逃命要緊。快逃，快逃！」周伯通爲他一激，越加不肯罷手。

黃蓉叫道：「老頑童，你用九陰真經上的功夫與我爹爹過招，你師兄在九泉之下怎生說？」周伯通哈哈大笑，得意之極，說道：「你瞧我使的是經上功夫麼？我費了好大勁兒才把經文忘記了。嘿嘿，學學容易，忘記可麻煩啦！我使的是七十二路空明拳，雙手分搏頑童拳，老頑童自己想出來的，跟九陰真經有屁相干？」

黃藥師在桃花島上與他動手之時，覺到他拳腳勁力大得出奇，勁力卻已較前減弱，只堪堪與自己打了個平手，正自奇怪，聽他這麼說，不禁暗暗納悶，不知他使了甚麼希奇古怪法子，竟能將一門上乘武功硬生生從心裏忘記了去。

歐陽鋒從霧中隱約見到周伯通與黃藥師鬥得緊急，暗自心喜，但又怕他打敗黃藥師後便與全真諸子聯手對付自己，心想乘此良機，正好先破北斗陣，當下揮動蛇杖，著著進擊，北斗陣頃刻間險象環生。王處一與劉處玄大叫：「周師叔，先殺歐陽鋒！」

周伯通見眾師姪間情勢危急，於是左掌右拳，橫劈直攻，待打到黃藥師面前時，忽地哈哈一笑，拳變掌，掌成拳，橫直互易。黃藥師萬料不到他出此怪招，急伸臂相格時，眉梢已給他掌尖拂中，雖未受傷，卻熱辣辣的一陣疼痛。周伯通一掌拂中對方，倏地驚覺，左手啪的一聲，在自己右腕上打了一記，罵道：「該死、該死，這是九陰真經中的功夫！」黃藥師微微一怔，手掌已遞了出去，這一招也快速無倫，無聲無息的在周伯通

肩上一拍。周伯通彎腰沉肩，叫聲：「哎唷！報應得好快。」

濃霧瀰漫，越來越難見物。郭靖怕兩位師父遭逢不測，伸手扶起柯鎮惡，挽著他臂膀走到洪七公身旁，低聲道：「兩位師父且到煙雨樓上歇歇，等大霧散了再說。」

黃蓉叫道：「老頑童，你聽不聽我話？」周伯通道：「我打不贏你爹爹，你放心。」

黃蓉叫道：「我要你快去打老毒物，可不許殺了他。」周伯通道：「為甚麼？」他口中不停，拳腳上絲毫不緩。黃蓉叫道：「你不聽我吩咐，我可要將你的臭史抖出來啦。」

周伯通道：「甚麼臭史？胡說八道。」黃蓉拖長了聲音道：「好，四張機，鴛鴦織就欲雙飛。」這兩句話只把周伯通嚇得魂飛魄散，忙道：「行，行，聽你話就是。老毒物，你在那裏？」只聽馬鈺的聲音從濃霧中透了出來：「周師叔，你佔北極星位圍他。」

黃蓉又道：「爹，這裘千仞私通番邦，是個大大奸賊，快殺了他。」黃藥師道：「孩子，到我身邊來。」重霧之中，卻不見裘千仞到了何處。但聽得周伯通哈哈大笑，叫道：「老毒物，快跪下來給你爺爺磕頭，今日才饒你性命。」

郭靖將洪柯二人送到樓邊，回身又來尋找完顏洪烈，豈知適才只到煙雨樓邊這一轉身，不但完顏洪烈影蹤不見，連沙通天、裘千仞等也已不知去向，但聽得周伯通叫道：

「咦，老毒物呢？逃到那裏去啦？」

此時濕霧濃極，實是罕見的異象，雖是中秋，卻星月無光。各人互相近在身畔，卻不見旁人面目，只影影綽綽的見到此模糊人形，說話聲音聽來也重濁異常，似是相互間隔了甚麼東西。眾人都屢經大敵，但這時斗然間均似變了瞎子，心中無不惴惴。黃蓉靠

1425

在父親身旁，馬鈺低聲發施號令，縮小陣勢。人人側耳傾聽敵人動靜。

一時之間，四下裏寂靜無聲。過了一會，丘處機忽然叫道：「聽！這是甚麼？」只聽得周圍嗤嗤噓噓，異聲自遠而近。

黃蓉驚叫：「老毒物放蛇，真不要臉！」洪七公在樓頭也已聽到，高聲叫道：「老毒物布蛇陣，大夥快到樓上來。」周伯通的武功在眾人中算得第一，可是他生平怕極了蛇，發一聲喊，搶先往煙雨樓狂奔。他怕毒蛇咬自己腳跟，樓梯也不敢上了，施展輕功躍上樓去，料想毒蛇不會躍高追咬，他坐在樓頂最高的屋脊之上，兀自心驚膽戰。黃蓉拉著父親的手奔上煙雨樓。全真諸子手牽著手，摸索上樓。尹志平踏了個空，一個倒栽葱摔了下去，跌得頭上腫了個大瘤，忙爬起來重新搶上。

過不多時，蛇聲愈來愈響。

黃蓉沒聽到郭靖聲音，心中掛念，叫道：「靖哥哥，你在那裏？」叫了幾聲，不聽答應，更是擔心，說道：「爹，我去找他。」只聽郭靖冷冷的道：「何必你找？以後你也不用叫我。我不會應你的！」原來他就在身邊。

黃藥師大怒，罵道：「渾小子，臭美麼？」橫臂就是一掌。郭靖低頭避開，正要還手，卻聽颼颼箭響，幾枝長箭騰騰騰的釘上了窗格。眾人吃了一驚，只聽得四下裏喊聲大作，羽箭紛紛射來，黑暗中不知有多少人馬，又聽得樓外人聲喧嘩，高叫：「莫走了反賊！」

王處一怒道：「定是金狗勾結嘉興府貪官，點了軍馬來對付咱們！」丘處機叫道：

1426

「衝下去殺他個落花流水。」郝大通叫道：「不好，蛇，蛇！」眾人聽得箭聲愈密，蛇聲愈近，才知完顏洪烈與歐陽鋒暗中安排下了毒計，但這場大霧卻不在眾人意料之中。洪七公叫道：「擋得了箭，擋不了蛇；避得了蛇，又避不了箭！大夥兒快退。」只聽周伯通在樓頂破口大罵毒蛇，雙手接住了兩枝長箭，不住撥打來箭。

那煙雨樓三面臨水。官軍乘了小舟圍著煙雨樓放箭，只因霧大，一時卻也不敢逼近。

洪七公叫道：「咱們向西，從陸路走。」他是天下第一大幫會的首領，自有一股威勢。混亂之中，眾人都依言下樓，摸索而行，苦在睜目瞧不出半尺，那裏還辨東西南北？只得揀箭少處行走，各人手拉著手，只怕迷路落單。

丘處機、王處一手持長箭，當先開路，雙劍合璧，舞成一團劍花，抵擋箭雨。

郭靖右手拉著洪七公，左手伸出去與人相握，觸手處溫軟細膩，握到的卻是黃蓉的小手。他心中一怔，急忙放下，只聽黃蓉冷冷的道：「誰要你來睬我？」

猛聽得丘處機叫聲：「快回頭，前面遍地毒蛇，闖不過去！」黃藥師與馬鈺殿後，阻擋追兵，聽到丘處機叫聲，急忙轉頭。黃藥師折下兩根竹枝，往外掃打。煙霧中只聽得蛇聲吱吱，一股腥臭迎面撲來。黃蓉忍耐不住，哇的一聲，嘔了出來。黃藥師嘆道：

「四下無路可走，大家認了命罷！」擲下竹枝，把女兒橫抱在手。

以眾人武功，官兵射箭原本擋不住去路，但西毒的蛇陣中毒蛇成千成萬，只要給咬上一口，立時便送了性命。眾人聽到蛇聲，無不毛骨悚然。黃藥師玉簫已折，洪七公鋼針難施，最難的還是大霧迷濛，目不見物，雖有路可逃，也無從尋找。

1427

正危急間，忽聽一人冷冷的道：「小妖女，竹棒給我瞎子。」卻是柯鎮惡的聲音。

黃蓉聽他說到「瞎子」二字，即明其意，心中一喜，忙將打狗棒遞了過去。柯鎮惡不動聲色，接棒點地，說道：「大夥兒跟著瞎子逃命罷！煙雨樓邊向來多煙多霧，有啥希奇？否則又怎會叫作煙雨樓？」

他是嘉興本地人，於煙雨樓旁所有大道小路自幼便皆爛熟於胸，他雙目盲了，平時不及常人，這時大霧瀰漫、烏雲滿天，眾人伸手不見五指，對他卻毫無障礙。他辨察蛇嘶箭聲，已知西首有條小路並無敵人，便一蹺一拐的領先衝出。豈知這小路近數年來種滿青竹，其實已無路可通。柯鎮惡幼時熟識此路，數十年不來，卻不知小路已成竹林，只走出七八步便竹叢擋道，無法通行。丘處機、王處一雙劍齊出，竹竿紛紛飛開，眾人隨後跟來。馬鈺大叫：「周師叔，快來，你在那裏？」周伯通坐在樓頂，聽得四周都是蛇聲，那敢答應？只怕毒蛇最愛咬的便是老頑童身上之肉，若給羣蛇聽到自己聲音，那還了得？

眾人行出十餘丈，竹林已盡，前面現出小路，耳聽得蛇聲漸遠，但官軍吶喊聲卻愈來愈響，似是有人繞道從旁包抄。羣雄怕的只是蛇羣，區區官軍怎放在眼內。劉處玄道：「郝師弟，你我去衝殺一陣，殺幾名狗官出氣。」郝大通應道：「好！」兩人提劍欲上，突然箭如蝗至，兩人忙舞劍擋格。

再走一會，已至大路，電光亂閃，霹靂連響，大雨傾盆而下，只一陣急雨，霧氣轉瞬間給沖得乾乾淨淨，雖仍烏雲滿天，但人影已隱約可辨。眾人都道：「好了，好了，

大霧可散啦。」柯鎮惡道：「危難已過，各位請便。」將竹棒遞給黃蓉，頭也不回的逕向東行。

「師父！」柯鎮惡道：「你先送洪老俠往安穩處所養傷，再到柯家村來尋我。」郭靖應道：「是！」

黃藥師接住一枝射來的羽箭，走到柯鎮惡面前，說道：「若非你今日救我性命，我也不願對你明言……」柯鎮惡不待他話完，迎面一口濃痰，向他臉孔正中吐去，罵道：「今日之事，我死後沒面目對六位兄弟！」人聲嘈雜，黃藥師湊近他身子說話，兩人相距不到一尺，這口痰突如其來，全沒防備，黃藥師一側頭，這口痰有一半碰到了他面頰。

黃藥師大怒舉掌。郭靖見狀大驚，飛步來救，心想這一掌拍了下去，大師父那裏還有性命？

他與柯黃二人相距十餘步，眼見相救不及，微光中卻見黃藥師舉起了的手緩緩放下，哈哈一笑，說道：「我黃藥師是何等樣人，豈能跟你這等人一般見識？」舉袖抹去臉上痰沫，轉身向黃蓉道：「蓉兒，咱們走罷！」郭靖聽了他這幾句話，心下大疑，疑心甚麼卻模糊難明，只隱隱覺得有甚麼事情全然不對，霎時之間，又如眼前出現了一團濃霧。

猛聽得喊聲大作，一羣官兵衝殺過來。全真六子各挺長劍，殺入陣去。黃藥師不屑與官兵動手，回身挽著洪七公手臂，說道：「七兄，咱們老兄弟到前面喝幾杯再說。」洪七公正合心意，笑道：「妙極，妙極！」轉瞬間兩人沒入黑暗之中。

郭靖欲去相扶柯鎮惡，一小隊官兵已衝到跟前。他不欲多傷人命，伸雙臂不住將官兵推開。混亂中聽得丘處機等大呼酣鬥，官兵隊中雜著洪烈帶來的金兵，還有衆千仞手下的鐵掌幫衆，強悍殊甚，一時殺不退，郭靖怕師父在亂軍中遭害，大叫：「大師父，大師父，你在那裏？」這時廝殺聲亂成一片，始終不聞柯鎮惡答應。

黃蓉從柯鎮惡手中接過竹棒後，便一直在他身旁，見他唾吐父親，爭端又起，心想這事鬧到這個地步，一生美夢，總是碎成片片了。此後軍馬衝殺過來，她卻倚樹悄然然站立，大隊兵馬在她身旁奔馳來去，她恍似不聞不見，只呆呆出神，忽聽得「啊喲」一聲呼叫，正是柯鎮惡口音。她循聲望去，見他倒在路邊，一名軍官舉起長刀，向他後心砍落。

柯鎮惡滾地避開，坐起身子回手一拳，將那軍官打得昏了過去，剛挺腰想要站起，又即摔倒。黃蓉奔近看時，原來他腿上中了一箭，當下拉住他臂膀扶起。柯鎮惡使力摔脫她手，可是他一足本跛，另一足中箭後酸軟無力，身子搖晃幾下，向前撲出，又要跌倒。黃蓉伸右手抓住他後領，冷笑道：「逞甚麼英雄好漢？」左手輕揮，已使「蘭花拂穴手」拂中了他右肩「肩貞穴」，這才放開他衣領，抓住他左臂。柯鎮惡待要掙扎，但半身酸麻，動彈不得，只得任由她扶住，不住喃喃咒罵。

黃蓉扶著他走出十餘步，躲在一株大樹背後，只待喘息片刻再行，官兵忽然見到二人，十餘枝羽箭颼颼射來。黃蓉搶著擋在前面，舞竹棒護住頭臉，羽箭都射在她軟蝟甲上。柯鎮惡聽著箭聲，知她以身子為自己擋箭，心中一軟，低聲道：「你不用管我，自

己逃罷！」黃蓉哼了一聲，道：「我偏要救你，偏要你承我的情。瞧你有甚麼法子？」

二人邊說邊行，避到了一座矮牆之後。羽箭已不再射來，但柯鎮惡身子沉重，黃蓉只累得心跳氣喘，沒奈何倚牆稍息。柯鎮惡嘆道：「罷罷罷，你我之間，恩怨一筆勾銷。你去罷，柯瞎子今後算是死了。」黃蓉冷冷的道：「你明明沒死，幹麼算是死了？你不找我報仇，我偏要找你。」竹棒條伸條縮，點中了他雙腿彎裏的兩處「委中穴」。這一下柯鎮惡全沒防備，登時委頓在地，暗暗自罵胡塗，不知這小妖女要用甚麼惡毒法兒折磨自己，心中急怒交迸，只聽得腳步細碎，她已轉出矮牆。

這時廝殺之聲漸遠漸低，似乎全真諸子已將這一路官兵殺散，人聲遠去之中，隱隱又聽得郭靖在大叫「大師父」，呼聲越來越遠，想是找錯了方向，待要出聲招呼，自己傷後中氣不足，料來他也難聽見。又過片刻，四下一片寂靜，遠處公雞啼聲此起彼和。柯鎮惡心想：「這是我最後一次聽到雞啼了！明天嘉興府四下裏公雞仍一般啼鳴，我卻已死在小妖女手下，再也聽不到了。」

想到此處，忽聽腳步聲響，有三人走來，一人腳步輕巧，正是黃蓉，另外兩人卻落腳重濁，起步拖沓。只聽黃蓉道：「就是這位大爺，快抬他起來。」說著伸手在他身上推拿數下，解開他被封的穴道。柯鎮惡只覺身子為兩個人抬起，橫放在一張竹枝紮成的抬床之上，隨即為人抬起行走。

他大是詫異，便欲詢問，忽想莫再給她搶白幾句，自討沒趣，正遲疑間，只聽唰的一響，前面抬他的那人「啊喲」叫痛，當是吃黃蓉打了一棒，又聽她罵道：「走快些，

哼哼唧唧的幹麼？你們這些當官軍的就會欺侮老百姓，沒個好人！」接著唰的一響，後面那人也吃了一棒，那人可不敢叫出聲。

柯鎮惡心想：「原來她去捉了兩名官軍來抬我，也真虧她想得出這主意。」這時他腿上箭傷越來越疼，只怕黃蓉出言譏嘲，咬緊了牙關半聲不哼，但覺身子高低起伏，知是走上了一條崎嶇的小道。又走一陣，樹枝樹葉不住拂到身上臉上，顯是在樹林之中穿行。兩名官軍跌跌撞撞，呼呼喘氣，但聽黃蓉揮竹棒不住鞭打，只趕得兩人拚了命支撐，一腳高一腳低的努力趕路。

約莫行出三十餘里，柯鎮惡算來已是巳末午初。此時大雨早歇，太陽將濕衣晒得半乾，耳聽得蟬鳴犬吠，田間男女歌聲遙遙相和，一片太平寧靜，比之適才南湖惡鬥，宛似到了另一個世界。

一行人來到一家農家休息。黃蓉向農家買了兩個大南瓜，和米煮了，端了一碗放在柯鎮惡面前。柯鎮惡道：「我不餓。」黃蓉道：「你腿疼，當我不知道麼？甚麼餓不餓的。我偏要你多痛一陣，才給你治。」

柯鎮惡大怒，端起那碗熱騰騰的南瓜迎面潑去，只聽她冷笑一聲，一名官兵大聲叫痛，想是她閃身避開，這碗南瓜都潑在官兵身上。黃蓉罵道：「嚷嚷甚麼？柯大爺賞南瓜給你吃，不識抬舉嗎？快吃乾淨了。」那官兵給她打得怕了，肚中確也飢餓，當下忍著臉上燙痛，拾起地下南瓜，一塊塊的吃了下去。

這一來，柯鎮惡當真惱也不是，笑也不是，半站半坐的倚在一隻板凳邊上，心下極

為尷尬，要待伸手去拔箭，卻怕創口中鮮血狂噴，她當然見死不救，多半還會嘲諷幾句。正自沉吟，聽黃蓉說道：「去倒一盆清水來，快快！」話剛說完，啪的一聲，清清脆脆的打了一名官兵一個耳括子。柯鎮惡心道：「小妖女不說話則已，一開口，總是叫人吃點苦頭。」

黃蓉又道：「姓柯的，你有種就別叫痛，叫得姑娘心煩，可給你來個撒手不理。」柯鎮惡怒道：「誰要你理了？快給我滾得遠遠的。」話未說完，突覺創口一陣劇痛，顯是她拿住箭桿，反向肉裏插入。柯鎮惡又驚又怒，順手一拳，創口又是一下劇痛，手裏卻多了一枝長箭。原來黃蓉已將箭枝拔出，塞在他手裏。

只聽她說道：「再動一動，我打你老大個耳括子！」柯鎮惡知她說得出做得到，眼前不是小妖女的對手，給她一刀殺了，倒也乾淨爽脆，但如讓她打上幾個耳括子，臨死之前卻又多蒙一番恥辱，當下鐵青著臉不動，聽得嗤嗤聲響，她撕下幾條布片，在他大腿的創口上下用力縛住，止住流血，又覺創口一陣冰涼，知她在用清水洗滌。

柯鎮惡驚疑不定，尋思：「她若心存惡念，何以反來救我？倘說並無歹意，哼，桃花島妖人父女還能安甚麼好心？定是她另有毒計。唉，這種人詭計百出，要猜她的心思委實千難萬難。」轉念之間，黃蓉已在他傷處敷上金創藥，包裹妥當：只覺創口清涼，疼痛減了大半，腹中卻餓得咕嚕咕嚕的響了起來。

黃蓉冷笑道：「我道是假餓，原來當真餓得厲害，現下可沒甚麼吃的啦，好罷，走

啦！」啪啪兩響，在兩名官軍頭上各擊一棒，押著兩人抬起柯鎮惡繼續趕路。

又走三四十里，天已向晚，只聽得鴉聲大噪，千百隻烏鴉在空中飛鳴來去。柯鎮惡聽得鴉聲，已知到了鐵槍廟附近。那鐵槍廟祀奉的是五代時名將鐵槍王彥章。廟旁有座高塔，塔頂羣鴉世代為巢，當地鄉民傳說鐵槍廟的烏鴉是神兵神將，向來不敢侵犯，以致生養繁殖，越來越多。

黃蓉問道：「喂，天黑啦，到那裏投宿去？」柯鎮惡尋思：「若投民居借宿，只怕洩漏風聲，引動官兵捉拿。」說道：「過去不遠有座古廟。」黃蓉罵道：「烏鴉有甚麼好看？沒見過麼？快走！」這次不聞棒聲，兩名官軍卻又叫痛，不知她是指戳還是足踢。

不多時來到鐵槍廟前，柯鎮惡聽黃蓉踢開廟門，撲鼻聞到一陣鴉糞塵土之氣，似乎廟中久無人居，只怕她埋怨嫌髒，那知她竟沒加理會。耳聽她命兩名官軍將地下打掃乾淨，又命兩人到廚下去燒熱水；耳聽她輕輕唱著小曲，甚麼「鴛鴦雙飛」，又是甚麼「未老頭白」的。過了一會，官軍燒來了熱水。黃蓉先為柯鎮惡換了金創藥，這才自行洗臉洗腳。

柯鎮惡躺在地下，拿個蒲團當作枕頭，忽聽她罵道：「你瞧我的腳幹麼？我的腳你也瞧得的？挖了你一對眼珠子！」那官軍嚇得魂不附體，咚咚咚的直磕響頭。黃蓉道：「你說，你幹麼眼睜睜的瞧著我洗腳？」那官軍不敢說謊，磕頭道：「小的該死，小的見姑娘一雙腳雪白粉嫩……生得好看，腳趾甲紅紅的……像觀音菩薩……」

柯鎮惡一驚，心想：「這賊斲鳥死到臨頭，還起色心！小妖女不知要抽他的筋，還是剝他的皮。」那知黃蓉笑道：「你這蠢才見過觀音菩薩的腳嗎？」砰的一聲，伸棒絆了他一個觔斗，居然沒再追究。兩名官軍躲向後院，再也沒敢出來。

柯鎮惡一語不發，靜以待變。只聽黃蓉在大殿上上下下走了一周，說道：「王鐵槍威震當世，到頭來還是落得個為人所擒，身首異處，又逞甚麼英雄？說甚麼好漢？嗯，這桿鐵槍只怕還當真是鐵鑄的。」

柯鎮惡幼時常與朱聰、韓寶駒、南希仁、張阿生等到這廟裏來玩耍，那時他眼睛未瞎，幾人雖是孩子，俱都力大異常，輪流抬了那桿鐵槍舞動玩耍，這時聽黃蓉如此說，接口道：「自然是鐵打的，還能是假的麼？」黃蓉「嗯」了一聲，伸手抽起鐵槍，說道：「倒有三十來斤。我弄丟了你的鐵杖，一時也鑄不及賠你。明兒咱們分手，你沒兵器防身，暫且就拿這桿槍當鐵杖使罷。」也不等柯鎮惡答話，到天井中拿了一塊大石，砰砰嘭嘭的將鐵槍槍頭打掉，將槍桿遞在他手中。

柯鎮惡自兄長死後，與六個結義弟妹形影不離，此時卻已無一個親人，與黃蓉相處雖只一日，不知不覺之間已頗捨不得與她分離，聽她說到「明兒咱們分手，各走各的」，不禁一陣茫然，迷迷糊糊的接過鐵槍，覺得比用慣了的鐵杖沉了些，卻也將就用得，心想：「她給我兵器，那當真是不存惡意了。」

只聽她又道：「這是我爹爹配製的田七鯊膽散，對你傷口很有好處。你恨極了我父女，用不用在你！」說著遞了一包藥過來。柯鎮惡伸手接了，緩緩放入懷中，想說甚麼

話，卻說不出來，只盼她再說幾句，卻聽她道：「好啦，睡罷！」

柯鎮惡側身而臥，將鐵槍放在身旁，心中思潮起伏，那裏睡得著。但聽塔頂羣鴉噪聲漸歇，終於四下無聲，卻始終不聽黃蓉睡倒，聽聲音她一直坐著，動也不動。又過半晌，聽她又輕輕吟道：「四張機，鴛鴦織就欲雙飛。可憐未老頭先白。春波碧草，曉寒深處，相對浴紅衣。」聽她翻覆低吟，似是咀嚼詞中之意。柯鎮惡不通文墨，不懂她吟的甚麼，但聽她語音淒婉，似乎傷心欲絕，竟不覺呆了。

又過良久，聽她拖了幾個蒲團排成一列，側身臥倒，呼吸漸細，慢慢睡熟，柯鎮惡手撫身旁鐵槍，兒時種種情狀，突然清清楚楚的現在眼前。他見到朱聰拿著一本破書，搖頭晃腦的誦讀：韓寶駒與全金發騎在神像肩頭，拉扯神像的鬍子；南希仁與自己併力拉著鐵槍一端，張阿生拉著鐵槍另一端，三人鬥力；韓小瑩那時還只四五歲，拖著兩條小辮子，鼓掌嘻笑。她小辮子上結著鮮紅的頭繩，在眼前一晃一晃的不住搖動。

突然之間，眼前又是漆黑一團。六個結義弟妹，還有親兄長，都先後毀在黃藥師和他門人的手下。胸中一叢仇恨之火，再也難以抑制。

他提著鐵槍，悄沒聲的走到黃蓉身前，只聽她輕輕呼吸，睡得正沉，尋思：「我這麼一槍下去，她就無知無覺的死了。嘿，若非如此，黃老邪武功蓋世，我今生怎能報得深仇？他女兒睡在這裏，正是天賜良機，教他嘗一嘗喪女之痛。」轉念又想：「這女子救我性命，我豈能恩將仇報？咳，殺她之後，我撞死她身旁，以酬今日之情就是。」言念及此，意下已決，心道：「我柯鎮惡一生正直，數十年來無一事愧對天地。此刻於人

1436

睡夢之中暗施偷襲，自非光明磊落的行逕，但我一死以報，也對得住她了。」舉起鐵槍，正要向黃蓉當頭猛擊下去，忽聽得遠處有人哈哈大笑，聲音極是刺耳，靜夜之中更令人毛骨悚然。

黃蓉給笑聲驚醒，躍起身來，突見柯鎮惡高舉鐵槍，站在身前，不覺吃了一驚，叫道：「歐陽鋒！」

柯鎮惡聽她驚醒，這一槍再也打不下去，又聽得有數人說著話漸漸行近，隔得遠了，言語卻聽不清楚。再過片刻，腳步聲也隱隱聽到了，竟有三四十人之多。這廟中前殿後院他無一處不熟，低聲道：「老毒物他們定是見到了鴉塔，向這邊走來，咱們且躲一躲。」黃蓉道：「是。」將睡過的一列蒲團踢散。柯鎮惡牽著她手，走向後殿，伸手推門，通向後殿的門卻給閂上了。柯鎮惡罵道：「這兩個賊官軍！」料想兩名官軍乘黑逃走，怕黃蓉發覺，先行閂上了門。這時已不及舉槍撞門，耳聽得大門為人推開，知道大殿中無處可以躲藏，低聲道：「神像背後。」

兩人剛在神像後坐定，便有十餘人走入殿中，跟著嗤的一響，柯鎮惡聞到一陣硫磺氣息，知道已有人晃亮火摺。只聽歐陽鋒道：「趙王爺，今日煙雨樓之役雖然無功，但也已大挫敵人的銳氣。」完顏洪烈笑道：「這全仗先生主持全局。」歐陽鋒嘿嘿的笑了數聲，說道：「小王爺安排下妙計，調集嘉興府官兵，萬箭齊發，本可將這批傢伙一網打盡，不料遲不遲，早不早，剛好有這場大霧，卻給羣奸溜了。」

1437

一個年輕的聲音道：「有歐陽先生與裘幫主兩位出馬，羣奸今日雖然逃走，日後終能一一殲滅。只恨見來遲了一步，沒能見到歐陽先生大展神威，可惜之極。」柯鎮惡認得是楊康的聲音，不由得怒火填膺，又聽梁子翁、彭連虎、沙通天等各出詭言，紛紛奉承歐陽鋒，說他如何獨鬥全真羣道，殺得眾道士狼狽不堪。各人不提裘千仞，又不聽到此人說話，猜想此人並未同來。

柯鎮惡聽這許多高手羣集於此，連大氣也不敢透一口，適才他要與黃蓉同歸於盡，不知怎的，此時卻又惟恐給人發見，傷了黃蓉與自己性命。只聽完顏洪烈的從人打開鋪蓋，請完顏洪烈、歐陽鋒、楊康三人安睡。

楊康長長嘆了口氣，說道：「歐陽先生，令姪武功既高，人品又瀟灑俊雅，晚輩與他投緣得很，只盼從此結成好友，不料他竟為全真教眾雜毛所害。晚輩每一想起，心頭難過之極。全真教那羣惡道，晚輩立誓要一個個親手殺了，以慰歐陽世兄在天之靈。只可惜晚輩武功低微，心有餘而力不足。」他盼歐陽鋒去殺了他師父丘處機以除後患，因此一路上力陳全真七子如何在牛家村殺死歐陽克，騙得歐陽鋒深信不疑。

歐陽鋒默然良久，緩緩的道：「我姪兒不幸慘死，先前我還道是郭靖這小子下的毒手，適才聽你轉述丘處機之言，方知是全真教一羣惡道所為。現今我白駝山已無傳人，我收了你做徒兒罷。」楊康高聲叫道：「師父，徒兒磕頭。」聲音中充滿了喜悅之情，跟著咚咚咚咚幾聲，想是爬在地下向歐陽鋒磕頭。

柯鎮惡心想這人好好一個忠良之後，豈知不但認賊作父，更拜惡人為師，陷溺愈來

愈深，只怕再難回頭了，心中對他愈益卑視。

只聽完顏洪烈道：「客地無敬師之禮，日後再當重謝。」歐陽鋒唔然道：「珍珠寶物，白駝山也有一些，歐陽鋒只瞧著這孩子聰明，盼望我一身功夫將來能有個傳人罷了。」完顏洪烈道：「小王失言，先生勿罪。」梁子翁等紛向三人道喜。

柯鎮惡聽得傻姑叫喊，大是驚詫，心想此人怎會跟完顏洪烈、歐陽鋒等人混在一起。只聽楊康笑道：「對啦，快找些點心給大姑娘吃，莫餓壞了她。」過了片刻，傻姑大聲咀嚼，吃起東西來。她一邊吃，一邊道：「好兄弟，你說帶我回家去，叫我乖乖的聽你話，怎麼還不到得家？」楊康道：「明兒就到啦，你吃得飽飽的睡覺罷。」

又過一會，傻姑忽道：「好兄弟，那寶塔上悉悉索索的，是甚麼聲音？」楊康道：「不是鳥兒，就是老鼠。」傻姑道：「我怕。」楊康笑道：「傻姑娘，怕甚麼！」傻姑道：「我怕鬼。」楊康笑道：「這裏這許多人，鬼怪不敢來的。」傻姑道：「我就是怕那個矮胖子的鬼。」楊康強笑道：「別胡說八道啦，甚麼矮胖子不矮胖子的。」傻姑道：「哼，我知道的。矮胖子死在婆婆墳裏，婆婆的鬼會把矮胖子的鬼趕出來，不讓他住在墳裏。他要來找你討命。」楊康喝道：「你再多嘴，我叫你安安靜靜的坐著別動！」想是傻姑怕鬼，在人叢中亂挨亂擠。忽聽沙通天喝道：「喂，踏著我的腳啦。給我爺爺來領你回桃花島去。」傻姑不敢再說。

柯鎮惡聽了這番說話，疑雲大起：傻姑所說的矮胖子，定是指三弟韓寶駒了，他命

喪桃花島上，明明是爲黃藥師所殺，他的鬼魂怎會來找楊康討命？傻姑雖然痴呆，但這番話中必有原因，苦於強敵當前，沒法出去問個明白。忽又想到：「黃藥師在煙雨樓前對我言道：『我黃藥師是何等樣人，豈能跟你這等人一般見識？』他既不屑殺我，又怎能殺我五個弟妹？但若不是黃藥師，四弟又怎說親眼見他害死二弟、七妹？」

正自心中琢磨，忽覺黃蓉拉過自己左手，伸手指在他掌心中寫了一字：「求」，接著一字一字的寫道：「……你一事」。柯鎮惡在她掌心中寫道：「何事」。黃蓉寫道：「告我父何人殺我」。

柯鎮惡一怔，不明她用意何在，正想拉過她手掌來再寫字詢問，突覺身旁微風一動，黃蓉已躍了出去，只聽她笑道：「歐陽伯伯，您好啊。」

眾人萬料不到神像後面竟躲得有人，只聽得擦擦、錚錚一陣響處，各人抽出兵刃，將她團團圍住，紛紛呼喝：「是誰？」「有刺客！」「甚麼人？」

黃蓉笑道：「我爹爹命我在此相候歐陽伯伯大駕，你們大驚小怪的幹甚麼？」

歐陽鋒道：「令尊怎知我會來此？」黃蓉道：「我爹爹醫卜星相，無所不通，起個文王先天神課，自然知曉。」歐陽鋒有九成不信，但知就算再問，她也不會說真話，便笑笑不語。沙通天等到廟外巡視了一遍，不見另有旁人，當下環衛在完顏洪烈身旁。

黃蓉坐在一個蒲團上，笑吟吟的道：「歐陽伯伯，你害得我爹爹好苦！」

歐陽鋒微笑不答，他知黃蓉雖然年幼，卻機變百出，只要一個應對不善，給她抓住

1440

了岔子譏嘲一番，在眾人之前可難以下台。只聽她說道：「歐陽伯伯，我爹爹在新腔鎮

小蓬萊給全真教的眾老道圍住啦，你若不去解救，只怕他難以脫身。」歐陽鋒微微一

笑，說道：「那有此事？」黃蓉急道：「你說得好輕描淡寫！大丈夫一身做事一身當，

明明是你殺了全真教的譚處端，那些臭道士卻始終糾纏著我爹爹。再加上個老頑童從中

胡攪，我爹爹又不肯分辯是非，那怎麼得了！」

歐陽鋒暗暗心喜，說道：「你爹爹武功了得，全真教幾個雜毛，怎奈何得了他？」

黃蓉道：「全真教的牛鼻子再加上個老頑童，我爹爹便抵擋不住。我爹爹又命我前來對

你說，他苦思了七日七夜，已參透了一篇文字的意思。」歐陽鋒道：「甚麼文字？」黃

蓉道：「摩訶波羅，揭諦古羅，斯里星，昂依納得。斯熱確盧，哈虎文砵英。」

這幾句嘰哩咕嚕的話，柯鎮惡與完顏洪烈等都聽得不明所以，歐陽鋒卻大吃一驚，

這是九陰真經下卷最後一篇中的古怪言語。真經本文他讀了無數遍，幾乎已可背誦，這

此怪話卻既難索解，更難記憶，難道黃藥師當真參詳透了？他心中雖怦然而動，臉上卻

絲毫不動聲色，淡然說道：「小丫頭就愛騙人，這些胡言亂語，誰又懂得了？」黃蓉

道：「爹爹已把這篇古怪文字逐句譯出，從頭至尾，明明白白。我親眼所見，怎會騙

你？」歐陽鋒素服黃藥師之能，心想這篇古怪文字要是始終無人能解，那便罷了，若有

一人解識得出，則普天下捨黃藥師之外更無旁人，淡淡的道：「那可要恭賀你爹爹了。」

黃蓉聽他言中之意，仍然將信將疑，又道：「我看了之後，現下還記得幾句，不妨

背給你聽聽。」唸道：「或身搔動，或時身重如物鎮壓，或時身輕欲飛，或時如縛，或

時奇寒壯熱，或時歡喜躁動，或時如有惡物相觸，身毛驚豎，或時大樂昏醉。凡此種種，須以下法導入神通。」

這幾句經文只把歐陽鋒聽得心癢難搔。黃蓉所唸的，正是一燈大師所譯九陰真經總旨中的一段。這諸般怪異境界，原是修習上乘內功之人常所經歷，修士每當逢此境，總是戰戰兢兢的鎮懾心神，以防走火入魔，豈知竟有妙法將心魔導化而為神通，那真是無上寶訣了。只因黃蓉所唸確是真經經文，並非胡亂杜撰，歐陽鋒內功精湛，入耳即知真偽，至此更無疑念，問道：「下面怎樣說？」

黃蓉道：「下面有一大段我忘了，只記得下面又說甚麼『遍身毛孔皆悉虛疏，即以心眼見身內三十六物，猶如開倉見諸麻豆等，心大驚喜，寂靜安快。』」她所背經文，頭一段是怪異境界，次一段是修習後的妙處，偏偏將中間修習之法漏了。

歐陽鋒默然，心想憑你這等聰明，豈能忘了，必是故意不說，但不知你來說這番話是何用意。

黃蓉又道：「我爹爹命我來問歐陽伯伯，你是要得五千字呢，還是得三千字？」歐陽鋒道：「請道其詳。」黃蓉道：「如果你去助我爹爹，二人合力，一鼓滅了全真教，那麼這篇九陰神功的五千字經文，我盡數背給你聽。」歐陽鋒微笑道：「倘若我不去呢？」黃蓉道：「爹爹請你去給他報仇，待殺了周伯通與全真六子後，我說三千字與你。」歐陽鋒笑道：「你爹爹跟我交情向來平平，怎地這般瞧得起老毒物？」黃蓉道：「第一，害死你姪兒的，是全真教的嫡派門人，想來你該報仇……」

楊康聽了這話，不由得打個寒噤，他是丘處機之徒，黃蓉這話明明說的是他。傻姑

正在他的身旁，問道：「好兄弟，你冷麼？」楊康含含糊糊的應了一聲。

黃蓉接著道：「第二，他譯出經文後就與全真道士動手，不及細細給我講解，想這

部奇書曠世難逢，豈能隨他湮沒？當今只有你與他性情相投，神通武功，足可與他並

駕。承歐陽伯伯瞧得起，當日曾駕臨桃花島求親，你姪兒雖不幸為全真派門人所害，但

我爹爹說，諒來你也還會顧念你姪兒，因此要你修習神功之後再轉而授我。」歐陽鋒胸

口一酸，心下琢磨：「這番話倒也可信，若無高人指點，諒這小丫頭縱把經文背得滾瓜

爛熟，也是無用。」轉念一想，說道：「我怎知你背的是真是假？」

黃蓉道：「郭靖這渾小子已將經文寫與你了，我說了譯文的關鍵訣竅，你一加核

對，自知真假。」歐陽鋒道：「話倒不錯，讓我養養神，明兒趕去救你爹爹。」黃蓉急

道：「救兵如救火，怎等得明日？」歐陽鋒笑道：「那麼我給你爹爹報仇，也是一樣。」

他算計已定，經文在自己掌握之中，將來逼著黃蓉說出經文關鍵，自能參詳得透全篇文

義，此時讓黃藥師與全真教鬥個兩敗俱傷，豈不妙哉？

柯鎮惡在神像背後，聽兩人說來說去，話題不離九陰真經，尋思黃蓉在他掌中寫了

「告我父何人殺我」七字，不知是何用意。只聽黃蓉又道：「那你明日一早前去，好麼？」

歐陽鋒笑道：「這個自然，你也歇歇罷！」

只聽黃蓉拖動蒲團，坐在傻姑身旁，說道：「傻姑，爺爺帶了你到桃花島上，怎麼

你在這裏？」傻姑道：「我不愛跟著爺爺，我要回自己家去。」黃蓉道：「是這個姓楊

1443

的好兒弟到島上來，帶你來坐船，一起來的，是不是？」傻姑道：「是啊，他待我真好。」

柯鎮惡心念一動：「楊康幾時到過桃花島上？」只聽黃蓉問道：「爺爺那裏去啦？」

傻姑驚道：「你別說我逃走啊，爺爺要打我的。」黃蓉笑道：「我不說，不過我問你甚麼話，你須得好好回答。」傻姑道：「你可不能跟爺爺說，他要來捉我回去，教我認字。」黃蓉笑道：「我一定不說。你說爺爺要你認字？」傻姑道：「是啊，那天爺爺在書房裏教我認字，說我爹爹姓曲曲兒，我也姓曲曲兒，他寫了個曲曲兒的字，叫我記住。又說我爹爹的名字叫曲曲兒甚麼風。我老是記不得，爺爺就生氣了，罵我傻得厲害。我本來就叫傻姑嘛！」

黃蓉笑道：「傻姑自然是傻的。爺爺罵你，爺爺不好，傻姑好！」傻姑聽了很是高興。黃蓉道：「後來怎樣？」傻姑道：「我說我要回家，爺爺更加生氣。忽然一個啞巴僕人進來東指西指、咿咿啊啊的，傻姑說：『我不見客，叫他們回去罷！』過了一會，那啞巴送了一張紙來，爺爺看了一看，放在桌上，就叫我跟啞巴出去接客人。哈哈，那矮胖子生得真難看，我向他瞪眼珠，他也向我瞪眼珠。」

柯鎮惡回想當日赴桃花島求見之時，情景果真如此，初時黃藥師拒見六人，待朱聰將事先寫就的書信送入，傻姑才出來接待，可是三弟現時已不在人世，心中不禁酸痛。

只聽黃蓉又問：「爺爺見了他們麼？」傻姑道：「爺爺叫我帶同啞巴傭人請客人吃飯，他自己走了。我不愛瞧那矮胖子，偷偷溜了出來，見爺爺坐在石頭後面向海裏張望，我也向海裏張望，看見一艘船遠遠開了過來，船裏坐的人，爺爺說都是牛鼻子道

1444

士。哈哈，牛鼻子！」

柯鎮惡心道：「當日我們得悉全真派大舉赴桃花島尋仇，搶在頭裏向黃藥師報訊，請他暫行避讓，由江南六怪向全真派說明原委。可是在島上始終沒見全真諸子到來，怎麼這傻姑又說有道士坐船而來？

只聽黃蓉又問：「爺爺就怎樣？」傻姑道：「爺爺向我招手，叫我過去。我嚇了一跳，先前我溜了出來玩，他早就瞧見啦。我不敢過去，怕他打。他說我不打你，你過來。我就過去。他說他要坐船出海釣魚，叫我去對那些牛鼻子說：爺爺不在家，出海去了，叫他們回去。島上的路他們不認得。那些牛鼻子上了岸，我就去對他們說：『爺爺不在家，爺爺不喜歡見到牛鼻子。哈哈，牛鼻子，你們生了牛鼻子嗎？我看倒像是豬鼻子！』他們瞪眼不理我，我也向他們的豬鼻子瞪眼睛。他們就回進船裏去了。」黃蓉道：「後來呢？」

傻姑道：「後來爺爺就到大石頭後面去開船，我知道的，那些牛鼻子生得難看，爺爺不愛見他們。」黃蓉讚道：「是啊，你說得一點兒也不錯。爺爺甚麼時候再回來？」

傻姑道：「甚麼回來？他沒回來。」

柯鎮惡身子一震，只聽黃蓉問道：「你記得清楚麼？後來怎麼？」只聽她問話的聲音也微微發顫，顯是問到了重大的關節所在。

傻姑道：「爺爺正要開船，忽然飛來了一對大鳥，就是你那對鳥兒啊。爺爺向鳥兒招手嗚哨，這對鳥兒就飛了下來，鳥腳上還縛著甚麼東西，那真好玩呢。我大叫：『爺爺，

給我，給我！」⋯⋯」說到這裏，當眞大叫起來。楊康叱道：「別吵啦，大家要睡覺。」

黃蓉道：「傻姑，你說下去好了。」傻姑道：「我輕輕的說。」果眞放低了聲音說道：「爺爺不理我，在袍子上撕下一塊布來，縛在大鳥足上，把大鳥又放走了。」黃蓉嗯了一聲，自言自語：「爹爹要避開全眞諸子，怪不得沒空去取金娃娃，但不知雌鵰身上那枝短箭是誰射的？」問道：「誰射了鳥兒一箭？」傻姑道：「射箭？沒有啊。」說著呆呆出神。黃蓉道：「好，再說下去。」傻姑道：「爺爺見袍子撕壞了，就脫了下來，叫我回去給他拿過一件。等我拿來，爺爺卻不見啦，牛鼻子的船也不見啦，只有那件撕壞的袍子拋在地下。」

她說到這裏，黃蓉不再詢問，似在靜靜思索，過了半晌，才道：「他們去了那裏呢？」傻姑道：「我瞧見的。我大叫爺爺，聽不到他答應，就跳到大樹頂上去張望，我見爺爺的小船在一邊，牛鼻子的大船在另一邊，慢慢的就都開得不見了。我不愛去見那矮胖子，就在沙灘上踢石子玩，直到天黑，才領這爺爺和好兄弟回去。」黃蓉問道：「這爺爺，不是教你認字的那個爺爺罷？」傻姑嘻嘻笑了幾聲，說道：「這個爺爺好，不要我認字，還給我吃糕兒。」黃蓉道：「歐陽伯伯，你糕兒還有麼？再給她幾塊。」歐陽鋒乾笑道：「有啊！」柯鎭惡一顆心似乎要從腔子中跳躍而出：「原來歐陽鋒那日也在桃花島上。」

猛聽得傻姑「啊喲」一聲叫，接著啪啪兩響，有人交手，又是躍起縱落之聲，只聽黃蓉叫道：「你想殺她滅口嗎？」歐陽鋒笑道：「這事瞞得了旁人，卻瞞不過你爹爹。

1446

我又何必殺這傻姑娘？你要問，痛痛快快的問個清楚罷。」但聽得傻姑哼哼唧唧的不住呻吟，卻再也說不出話來，想是為歐陽鋒打中了甚麼所在。

黃蓉道：「你這小丫頭也真鬼機伶，但你怎能猜到，倒說給我聽聽。」歐陽鋒笑道：「你就不問，也早已猜到了，只是要傻姑親口說出來罷了。」

黃蓉道：「我初時見了島上的情形，也道是爹爹殺了江南五怪。後來想到一事，才知決然不是。你想，我爹爹怎能讓三個臭男子的屍身留在我媽媽墓中陪她？又怎能從墓中出來之後不掩上墓門？」歐陽鋒伸手在大腿上一拍，叫道：「啊喲，這當真是我們疏忽了。康兒，是不是？」

柯鎮惡只聽得心膽欲裂，這時才悟到黃蓉原來早瞧出殺人兇手是歐陽鋒、楊康二人，她突然出去，原是捨了自己性命揭露真相，好為她爹爹洗清冤枉。她明知這一出去凶多吉少，是以要柯鎮惡將害死她之人去告知她爹爹。他又悲又悔，心道：「好姑娘，你只要跟我說明兇手是誰，也就是了，何必自送了性命？」轉念一想，心道：「我飛天蝙蝠柯鎮惡啊柯鎮惡，你這殺千刀的賊廝鳥，臭瞎子，是你生生逼死這位好姑娘了！」

他自怨自艾，正想舉手猛打自己耳光，只聽歐陽鋒又道：「你怎麼又想到我身上？」

黃蓉道：「想到你並不難，掌斃黃馬、手折秤桿，當世有這功力的寥寥無幾。不過初時我還當是別人。靖哥哥問南希仁，是誰害他的，南希仁嘴裏不能說話了，臨死時用手指在地下劃字，要寫出殺他之人的姓名，只寫了三筆，沒寫完便斷了氣。」

歐陽鋒呵呵大笑，說道：「南希仁這漢子倒也硬朗，竟然等得到見你。南希仁先躲了起來，我們一點人數，少了一個，留下終是禍患，找了幾天沒找到，幸好康兒有一幅桃花島的總圖，甚麼古怪小路、機關布置，圖中全部寫得都有。我們按圖索驥，找了幾天才尋著他。」

黃蓉心道：「楊康怎會有我島上總圖？啊，是了，當日歐陽克來求婚，我爹爹將島上總圖借了給他，楊康在牛家村殺了歐陽克，自然在他身上將總圖搜了出來。那麼他們能開啓我媽媽的墓門，全都不奇了。」說道：「我見南希仁臨死時的情狀，必是中了怪毒，我還猜想是裘千仞，這老兒練毒掌，當時便猜到了他身上。」歐陽鋒笑道：「裘千仞武功了得，是在掌力不在掌毒。他掌上沒毒，用毒物熬練手掌，不過是練掌力的法門，將毒氣逼將出來，掌力自然增強。那南希仁死時口中呼叫，說不出話，臉上卻露笑容，是也不是？」黃蓉道：「是啊，那是中了甚麼毒？」歐陽鋒不答，又問：「他身子扭曲，在地下打滾，力氣卻大得異乎尋常，是也不是？」黃蓉道：「是啊。如此劇毒之物，我想天下捨我鐵掌外，再也無人能有。」

黃蓉這話明著相激，歐陽鋒雖知其意，仍忍耐不住，勃然怒道：「人家叫我老毒物，難道是白叫的嗎？」蛇杖在地下重重一頓，喝道：「就是這杖上的蛇兒咬了他，咬中了他舌頭，是以他身上無傷，說不出話。」柯鎮惡聽得熱血直湧入腦，幾欲暈倒。

黃蓉聽得神像後微有響動，急忙咳嗽數聲，掩蓋了下去，緩緩說道：「當時江南五怪給你盡數擊斃，逃掉的柯鎮惡又沒眼珠，以致到底是誰殺人都辨不清楚。」

1448

柯鎮惡聽了此言，心中一凜：「她這話是點醒於我，叫我不可輕舉妄動，以免兩人

一齊送命，死得不明不白。」

卻聽歐陽鋒乾笑道：「這個臭瞎子能逃得出我的手掌？我是故意放他走的。那南希

仁見到我殺人，因此儘管他躲得好，我們就算多花幾天，也非找到他滅口不可。至於柯

瞎子嗎，不妨饒他一條性命。」黃蓉道：「啊，是啦。你殺了五人，卻教柯大俠誤信是

我爹爹殺的，讓他出去宣揚此事，好令天下英雄羣起而攻我爹爹。」歐陽鋒笑道：「這

倒不是我的主意，是康兒想出來的，是麼？」楊康又含含糊糊的應了一聲。

黃蓉道：「這當真是神機妙算，佩服，佩服。」歐陽鋒道：「咱們可把話題岔開去

啦。後來你怎麼又想到是我？」黃蓉道：「我想裘千仞曾在荊湖北路和我交手，雖說他

也可趕在頭裏，先到桃花島，但要快過小紅馬，終究難能。我再想南希仁只寫了三筆，

一劃、一短豎，再是一劃連鉤，說是『東』字的起筆固然可以，是『西』字也何嘗不

能？若非東邪，定是西毒了。這一點我在桃花島上早就想到，但當時尚有許多枝節想不

明白。想你們怎麼能進我媽媽的墓室？當日你帶姪兒來求婚，我爹爹將島上總圖借了給

你姪兒，言明三個月交還，後來也沒交還，這總圖落入了誰的手裏，現今自然推想得到

了。」

歐陽鋒嘆道：「我只道一切都做得天衣無縫，原來仍留下了這許多線索。南希仁多

半見到我們神色不對，進墳墓時故意落後，一見我殺全金發，立即逃出。」

黃蓉道：「南四俠平時不大說話，爲人卻十分機伶。我苦苦思索韓小瑩在我媽玉棺

上所寫的那個小『十』字，到底她想寫甚麼字。只因我想這位小王爺武藝低微，決沒本事一舉殺了江南五怪，是以始終想不到是他。」楊康哼了一聲。

黃蓉道：「那天我孤身一人留在桃花島上，迷迷糊糊的醒了又睡，睡了又醒，始終猜不透。我夢見了很多人，後來夢到穆家姊姊，夢見她在中都比武招親。我突然從夢中驚醒，跳了起來，才知兇手原來是這位小王爺！」

楊康聽了她這幾句語音尖銳顫抖的話，不由得嚇出一身冷汗，強笑道：「難道是穆念慈託夢給你？」黃蓉道：「是啊，若不是這個夢，我怎會想到是你？你那隻翡翠小鞋呢？」楊康一怔，厲聲道：「你怎知道？又是穆念慈在夢中說的？」黃蓉冷笑道：「那何用說？你們二人將朱聰打死後，把我媽媽墓裏的珠寶放在他懷裏，好教旁人見了，只道他盜寶給我爹爹見到，因而喪生。這栽贓之計原本大妙，只你忘了一節，朱聰的外號叫作妙手書生。」

歐陽鋒好奇心起，問道：「是妙手書生便又怎地？」黃蓉道：「哼，知道在他身上放寶，卻不知從他身上取寶。」歐陽鋒不解，問道：「甚麼取寶？」黃蓉道：「朱聰武功雖不及你，但他在臨死之前施展妙手，在這位小王爺身上取了一物，握在手中，你們居然始終不覺。若非此物，我萬萬料想不到小王爺竟曾光降過桃花島。」

歐陽鋒笑道：「此事有趣得緊，這妙手書生倒也厲害，性命雖已不在，卻能留下話來。他取的那物，想必是甚麼翡翠小鞋了。」黃蓉道：「不錯。媽媽墓中寶物，我自幼見熟，這翡翠小鞋卻從未見過。朱聰死後仍牢牢握住，必有緣故。這小鞋正面鞋底有個

「比」字，反面有個『招』字，我總想不明白是甚麼意思，那晚做夢，見到穆家姊姊在中都街頭賣藝，豎一面『比武招親』的錦旗，這一下教我豁然而悟，全盤想通了。」

歐陽鋒笑道：「這鞋底的兩個字，原來尚有此香艷典故，哈哈，哈哈！」他笑得高興，柯鎮惡卻愈聽愈怒，只黃蓉如何想通，尚未全然明白。黃蓉料他不懂，當下裏說給歐陽鋒聽，實則向他解釋：「那日穆姊姊在中都比武招親，小王爺下場大顯身手，我湊巧也趕上瞧這場熱鬧。比到後來，小王爺搶下了穆姊姊腳上一對繡鞋。這場比武是他勝了，說到招親，後來卻糾葛甚多。」

只因這場比武招親，日後生出許多事來。當時梁子翁、沙通天等在旁目睹，此後完顏洪烈喪妻、楊康會見本生親父等情由，亦均從此而起。眾人聽到了，各生感慨。

黃蓉道：「既然想到了此事，那就再也明白不過。小王爺與穆姊姊日後私訂終身，定情之物，最好自然是彫一雙玉鞋了。這雙玉鞋想來各執一隻，這一隻有『比、招』二字，那一隻鞋上定是『武、親』二字。小王爺，我猜得不錯罷？」楊康不答。

黃蓉又道：「這個關節既然解開，其他更沒疑難了。韓寶駒身中九陰白骨爪身亡，世上練這武功的原只黑風雙煞，可是這兩人早已身故，旁人只道黑風雙煞的師父亦必精擅，豈知我爹爹固然從未練過九陰真經中的任何武功，而鐵屍梅超風生前卻還收過一位高足。韓小瑩在墓室中親眼見到小王爺用九陰白骨爪插死她堂兄韓寶駒，恐怖之極，她當時揮劍自殺，臨死之前，左手手指蘸了鮮血，在我媽的棺蓋上要寫小王爺的名字，但沒能寫完就死了，她所寫的那個小小『十』字，自然是『楊』字的起筆。想不到郭靖那

渾小子定要說是個『黃』字。」說到此處，不禁黯然。

歐陽鋒縱聲長笑，說道：「棺蓋上這個小小『十』字，我見了本想抹去，還是康兒腦筋動得快，他說：『這不是「黃」字的起筆嗎？』我想不錯，就讓這血字留下了。哈哈！怪不得郭靖那小子在煙雨樓前要跟你爹爹拚命。」

黃蓉嘆道：「你們的計策原本大妙，那渾小子悲怒之中更難明是非。我先前還算道是你逼著島上啞僕帶路，原來是傻姑領你們進內。想必小王爺答應帶她回牛家村，傻姑喜歡之極，便對你們惟命是從。其實就算沒傻姑帶路，小王爺既有島上總圖，儘可任意來去。定是你們兩人埋伏在我媽媽墓內，命傻姑託言是我爹爹邀請，騙江南六怪進墓。歐陽伯伯攔在墓門，那江南六怪如何能再脫毒手？這是個甕中捉鱉之計啊。」

柯鎮惡聽她所說，宛若親見，當日在墓室門外給人堵門屠殺、自己和南希仁及時逃出的情況，立時又在腦中出現，只聽黃蓉又道：「歐陽伯伯在海邊撿了我爹爹的長袍，穿戴起來，墓室之中本甚昏暗，六怪一上來就給傷了幾人，南希仁特別機警，他走在後面，聽到歐陽伯伯折斷全金發的秤桿，立刻拉了柯鎮惡轉身逃走，當時他還以為殺全金發的是我爹爹，其實朱聰與全金發是歐陽伯伯所殺，韓寶駒是小王爺所殺，韓小瑩自刎而死，柯南二人卻逃出墓穴。你們故意放柯鎮惡逃命，南希仁也逃了出去，在偏僻處躲了數日，最後隔了幾天，歐陽伯伯和小王爺才找到南希仁，使毒蛇咬死了他。

「你們在墓室中殺人之後，又回到我爹爹精舍，將桌椅門窗打得稀爛，好裝得是我爹爹與六怪動手所打壞。歐陽伯伯，你要殺六怪，他們擋不住你的一招。我爹爹要殺他

1452

們，也不用使第二招，用不著在精舍裏打得這麼一塌胡塗吧。這眞是欲蓋彌彰了，當時我一見就知道不對。」

歐陽鋒嘆道：「小丫頭也算得料事如神，此事機緣湊合，也是六怪命該如此。我與康兒前赴桃花島之時，倒不知六怪是在島上。」黃蓉道：「是啊，想江南六怪在江湖上名頭雖響，卻也只憑得俠義二字，若說到功夫武藝，如何在你歐陽伯伯眼裏。你們兩人這般大費周章，定是另有圖謀。」歐陽鋒笑道：「小丫頭聰明機伶，料來也瞞你不過。」

黃蓉道：「我猜上一猜，倘若猜錯，歐陽伯伯莫怪。我想你到島上之初，本盼全眞諸子和我爹爹鬥得兩敗俱傷，你來個卞莊刺虎，一舉而滅了全眞教和桃花島。那知到得遲了一步，我爹爹和全眞教道士都已離島他往。小王爺盤問傻姑，得知六怪卻在，嗯，於是你們兩位大顯身手殺了五怪，裝作是我爹爹所爲，再將島上啞僕盡數殺死，毀屍滅跡，從此更無對證。生怕南希仁說出眞相，因此說甚麼也要找到他來殺了。日後事發，洪七公、段皇爺等豈能不與我爹爹爲難？小王爺又怕我爹爹回桃花島後毀去你們留下的種種痕跡，是以故意放柯鎮惡逃生。這人眼睛瞎了，嘴裏舌頭卻沒爛掉。他眞相瞧不見，胡言亂語卻是會說的。」

柯鎮惡聽了這番話，不由得又悲憤，又羞愧。只聽歐陽鋒嘆道：「我眞羨慕黃老邪生了個好女兒。諸般經過，委實曲折甚多，你卻一切猜得明明白白，有如親眼目睹一般。小女娃兒，你當眞聰明得緊啊。」

柯鎮惡橫過槍桿，擋在胸前。

歐陽鋒振臂格出，柯鎮惡只覺一股巨力衝到，登時雙臂發麻，胸口震得隱隱作痛，鐵槍桿脫手飛起，戳破屋瓦，穿頂而出。

第三十六回

大軍西征

黃蓉幽幽的道：「歐陽伯伯讚得我可太好了。現下郭靖中你之計，和我爹爹勢不兩立。等你明兒救了我爹爹，倘若你姪兒尚在，唉，當日婚姻之約，難道不能舊事重提麼？唉，眞令人神傷！」歐陽鋒心中一凜：「她忽提此事，是何用意？」

卻聽黃蓉說道：「傻姑，這個好兄弟待你好得很，是不是？」傻姑道：「是啊，他要帶我回家去。我不愛在那個島上玩。我要回家去。」黃蓉道：「你回家幹甚麼？你家裏死過人，有鬼。」傻姑「啊」的一聲，驚道：「啊，我家裏有鬼，有鬼！我不回去啦。」黃蓉道：「那個人是誰殺的？」

傻姑道：「我見到的，是好兄弟……」只聽叮噹兩響，兩件暗器跌落在地。黃蓉笑道：「小王爺，你讓她說下去好了，又何必用暗器傷她？」楊康怒道：「這傻子胡說八道，甚麼鬼話都說得出來。」黃蓉道：「傻姑，你說好啦，這位爺爺愛聽。」傻姑道：「不，好兄弟不許我說，我就不說。」

楊康道：「是啊，快躺下睡覺，你再開口說一個字，我叫惡鬼來吃了你。」傻姑很爲害怕，連聲答應：「噢，噢。」只聽得衣服悉索之聲，她已蒙頭睡倒。

黃蓉道：「傻姑，你不跟我說話解悶兒，我叫爺爺來領你去。」傻姑叫道：「我不去，我不去。」黃蓉道：「那麼你說，好兄弟在你家裏殺人，他殺了個甚麼人？」

衆人聽她忽問楊康殺人之事，都覺詫異。楊康卻心下怦怦亂跳，右手暗自運勁，心想這傻姑倘若當眞要吐露他在牛家村的所作所爲，縱然惹起歐陽鋒疑心，也只得以九陰白骨爪殺手將她斃於當場，又想：「我殺歐陽克時，只穆念慈、程瑤迦、陸冠英三人見

1456

得，難道消息終於洩漏了出去？嗯，多半這傻姑當時也瞧見了，只我沒留意到她。早知如此，在桃花島上便該一併殺了她，免留禍胎。」

這時古廟中寂靜無聲，只待傻姑開口。柯鎮惡更連大氣也不敢透上一口。過了半晌，傻姑始終不說，只聽得鼾聲漸響，她竟睡著了。楊康鬆了口氣，手心中全是冷汗，尋思：「這傻姑留著終是禍殃，必當想個甚麼法兒除了她。」斜目瞧歐陽鋒時，見他閉目而坐，月光照著他半邊臉面，顯得神情漠然，似對適才的對答全未留意。

眾人都道黃蓉信口胡說，傻姑既已睡著，此事當無下文，於是或臥或倚，漸入睡鄉。正矇矓間，忽聽傻姑大喊一聲，躍起身來，叫道：「別扭我？好痛啊！」

黃蓉尖聲叫道：「鬼，鬼，斷了腿的鬼！傻姑，是你殺了那斷腿的公子爺，他來找你討命啦！」這幾句話聽來當真令人寒毛直豎。傻姑叫道：「不，不是我殺的，是好兄弟殺……」一言未畢，呼、蓬、啊喲三聲連響，原來楊康突然躍起，伸手往傻姑天靈蓋上抓落，卻給黃蓉以打狗棒甩了個觔斗。

這一動手，殿上立時大亂，沙通天等將黃蓉團團圍住。

黃蓉只如不見，伸左手指著廟門，叫道：「斷腿的公子爺，你來，傻姑在這兒！」

傻姑向廟門望去，黑沉沉的不見甚麼，但她自幼怕鬼，忙扯住黃蓉的袖子，急道：「別來找我討命，是好兄弟用鐵槍頭殺的，我躲在廚房門後瞧見的……斷腿鬼，你，你別找我啊！」

歐陽鋒萬料不到愛子竟是楊康所殺，但想別人能說謊，傻姑所言必定不假，悲怒之

下，反哈哈大笑，橫目向楊康道：「小王爺，我姪兒當真該死，殺得好啊，殺得好！」

笑聲森寒，話聲悽厲，各人耳中嗡嗡作響，似有無數細針同時在耳內鑽刺一般，忍不住

身子顫抖，牙齒相擊。只聽得羣鴉亂噪，呀呀啞啞，夾著滿空羽翼振撲之聲，卻是塔頂

千百頭烏鴉為歐陽鋒笑聲驚醒，都飛了起來。

楊康暗想此番我命休矣，雙目斜睨，欲尋逃路。完顏洪烈也暗暗心驚，待鴉聲稍

低，說道：「這女子瘋瘋顛顛，歐陽先生怎能信她的話？令姪是小王禮聘東來，小王父

子倚重得緊，豈能無緣無故的傷他？」

歐陽鋒腳上微一用勁，人未站直，身子已斗然躍起，盤著雙膝輕輕落在傻姑身畔，

左手抓住她臂膀，喝道：「他幹麼要殺我姪兒？快說！」傻姑猛吃一驚，叫道：「不是

我殺的，別捉我，別捉我。」她用力掙扎，但歐陽鋒手如鋼鉗，那裏掙扎得脫，又驚又

怕，不由得哭出聲來，大叫：「爹呀！」

歐陽鋒連問數聲，只把傻姑嚇得哭也不敢哭了，只瞪著一雙眼睛發獃。黃蓉柔聲

道：「傻姑別怕，這位爺爺要給糕你吃。」這一語提醒了歐陽鋒，想到越是強加威嚇，

傻姑越不敢說，從懷中掏出一個作乾糧的冷饅頭，塞在她手裏，左手又鬆開了她手臂，

笑道：「是啊！給你吃糕！」傻姑抓住了饅頭，兀自驚懼，說道：「爺爺，你抓得我好

痛啊，你別抓我。」歐陽鋒溫言道：「傻姑乖，傻姑聽話，爺爺不抓你了。」

黃蓉道：「那天斷了腿的公子爺抱著一個姑娘，你說她長得標致麼？」傻姑道：

「標致得很啊，她到那裏去啦？」黃蓉道：「你知她是誰？你不知道的，是不是？」傻姑

甚是得意，拍手笑道：「我知道的，我知道的，她是好兄弟的老婆！」

此言一出，歐陽鋒更沒半點疑心，他素知自己的私生子生性風流，必因調戲穆念慈起禍，但歐陽克武功高強，雖雙腿受傷，楊康也遠不是他敵手，不知如何加害，轉頭向楊康道：「我姪兒不知好歹，冒犯了小王妃，眞正罪該萬死了。」楊康道：「不……不……不是我殺的。」歐陽鋒厲聲喝問：「是誰殺的？」楊康只嚇得手腳麻軟，額頭全是冷汗，平時的聰明機變突然消失，竟說不出半句話來。

歐陽鋒道：「桃花島的總圖，本來在我姪兒身上，後來到了你手裏，我問你原因，你說因和我姪兒交好，借了來想學五行八卦的變化。我當時還有些不信，原來你殺了他之後，據為己有，是不是？」楊康不住發抖，不敢回答。

黃蓉嘆道：「歐陽伯伯，你不須怪小王爺狠心，也不須怪你姪兒風流，只怪你自己本領太高。」歐陽鋒奇道：「為甚麼？」黃蓉道：「我也不知道為甚麼。只是我在牛家村時，曾聽得一男一女在隔壁說話，好生不解。」

歐陽鋒聽了這幾句渾沒來由的話，如墮五里霧中，連問：「甚麼話？」黃蓉道：「我一字一句的說給你聽，決不增減一字，請你解給我聽。我沒見兩人的面，不知那男的是誰，也不知女的是誰。只聽得那男的說道：『我殺歐陽克之事，倘若傳揚出去，那還了得。』那女的道：『大丈夫敢作敢為，你既害怕，昨日就不該殺他。我殺歐陽克之事，倘若他叔父雖厲害，咱們遠走高飛，他也未必能找得著，而且他壓根兒不知是你下的手。』」

歐陽鋒聽黃蓉說到這裏便住了口，接著道：「這女子說得不錯啊，那男的又怎麼

說？」

他們二人一問一答，只把楊康聽得更加驚懼。這時月光從廟門中斜射進來，照在神像之前，楊康避開月光，悄悄走到黃蓉背後，但聽她道：「那男的說道：『妹子，我心中另有一個計較。他叔父武功蓋世，我早有此意，只他門中向來有個規矩，代代都是一脈單傳。此人一死，他叔父就能收我啦！』黃蓉雖未說出那說話之人是誰，但語言音調，將楊康的口吻學得維妙維肖。楊康自幼長於中都大興府，母親包惜弱卻乃臨安府人氏，是以語言兼混南北，黃蓉這麼一學，無人不知那人便是楊康。

歐陽鋒嘿嘿冷笑，一轉頭不見了楊康所在，忽聽啪的一響，又是「啊喲」一聲驚呼，只見楊康站在月光之下，右手鮮血淋漓，臉色慘白。

原來楊康聽黃蓉揭破自己秘密，再也忍耐不住，猛地躍起，伸手爪疾往她頭頂抓下。黃蓉學著他腔調說話之時，料知他必來暗算，早有提防，她武功遠比楊康為高，聽得風聲，當即向右側避，這一抓便落在她左肩。楊康這一下「九陰白骨爪」用上了全力，五根手指全插在軟蝟甲的刺上，十指連心，痛得他險些立時昏暈。

旁人在黑暗中沒看明白，都道他中了暗算，只不知是黃蓉還是歐陽鋒所為。眾人忌憚歐陽鋒了得，誰也不敢出聲。

完顏洪烈上前扶住，問道：「康兒，怎麼啦？那裏受了傷？」隨手拔出腰刀，遞在他手裏，料想歐陽鋒決不能善罷，只盼仗著人多勢眾，父子倆今晚能逃得性命。楊康忍痛道：「沒甚麼。」剛接過腰刀，突然手麻無力，嗆啷一響，腰刀跌落，忙彎腰去拾，

說也奇怪，手臂僵直，已不聽使喚。這一驚非同小可，左手在右手背上用力一捏，竟絲

毫沒知覺。他抬頭望著黃蓉，叫道：「毒！毒！你用毒針傷我。」

彭連虎等雖礙著歐陽鋒，但想完顏洪烈是金國王爺，歐陽克的仇怨總能設法化解，

見楊康神色惶急，當下或搶上慰問，或奔至黃蓉眼前，連叫：「快取解藥來救治小王

爺。」卻都儘量離得歐陽鋒遠遠地。

黃蓉淡淡的道：「我軟蝟甲不餵毒，不必庸人自擾。這裏自有殺他之人，我又何必

傷他？」

卻聽得楊康慘然大叫：「我……我……我動不來啦！」但見他雙膝彎曲，身子慢慢

垂下，口中發出似人似獸的荷荷之聲。

黃蓉好生奇怪，回頭見歐陽鋒也大有驚訝之色，再瞧楊康時，卻見他滿面堆歡，咧

嘴嘻笑，銀白色的月光映照之下，更顯得詭異無倫，心念忽動，說道：「原來是歐陽伯

伯下的毒手。」

歐陽鋒奇道：「瞧他模樣，確是中了我怪蛇之毒，我原是要他嚐嚐這個滋味，小丫

頭給我代勞，妙極，妙極。只這怪蛇天下唯我獨有，小丫頭又從何處得來？」黃蓉道：

「我那有怪蛇？這原是你下的毒，說不定你自己也還不知。」歐陽鋒道：「這倒奇了。」

黃蓉道：「歐陽伯伯，我記得你曾跟老頑童打過一次賭。你將怪蛇的毒液給一條鯊

魚吃了，這魚中毒死後，第二條鯊魚吃牠的肉，又會中毒，如此傳布，可說得上流毒無

窮，是也不是？」歐陽鋒笑道：「我的毒物若無特異之處，那『西毒』二字豈非浪得虛

名?」黃蓉道：「是啊。南希仁是第一條鯊魚。」

這時楊康勢如發瘋，不住在地下打滾。梁子翁想抱住他，又怎能近身？

歐陽鋒皺眉思索，仍然不解，說道：「請你說得明白些。」

黃蓉道：「嗯，你用怪蛇咬了南希仁，那日我在桃花島上與他相遇，給他打了一拳。這拳打在我左肩，軟蝟甲尖刺上留了他的毒血。我這軟蝟甲便是第二條鯊魚。適才小王爺出掌抓我，天網恢恢，正好抓在這些尖刺之上，南希仁的毒血進了他的血中。

嘿嘿，他是第三條鯊魚。」

眾人聽了這幾句話，心想歐陽鋒的怪蛇原來如此厲害，又想楊康設毒計害死江南五怪，到頭來卻沾上了南希仁的毒血，當真報應不爽，身上都感到一陣寒意。

完顏洪烈走到歐陽鋒面前，突然雙膝跪地，叫道：「歐陽先生，你救小兒一命，小王永感大德。」完顏洪烈雖知楊康不是他親兒，但楊康一出世便叫他「爹爹」，自幼由他撫養長大，他鍾愛包惜弱，愛屋及烏，對楊康一直如親兒無異。

歐陽鋒哈哈大笑，說道：「你兒子的性命是命，我姪兒的性命就不是命！」目光在彭連虎等人臉上緩緩橫掃過去，陰沉沉的道：「那一位英雄不服，請站出來說話！」

眾人不由得同時後退，那敢開口？

楊康忽從地上躍起，砰的一聲，發拳將梁子翁打了一個觔斗。完顏洪烈站起身來，叫道：「快扶小王爺去臨安，咱們趕請名醫給他治傷。」歐陽鋒笑道：「老毒物下的毒，天下有那一個名醫治得？又有那一個名醫不要性命，敢來壞我的事？」

完顏洪烈不去理他，向手下的家將武師喝道：「還不快扶小王爺？」

楊康突然高高躍起，頭頂險此撞著橫樑，指著完顏洪烈叫道：「你又不是我爹爹，你害死我媽，又想來害我！」完顏洪烈急退幾步，腳下一個踉蹌。

沙通天道：「小王爺，你定定神。」走上前去拿他雙臂，不料楊康右手反勾，拿住他左手手腕，伸手在他左臂上狠狠抓了一把。沙通天吃痛，急忙掙脫，呆了一呆，只覺左臂微微麻癢，不禁心膽俱裂。黃蓉冷冷的道：「第四條鯊魚。」

「彭連虎，你敢傷我師哥？」和身撲上，要和他拚命。沙通天忍住疼痛，叫道：「傻子，飀的一聲，將沙通天左臂半條臂膀砍了下來。侯通海還未明白他的用意，大叫：刀，彭連虎與沙通天素來交好，他又善使毒藥，知道沙通天也已中毒，危急中抽出腰

站住！彭大哥是為我好！」

此時楊康神智更加胡塗了，指東打西，亂踢亂咬。眾人見了沙通天的情景，那裏還敢逗留，齊聲發喊，一擁出廟。這一陣大亂，又將塔上羣鴉驚起，月光下只見廟前空地上鴉影飛舞，啞啞聲中混雜著楊康的嘶叫。

完顏洪烈跨出廟門，回過頭來，叫道：「康兒，康兒！」楊康眼中流淚，叫道：「父王，父王！」向他奔去。完顏洪烈大喜，伸出手臂，將他抱在懷裏，說道：「孩子，你好些了？」月光下猛見楊康面目突變，張開了口，露出兩排白森森的牙齒咬將過來，完顏洪烈大駭，左手使勁推出。楊康力道全失，仰天摔倒，再也爬不起來。完顏洪烈不敢再看，急奔出廟，飛身上馬，眾家將前後簇擁，剎時間逃得影蹤不見。

1463

歐陽鋒與黃蓉瞧著楊康在地下打滾，各自轉著念頭，都不說話。過了一會，楊康全身一陣扭曲，就此不動。

歐陽鋒冷冷的道：「鬧了半夜，天也快亮啦。咱們瞧瞧你爹去。」黃蓉道：「這會兒爹爹已回桃花島了罷，有甚麼好瞧的？」

歐陽鋒一怔，冷笑道：「原來小丫頭這番言語全是騙人。我爹爹何等樣人，豈能給全真教的臭道士們困住了？我若不說九陰真經甚麼的，諒你也不容我盤問傻姑。」

此時柯鎮惡對黃蓉又佩服，又憐惜，只盼她快些使個甚麼妙計，脫身逃走，卻聽歐陽鋒道：「你的謊話中夾著三分真話，否則老毒物也不能輕易上當。好罷，你將你爹爹的譯文從頭至尾說給我聽，不許漏了半句。」黃蓉道：「要是我記不得呢？」歐陽鋒道：「最好你能記得。否則你這般美貌伶俐的一個小丫頭給我怪蛇咬上幾口，可就大煞風景了。」

黃蓉從神像後躍出之時，原已存了必死之心，但這時親見楊康臨死的慘狀，不禁心驚膽戰，尋思：「即使我將一燈大師所授的經文說與他知曉，他仍不能放過我，怎生想個法兒得脫此難？」一時彷徨無計，心想只有先跟他敷衍一陣再作打算，說道：「我見了原來的經文，或能譯解得出。你且一句句背來，讓我試試。」

歐陽鋒道：「這些嘰哩咕嚕的話，誰又背得了？你不用跟我胡混。」黃蓉聽他說背

1464

誦不出，靈機一動，已有了計較，心道：「他既背不出，自然將經文當作性命。」當即

說道：「好罷，你取出來讀，我翻譯給你聽。」歐陽鋒一意要聽她譯解，大喜之下，從

懷中取出一個油紙包裹，連接打開三層，這才取出郭靖所默寫的經文。黃蓉暗暗好笑：

「靖哥哥胡寫一氣，這老毒物竟當作至寶。」

歐陽鋒晃亮火摺，在神檯上尋到半截殘燭點著了，照著經文念道：「摩訶波羅，揭

諦古羅……忽不爾，肯星多得，斯根六補。」黃蓉道：「大經要旨，盡在於斯：善用觀

相，運作十二種息。」

歐陽鋒大喜，又念：「吉爾文花思，哈虎。」黃蓉道：「能愈諸患，漸入神通。」

歐陽鋒道：「取達別思吐，恩尼區。」黃蓉沉吟片刻，搖頭道：「錯了，你讀錯啦！」

歐陽鋒道：「沒錯，確是這麼寫的。」黃蓉道：「那卻奇了，這句渾不可解。」左手支

頤，假裝苦苦思索。歐陽鋒甚是焦急，凝視著她，只盼她快此想通。

過了片刻，黃蓉道：「啊，是了，想是郭靖這傻小子寫錯了，給我瞧瞧。」歐陽鋒

不虞有他，將經文遞了過去。黃蓉伸右手接著，左手拿過燭台，似是細看經文，驀地裏

雙足急登，向後躍開丈餘，將那幾張紙放在離燭火半尺之處，叫道：「歐陽伯伯，這經

文是假的，我燒去了罷。」

歐陽鋒大駭，忙道：「喂，喂，你幹甚麼？快還我。」黃蓉笑道：「你要經文呢，

還是要我性命？」歐陽鋒道：「要你性命作甚？快還我！」語音急迫，大異常時，作勢

撲上搶奪。黃蓉將經文又移近燭火兩寸，說道：「站住了！你一動我就燒，只要燒去一

個字，就要你終身懊悔。」歐陽鋒心想不錯，哼了一聲，說道：「我鬥不過你這鬼靈精，將經文放下，你走你的罷！」

黃蓉道：「你是當代宗師，可不能食言。」歐陽鋒沉著臉道：「我說快將經文放下，你走你的路。」黃蓉知他是大有身分之人，雖生性歹毒，卻不失信於人，將經文與燭台都放到地下，笑道：「歐陽伯伯，對不住啦。」提著打狗棒轉身便走。

歐陽鋒竟不回頭，斗然躍起，反手出掌，蓬的一聲巨響，已將鐵槍王彥章的神像打去了半邊，喝道：「柯瞎子，滾出來。」

黃蓉大吃一驚，回過頭來，只見柯鎮惡已從神像身後躍出，舞槍桿護住身前。黃蓉登時醒悟：「以老毒物的本領，柯大爺躲在神像背後，豈能瞞得了他？想來呼吸之聲早給他聽到了。只他沒將柯大爺放在眼裏，一直隱忍不發。」當即縱身上前，竹棒微探，幫同守禦，向歐陽鋒道：「歐陽伯伯，我不走啦，你放他走。」

柯鎮惡道：「不，蓉兒你走，你去找靖兒，叫他給我們六兄弟報仇。」黃蓉悽然道：「他如肯信我的話，早就信了。柯大爺，你如不走，我和爹爹的冤屈終難得明。你對郭靖說，我並不怪他，叫他別難過。」柯鎮惡怎肯讓她捨命相救自己，兩人爭持不已。

歐陽鋒焦躁起來，罵道：「小丫頭，我答應了放你走，你又囉唆啥甚麼？」黃蓉道：「我卻不愛走啦。歐陽伯伯，你把這惹厭的瞎子趕走，我好陪你說話兒解悶。可別傷了他。」

1466

歐陽鋒心想：「你不走最好，這瞎子是死是活跟我有甚相干？」大踏步上前，伸手往柯鎮惡胸口抓去。柯鎮惡橫過槍桿，擋在胸前。歐陽鋒振臂格出，柯鎮惡雙臂發麻，胸口震得隱隱作痛，嗆啷一聲，鐵槍桿直飛起來，戳破屋瓦，穿頂而出。

柯鎮惡急忙後躍，人在半空尚未落地，領口一緊，身子已讓歐陽鋒提起。他久經大敵，雖危不亂，左手微揚，兩枚毒菱往敵人面門打去。歐陽鋒料不到他竟有這門敗中求勝的險招，相距既近，來勢又急，實難閃避，當即身子後仰，乘勢力甩，將柯鎮惡從頭頂揮了出去。

柯鎮惡從神像身後躍出時，面向廟門，給歐陽鋒這麼一拋，不由自主的穿門而出。這一擲勁力奇大，他身子反而搶在毒菱之前，兩枚毒菱飛過歐陽鋒頭頂，緊跟著要釘在柯鎮惡自己身上。黃蓉叫聲：「啊喲！」卻見柯鎮惡在空中身子稍側，伸右手將兩枚毒菱輕輕巧巧的接過，他這聽風辨形之術實已練至化境，竟似比有目之人還更清楚利落。

歐陽鋒喝了聲采，叫道：「眞有你的，柯瞎子，饒你去罷。」柯鎮惡落下地來，猶自遲疑。黃蓉笑道：「柯大爺，歐陽伯伯要拜我為師，學練九陰眞經。你還不走，也想拜我為師麼？」柯鎮惡知她雖說得輕鬆自在，其實處境險惡之極，站著只不肯走。

歐陽鋒抬頭望天，說道：「天已大明了，走罷！」拉著黃蓉的手，快步出門。黃蓉叫道：「柯大爺，記著我在你手掌裏寫的字。」說到最後幾個字時，人已在數丈之外。

柯鎮惡呆了良久，耳聽得烏鴉一羣羣的撲入古廟啄食屍身，躍上屋頂，摸到了鐵槍。拔槍在廟頂呆立片刻，心想天地茫茫，我這瞎子更到何處去安身？忽聽得羣鴉悲

鳴，撲落落的不住從半空跌落，原來羣鴉食了楊康屍身之肉，相繼中毒而死，不由得嘆了口長氣，縱下地來，綽槍北行。

走到第三日上，忽聽空中鵰唳，心想雙鵰既然在此，只怕靖兒亦在左近，當下在曠野中縱聲大呼：「靖兒，靖兒！」過不多時，果聽馬蹄聲響，郭靖騎了小紅馬奔來。他與柯鎮惡在混戰中失散，此時見師父無恙，欣喜不已，不等馬停，便急躍下馬，奔上來抱住，連叫：「大師父！」

柯鎮惡左右開弓，打了他兩記耳光。郭靖不敢閃避，愕然放開了手。柯鎮惡左手繼續摸打郭靖，右手卻連打自己耳光。這一來郭靖更加驚訝，叫道：「大師父，你怎麼了？」柯鎮惡罵道：「你是小胡塗，我是老胡塗！」他連打了十幾下，這才住手，兩人面頰都已紅腫。柯鎮惡破口將郭靖與自己痛罵半天，才將古廟中的經歷一一說了出來。這中間原委曲折甚多，郭靖思索半天，這才從頭至尾的明白了，不由得又驚又喜，又心疼又慚愧，又是悲傷，心想：「原來真相如此，我當真錯怪蓉兒了。」柯鎮惡喝道：「你說咱倆該不該死？」郭靖連聲稱是，又道：「是弟子該死。大師父眼睛不便，可怪不得你。」柯鎮惡道：「他媽的，我也該死！我眼睛瞎了，難道心裏也瞎了？」

郭靖道：「咱們得趕緊想法子搭救蓉兒。」柯鎮惡道：「她爹呢？」郭靖道：「黃島主護送洪恩師到桃花島養傷去了。大師父，你說歐陽鋒把蓉兒帶去了那裏？」

柯鎮惡默然不語，過了一陣方道：「蓉兒給他捉了去，就算不死，也不知給他折磨成甚麼樣子。靖兒，你快去救她，我是要自殺謝她的了。」郭靖驚叫：「不行！你千萬

1468

別這麼想。」只是他素知師父性情剛愎，不聽人言，說死就死，義無反顧，說道：「大師父，請你快到桃花島報訊，請黃島主急速來援，弟子決不是歐陽鋒對手。」

柯鎮惡一想不錯，持槍便行。郭靖戀戀不捨，跟在後面。柯鎮惡橫槍打去，罵道：

「還不快去！你不把我蓉兒好好救回，我要了你小命。」

郭靖只得止步，眼望著師父的背影在東邊桑樹叢中消失，實不知到那裏去找黃蓉，思索良久，策馬攜鵰，尋路到鐵槍廟來。只見廟前廟後盡是死鴉，殿上只餘一攤白骨殘屍。

郭靖雖恨楊康戕害五位師父，但想他既已身死，怨仇一筆勾消，念著結義一場，撿起骸骨到廟後葬了，拜了幾拜，祝道：「楊兄弟，你若念我今日葬你之情，須當佑我找到蓉兒，以補你生前之過。」

此後郭靖一路打聽，找尋黃蓉的蹤跡。這一找就是半年，秋去冬來，冬盡春回，他策紅馬，攜雙鵰，到處探訪，問遍了丐幫、全真教，以及各地武林同道，黃蓉的音訊竟半點俱無。想到這半年中黃蓉不知已受了多少苦楚，當真心如刀割，決心走遍天涯海角，也要把她找到。他一赴中都，二至汴梁，三去桃花島，黃藥師固然沒見到，連完顏洪烈竟也不知去向。丐幫羣丐聽得幫主有難，也全幫出動尋訪。這一日郭靖來到歸雲莊，見莊子已燒成一片白地，不知陸乘風、陸冠英父子已遭到了甚麼劫難。

一日行至山東境內，但見沿途十室九空，路上行人紛紛逃難，都說蒙古與金兵交

1469

戰，金兵潰敗，退下來的敗兵殘害百姓，無所不為。郭靖行了三日，越向北行，越見瘡痍滿目，心想兵凶戰危，最苦的還是百姓。金兵南下，殺人放火、奸淫擄掠，殘暴之極，蒙古兵雖然較好，但也好不了多少。幸好蒙古和宋境之間，夾了個金國，蒙古兵一時還不能侵入宋境。

這天來到山東東路，過了沂州，在莒州歇了一晚，次日更向北行，來到密州鄉下的一個村莊，正想借個地方飲馬做飯，突然前面喧嘩之聲大作，人喊馬嘶，數十名金兵衝進村來。兵士放火燒村，將眾百姓逼出屋來，見有年輕女子，一個個用繩縛了，其餘不問老幼，見人便砍。

郭靖見了大怒，縱馬上前，夾手將帶隊軍官手中大槍奪過，左手反掌揮出，正打在他太陽穴上。這些時日中他朝晚練功不輟，內力大進，這一掌打去，那軍官登時雙睛突出而死。眾金兵齊聲呼喊，刀槍並舉，衝殺上來。小紅馬見遇戰陣，興高采烈，如飛般迎將上去。郭靖左手又奪過一柄大砍刀，右刺左砍，竟以左右互搏之術，大呼酣戰。

眾金兵見此人兇猛，敗軍之餘那裏還有鬥志，轉過身來奔出村。突然迎面飄出一面大旗，煙霧中一小隊蒙古兵急衝而至。金兵給蒙古兵殺得嚇破了膽，不敢迎戰，仗著人多，回頭又鬥郭靖，只盼奪路而逃。

郭靖惱恨金兵殘害百姓，縱馬搶先出村，一人單騎，神威凜凜的守在山谷隘口。十餘名金兵奮勇衝上，給他接連戳死數人。餘眾不敢上前，進退不得，亂成一團。

蒙古兵見前面突然有人助戰，倒也大出意料之外，一陣衝殺，將三十幾名金兵盡數

殲於村中。帶兵的百夫長正要詢問郭靖來歷，隊中一名什長識得郭靖，大叫：「金刀駙馬！」拜伏在地。百夫長聽得是大汗的駙馬爺，忙下馬行禮，命人快馬報了上去。

郭靖急傳號令，命蒙古兵急速撲滅村中各處火頭。眾百姓扶老攜幼，紛紛來謝。

正亂間，村外蹄聲急響，無數軍馬湧至。眾百姓大驚，不由得面面相覷。只見一匹棗騮馬如風馳到，馬上一個少年將軍大叫：「郭靖安答在那裏？」

郭靖見是拖雷，大喜叫道：「拖雷安答。」兩人奔近，抱在一起。雙鵰識得拖雷，上前挨挨擦擦，十分親熱。拖雷命一名千夫長率兵追擊金兵，下令在山坡上支起帳篷，與郭靖互道別來情事。

拖雷說起北國軍務，郭靖才知別來年餘，成吉思汗馬不停蹄的東征西伐，拓地無數。朮赤、察合台、窩闊台、拖雷四王子，木華黎、博爾朮、博爾忽、赤老溫四傑，以及哲別、速不台等大將都立下了不少汗馬功勞，西夏轉眼便可攻滅。現下拖雷與木華黎統兵攻打金國，河南、山東數場大戰，將金兵打得潰不成軍。金國餘兵集於潼關，閉關而守，不敢出山東迎戰。

郭靖在拖雷軍中住了數日，快馬傳來急訊，成吉思汗召集諸王眾將，大會漠北。拖雷與木華黎不敢怠慢，將令旗交了副將，連夜北上。郭靖想念母親，便與拖雷同行。

不一日來到斡難河畔，極目遠望，無邊無際的大草原之上，營帳一座連著一座，成千成萬的戰馬奔躍嘶叫，成千成萬的矛頭耀日生輝。千萬座灰色的營帳之中，聳立著一

座黃氈大帳，營帳頂子以黃金鑄成，帳前高高懸著一枝九旄大纛。

郭靖策馬立在沙岡之上，望著這赫赫兵威，心想金帳威震大漠，君臨絕域，想像成吉思汗在金帳中傳出號令，快馬一匹接著一匹，將號令送到萬里外的王子和大將手中，於是號角鳴響，草原上烽火漫天，箭如飛蝗，長刀閃動，煙塵中鐵蹄奔踐。

他正想：「大汗要這許多土地百姓，不知有甚麼用？」忽見塵頭起處，一隊騎兵馳來相迎。拖雷、木華黎、郭靖三人進金帳謁見大汗，但見諸王諸將都已羣集在帳，排列兩旁。

成吉思汗見三人到來，心中甚喜。拖雷與木華黎稟報了軍情。郭靖上前跪下請罪，說道：「大汗命我去割金國完顏洪烈的腦袋，但數次相見，都給他逃了，甘受大汗責罰。」成吉思汗笑道：「小鷹長大了，終有一天會抓到狐狸，我罰你作甚？你來得正好，我時時記著你。」當下與諸將共議伐金大計。

木華黎進言：金國精兵堅守潼關，急切難下，上策莫如聯宋夾擊。成吉思汗道：「好，就這麼辦。」當下命人修下書信，遣使南下。大會至晚間始散。

郭靖辭出金帳，暮色蒼茫中正要去母親帳中，突然間身後伸過一雙手掌，掩向他眼睛。以他此時武功，那能讓人在身後偷襲，側身正要將來人推開，鼻中已聞到一股香氣，又覺那人是個女子，急忙縮手，叫道：「華箏妹子！」只見華箏公主似笑非笑的站在當地。

兩人睽別經年，此番重逢，只見她身材更高了些，在勁風茂草之中長身玉立，更顯

得英姿颯爽。郭靖又叫了一聲：「妹子！」華箏喜極而涕，叫道：「你果然回來啦！」

郭靖見她真情流露，心中也甚感動。一時間千言萬語，不知從何說起。

過了良久，華箏道：「去看你媽去。你活著回來，你猜是我歡喜多些呢，還是你媽歡喜多些？」郭靖道：「我媽定然歡喜萬分。」華箏嗔道：「難道我就不歡喜了？」蒙古人性子直率，心中想到甚麼，口裏就說了出來。郭靖與南人相處年餘，多歷機巧，此時重回舊地，聽到華箏這般說話口氣，不禁深有親切之感。

兩人手挽手的同到李萍帳中。郭靖母子相見，自有一番悲喜。

又過數日，成吉思汗召見郭靖，說道：「你的所作所為，我都已聽雷說了。你這孩子守信重義，我很歡喜。再過數日，我給你和我女兒成親罷！」郭靖大吃一驚，心想：「蓉兒此時存亡未卜，我如何能背她與別人結親？」但見成吉思汗儀容威嚴，滿心雖想抗命，卻結結巴巴，半句話也說不出來。成吉思汗素知他樸實，只道他歡喜得傻了，當下賞了他一千戶奴隸，一百斤黃金，五百匹馬，五百頭牛，二千頭羊，三百匹駱駝，命他自去籌辦成親。

華箏是成吉思汗的嫡生幼女，自小得父王鍾愛。此時蒙古國勢隆盛，成吉思汗戰無不勝，攻無不克，各族諸汗聽得大汗嫁女，紛紛來賀，珍貴禮物堆滿了數十座營帳。華箏公主喜上眉梢，郭靖卻滿腹煩惱，一臉愁容。

眼見喜期已在不遠，郭靖垂頭喪氣，不知如何是好。李萍見兒子神色有異，這天晚上問起。郭靖當下將黃蓉的種種情由，從頭細說了一遍。李萍聽了，半晌做聲不得。

郭靖道：「媽，孩兒為難之極，不知該怎麼辦才是？」李萍道：「大汗對我們恩深義重，豈能相負？但那蓉兒，那蓉兒，唉，我雖未見過她，想來也是萬般的惹人愛憐。」

郭靖忽道：「媽，如我爹爹遇上此事，他該怎地？」李萍不料他突然有此怪問，呆了半晌，想起丈夫生平的性情，昂然說道：「你爹爹一生甘願自己受苦，決不肯有半點負人。」郭靖站起身來，凜然道：「孩兒雖未見過爹爹，但該學爹爹為人。如果蓉兒平安，孩兒當守舊約，與華箏公主成親。倘若蓉兒有甚不測，孩兒是終身不娶的了。」

李萍心想：「當真如此，我郭氏宗嗣豈非由你而絕？但這孩子性兒與他爹爹一般，最是執拗不過，既經拿定了主意，旁人多說也是無用。」問道：「你如何去稟告大汗？」郭靖道：「我跟大汗也是說這幾句話。」李萍有心要成全兒子之義，說道：「好，此地也不能再留，你去謝過大汗，咱娘兒倆即日南歸。」郭靖點頭稱是。

母子倆當晚收拾行李，除了隨身衣物和些少銀兩，其餘大汗所賜，盡數封在帳中。

郭靖收拾已畢，道：「我去別過華箏。」李萍躊躇道：「這話如何說得出口？你悄悄走了就是，免她傷心。」郭靖道：「不，我要親口對她說。」出了營帳，逕往華箏所住的帳中而來。

華箏公主與母親住在一個營帳之中，這幾日喜氣洋洋的正忙於籌辦婚事，忽聽郭靖在帳外叫喚，臉上一紅，叫了聲：「媽！」她母親笑道：「沒多幾天就成親啦，連一日不見也不成。好罷，你會會他去。」華箏微笑著出來，低聲叫道：「郭靖哥哥。」郭靖道：「妹子，我有話跟你說。」引著她向西走去。

兩人走了數里，離大營遠了，這才在草地上坐下。華箏挨著郭靖身子，低聲道：「郭靖哥哥，我也正有話要跟你說。」郭靖微微一驚，道：「啊，你都知道了？」心想她知道了倒好，否則真不知如何啓齒。華箏道：「知道甚麼？我是要跟你說，我不是大汗的女兒。」郭靖奇道：「甚麼？」

華箏抬頭望著天邊初昇的眉月，緩緩道：「我跟你成親之後，我就忘了是成吉思汗的女兒，我只是郭靖的妻子。你要打我罵我，你儘管打罵。別爲了想到我爹爹是大汗，你就委屈了自己。」郭靖胸口一酸，熱血上湧，道：「妹子，你待我眞好，只可惜我配不上你。」華箏道：「甚麼配不上？你是世界上最好的人，除了我爹爹，誰也及不上你。我的四位哥哥，連你的一半也沒有。」郭靖呆了半晌，自己明日一早就要離開蒙古南歸的事，這當兒再也說不出口。

華箏又道：「這幾天我真是高興啦。那時候我聽說你死了，真恨不得自己也死了方好。多虧拖雷哥哥攔阻，我才放下了刀子，不然這會兒我怎麼還能嫁給你呢？郭靖哥哥，我若不能做你妻子，我寧可不活著。」郭靖心想：「蓉兒不會跟我說這些話，不過兩人對我都是很好很好的。」想到黃蓉，不禁長長嘆了口氣。

華箏奇道：「咦，你爲甚麼嘆氣？」郭靖遲疑道：「沒甚麼。」華箏道：「嗯，我大哥二哥不喜歡你，三哥四哥卻同你好。我在爹爹面前，就老說大哥二哥不好，說三哥四哥好，你不用愁。」郭靖道：「爲甚麼？」華箏很得意，說道：「我聽媽媽說，爹爹年紀老了，這些時在想立汗太子，你猜會立誰？」郭靖道：「自然是你大哥尤赤了。他

年紀最長，功勞又最大。」華箏搖頭道：「我猜不會立大哥，多半是三哥，再不然就是四哥。」

郭靖知道成吉思汗的長子朮赤勇悍善戰，二子察合台精明能幹，兩人互不相下，素來爭競極烈。三子窩闊台卻好飲愛獵，性情寬厚，他知將來父王死後，繼承大汗之位的不是大哥就是二哥，而父王在四個兒子之中，最寵愛的卻是幼弟拖雷，這大汗之位決計落不到自己身上，因此一向與人無爭，三個兄弟都跟他好。郭靖聽了華箏這話，難以相信，道：「難道憑你幾句話，大汗就換立了汗太子？」華箏道：「我也不知道啊，我只是瞎猜。不過就算大哥還是二哥將來做大汗，你也不用擔心。他們若難為你，我跟他們動刀子拚命。」

華箏自幼得成吉思汗寵愛，四個哥哥向來都讓她三分。郭靖知她說得出做得到，微微一笑，道：「那也不必。」華箏道：「是啊，哥哥們如待咱們不好，咱倆就一起回南去。」郭靖衝口說出：「我正要跟你說，我要回南去。」

華箏一呆，道：「就只怕爹爹媽媽捨不得我。」郭靖道：「是我一個人⋯⋯」華箏微一笑，道：「嗯，我永遠聽你的話。你說回南，我總也就跟你走。爹媽要是不許，咱們偷偷的走。」郭靖再也忍耐不住，跳起身來，叫道：「是我和媽媽兩個人回南邊去。」

此言一出，一個站著，一個坐著，四目交視，突然都似泥塑木彫一般，華箏滿臉迷惘，一時不明白他意思。

郭靖道：「妹子，我對不起你！我不能跟你成親。」華箏急道：「我做錯了甚麼事

嗎？你怪我沒爲你自殺，是不是？」郭靖叫道：「不，不，不是你不好。我不知道是誰錯了，想來想去，定然是我錯了。」當下將黃蓉與他之間的根由一事不隱的說了。待說到黃蓉給歐陽鋒擒去、自己尋她大半年不見諸般經過，華箏聽他說得動情，也不禁掉下淚來。

郭靖道：「妹子，你忘了我罷，我非去找她不可。」華箏道：「你找到她之後，還來瞧我不瞧？」郭靖道：「若她平安無恙，我定然北歸。」華箏緩緩的道：「你不用這麼說，你知道我是永遠想嫁給你的。你去找她罷，找十年，找二十年，只要我活著，我總在這草原上等你。」郭靖心情激動，說道：「是的，找十年，找二十年，我總是要去找她。找十年，找二十年，我總時時刻刻記得你在這草原上等我。」

華箏躍起身來，投入他懷裏，放聲大哭。郭靖輕輕抱著她，眼圈兒也自紅了。兩人相偎相倚，更不說話，若知事已如此，若再多言，徒惹傷心。

過了良久，只見四乘馬自西急奔而來，掠過兩人身旁，直向金帳馳去。一匹馬馳到離金帳數十丈時忽然撲地倒了，再也站不起來，顯是奔得筋疲力盡，脫力倒斃。乘者從地下翻身躍起，對地下死馬一眼也沒看，毫不停留的向金帳狂奔。

只過得片刻，金帳中奔出十名號手，分站東南西北四方，嗚嗚嗚的吹了起來。

郭靖知道這是成吉思汗召集諸將最緊急的號令，任他是王子愛將，倘若大汗屈了十

個手指還不趕到，立時斬首，決不寬赦，當即叫道：「大汗點將！」不及跟華箏多說，疾向金帳奔去，只聽得四方八面馬蹄急響。

郭靖奔到帳裏，成吉思汗剛屈到第三個手指，待他屈到第八根手指，所有王子大將全已到齊，只聽他大聲叫道：「那狗王摩訶末有這般快捷的王子麼？有這麼英勇的將軍麼？」諸王衆將齊聲叫道：「狗王沒有！」成吉思汗搥胸叫道：「你們瞧，這是我派到花剌子模去的使者的衛兵，那狗王摩訶末把我忠心的僕人怎麼了？」諸將順著大汗的手指瞧去，只見幾名蒙古人個個面目青腫，鬍子給燒得清光。鬍子是蒙古武士的尊嚴，只要給人一碰都是莫大侮辱，何況燒光？諸將見到，都大聲叫。

成吉思汗叫道：「花剌子模雖國大兵多，咱們難道便害怕了？咱們爲了一心攻打金狗，才對他萬分容讓。朮赤我兒，你跟大夥兒說，摩訶末那狗王怎生對付咱們了。」

朮赤走上一步，大聲道：「那年父王命孩兒討該死的蔑兒乞惕人，得勝班師。那摩訶末狗王派了大軍，也來攻打蔑兒乞惕人。兩軍相遇，孩兒命使者前去通好，說道父王願與花剌子模交朋友。那紅鬍子狗王卻道：『成吉思汗命你們不打我，眞主卻命我打你們。』一場惡戰，咱們打了勝仗，但因敵人十倍於我，咱們半夜裏悄悄退了兵。」

博爾忽說道：「雖然如此，大汗對這狗王仍禮敬有加。咱們派去商隊，但貨物給狗王搶了，商人給狗王殺了。這次派使者去修好，那狗王聽了金狗王子完顏洪烈的唆使，把大汗的忠勇使者殺了，將使者的衛兵殺了一半，另一半燒了鬍子趕回來。」

郭靖聽到完顏洪烈的名字，心中一凜，問道：「完顏洪烈在花剌子模麼？」一個被

燒了鬍子的使者護衛道：「我認得他，他就坐在狗王身邊，不住跟狗王低聲說話。」

成吉思汗叫道：「金狗聯了花剌子模，要兩邊夾擊我們，咱們害怕了麼？」眾將齊聲叫道：「咱們大汗天下無敵。你領我們去打花剌子模，去攻破他們的城池，燒光他們的房屋，殺光他們的男人，擄走他們的女人牲口！」成吉思汗叫道：「要捉住摩訶末，要捉住完顏洪烈。」眾將齊聲吶喊，喊聲在大漠上遠遠傳了出去，帳幕中的燭火也震得搖晃不已。

成吉思汗拔出佩刀，在面前虛砍一刀，奔出帳去，躍上馬背。諸將蜂擁出帳，上馬跟在後面。成吉思汗縱馬奔了數里，馳上一個山岡。諸將知他要獨自沉思，都留在岡下，繞著山岡圍成圈子。

成吉思汗見郭靖在旁不遠，叫道：「孩子，你來。」郭靖馳馬上岡。

成吉思汗望著草原上軍營中繁星般的火堆，揚鞭道：「孩子，那日咱們給桑昆和札木合圍在山上，我跟你說過幾句話，你還記得麼？」郭靖道：「記得。大汗說，咱們蒙古人有這麼多好漢，只要大家不再自相殘殺，聯在一起，咱們能叫全世界都做蒙古人的牧場。」成吉思汗揮動馬鞭，吧的一聲，在空中擊了一鞭，叫道：「不錯，現今蒙古人聯在一起了，咱們捉那完顏洪烈去。」

郭靖本已決定次日南歸，忽然遇上此事，殺父之仇如何不報，又想起自己母子受大汗厚遇，正好為他出力，以報恩德，叫道：「這次定要捉住完顏洪烈這狗賊。」

成吉思汗道：「那花剌子模號稱有精兵百萬，我瞧六七十萬總是有的。咱們卻只有

二十萬兵，還得留下幾萬打金狗。十五萬人敵他七十萬，你說能勝麼？」郭靖不懂戰陣

攻伐之事，但年少氣盛，向來不避艱難，聽大汗如此相詢，昂然說道：「當然能勝！」

成吉思汗叫道：「定然能勝。那天我說過要當你親生兒子一般相待，鐵木眞說過的

話，從來不會忘記。你隨我西征，捉了摩訶末和完顏洪烈，再回來和我女兒成親。」此

言正合郭靖心意，當即連聲答應。

成吉思汗縱馬下岡，叫道：「點兵！」親兵吹起號角，成吉思汗急馳而回。沿途只

見人影閃動，戰馬奔騰，卻不聞半點人聲。待他到得金帳之前，三個萬人隊早已整整齊

齊的列在草原上，明月映照一排排長刀，遍野閃耀銀光。

成吉思汗進入金帳，召來書記，命他修寫戰書。那書記在一大張羊皮紙上寫了長長

一大篇，跪在地下朗誦給大汗聽：「上天立朕爲各族大汗，拓地萬里，滅國無數，自古

德業之隆，未有如朕者。朕雷霆一擊，汝能當乎？汝國祚存亡，決於今日，務須三思，

若不輸誠納款，行見蒙古大軍……」

成吉思汗越聽越怒，飛起一腳，將那白鬍子書記踢了個觔斗，罵道：「你跟誰寫

信？成吉思汗跟這狗王用得著這麼囉唆？」提起馬鞭，夾頭夾腦劈了他十幾鞭，叫道：

「你聽著，我怎麼唸，你就怎麼寫。」那書記戰戰兢兢的爬起來，換了一張羊皮紙，跪在

地下，望著大汗的口唇。

成吉思汗從揭開著的帳門望出去，向著帳外三萬精騎出了一會神，低沉著聲音道：

「這麼寫，只要六個字。」頓了一頓，大聲道：「你要打，就來打！」

那書記吃了一驚，心想這牒文太也不成體統，但頭臉上吃了這許多鞭子，兀自熱辣辣的作痛，如何敢多說一句，當即依言在牒文上大大的寫了這六個字。

成吉思汗道：「蓋上金印，即速送去。」木華黎上來蓋了印，派一名千夫長領兵送去。

諸將得悉大汗牒文中只寫了這六個字，都意氣奮揚，聽得信使的蹄聲在草原上逐漸遠去，突然不約而同的叫道：「你要打，就來打！」帳外三萬兵士跟聲呼叫：「嗬呼，嗬呼！」這是蒙古騎兵衝鋒接戰時慣常的吶喊。戰馬聽到主人呼喊，跟著嘶鳴起來。

剎時間草原上聲震天地，似乎正經歷著一場大戰。

成吉思汗遣退諸將士兵，獨自坐在黃金椅上出神。這張椅子是攻破金國中都時搶來的，椅背上鑄著盤龍搶珠，兩個把手上各彫有一隻猛虎，原是金國皇帝的寶座。成吉思汗支頤沉思，想到自己多苦多難的年輕日子，想到母親、妻子、四個兒子和愛女，想到無數美麗的妃子，想到百戰百勝的軍隊，無邊無際的帝國，以及即將面臨的強敵。

他年紀雖老，耳朵仍極靈敏，忽聽得遠處一匹戰馬悲鳴了幾聲，突無聲息。他知道是一匹老馬患了不治之症，主人不忍牠纏綿痛苦，一刀殺了。他突然想起：「我年紀也老了，這次出征，能活著回來嗎？要是我在戰場上送命，四個兒子爭做大汗，豈不吵得天翻地覆？唉，難道我就不能始終不死麼？」

任你是戰無不勝、無所畏懼的大英雄，待得精力漸衰，想到這個「死」字，心中總

1481

也不禁有慄慄之感。他想：「聽說南邊有一批人叫做『道士』，能教人成仙，長生不老，到底是不是真的？」手掌擊了兩下，召來一名箭筒衛士，命傳郭靖入帳。

須與郭靖到來，成吉思汗問起此事。郭靖道：「長生成仙，孩兒不知真假，若說練氣吐納，延年益壽，那確是有的。」成吉思汗大喜，說道：「你識得有這等人麼？快去找一個來見我。」郭靖道：「這等有道之士，隨便徵召，他是決計不來的。」成吉思汗道：「不錯，我派一個大官，去禮聘他北來。你說該去請誰？」郭靖心想：「天下玄門正宗，自是全真派。全真六子中丘道長武功最高，又最喜事，或許請得他動。」當下說了長春子丘處機的名字。

成吉思汗大喜，當即召書記進來，將情由說了，命他草詔。那書記適才吃了他一頓打，想了良久，寫詔道：「朕有事，就快來。」學著大汗的體裁，詔書上也只六字，自以爲這一次定然稱旨。那知成吉思汗一聽大怒，揮鞭又打，罵道：「我跟狗王這生說，對有道之士也這生說麼？要寫長的，恭恭敬敬的，有禮貌的。」

那書記不會寫中華文字，當即去找了一個熟嫻漢文的漢人來，要他寫一通謙恭有禮、敦請丘處機的詔書。那漢人文士伏在地下，草詔道：「天厭中原驕華大極之性，朕局北野嗜欲莫生之情，反樸還淳，去奢從儉。每一衣一食，與牛豎馬圉共弊同饗。視民如赤子，養士如兄弟，謀素和，恩素畜。練萬衆以身人之先，臨百陣無念我之後，七載之中成大業，六合之內爲一統。非朕之行有德，蓋金之政無恆，是以受天之佑，獲承至尊。南連趙宋，北接回紇，東夏西夷，悉稱臣佐。念我單于國千載百世之來，未之有

也。然而任大守重，治平猶懼有缺。且夫刳舟剡楫，將欲濟江河也。聘賢選佐，將以安

天下也。朕踐祚已來，勤心庶政，而三九之位，未見其人。訪聞丘師先生，體真履規，

博物洽聞，探頤窮理，道沖德著，懷古君子之肅風，抱真上人之雅操，久棲岩谷，藏身

隱形。闡祖宗之遺化，坐致有道之士，雲集仙逕，莫可稱數。自干戈而後，伏知先生猶

隱山東舊境，朕心仰懷無已。」

那文士寫到這裏，抬頭問道：「夠長了麼？」成吉思汗笑道：「這麼一大概，夠

啦。你再寫我派漢人大官劉仲祿去迎接他，請他一定要來。」

那文士又寫道：「豈不聞渭水同車，茅蘆三顧之事？奈何山川懸闊，有失躬迎之

禮。朕但避位側身，齋戒沐浴，選差近侍官劉仲祿，備輕騎素車，不遠千里，謹邀先生

暫屈仙步，不以沙漠悠遠為念，或以憂民當世之務，或以恤朕保身之術。朕親侍仙座，

欽惟先生將咳唾之餘，但授一言，斯可矣。今者，聊發朕之微意萬一，明於詔章，誠望

先生既著大道之端，要善無不應，亦豈違眾生之願哉？故茲詔示，惟宜知悉。」

成吉思汗道：「好，就是這樣。」賞了那文士五兩黃金，又命郭靖親筆寫了一信，

務懇丘處機就道，即日派劉仲祿奉詔南行。（按：成吉思汗徵請丘處機之詔書，係根據史書

所載原文。）

次日，成吉思汗大會諸將，計議西征，會中封郭靖為「那顏」，命他統率一個萬人

隊。「那顏」是蒙古最高的官銜，非親貴大將，不能當此職稱。

此時郭靖武功大進，但說到行軍打仗，卻毫不通曉，只得向義兄拖雷以及哲別、速不台、博爾忽等大將請教。但他資質本不聰明，戰陣之事又變化多端，一時三刻之間那能學會？眼見眾大將點兵備糧，選馬揀械，人人忙碌。十五萬大軍西征，遠涉苦寒不毛之地，這番籌劃的功夫卻也非同小可。此等事務他全不通曉，只得吩咐手下十名千夫長分頭辦理。哲別與拖雷二人又時時提示指點。

過得月餘，越想越不安，自知拙於用智使計，攻打敵軍百萬之師，降龍十八掌與九陰真經可全用不上，只要一個號令不善，立時敗軍覆師，不但損折成吉思汗威名，且枉自送了這一萬人的性命。這一日正想去向大汗辭官，甘願做個小兵，臨敵之際只單騎陷陣殺將便是，忽然親兵報道，帳外有一千多名漢人求見。

郭靖大喜，心道：「丘道長來得好快。」忙迎出帳去，只見草原上站著一羣人，都是化子裝束，心中一怔。三個人搶上來躬身行禮，原來是丐幫的魯有腳與簡梁兩個長老。郭靖急問：「你們得知了黃蓉姑娘的訊息麼？」魯有腳道：「小人等到處訪尋，未得幫主音訊，聽說官人領軍西征，特來相助。」郭靖大為奇怪，問道：「你們怎地得知？」魯有腳道：「大汗派人去徵召丘處機丘道長，我幫自全真教處得獲官人消息。」

郭靖呆了半晌，望著南邊天上悠悠白雲，心想：「丐幫幫眾遍於天下，連他們也不知蓉兒下落，只怕凶多吉少了。」言念及此，眼圈兒不禁紅了。當下命親兵安頓了幫眾，自去稟報大汗。

成吉思汗道：「好，都編在你麾下就是。」郭靖說起辭官之事，成吉思汗怒道：

1484

「是誰生下來就會打仗的？不會嘛，打得幾仗也就會了。你從小跟著我長大，怕甚麼帶兵打仗？成吉思汗的女婿豈有不會打仗的？」

郭靖不敢再說，回到帳中，只是煩惱。魯有腳問知此事，勸慰了幾句。到了傍晚，魯有腳進帳說道：「早知如此，小人從南邊帶一部《孫子兵法》，或《太公韜略》來，那就好了。」這一言提醒了郭靖，猛然想起自己身邊有一部名為《破金要訣》的武穆遺書，此是軍陣要訣，怎地忘了？當即從衣囊中取將出來，挑燈夜讀，直讀到次日午間，方始微有倦意。這書中諸凡定謀、審事、攻伐、守禦、練卒、使將、布陣、野戰，以及動靜安危之勢，用正出奇之道，無不詳加闡述。當日郭靖在沅江舟中匆匆翻閱，全未留心，此刻當用之際，只覺無一而非至理名言。

書中有些處所看不明白，便將魯有腳請來，向他請教。魯有腳道：「小人一時不明，待下去想想。」他只出帳片刻，立刻回來解釋得清清楚楚。郭靖大喜，繼續向他請教。但說也奇怪，魯有腳當面總回答不出，只要出去思索一會，便即心思機敏，疑難立解。郭靖初時也不在意，但一連數日，每次均如此，不禁奇怪。

這日晚間，郭靖拿書上一字問他。魯有腳又說記不起了，須得出去想想。郭靖心道：「書上疑難，你慢慢的想也就罷了。一個字倘若不識，豈難道想想就會識得的？」他雖身為大將，究屬年輕，童心猶盛，等魯有腳一出帳，立即從帳後鑽出，伏在長草之中，要瞧他到底鬧甚麼玄虛。

只見他匆匆走進一個小小營帳，不久便即回出。郭靖急忙回帳。魯有腳跟著進來，

說道：「小人想著了。」接著說了那字的音義。郭靖笑道：「魯長老，你既另有師傅，何不請來見我？」魯有腳一怔，說道：「沒有啊。」郭靖握了他手掌，笑道：「咱們出去瞧瞧。」說著拉了他出帳，向那小帳走去。

小帳前有兩名丐幫的幫眾守著，見郭靖走來，同時咳嗽了一聲。郭靖聽到咳聲，忙撇下魯有腳，急步往小帳奔去。一掀開帳幕，只見後帳來回抖動，顯是剛才有人出去。郭靖搶步上前，掀開後帳，但見一片長草，卻無人影，不禁呆在當地，做聲不得。

郭靖回身向魯有腳詢問，他說這營帳是他的居所，並無旁人在內。郭靖不得要領，再問他武穆遺書上的疑難，魯有腳卻直到第二日上方始回覆。郭靖心知這帳中人對己並無惡意，只不願相見，料來必是江湖上的一位高人，也就不便強人所難，當下將這事擱在一邊。

他晚上研讀兵書，日間就依書上之法操練士卒。蒙古騎兵素習野戰，不慣這等列陣為戰之法，但主帥有令，不敢違背，只得依法操練。又過月餘，成吉思汗兵糧俱備，而郭靖所統的萬人隊，也已將天覆、地載、風揚、雲垂、龍飛、虎翼、鳥翔、蛇蟠八個陣勢演習純熟。這八陣原為諸葛亮依據古法而創，傳到岳飛手裏，又加多了若干變化。

岳飛少年時只喜野戰，上司宗澤說道：「爾勇智才藝，古良將不能過。然好野戰，非萬全之計。」因授以布陣之法。岳飛說道：「陣而後戰，兵法之常。運用之妙，存乎一心。」宗澤對他的話也頗為首肯。岳飛後來征伐既多，也知拘泥舊法固然不可，但以陣法教將練卒，再施之於戰場，亦大有制勝克敵之功。這番經過也都記在《破金要訣》

之中。

這日天高氣爽，長空萬里，一碧如洗。蒙古十五個萬人隊一列列的排在大草原之上。成吉思汗祭過天地，誓師出征，對諸王諸將訓示：「石頭無皮，人命有盡。我頭髮鬍子都白了，這次出征，未必能活著回來。我的妃子也於昨晚跟我提起，我想著不錯，今日我要立一個兒子，在我死後高舉我的大纛。」

開國諸將隨著成吉思汗東征西討，到這時身經百戰，盡已白髮蒼蒼，聽到大汗忽要立後，都不禁又驚又喜，一齊望著他的臉，靜候他說出繼承者的名字。

成吉思汗道：「朮赤，你是我的長子，你說我該當立誰？」朮赤心裏一跳，他驍勇善戰，立功最多，又是長子，向來便以為父王死後自然由他繼位，這時大汗忽然相問，卻不知如何回答才好。成吉思汗的次子察合台性如烈火，與大哥向來不睦，聽父王問他，叫了起來：「要朮赤說話，要派他作甚？我們能讓這蔑兒乞惕人擄去，數年後待得奪回的雜種管轄麼？」原來成吉思汗初起時眾少力微，妻子曾遭仇敵蔑兒乞惕人擄去，數年後待得奪回，已然生了朮赤，只成吉思汗並不以此為嫌，對朮赤自來視作親子。

朮赤聽兄弟如此辱罵，那裏忍耐得住，撲上前去，抓住察合台胸口衣襟，叫道：「父王並不將我當作外人，你卻如此辱罵！你有甚麼本事強過我？你只是暴躁傲慢而已。咱倆這就出去比個輸贏。要是我射箭輸給你，我將大拇指割掉。要是我比武輸給你，我就倒在地上永遠不起來！」轉頭向成吉思汗道：「請父王降旨！」兩兄弟互扭衣襟，當

1487

場就要拚鬥。

眾將紛紛上前勸解，博爾朮拉住尤赤的手，木華黎拉著察合台的手。成吉思汗想起少年之時數為仇敵所窘，連妻子也不能保，以致引起今日紛爭，不禁默然。眾將都責備察合台不該提起往事，傷了父母之心。成吉思汗道：「兩人都放手。尤赤是我長子，我向來愛他重他，以後誰也不許再說。」

察合台放開了尤赤，說道：「尤赤的本事高強，誰都知道。但他不及三弟窩闊台仁慈，我推舉窩闊台。」成吉思汗道：「尤赤，你怎麼說？」尤赤見此情形，心知汗位無望，他與三弟向來和好，又知他為人仁愛，日後不會相害，便道：「很好，我也推舉窩闊台。」四王子拖雷更無異言。窩闊台推辭不就。

成吉思汗道：「你不用推讓，打仗你不如你大哥二哥，但你待人親厚，將來做了大汗，諸王諸將不會自相紛爭殘殺。咱們蒙古人只要自己不打自己，天下無敵，還有甚麼好躭心的？」當日成吉思汗大宴諸將，慶祝新立太子。

眾將士直飲至深夜方散。郭靖回營時已微有酒意，正要解衣安寢，一名親兵突然匆匆進帳，報道：「快報大汗。」那親兵道：「大汗醉了，叫不醒他。」

郭靖吃了一驚，道：「駙馬爺，不好啦，大王子、二王子喝醉了酒，各自帶了兵廝殺去啦。」

郭靖知道尤赤和察合台各有親信，麾下都擁精兵猛將，倘若相互廝殺起來，蒙古軍力非大傷元氣不可，但日間兩人在大汗之前尚且毆鬥，此時又各醉了，自己去勸，如何拆解得開。一時徬徨無計，在帳中走來走去，以手擊額，自言自語：「要是蓉兒在此，

必能教我一個計策。」只聽得遠處吶喊聲起，兩軍就要對殺，郭靖更是焦急，忽見魯有

腳奔進帳來，遞上一張紙條，上寫：「以蛇蟠陣阻隔兩軍，用虎翼陣圍擒不服者。」

這些日子來，郭靖已將一部武穆遺書讀得滾瓜爛熟，斗然間見了這兩行字，頓時醒

悟，叫道：「怎地我如此愚拙，竟然計不及此，讀了兵書何用？」當即命軍中傳下令

去。蒙古軍令嚴整，眾將士雖已多半飲醉，但一聞號令，立即披甲上馬，片刻之間，已

整整齊齊的列成陣勢。

郭靖令中軍點鼓三通，號角聲響，前陣發喊，向東北方衝去。馳出數里，哨探報

道，大王子和二王子的親軍兩陣對圓，已在廝殺，只聽嗬呼、嗬呼之聲已然響起。郭靖

心中焦急：「只怕我來遲了一步，這場大禍終於阻止不了。」忙揮手發令，萬人隊的右

後天軸三隊衝上前去，右後地軸三隊列後為尾，右後天衝，右後地衝，西北風、東北風

各隊居右列陣，左軍相應各隊居左，隨著郭靖軍中大纛，布成蛇蟠之陣，向前猛衝過

去。

尪赤與察合台屬下各有二萬餘人，正手舞長刀接戰，郭靖這蛇蟠陣突然自中間疾馳

而至，軍容嚴整。兩軍一怔之下，微見散亂。只聽得察合台揚聲大呼：「是誰？是誰？

是助我呢，還是來助尪赤那雜種？」郭靖不理，令旗揮動，各隊旋轉，蛇蟠陣登時化為

虎翼陣，陣面向左，右前天衝四隊居為前首，其餘各隊從察合台軍兩側包抄了上來，只

左天前衝二隊向著尪赤軍，守住陣腳。

察合台這時已看清楚是郭靖旗號，高聲怒罵：「我早知賊南蠻不是好人。」下令向

郭靖軍衝殺。但那虎翼陣變化精微，兩翼威力極盛，乃當年韓信在垓下大破項羽時所創。兵法云：「十則圍之。」本來須有十倍兵力，方能包圍敵軍，但此陣極盡變幻，竟能以少圍多。

察合台的部眾見郭靖部一小隊一小隊的縱橫來去，不知有多少人馬，心中各存疑懼。片刻之間，察合台的二萬餘人已遭割裂阻隔，左右不能相救。他們與尢赤軍相戰之時，鬥志原本極弱，一來對手都是族人，大半交好相識，二來又怕大汗責罰，這時為郭靖部衝得亂成一團，更加無心拚鬥，只聽得郭靖中軍大聲叫道：「咱們都是蒙古兄弟，不許自相殘殺。快拋下刀槍弓箭，免得大汗責打斬首。」眾將士正合心意，紛紛下馬，投棄武器。

察合台領著千餘親信，向郭靖中軍猛衝，只聽三聲鑼響，八隊兵馬從八方圍到，霎時地下盡都布了絆馬索，千餘人一一跌下馬來。那八隊人四五人服侍一個，將察合台以及他的帶兵親信擒在地下，都用繩索反手縛了。

尢赤見郭靖揮軍擊潰了察合台，不由得又驚又喜，正要上前敘話，突聽號角聲響，郭靖前隊變後隊，後隊變前隊，四下裏圍了上來。尢赤久經陣戰，但見了這等陣仗，也驚疑不已，忙喝令拒戰，卻見郭靖的萬人隊分作十二小隊，不向前衝，反向後卻。尢赤更加奇怪，那知道這十二隊分為大黑子、破敵丑、左突寅、青蛇卯、摧兇辰、前衝巳、大赤午、先鋒未、右擊申、白雲酉、決勝戌、後衛亥，按著十二時辰，奇正互變，奔馳來去。十二隊陣法倒轉，或右軍左衝，或左軍右擊，一番衝擊，尢赤軍立時散亂。不到

一頓飯工夫，朮赤也軍潰受擒。

朮赤想起初遇郭靖時曾將他鞭得死去活來，察合台想起當時曾嗾使猛犬咬他，都怕他乘機報復，驚嚇之下，酒都醒了，又怕父王重責，都悔恨不已。

郭靖擒了兩人，心想自己究是外人，做下了這件大事，也不知是禍是福，正要去和窩闊台、拖雷商議，突聽號角大鳴，火光中大汗的九旄大纛遠遠馳來。

成吉思汗酒醒後得報二子統兵拚殺，驚怒交迸之下，不及穿衣披甲，散著頭髮急來阻止。馳到臨近，只見兩軍將士一排排坐在地下，郭靖的騎軍監視在側，又見二子雖騎在馬上，但無盔無甲，手無兵刃，每人都給八名武士執刀圍住，不禁大奇。

郭靖上前拜伏在地，稟明原由。成吉思汗見一場大禍竟為他消弭於無形，欣喜不已。他趕來之時，心想兩子所統蒙古精兵自相殘殺，必已死傷慘重，兩個愛子說不定都已屍橫就地，豈知兩子無恙，三軍俱都完好，委實喜出望外。當即大集諸將，把朮赤與察合台狠狠責罵了一頓，重賞郭靖和他屬下將士，對郭靖道：「你還說不會帶兵打仗？我這一仗的功勞，可比打下金國的中都還大。敵人的城池今天打不下，明天還可再打。我的愛子和精兵倘若死了，怎麼還活得轉來？」

郭靖將大汗汗所賞的金銀牲口都分給了將士，一軍之中，歡聲雷動。諸將見郭靖立了大功，都到他營中賀喜。郭靖遵哲別之囑，親自去向朮赤、察合台謝罪。二人見未釀大禍，免了大汗罪責，懊悔之餘深自慶幸，反向郭靖誠心道謝。兄弟二人相互間雖嫌隙不消，對郭靖卻反增情誼。

郭靖靜下來後，在帳中取出魯有腳先前交來的字條細看，見字跡扭曲，甚是拙劣，多半確是魯有腳所寫，但又起疑心：「蛇蟠、虎翼兩陣，我雖用以教練士卒，卻未跟魯長老說起過陣勢的名字，我向他請教兵書上的疑難，也沒和這幾個陣勢是有關的。他怎知有此兩陣？難道是偷讀了我的兵書？」當下將魯有腳請到帳中，說道：「魯長老，這兵書你若愛看，我借給你就是。」魯有腳笑道：「窮叫化這一輩子是決計不會做將軍的，帶領些小叫化也不用講兵法，兵書讀了無用。」郭靖指著字條道：「你怎知蛇蟠、虎翼之陣？」魯有腳道：「官人曾與小人說過，怎地忘了？」郭靖知他所言不實，越想越奇怪，始終不明他隱著何事。

次日成吉思汗升帳點將。前軍先鋒由察合台、窩闊台統領；左軍由尤赤統領；右軍由郭靖統領。前、左、右三軍各是三個萬人隊。成吉思汗帶同拖雷，自將主軍六個萬人隊隨後應援。每名軍士都攜馬數匹，交替乘坐，以節馬力，將官攜馬更多。十五個萬人隊，馬匹數逾百萬。此外糧食、馬秣裝在駱駝及馬車之上，更有牛羊無數。此去西行荒涼，軍馬給養，務須備足。

號角齊鳴，鼓聲雷動，先鋒前軍三萬，士壯馬騰，浩浩蕩蕩的向西進發。

蒙古人從宋人、金人處學得了鍊鐵、鑄鐵之術，兵甲銳利，舉世無敵，成吉思汗天縱英明，用兵如神，戰無不勝。

大軍漸行漸遠，入花剌子模境後，一路勢如破竹。摩訶末兵力雖眾，卻遠不是蒙古軍的敵手。郭靖攻城殺敵，立了不少功勞。

四營將士得訊，均到主帥帳前觀看奇景。

眾人一齊用力，豎起冰柱。

火把照耀下但見

歐陽鋒露齒怒目，揮臂抬足，

卻給牢牢困在大冰柱中段，半點動彈不得。

眾將士歡聲雷動。

第三十七回

從天而降

這一日郭靖駐軍那密密河畔，晚間正在帳中研讀兵書，忽聽帳外咯的一聲輕響，帳門掀處，一人鑽了進來。帳前衛兵上前喝止，給那人手臂輕揮，一一點倒在地。那人抬頭而笑，燭光下看得明白，正是西毒歐陽鋒。郭靖離中土萬里，不意在此異邦絕域之地竟與他相遇，不禁驚喜交集，躍起身來，叫道：「黃姑娘在那裏？」

歐陽鋒道：「我正要問你，那小丫頭在那裏？快交出人來！」郭靖聽了此言，喜不自勝，不由得滿臉笑容，心道：「如此說來，蓉兒尚在人世，且已逃脫他的魔手。」歐陽鋒厲聲又問：「小丫頭在那裏？」郭靖道：「她在江南隨你而去，後來怎樣？她……她很好嗎？你沒害死她，這可真要多謝你啦！我……我真要謝謝你。」說著躬身道謝，忍不住喜極而泣。

歐陽鋒知他不會說謊，但從諸般跡象看來，黃蓉必在郭靖營中，何以他全然不知，一時思之不解，盤膝在地下鋪著的氈上坐了。

郭靖拭了眼淚，解開衛兵穴道，命人送上乳酒酪茶。歐陽鋒喝了一碗馬乳酒，說道：「傻小子，我不妨跟你明言。那丫頭在嘉興府鐵槍廟中確給我拿住了，那知過不了幾天就逃走了。」郭靖大喜叫好，說道：「她聰明伶俐，倘若想逃，定然逃得了。她是怎生逃了的？」歐陽鋒恨恨的道：「在太湖邊歸雲莊上……，呸，說他作甚，總之是逃走了。」郭靖知他素來自負，這等失手受挫之事豈肯親口說出，也不再追問，得知黃蓉無恙，喜樂不勝，不住大叫：「好極！好極！真正多謝你了！」歐陽鋒和他有殺師大仇，決不可解，但他不害黃蓉，心中終究感激。

歐陽鋒道：「謝甚麼？她逃走之後，我緊追不捨，好幾次差點就抓到了，總給她狡獪兒脫。但我追得緊急，這丫頭卻也沒能逃回桃花島去。我們兩個一追一逃，到了蒙古邊界，忽然失了她的蹤跡。我想她定會到你軍中，於是反過來使個守株待兔之計。」

郭靖聽說黃蓉到了蒙古，更加驚喜交集，忙問：「你見到了她沒有？」

歐陽鋒怒道：「倘若見到了，我還不抓回去？我日夜在你軍中窺伺，始終不見這丫頭人影。傻小子，你到底在搞甚麼鬼？」郭靖呆了半晌，道：「你日夜在我軍中窺伺？我怎地半點也不知道？」歐陽鋒笑道：「我是你天前衝隊中的一名西域小卒。你是主帥，怎認得我？」蒙古軍中本多俘獲的敵軍，歐陽鋒是西域人，會說色目人言語，混在軍中，確不易為人察覺。

郭靖聽他這麼說，不禁駭然，心想：「他若要傷我，我這條命早已不在了。」喃喃的道：「你怎說蓉兒在我軍中？」

歐陽鋒道：「你擒大汗二子，攻城破敵，若不是那丫頭從中指點，憑你這傻小子就辦得了？可是這丫頭從不現身，那也當真奇了。現下只得著落在你身上交出人來。」郭靖笑道：「倘若蓉兒現身，我真求之不得。但你倒想想，我能不能將她交給你？」

歐陽鋒道：「你不肯交人，我自有對付之道。你雖手絀兵符，統領大軍，可是在我辦來，就如無人之境，要來便來，要去便去，誰又阻得了我？」郭靖道：「訂甚麼約？」歐陽鋒道：

歐陽鋒眼中，嘿嘿，這帳外帳內，點點頭，默然不語。

「傻小子，咱倆訂個約怎樣？」郭靖道：

「你說出她的藏身之處，我擔保決不傷她一毫一髮。你若不說，我慢慢總也能找到，那時候啊，哼哼，可就沒甚麼美事啦。」

郭靖素知他神通廣大，只要黃蓉不在桃花島藏身，總有一日能給他找著擒去，這番話卻也非信口胡吹，沉吟了片刻，說道：「好，我跟你訂個約，但不是如你所說。」歐陽鋒道：「你要如何？」郭靖道：「歐陽先生，你現下功夫遠勝於我，可是我年紀比你小，總有一天，你年老力衰，會打我不過。」歐陽以前叫他「歐陽世伯」，但他害死了五位恩師，仇深似海，那「世伯」兩字是再也不會出口了。

歐陽鋒從未想到「年老力衰」四字，給他一提，心中一凜：「這傻小子這幾句話倒也不傻。」說道：「那便怎樣？」郭靖道：「你與我有殺師深仇，此仇不可不報，你便走到天邊，我也總有一日要找上你。」

歐陽鋒仰頭哈哈大笑，說道：「乘著我尚未年老力衰，今日先將你斃了！」語聲甫畢，雙腿一分，人已蹲起，雙掌排山倒海般劈將過來。

此時郭靖早已將九陰真經上的「易筋鍛骨章」練成，既得一燈大師譯授了真經總旨，他會背誦經文，經上其他功夫也已練了不少，內力的精純渾厚更大非昔比，身子略一側，避開掌勢，回了一招「見龍在田」。歐陽鋒回掌接住，這降龍十八掌功夫他本知之已稔，又知郭靖得洪七公真傳，掌力甚強，但比之自己終究差著一截，不料這下硬接硬架，身子竟微微晃動。他略有大意，險此輸了，不由得一驚：「只怕不等我年老力衰，這小子就要趕上我了。」當即左掌拍出。

1498

郭靖又側身避過，回了一掌。這一招歐陽鋒卻不再硬接，手腕迴勾，將他掌力卸開。

郭靖不明他掌力運用的秘奧，只道他是消解自己去招，那知歐陽鋒寅攻於守，一勾之中竟蓄有回力，郭靖只覺一股大力撲面而來，閃避不及，只得伸右掌抵住。

要論到兩人功力，郭靖仍稍遜一籌，此時形勢，已與當日臨安皇宮水簾洞中抵掌相似，雖郭靖已能支持較久，但時刻長了，終究非死即傷。歐陽鋒依樣葫蘆，再度將他誘入彀中，心下正喜，突覺郭靖右掌微縮，勢似不支，當即掌上加勁，那知他右掌輕滑，竟爾避開，歐陽鋒猛喝一聲，掌力疾衝而去，心想：「今日是你死期到了。」

眼見指尖要掃到他胸前，郭靖左掌橫過，在胸口一擋，右手食指伸出，猛向歐陽鋒太陽穴點去。這是他從一燈大師處見到的一陽指功夫，但一燈大師並未傳授，他當日只見其形，全不知其中變化訣竅，此時危急之下，以雙手互搏之術使了出來。一陽指正是蛤蟆功的剋星，歐陽鋒見到，如何不驚？立即躍後避開，怒喝：「段智興這老兒也來跟我為難了？」

其實郭靖所使指法並非真是一陽指，更未附有先天功，如何能破蛤蟆功，但歐陽鋒大驚之下，不及細辨，待得躍開，才想起這一陽指後招無窮，怎麼他一指戳過，就此縮手，想是並未學全，雙掌一上一下，一放一收，斗然擊出。這一下來得好快，郭靖念頭未轉，已縱身躍起，只聽得喀喇一聲巨響，帳中一張矮几已給西毒雙掌劈成數塊。

歐陽鋒重佔上風，次掌繼發，忽覺身後風聲颯然，有人偷襲，當下竟不轉身，左腿向後反踢。身後那人也舉腿踢來，雙足相交，那人一交摔了出去，但腿骨居然並未折

斷，倒大出歐陽鋒意料之外。他回過身來，只見帳門處站著三個有鬚乞丐，原來是丐幫的魯、簡、梁三長老。魯有腳縱身躍起，雙臂與簡梁二人手臂相挽，這是丐幫中聚眾禦敵、以弱抗強之術，當日君山大會選立幫主，丐幫就曾以這功夫結成人牆，將郭靖與黃蓉逼得束手無策。

歐陽鋒從未和這三人交過手，但適才對了一腳，已試出魯有腳內力不弱，其餘二丐想來也都相類，自己與郭靖單打獨鬥雖穩操勝券，但加上一羣臭叫化，自己就討不了好去，當下哈哈一笑，說道：「傻小子，你功夫大進了啊！」曲起雙腿，雙膝坐在氈上，對魯有腳等毫不理會，說道：「你要和我訂甚麼約，且說來聽聽。」

郭靖道：「你要黃姑娘給你解釋九陰真經，她肯與不肯，只能由她，你不能傷她毫髮。」歐陽鋒笑道：「她如肯說，我原本捨不得加害，難道黃老邪是好惹的麼？小姑娘伶牙俐齒，作個伴兒，談談說說，再好不過。但她如堅不肯說，豈不許我小小用點兒強？」郭靖搖頭道：「不許。」歐陽鋒道：「你要我答允此事，以甚麼交換？」郭靖道：「從今而後，你落在我手中之時，我饒你三次不死。」

歐陽鋒站起身來，縱聲長笑。笑聲尖厲奇響，遠遠傳送出去，草原上的馬匹聽了，都嘶鳴起來，好一陣不絕。郭靖雙眼凝視著他，低聲道：「這沒甚麼好笑。你自己知道，總有一日，你會落入我手中。」

歐陽鋒雖然發笑，其實卻也當真忌憚，暗想這小子得知九陰真經秘奧，武功進境神速，委實輕視不得，口中笑聲不絕，心下計議已定，笑道：「我歐陽鋒竟要你這臭小子

相饒？好罷，咱們走著瞧。」郭靖伸出手掌，說道：「丈夫一言。」歐陽鋒笑道：「快馬一鞭。」在他掌上輕拍一下，反過手掌，郭靖輕擊一掌，反掌由歐陽鋒再拍。這三擊掌相約是宋人立誓的儀式，若負誓言，終身為人不齒。

三掌擊過，歐陽鋒正要再盤問黃蓉的蹤跡，一瞥眼間，忽在營帳縫中見有一人在外飛掠而過，身法快捷異常，心中一動，忙揭帳而出，卻已不見人影。他回過頭來，說道：「十日之內，再來相訪，且瞧是你饒我，還是我饒你？」說罷哈哈大笑，倏忽之間，笑聲已在十數丈外。

魯簡梁三長老相顧駭然，均想：「此人武功之高，世所罕有，無怪能與洪幫主齊名當世。」郭靖將歐陽鋒來訪的原由向三人說了。魯有腳道：「他說黃幫主在咱們軍中，全是胡說八道。倘若黃幫主在此，咱們豈能不知？再說……」

郭靖坐了下來，一手支頤，緩緩道：「我卻想他的話也很有些道理。我常常覺得，黃姑娘就在我身邊，我有甚麼疑難不決之事，她總是給我出個極妙的主意。只不管我怎麼想念，卻始終見不著她。」說到這裏眼眶中已充滿淚水。魯有腳勸道：「官人也不須煩惱，眼下離別一時，日後終能團聚。」郭靖道：「我得罪了黃姑娘，只怕她再也不肯見我。不知我該當如何，方能贖得此罪？」魯簡梁三人相顧無語。郭靖又道：「縱使她不肯和我說話，只須讓我見上一面，也好令我稍解思念的苦楚。」簡長老道：「官人累了，早些安歇。明兒咱們須得計議個穩妥之策，防那歐陽鋒再來滋擾。」

次日大軍西行，晚間安營後，魯有腳進帳道：「小人年前曾在江南得到一畫，想我

這等粗野鄙夫，怎領會得畫中之意？官人軍中寂莫，正可慢慢鑒賞。」說著將一捲畫放在案上。郭靖打開一看，不由得呆了，只見紙上畫著一個簪花少女，坐在布機上織絹，面目宛然便是黃蓉，只容顏瘦損，顰眉含睇，大見憔悴。

郭靖怔怔的望了半晌，見畫邊又題了兩首小詞。一詞云：「七張機，春蠶吐盡一生絲，莫教容易裁羅綺。無端剪破，仙鸞彩鳳，分作兩邊衣。」另一詞云：「九張機，雙飛雙葉又雙枝，薄情自古多離別。從頭到底，將心縈繫，穿過一條絲。」

這兩首詞自是模仿瑛姑〈四張機〉之作，但苦心密意，語語雙關，似又在〈四張機〉之上。郭靖雖難以盡解，但「薄情自古多離別」等淺顯句子卻也是懂的，回味半日，心想：「此畫必是蓉兒手筆，魯有腳卻從何處買來？」抬頭欲問時，魯有腳早已出帳。郭靖忙命親兵傳他進來。魯有腳一口咬定，說是在江南書肆中購得。

郭靖就算再魯鈍十倍，也已瞧出這中間定有玄虛，魯有腳是個粗魯豪爽的漢子，怎會去買甚麼書畫？就算有人送他，他也必隨手拋棄。他在江南書肆中購得的圖畫，畫中的女子怎會便是黃蓉？只是魯有腳不肯吐露真相，卻也無可奈何。

正沉吟間，簡長老走進帳來，低聲道：「小人適才見到東北角上人影一晃，倏忽間不知去向，只怕歐陽鋒那老賊今晚要來偷襲。」郭靖道：「好，咱們四人在這裏合力擒拿。」簡長老道：「小人有條計策，官人瞧著是否使得。」郭靖道：「想必是好的，請說罷。」簡長老道：「這計策說來其實平常。咱們在這裏掘個深坑，再命二十名士卒各負沙包，守在帳外。那老賊不來便罷，若是再來跟官人囉唣，管教他有來無去。」

郭靖大喜，心想歐陽鋒素來自負，從不把旁人放在眼裏，此計雖舊，對付他倒是絕妙。當下三長老督率士兵，在帳中掘了個深坑，坑上蓋以毛氈，氈上放了張輕便木椅。二十名健卒各負沙包，伏在帳外。沙漠中行軍常須掘地取水，是以帳中掘坑，毫不引人注目。安排已畢，郭靖秉燭相候。那知這一晚歐陽鋒竟不到來，次日安營後，三長老又在帳中掘下陷阱，這晚仍無動靜。

到第四天晚上，郭靖耳聽得軍中刁斗之聲此起彼息，心中也思潮起伏。猛聽得帳外如一葉落地，歐陽鋒縱聲長笑，踏進帳來，往椅中坐落。

只聽得喀喇喇一聲響，他連人帶椅跌入坑中。這陷阱深達七八丈，徑窄壁陡，歐陽鋒功夫雖高，落下後急切間那能縱得上來？二十名親兵從帳邊蜂擁搶出，四十個大沙包迅即投入陷阱，盡數壓在歐陽鋒身上。

魯有腳哈哈大笑，叫道：「黃幫主料事如神……」簡長老向他瞪了一眼，魯有腳急忙住口。郭靖忙問：「甚麼黃幫主？」魯有腳道：「小人說溜了嘴，我是說洪幫主。若是洪幫主在此，定然歡喜。」郭靖凝目瞧他，正要再問，突然帳外親兵發起喊來。

郭靖與三長老急忙搶出，只見眾親兵指著地下，喧嘩叫嚷。郭靖排眾看時，見地下一個沙堆漸漸高起，似有甚麼物事要從底下湧出，登時醒悟：「歐陽鋒好功夫，竟要從地下鑽將上來。」當即發令，數十名騎兵翻身上馬，往沙堆上踹去。

眾騎兵連人帶馬份量已然不輕，再加奔馳起落之勢，歐陽鋒武功再強，也禁受不起，只見沙堆緩緩低落，但接著別處又有沙堆湧起。眾騎兵見何處有沙堆聳上，立時縱

馬過去踐踏，過不多時，不再有沙堆隆起，想是他支持不住，已閉氣而死。

郭靖命騎兵下馬掘屍。此時已交子時，眾親兵高舉火把，圍成一圈，十餘名兵士舉鏟挖沙，挖到丈餘深處，果見歐陽鋒直挺挺站在沙中。此處離帳中陷坑已有數丈之遙，雖說沙地鬆軟，但他竟能憑一雙赤手，閉氣在地下挖掘行走，有如鼴鼠一般，內功之強，確屬罕見罕聞。眾士卒又驚又佩，將他抬了起來，橫放地下。

魯有腳探他已無鼻息，但摸他胸口卻尚自溫暖，便命人取鐵鍊來綑縛，以防他醒轉後難制。歐陽鋒在沙中爬行，頭頂始終給馬隊壓住，無法鑽上，當下假裝悶死，待上來時再圖逃走。這時他悄沒聲的呼吸了幾下，見魯有腳站在身畔，大聲命人取鍊，突然躍起，大喝一聲，伸手扣住了魯有腳右手脈門。

這一下變起倉卒，死屍復活，眾人都大吃一驚。郭靖卻已左手按住歐陽鋒背心「陶道穴」，右手按住他腰間「脊中穴」。這兩個穴道都是人身背後大穴，他若非在沙下給壓得半死不活，筋疲力盡，焉能輕易讓人按中？他一驚之下，欲待反手拒敵，只覺上來時微微一麻，心知郭靖留勁不發，若他掌力送出，自己臟腑登時震碎，何況此時手足酸軟，就算並非要穴被制，與郭靖平手相鬥也必萬萬不敵，只得放開了魯有腳手腕，挺立不動。

郭靖道：「歐陽先生，請問你見到了黃姑娘麼？」歐陽鋒道：「我見到她側影，這才過來找她。」郭靖道：「你當真看清楚了？」歐陽鋒恨恨的道：「若非鬼丫頭在此，諒你也想不出這裝設陷阱的詭計。」郭靖呆了半晌，道：「你去罷，這次饒了你。」右

掌輕送，將他彈出丈餘之外，冷然道：「我和小輩單打獨鬥，向來不使兵刃。但你有鬼丫頭暗中相助，詭計多端，此例只好破了。十日之內，我攜蛇杖再來。杖頭毒蛇你親眼見過，可須小心了。」說罷飄然而去。

歐陽鋒回過身來，冷然道：「我和小輩單打獨鬥，向來不使兵刃。但你有鬼丫頭暗中相助，詭計多端，此例只好破了。十日之內，我攜蛇杖再來。杖頭毒蛇你親眼見過，可須小心了。」說罷飄然而去。

郭靖望著他的背影倏間在黑暗中隱沒，一陣北風過去，身上登感寒意，想起他蛇杖之毒，杖法之精，不禁慄慄危懼，自己雖跟江南六怪學過多般兵刃，但俱非上乘功夫，欲憑赤手對付毒杖，那是萬萬不能，如使用兵器，又沒一件當真擅長。一時徬徨無計，抬頭望天，黑暗中但見白雪大片大片的飄下。

回到帳中不久，寒氣更濃。親兵生了炭火，將戰馬都牽入營帳避寒。丐幫眾人大都未攜皮衣，突然氣候酷寒，只得各運內力抵禦。郭靖急令士卒宰羊取裘，不及硝製，只擦洗了羊血，就令幫眾披在身上。

次日更冷，地下白雪都結成了堅冰。花剌子模軍乘寒來攻，郭靖早有防備，以龍飛陣大勝了一仗，連夜踐雪北追。

古人有詩詠寒風西征之苦云：「將軍金甲夜不脫，半夜軍行戈相撥，風頭如刀面如割。馬毛帶雪汗氣蒸，五花連錢旋作冰，幕中草檄硯水凝。」又云：「虜塞兵氣連雲屯，戰場白骨纏草根。劍河風急雲片闊，沙口石凍馬蹄脫。」郭靖久在漠北，向習寒凍，倒也不以爲苦，但想黃蓉若真在軍中，她生長江南，如何經受得起？不由得愁思倍增。翌晚宿營後他也不驚動將士，悄悄到各營察看，但查遍了每一座營帳，又那裏有黃

1505

蓉的影子？

回到帥帳，卻見魯有腳督率士兵，正在地下掘坑，郭靖道：「這歐陽鋒狡猾得緊，吃了一次虧，第二次又怎能上鉤？」魯有腳道：「他料想咱們必使別計，那知咱們卻給他來個依樣葫蘆。這叫作虛者實之，實者虛之，虛虛實實，人不可測。」

郭靖橫了他一眼，心道：「你說帶領小叫化不用讀兵法，這兵書上的話，卻又記得好熟。」魯有腳道：「但如再用沙包堆壓，此人必有解法。咱們這次給他來個同中求異。不用沙包，卻用滾水澆淋。」郭靖見數十名親兵在帳外架起二十餘隻大鐵鍋，將凍成堅冰的一塊塊白雪用斧頭敲碎，鏟入鍋中，說道：「那豈不活活燙死了他？」魯有腳道：「官人與他相約，若他落入官人手中，你饒他三次。但如一下子便燙死了，算不得落入官人手中，要饒也無從饒起，自不能說是背約。」

過不多時，深坑已然掘好，坑上一如舊狀，鋪上毛氈，擺了張木椅。帳外眾親兵也已在鍋底生起了柴火，燒冰化水，只天時委實寒冷過甚，有幾鍋柴薪添得稍緩，鍋面上轉眼又結起薄冰。魯有腳不住價催促：「快燒，快燒！」

突然間雪地裏人影一閃，歐陽鋒舉杖挑開帳門，叫道：「傻小子，這次再有陷阱，你爺爺也不怕了！」說著飛身而起，穩穩往木椅上一坐。

魯簡梁三長老料不到歐陽鋒來得這般快法，此時鍋中堅冰初熔，尚只是一鍋鍋冰涼的雪水，莫說將人燙死，即是用來洗個澡也嫌太冷，眼見歐陽鋒往椅上一坐，不禁連珠價叫苦。只聽得喀喇喇一聲響，歐陽鋒大罵聲中，又連人帶椅的落入陷阱。

此時連沙包也未就手，以歐陽鋒的功夫，躍出這小小陷阱當真易如反掌，三長老手足無措，只怕郭靖受害，齊叫：「官人，快出帳來。」忽聽背後一人低喝道：「倒水！」

魯有腳聽了這聲音，不須細想，立即遵從，叫道：「倒水！」眾親兵抬起大鍋，猛往陷阱中潑將下去。

歐陽鋒正從阱底躍起，幾鍋水忽從頭頂瀉落，一驚之下，提著的一口氣不由得鬆了，身子立即下墮。他將蛇杖在阱底急撐，二次提氣又上，這次有了防備，頭頂灌下來的冷水雖多，卻已沖他不落。那知天時酷寒，冷水甫離鐵鍋，立即結冰，歐陽鋒躍到陷阱中途，頭上腳底的冷水都已凝成堅冰。他上躍之勁極為猛烈，但堅冰硬逾鋼鐵，咚的一下，頭上撞得甚是疼痛，欲待落下後蓄勢再衝，雙腳卻已牢牢嵌在冰裏，動彈不得。

他這一驚非同小可，大喝一聲，運勁猛力掙扎，剛把雙腳掙鬆，上半身又已為冰裏住。他只怕難以脫困，忙揮動衣袖，裏住了一團風，堅冰縱將頭臉凍住，尚有一團空隙，可用龜息功呼吸延命。

眾親兵於水灌陷阱之法事先曾演練純熟，四人抬鍋倒水後退在一旁，其餘四人立即上前遞補，此來彼去，猶如水車一般，迅速萬分。只怕滾水濺潑開來燙傷了，各人手上臉上都裹布相護。豈知雪水不及燒滾，冷水亦能困敵，片刻之間，二十餘大鍋雪水灌滿了陷阱，結成一條四五丈長、七尺圓徑的大冰柱。

這一下打誤撞，竟一舉成功，眾人都驚喜交集。三長老督率親兵，鑿開冰柱旁的泥沙，垂下巨索縛住，趕了二十匹馬結隊拉索，將那冰柱拖上。

四營將士得訊，紛到主帥帳前觀看奇景。眾人一齊用力，豎起冰柱。火把照耀下但見歐陽鋒露齒怒目，揮臂抬足，卻給牢牢困在大冰柱中，半點動彈不得。眾將士歡聲雷動。魯有腳生怕歐陽鋒內功精湛，竟以內力熔冰攻出，命親兵繼續澆水潑上，將那冰柱加粗。郭靖道：「我曾和他立約，要相饒三次不殺。打碎冰柱，放了他罷！」三長老都感可惜，但豪傑之士無不重信守義，當下也無異言。

魯有腳提起鐵錘正要往冰柱上擊去，簡長老叫道：「且慢！」問郭靖道：「官人，以這歐陽鋒的功力，在這冰柱中支持得幾時？」郭靖道：「一個時辰諒可挨到，過此以外，只怕性命難保了。」簡長老道：「好，咱們過一個時辰再放他。性命能饒，苦頭卻不可不吃。」郭靖想起殺師之仇，點頭稱是。

訊息傳到，別營將士也紛紛前來觀看。郭靖對三長老道：「自古道：士可殺不可辱。此人雖然奸惡，究是武學宗師，豈能任人嬉笑折辱？」當下命士卒用帳篷將冰柱遮住，派兵守禦，任他親貴大將亦不得啟帳而觀。

過了一個時辰，三長老打碎冰柱，放歐陽鋒出來。歐陽鋒雖依靠口鼻前一團冰中空隙，以龜息法呼吸延命，亦已元氣大傷，盤膝坐在地下，運功良久，嘔出三口黑血，恨恨而去。郭靖與三長老見他在冰中困了整整一個時辰，雖神情委頓，但隨即來去自如，均各嘆服。

這一個時辰之中，郭靖一直神情恍惚，當時只道是歐陽鋒在側，以致提心吊膽，但破冰釋人之後，在帳中亦難寧靜。他坐下用功，鎮攝心神，約莫一盞茶時分，萬念俱

寂，心地空明，突然之間，想到了適才煩躁不安的原因。原來當時魯有腳下令倒水之前，他清清楚楚的聽到一人低喝：「倒水！」這聲音熟悉異常，竟有八九分是黃蓉的口音，只當時正逢歐陽鋒落入陷阱，事勢緊急，未及留心，但此後這「倒水」兩個字的聲音，似乎始終在耳邊縈繞不去，而心中卻又捉摸不著。

他躍起身來，脫口叫道：「蓉兒果然在軍中。我盡集將士，不教漏了一個，難道還查她不著？」但隨即轉念：「她既不肯相見，我又何必苦苦相逼？」展開圖畫，呆望畫中少女，心中悲喜交集。

靜夜之中，忽聽遠處快馬馳來，接著又聽得親衛喝令之聲，不久使者進帳，呈上成吉思汗的手令。原來蒙古大軍分路進軍，節節獲勝，再西進數百里，即是花剌子模的名城撒麻爾罕。成吉思汗哨探獲悉，花剌子模本以名城玉龍傑赤為都，撒麻爾罕建成後，遷為新都，結集重兵十餘萬守禦，兵精糧足，城防完固，城牆之堅厚更號稱天下無雙，料得急切難拔，是以傳令四路軍馬會師齊攻。

次晨郭靖揮軍沿那密河南行。軍行十日，已抵撒麻爾罕城下。城中見郭靖兵少，全軍開關出戰，郭靖布下風揚、雲垂兩陣，半日之間，殺傷了敵人五千餘名。花剌子模軍氣為之奪，敗回城中。

第三日成吉思汗大軍，以及尤赤、察合台兩軍先後到達。十餘萬人四下環攻，那知撒麻爾罕城牆堅厚，守禦嚴密，蒙古軍連攻數日，傷了不少將士，始終不下。

又過一日，察合台的長子莫圖根急於立功，奮勇迫城，城頭上一箭射下，貫腦而死。成吉思汗素來鍾愛此孫，見他陣亡，悲怒無已。親兵將王孫的屍體抬來，成吉思汗眼淚撲簌而下，抱在懷中，將他頭上的長箭用力拔出，只見那箭狼牙鵰翎、箭桿包金，刻著「大金趙王」四字。左右識得金國文字的人說了，成吉思汗怒叫：「啊，原來是完顏洪烈這奸賊！」躍上馬背，傳令道：「大小將士聽著：任誰鼓勇先登，破城擒得完顏洪烈為王孫復仇，此城子女玉帛，盡數賞他。」

一百名親兵站在馬背之上，將大汗的命令齊聲喊出。三軍聽到，盡皆振奮踴躍，一時箭如飛蝗，殺聲震天，或疊土搶登，或豎立雲梯，或拋擲鈎索攀援，或擁推巨木衝門。城中將士百計守禦，攻到傍晚，蒙古軍折了四千餘人，撒麻爾罕城卻仍屹立如山。

成吉思汗自進軍花剌子模以來，從無如此大敗，當晚在帳中悲痛愛孫之亡，怒如雷霆。

郭靖回帳翻閱武穆遺書，要想學一個攻城之法，但撒麻爾罕的城防與中國大異，遺書所載的戰法均無用處。心想兵困堅城之下，兵糧馬秣，俱已漸漸不足，本擬取之於敵，但久攻不下，敵軍如出城決戰，蒙古軍自當破敵如摧枯拉朽，但敵軍堅守不出，欲一戰而不可得。兼之天又嚴寒，軍心急躁，似是全軍覆沒之象，不由得英雄氣短。

郭靖請魯有腳入帳商議，知他必去就教黃蓉，待他辭出後悄悄跟隨，不料魯有腳前後布滿丐幫幫眾，一見郭靖便都大聲喝令敬禮。郭靖尋思：「這當然又是蓉兒的計謀，唉，她總有避我之法，我的一舉一動，無不在她料中。」

過了一個多時辰，魯有腳回報道：「這大城急切難攻，小人也想不出妙計。且過幾

日，看敵軍有無破綻，再作計較。」郭靖點頭不語。

他初離蒙古南下之時，只是個渾渾噩噩、誠樸木訥的少年，但一年來迭經憂患，數歷艱險，見識增進了不少，這晚在帳中細細咀嚼畫上兩首詞的詞義，但覺纏綿之情不能自已，心想：「蓉兒決非對我無情，定是在等我謝罪。只是我生來愚蠢，實不知如何補過，方合她的心意。」想到此處，煩惱不已。

這晚睡在帳中，翻來覆去思念此事，直到三更過後，才迷迷糊糊的睡去，夢中竟與黃蓉相遇，當即問她該當如何謝罪，只聽她在自己耳邊低聲說了幾句。郭靖大喜，便即醒轉，卻已記不起她說的是幾句甚麼話。他苦苦思索，竟連一個字也想不起來，要待再睡，得以與黃蓉重在夢中相會，偏偏又睡不著了。焦急懊悶之下，連敲自己腦袋，突然間靈機一動：「我記不起來，難道不能再問她？」大叫：「快請魯長老進帳。」

魯有腳只道有甚麼緊急軍務，披著羊裘赤足趕來。郭靖道：「魯長老，我明晚無論如何要與黃姑娘相見，不管是你自己想出來也好，還是去和別人商量也好，限你明日午時之前，給我籌劃一條妙策。」魯有腳吃了一驚，說道：「黃幫主不在此間，官人怎能與她相見？」郭靖道：「你神機妙算，定有智計。明日午時若不籌劃妥善，軍法從事。」

自覺這幾句話太也蠻橫，不禁暗暗好笑。

魯有腳欲待抗辯，郭靖轉頭吩咐親兵：「明日午時，派一百名刀斧手帳下伺候。」親兵大聲應了。魯有腳愁眉苦臉，轉身出帳。

次日一早大雪，城牆上堅冰結得滑溜如油，如何爬得上去？成吉思汗收兵不攻，心

1511

想此時甫入寒冬，此後越來越冷，非至明春二三月不能轉暖，如捨此城而去，西進時在後路留下這十幾萬敵軍精兵，隨時會給截斷歸路，腹背受敵；但若屯兵城下，只怕敵人援軍雲集，不幸寡不敵眾，一戰而潰，勢不免覆軍異域，匹馬無歸。他負著雙手在帳外來回踱步，傍徨無計，望著城牆邊那座高聳入雲的雪峯皺起了眉頭出神。

眼見這雪峯生得十分怪異，平地斗然拔起，孤零零的聳立在草原之上，就如一株無枝無葉的光幹大樹，是以當地土人稱之為「禿木峯」。撒麻爾罕城倚峯而建，西面的城牆借用了一邊山峯，營造之費既省，而且堅牢無比，可見當日建城的策劃大匠極具才智。這山峯陡削異常，全是堅石，草木不生，縱是猿猴也決不能攀援而上。撒麻爾罕得此屏障，真是固若金湯。

成吉思汗心想：「我自結髮起事，大小數百戰，從未如今日之困，難道竟是天絕我麼？」眼見大雪紛紛而下，駝馬營帳盡成白色，城中卻處處炊煙，更增愁悶。

郭靖卻另有一番心事，只怕這蠻幹之策為黃蓉一舉輕輕消解，再說魯有腳如仍堅忍不說，也決不能當真將他斬首，心想與黃蓉鬥智，那自來是有輸無贏，連一分面也佔不上。時近正午，他沉著臉坐在帳中，兩旁刀斧手各執大刀侍立，只聽得軍中號角吹起，午時已屆。魯有腳走進帳來，說道：「小人已想得一個計策，但怕官人難以照計行事。」郭靖大喜，說道：「快說，就是要我性命也成，有甚麼難行？」郭靖一呆，魯有腳指著禿木峯的峯頂道：「今晚子時三刻，黃幫主在峯頂相候。」

道：「她怎上得去？你莫騙我。」魯有腳道：「我早說官人不肯依言，縱想得妙計，也是枉然。」說罷打了一躬，轉身出帳。

郭靖心想：「果然蓉兒隨口一句話，就叫我束手無策。這禿木峯比鐵掌山中指峯尚高數倍，蒙古的懸崖更不能與之相比。難道峯上有甚麼神仙，能垂下繩子吊我上去麼？」當下悶悶不樂的遣去刀斧手，單騎到禿木峯下察看，見那山峯有若圓柱，上下便似一般粗細，峯週結了一層厚冰，晶光滑溜，就如當日凍困歐陽鋒的那根大冰柱一般，名字叫作「禿木峯」，山峯固然有如禿木，料想自有天地以來，除飛鳥之外，決無人獸上過峯頂。他仰頭望峯，忽地啪的一聲，頭上皮帽跌落雪地，剎那間心意已決：「我不能和蓉兒相見，生不如死。此峯雖險，我定當捨命而上，縱失足跌死了，也是為她的一番心意。」言念及此，心下登時舒暢。

這晚他飽餐一頓，結束停當，腰中插了金刀，背負長索，天未全黑，便即舉步出帳。只見魯簡梁三長老站在帳外，說道：「小人送官人上峯。」郭靖愕然道：「送我上峯？」魯有腳道：「正是，官人不是與黃幫主有約，要在峯頂相會麼？」郭靖大奇，心道：「難道蓉兒並非騙我？」又驚又喜，隨著三人來到禿木峯下。

只見峯下數十名親兵趕著數十頭牛羊相候。魯有腳道：「宰罷！」一名親兵舉起尖刀，將一頭山羊的後腿割了下來，乘著血熱，按在峯上，頃刻間鮮血成冰，將一條羊腿牢牢的凍在峯壁，比用鐵釘釘住還要堅固。

郭靖尚未明白此舉用意，另一名親兵又已砍下一條羊腿，黏上峯壁，比先前那條羊

1513

腿高了約有四尺。郭靖大喜，才知三長老是用羊腿建搭梯級，當斯酷寒，再無別法更妙於此。只見魯有腳縱身而起，穩穩站在第二條羊腿之上。簡長老砍下一條羊腿，向上擲去，魯有腳接住了又再黏上。

過不多時，這「羊梯」已高達十餘丈，在地下宰羊傳遞上去，未及黏上峯壁，已然凍結。郭靖與三長老垂下長索，將活羊吊將上去，隨殺隨黏。待「羊梯」建至山峯半腰，罡風吹來比地下猛烈倍增，幸好四人均是武功高手，身子雖微微搖晃，雙腳在羊腿上站得極穩，兀自生怕滑溜失足，四人將長索縛在腰間，互為牽援，直忙到半夜，這「羊梯」才建到峯頂。三長老固疲累之極，郭靖也已出了好幾身大汗。

魯有腳喘了好幾口氣，笑道：「官人，這可饒了小人麼？」郭靖又歉仄，又感激，拱手說道：「真不知該當如何報答三位才好。」魯有腳躬身還禮，說道：「這是幫主之令，再為難的事也當遵辦。誰教我們有這麼一位刁鑽古怪的幫主呢。」三長老哈哈大笑，面向山峯，緩緩爬下。

郭靖望著三人一步步的平安降到峯腰，這才回身，只見那山峯頂上景色瑰麗無比，萬年寒冰結成一片琉璃世界，或若瓊花瑤草，或似異獸怪鳥，或如山石嶙峋，或擬樹枝椏槎。郭靖越看越奇，讚嘆不已。料想不久黃蓉便會從「羊梯」上峯，霎時之間不禁熱血如沸，面頰通紅，正自出神，忽聽身後格格一聲輕笑。

這一笑登時教他有如雷轟電震，立即轉過身來，月光下只見一個少女似笑非笑的望著他，卻不是黃蓉是誰？

郭靖雖明知能和她相見，但此番相逢，終究仍是乍驚乍喜，疑在夢中。兩人凝望片刻，相互奔近，不提防峯頂寒冰滑溜異常，兩人悲喜交集，均未留意，嗤嗤兩響，同時滑倒。郭靖生怕黃蓉跌傷，人未落地，運勁向前急縱，搶著將她抱住。兩人暌別經年，相思欲狂，此時重會，摟住了那裏還能分開？

過了好一陣子，黃蓉輕輕掙脫，坐在一塊高凸如石櫈的冰上，說道：「若不是你想得我苦，才不來會你呢。」郭靖傻傻的望著她，半句話也說不出來。隔了良久，才叫了聲：「蓉兒。」黃蓉應了他一聲。郭靖喜悅萬分，又叫道：「蓉兒。」

黃蓉笑道：「你還叫不夠麼？這些日子來，我雖不在你眼前，難道你每天不是叫我幾十遍麼？」郭靖道：「你怎知道？」黃蓉微笑道：「你見不著我，我卻常常見你。」郭靖道：「你一直在我軍中，幹麼不讓我見你？」黃蓉嗔道：「虧你還有臉問呢？你一知道我平安無恙，就會去和那華箏公主成親。我寧可不讓你知曉我的下落好。你道我是傻子麼？」

郭靖聽她提到華箏的名字，狂喜之情漸淡，惆悵之心暗生。

黃蓉四下張望，說道：「這座水晶宮多美，咱們到裏面坐下說話。」郭靖順著她眼光瞧去，只見一大塊堅冰中間空了一個洞穴，於月光下暗影朦朧，掩映生姿，真似是一座整塊大水晶彫成的宮殿。

兩人攜手走進冰洞，挨著身子坐下。黃蓉道：「想到你在桃花島上這般待我，你說我該不該饒你？」郭靖站起身來，說道：「蓉兒，我給你磕一百個響頭賠罪。」他一本

正經，當真就跪了下來，重重的磕下頭去，數道：「一、二、三、四……」

黃蓉嫣然微笑，伸手扶起，道：「算了罷，我如不饒你，你就砍掉魯有腳一百個頭，我也懶得爬這高峯呢！」郭靖喜道：「蓉兒，你真好。」黃蓉道：「有甚麼好不好的？先前只道你一心一意就想給師父報仇，心裏沒我這個人半點影子，我自然生氣啦！後來見你跟歐陽鋒立約，只要他不害我，你可饒他三次不死，倒不急著報仇啦！這麼說，你倒當真把我瞧得比為你師父報仇要緊些。」

郭靖搖頭道：「你到這時候才知道我的心。」黃蓉又抿嘴一笑，道：「你瞧我穿的是甚麼？」郭靖的眼光一直望著她臉，聽到這句話才看她身上，只見她穿著一襲黑色貂裘，正是當日兩人在張家口訂交時自己所贈，心中一動，伸手握住了她手。

兩人偎倚著坐了片刻，郭靖道：「蓉兒，我聽大師父說，你在鐵槍廟裏給歐陽鋒逼著同行，後來怎生逃出了他手掌？」黃蓉嘆道：「就只可惜了陸師哥好好一座歸雲莊。老毒物那日逼我跟他講解九陰真經，我說講解不難，但須得有個清淨所在。老毒物說這個自然，咱們去僻靜之地找所寺院。我說寺院中和尚討厭，我又不愛吃素。老毒物說那怎麼辦。我說太湖旁有座歸雲莊，風景既美，酒菜又好，只不過莊主是我朋友，未免令他放心不下。」

郭靖道：「是啊，他定然不肯去。」黃蓉道：「不，他這人可有多自大，那把旁人放在眼內。我越這麼說，他越是要去。他說不管那莊上你有多少朋友，老毒物全對付得了。兩人到了歸雲莊上，陸師哥父子卻全不在家，原來一齊到江北寶應程大小姐府上探

訪親家去啦。你知那莊子是按著我爹爹五行八卦之術建造的。老毒物一踏進莊子，就知不妙，正想拉了我退出，可是我東一鑽西一拐，早就躲了個沒影沒蹤。他找我不到，怒起上來，一把火將歸雲莊燒成了白地。」

郭靖「啊」的一聲，道：「我去歸雲莊找過你的，只見到滿地瓦礫，想不到竟是老毒物幹的好事。」黃蓉道：「我料到他要燒莊，要大夥兒事先躲開啦。老毒物雖抓我不到，可是他當真歹毒，守著去桃花島的途徑候我，幾次險些兒給他撞到，後來我索性北赴蒙古，他又隨後跟著。傻哥哥，幸好你傻裏傻氣的，要是跟老毒物一般機靈，來個前後合圍，我可不知該躲到那裏去啦。」郭靖赧然獸笑。

黃蓉道：「但最後還是你聰明，知道逼魯有腳想計策。」郭靖道：「蓉兒，是你教我的啊。」黃蓉奇道：「我教你的？」郭靖道：「你在夢裏教我的。」當下把夢中情境說了一遍。

黃蓉這次卻不笑他，心中感動，悠悠的道：「古人說精誠所至，金石為開。你這般思我念我，我其實早該與你相見了。」郭靖道：「蓉兒，以後你永遠別離開我，好不好？」

黃蓉望著團團圍繞山峯的雲海出了一會神，忽道：「靖哥哥，我冷。」郭靖忙將身上皮裘解下，給她披在身上，道：「咱們下去罷。」黃蓉道：「好，明晚我們再來這裏，我把九陰真經的要義詳詳細細說給你聽。」郭靖大感詫異，問道：「甚麼？」黃蓉的右手本來與他的左手握著，這時用力捏了一把，說道：「我爹爹譯出了真經最後那一

篇中嘰哩咕嚕的文字，明晚我來說給你聽。」郭靖心想：「這篇梵文明明是一燈大師譯出來的，怎說是她爹爹？」心頭疑惑，正要再問，黃蓉又在他手上捏了一把。

他心知其間必有緣故，當下隨口答應，兩人一齊下峯。回到帳中，黃蓉在他耳邊低聲道：「歐陽鋒也到了禿木峯上，咱們說話之時，他就躲在後面偷聽。」郭靖大吃一驚，道：「啊，我竟沒發覺。」

黃蓉道：「他躲在一塊冰岩後面。老毒物老奸巨猾，這次卻忘了冰岩透明，藏不了人。我也直到月光斜射，才隔著冰岩隱隱看到他稀淡的人影。」郭靖道：「原來你提九陰真經甚麼，是說給他聽的。」黃蓉道：「嗯，我要騙他到山峯絕頂，咱們卻撤了羊梯，教他在山峯頂上修仙練氣，做一輩子活神仙。」郭靖大喜，鼓掌叫好。

次日成吉思汗下令攻城，又折了千餘精銳。城頭守軍嘻笑辱罵，只氣得成吉思汗暴跳如雷，放眼又見滿野都是凍斃的牛羊馬匹屍體，更是心驚。心想如此酷寒，此城若再有十日不破，只怕蒙古精兵有半數要殲於城下。苦思無計，心想我成吉思汗一生英雄，原來要畢命於斯。

當晚郭靖、黃蓉與乞幫三老安排停當，只待歐陽鋒上得峯去，就在下面毀梯。豈知歐陽鋒狡猾殊甚，卻也防到了這著，遠遠守在一旁，不等靖蓉二人上峯，他竟不現身。

黃蓉微一沉吟，又生一計，令人備了幾條長索，用石油浸得濕透。花剌子模國地底到處遍藏石油。千餘年前，當地居民掘井取水，卻得了石油，遇火即焚，此後便使用以煮飯燒物，稱爲火油。蒙古軍亦自花剌子模百姓處奪得火油，作爲燃料。

時，歐陽鋒的人影果在冰岩後面隱約顯現。他輕功已練至爐火純青之境，上峯履冰，竟悄無聲息，料想二人定難知覺。黃蓉當即說了幾節經文，兩人假意研討。研討是假，談論的經文要旨卻句句是真。歐陽鋒聽在耳裏，但覺妙義無窮，不由得心花怒放，心想我若逼那丫頭，她縱然無奈詳盡，在此竊聽，委實妙不可言。

黃蓉慢慢講解，郭靖假意詢問。歐陽鋒心道：「這麼淺顯的道理也不明白，當真笨得可以。」忽聽峯下號角聲響緊迫。郭靖一躍而起，叫道：「大汗點將，我得下去。」

其實這號角聲卻是他事先安排下的。黃蓉道：「那麼咱們明兒再來。」郭靖道：「上峯下峯，極是費事，在帳中說不好嗎？」黃蓉道：「不，歐陽鋒那老兒到處找我，此人狡獪已極，沒地方躲得了他。可是憑他再奸猾，也決想不到咱倆會來到這山峯絕頂。」歐陽鋒暗自得意：「嘿，莫說小小山峯，就逃到天邊，我也追得到你。」

郭靖道：「那麼你在這裏等著，半個時辰之內，我必可趕回。」黃蓉點頭答應。郭靖逕自下峯。他把黃蓉一人留在峯上，心中終究惴惴，但想歐陽鋒一意要偷聽真經，必不致現身相害。他下峯之時，將浸了火油的長索繞在一隻冰凍的羊腿之上。

過了一頓飯時分，黃蓉站起身來，自言自語：「怎麼靖哥哥還不上來？這峯上不知有鬼沒有？想起楊康和歐陽克，當真害怕，我且下去一會，再跟靖哥哥一起上來。」歐陽鋒只怕給她發覺，縮在冰岩後面不敢絲毫動彈，眼見她也攀下山峯去了。

郭靖與三長老守在峯腳，一見黃蓉下來，立刻舉火把點燃長索。長索一路向上焚

燒，羊腿受熱，附在峯壁上的血冰熔化，每步梯級自下而上的逐一跌落。眼見一條火蛇向上蜿蜒爬去，黑夜中映著冰雪，煞是好看。

黃蓉拍掌叫好，道：「靖哥哥，你說這次還饒不饒他？」郭靖道：「這是第三次，咱們不能失信背約。」黃蓉笑道：「我有個法兒，既不背約，又能殺了他給你師父報仇。」郭靖大喜，叫道：「蓉兒，你當真全身是計。怎麼能這般妙法？」

黃蓉笑道：「那一點也不難。咱們讓老毒物在峯上喝十天十夜西北風，叫他又凍又餓，熬個筋疲力盡，然後搭羊梯救他下峯，那是第三次饒他了，是不是？」郭靖道：「是啊。」黃蓉道：「你既饒了他三次，那就不用再跟他客氣。一等他下峯，踏上平地，咱倆同時動手，再加上三位長老相助，咱們五人打一個半死不活的病夫，你說能不能殺他？」郭靖道：「那當然能夠。只是這般殺了他，未免勝之不武。」黃蓉道：「嘿，跟這般奸毒狠惡之人，還講甚麼武不武呢？他害我們五位師父之時，下手可曾容情了？他殺四師父，使的手段可光明正大？」

想到恩師的血海深仇，郭靖不由得目眥欲裂，又想歐陽鋒本領高強，倘若這次放過了他，以後未必再有復仇機會，咬牙道：「好，就這麼辦。」

兩人回到帳中，這番當真研習起九陰真經上的武功來，談論之下，均覺對方一年來武功大有長進，均感欣慰。黃蓉不會背誦梵文，漢文譯本又在郭靖身邊，黃蓉於真經總旨所知不全，此時方得睹全豹，大喜之下，精神倍長。

說到後來，郭靖道：「完顏洪烈那奸賊就在這城內，我們眼睜睜的瞧著，卻拿他無

可如何。你倒想個攻城的妙法。」黃蓉沉吟道：「這幾日我一直在想，籌劃過十幾條計策，卻沒一條當眞管用。」郭靖道：「丐幫兄弟之中，總有十幾個輕身功夫甚是了得，再加上你我二人，咱們試試爬城如何？」黃蓉搖頭道：「這城牆每一丈之內都有十幾把強弓守著，別說不易爬城，即令十幾人個個都衝進了城，裏面十多萬守軍拚死擋住了，也沒法斬關破門。」兩人長夜縱談，這一晚竟沒睡覺。

次日清晨成吉思汗又下令攻城，一萬餘名蒙古兵扳起彈石機，石彈如雨般落入城中。還有幾尊從金兵、宋軍那裏輾轉奪來的火砲，也發砲轟擊。但守軍藏身於碉堡之中，石彈、火砲摧破民房甚眾，守軍傷亡卻少。一連三日，蒙古軍百計攻擊，始終不逞。

到第四日上，天空又飄下鵝毛大雪。郭靖望著峯頂道：「只怕等不到十日，歐陽鋒就凍得半死了。」黃蓉道：「他內功精湛，可以熬上十天。」一語甫畢，突然兩人同時驚叫，只見山峯上落下一物，正是歐陽鋒的身形。黃蓉拍手喜叫：「老毒物熬不住，自行尋死啦！」隨即奇道：「咦，奇怪！怎麼會這樣？」

只見他並非筆直下墮，身子在空中飄飄盪盪，就似風箏一般。靖蓉二人驚詫萬分，心想從這千丈高峯落下，不跌得粉身碎骨才怪，可是他下降之勢怎地如此緩慢，難道老毒物當眞還會妖法不成？片刻之間，歐陽鋒又落下一程，二人這才看清，只見他全身赤裸，頭頂縛著兩個大圓球一般之物。黃蓉心念一轉，已明其理，連叫：「可惜！」

原來歐陽鋒遭困禿木峯頂，他武功雖高，終究無法從這筆立千丈的高峯上溜下來，

熬了幾日凍餓，情急智生，忽然想到一法。他除下褲子，將兩隻褲腳牢牢打了個結，又怕褲子不牢，將衣衫都除下來縛在褲上，雙手持定褲腰，迎風兜滿了氣，咬緊牙關，縱身躍出，從山峯上跳將下來。此法原本極為冒險，只不過死中求生，除此更無他策，果然褲子中鼓滿了氣，將他下降之勢大為減弱。他不穿衣褲，雙手幾乎凍僵，仗著一身卓絕內功，強自運氣周流全身，與寒氣冰雪相抗。

黃蓉又好氣又好笑，一時倒想不出奈何他之法。此時城內城外兩軍盡已瞧見，數十萬人一齊仰起了頭望著這空中飛人。不少小兵只道神仙下凡，跪在地下磕頭膜拜。

郭靖看著歐陽鋒落下的方向，必是墮入城中，待他離地尚有數十丈，搶過一張鐵胎弓，連珠箭發，往他身上射去，心想他身在半空，無可騰挪閃避，只是想到相饒三次之約，箭頭對準他大腿非致命之處。歐陽鋒人在半空，眼觀四方，見羽箭均射向下盤，當即彎腰弓身，雙足連揮，把郭靖射上來的箭枝一一踢開。

三軍喧嘩聲中，成吉思汗已接到郭靖的約略稟報，下令放箭。登時萬弩同張，箭似流星成雨，齊向歐陽鋒射去，眼見他就有千手萬腿，也難逐一撥落。他全身赤裸，在空中又無可騰挪閃避，勢必要將他射得刺蝟相似。歐陽鋒見情勢危急，突然鬆手，登時頭下腳上的倒墮下來。數十萬人齊聲呼喊，當真驚天動地。

只見他在半空腰間一挺，撲向城頭的一面大旗。此時西北風正厲，將那大旗自西至東張得筆挺。歐陽鋒左手前探，已抓住了旗角，就這麼稍一借力，那大旗已中裂為二。歐陽鋒一個觔斗，雙腳勾住旗桿，直滑下來，消失在城牆之後。

兩軍見此奇事，無不駭然，一時談論紛紛，竟忘了廝殺。

郭靖心想：「此次不算饒他，下次豈非尚要相饒一次？蓉兒定然極為不快。」那知

一轉頭，卻見黃蓉眼含笑意，忙問：「蓉兒，甚麼事高興？」黃蓉雙掌一拍，笑道：

「我送一份大禮給你，你歡不歡喜？」郭靖道：「甚麼禮啊？」黃蓉道：「撒麻爾罕城。」

郭靖愕然不解。黃蓉道：「老毒物教了我一個破城妙法，你去調兵遣將，今晚大功可

成。」在他耳邊輕輕說了幾句話，只把郭靖喜得連連鼓掌。

是日未正，郭靖傳下密令，命部屬割破帳篷，製成一頂頂圓傘，下繫堅牢革索，限

一個半時辰縫成一萬頂。將士盡皆起疑，心想帳篷割破，如此嚴寒，在這冰天雪地之中

一夜也是難熬，但主帥有令，只得遵從。

郭靖又令調集軍中供食用的牛羊，在雪峯下候命。令一個萬人隊在北門外布成天

覆、地載、風揚、雲垂四陣，專等捕帥捉將；令一個萬人隊在北門兩側布成龍飛、虎

翼、鳥翔、蛇蟠四陣，勒逼敵軍投向天地風雲四陣之中；令第三個萬人隊輕裝勁束，以

候調用。

當晚飽餐戰飯，兩個萬人隊依令北開。待到戌末亥初，郭靖派親兵稟報大汗，敵城

眼下可破，請調重兵衝城。成吉思汗得報，將信將疑，急令郭靖進帳回報。親兵稟告：

「金刀駙馬陣此時已率部出擊，只待大汗接應。」

郭靖陣中吹動號角，千餘軍士宰牛殺羊，將肉塊凍結在高峯之上。丐幫中高來高去

的好手甚多，互相傳遞牽援，架成了數十道「羊梯」。郭靖一聲令下，當先搶上，一萬名將士以長索繫腰，慢慢爬上峯頂。此刻嚴令早傳，不得發出絲毫聲息。黑夜中但見數十條天矯巨龍蜿蜒上峯。

這山峯絕頂方圓不廣，一萬人擁得密層層，後來者幾無立足之地。郭靖令將士在腰裏繫上革傘，各執兵刃，躍入城中，齊攻南門。

他手掌一拍，首先躍下，數百名丐幫幫眾跟著踴身躍落。這般高峯下躍，自是極險，但蒙古將士素來勇悍，日間又曾見歐陽鋒從峯上降落，各人身上革傘比他鼓氣入褲之法更穩當得多，再見主帥身先士卒，當下個個奮勇。一時之間，空中宛似萬花齊放，一頂頂革傘張了開來，帶著將士穩穩下墮。

黃蓉坐在峯頂冰岩之上，眼見大功告成，不由得心花怒放，尋思：「成吉思汗破城與否，原本與我無關。但若靖哥哥能聽我言語，倒可乘機了結一件大事。」

郭靖足一著地，立即扯下背後革傘，舞動大刀，猛向守軍掃去。此時城中已有少數守軍驚覺，但斗然間見到千成萬敵軍從天而降，駭惶之餘，那裏還有鬥志？最先著地的又是丐幫幫眾，個個武藝高強，接戰片刻，早已攻近城門。接著蒙古軍先後降落，雖有數百名軍士因傘破跌斃，數百名將士在空中為敵軍羽箭射死，但十成中倒有八成多平安著地，大半受風吹盪，落入城中各處，為花剌子模軍圍住，或擒或殺，但落在城門左近的也有一二千人。郭靖令半數抵擋敵軍，半數斬關開城。

成吉思汗見郭靖所部飛降入城，驚喜交集，當即盡點三軍，攻向城邊，只見南門大

開，數百名蒙古軍執矛守住。當下幾個千人隊蜂湧衝入，裏應外合，奮勇攻殺。十餘萬守軍張惶失措，不知敵軍從何而來。蒙古軍一面廝殺，一面到處澆潑火油放火。城中大火衝天，花剌子模兵更加亂成一團。

未及天明，守軍大潰。花剌子模國王摩訶末得報北門尚無敵軍，當即開城北奔。那知郭靖的一個萬人隊早就候在兩側，箭矛齊施，大殺一陣。摩訶末無心戀戰，命完顏洪烈率兵殿後，自己在親兵擁護下當先逃命。

郭靖一心要拿完顏洪烈，亂軍中見他金盔閃動，率軍急追。花剌子模軍雖敗，畢竟人數眾多，此時困獸猶鬥，個個情急拚命。郭靖兵少，阻攔不住，前面快馬不住報來，說道敵軍即將突圍。

郭靖想起兵法有云：「餌兵勿食，歸師勿遏。圍師必闕，窮寇莫追。」當即下令變陣，令旗展處，天地風雲四陣讓開通路，數萬花剌子模軍疾衝而過，又見令旗揚起，號砲響動，四陣重又合圍。此時敵軍只剩殿後萬餘人，雖皆精銳，然敗軍之餘，士無鬥志，人數又不如對方，盡數為郭靖部屬所擒。郭靖檢點俘虜，卻不見完顏洪烈在內，此仗雖獲全勝，但兩大仇人俱脫，仍有餘憾。

待到天明，城中殘敵肅清。成吉思汗末王宮大集諸將。

郭靖正在整軍，查點慰撫部下傷亡，聽得大汗的金角吹動，忙循聲趕去，奔到王宮前面廣場，見宮門旁站著一小隊軍士，黃蓉與魯有腳等三長老都在其內。黃蓉雙手一拍，兩名小軍抬上一隻大麻袋。她笑道：「喂，你猜猜這裏面是甚麼？」郭靖笑道：

「這城中千奇百怪的物事都有，怎猜得著？」黃蓉道：「這是我送給你的，定要教你歡喜。」郭靖忽地想起，莫非她在城中尋到甚麼美貌女子，來開自己一個玩笑？當下搖頭道：「我不要。」黃蓉笑道：「你當真不要？見到了可別改口。」

她將麻袋一抖，袋中果然跌出一個人來，只見他頭髮散亂，滿臉血污，披著一件花剌子模兵所穿的皮襖。看他面目時，赫然是大金國趙王完顏洪烈。

郭靖大喜，道：「妙極了，你從那裏捉來？」黃蓉道：「我見敗兵從北門出來，一隊兵打著趙王旗號，一個金盔錦袍的將軍領軍奔東。我想完顏洪烈這廝狡猾得緊，敗軍之後決不會公然打起趙王旗號，定是個金蟬脫殼之計。旗號打東，他必定向西遁逃，當下與魯長老等在西邊埋伏，果然拿到這廝。」從身邊取出郭靖那柄短劍，交還給他，說道：「恭喜你今日得報大仇，待會用這把劍殺了這奸賊，你爹爹在天之靈必定歡喜。」

郭靖接過短劍，向她深深打躬行禮，說道：「蓉兒，你為我報了先父之仇，我真不知說甚麼好。」

黃蓉抿嘴笑道：「那也是碰巧罷啦。你立下此功，大汗必有重賞，那才教好呢。」

郭靖道：「我也沒甚麼想要的。」黃蓉向旁走開，低聲道：「你過來。」郭靖跟了過去。黃蓉道：「這世上難道你當真沒甚麼想要的了？」郭靖一怔，道：「我只要一樣，就是盼望永遠不跟你分離。」黃蓉微笑道：「今日你立此大功，縱然有甚麼事觸犯大汗，我想他也決不會生氣發作。」郭靖「嗯」了一聲，還未明白。黃蓉道：「此刻你若是求他封甚麼官爵，他必答應。但若求他不封你甚麼官爵，他也難以拒絕。要緊的是須

得要他先行親口言明，不論你求甚麼，他都允可。」

黃蓉聽他說了「是啊」兩字，不再接口，只是搔頭，惱道：「你這金刀駙馬做得挺美，是不是？」郭靖登時恍然大悟，叫道：「嗯，我明白啦。你叫我去向大汗辭婚，叫他答允在先，待我說出口後難以拒絕。」黃蓉道：「那可全憑你自己了，或者你挺想做駙馬爺呢？」郭靖道：「蓉兒，華箏妹子待我一片真心，可是我對她始終情若兄妹。」

黃蓉心中甚喜，向他微笑斜睨。郭靖欲待再說，忽聽宮中二次金角響起，伸手在黃蓉手上一握，說道：「蓉兒，你聽我好音。」當下押著完顏洪烈進宮朝見大汗。

成吉思汗見郭靖進來，心中大喜，親下寶座迎接，攜著他手上殿，成吉思汗更喜，見完顏洪烈俯伏在地，提起右足踏在他的頭上，笑道：「當時你到蒙古來耀武揚威，可曾想到也有今日？」完顏洪烈自知不免一死，抬頭說道：「當時我金國兵力強盛，可惜不先滅了你小小蒙古，致成今日之患。」成吉思汗大笑，命親兵牽將出去，就在殿前斬首。

郭靖想起父親大仇終於得復，心中仇恨頓消，覺得不必由自己親自下手了，但見完顏洪烈滿臉愁苦，心中又喜又悲，本想用丘處機所贈短劍去親手殺了他，但見完顏洪烈滿臉愁苦，心中又喜又悲，本想用丘處機所贈短劍去親手殺了他，但見完顏洪烈滿臉愁苦，心中又喜又悲，本想用丘處機所贈短劍去親手殺了他。

成吉思汗道：「我曾說破城擒得完顏洪烈者，此城子女玉帛全數賞他，你領兵點收去罷。」郭靖搖頭道：「我母子受大汗恩庇，足夠溫飽，奴僕金帛，多了無用。」成吉思汗道：「好，這正是英雄本色。那麼你要甚麼？但有所求，我無不允可。」郭靖離座

打了一躬，說道：「欲求大汗一事，請大汗勿怒。」成吉思汗笑道：「你說罷。」

郭靖正欲說出辭婚之事，忽聽得遠處傳來千成萬人的哭叫呼喊之聲，震天撼地，驚心動魄。殿上諸將盡皆躍起，抽出長刀，只道城中投降了的花剌子模軍民突然起事，都要奔出去鎮壓。成吉思汗笑道：「沒事，沒事。這狗城不服天威，累得我損兵折將，又害死了我愛孫，須得大大洗屠一番。大家都去瞧瞧。」當下離座步出，諸將跟隨在後。

眾人出宮後上馬馳向西城。但聽得哭叫之聲愈來愈慘厲。一出城門，只見無數百姓奔逃哭叫，推擁滾撲，蒙古兵將乘馬來回奔馳，手舞長刀，向人羣砍殺。

原來蒙古人命令居民盡數出城，不得留下一個。當地居民初時還道是蒙古人點閱戶口，以防藏匿奸細，那知蒙古軍先搜去居民全部兵器，再點出諸般巧手工匠，隨即在人叢中拉出美貌的少婦少女，以繩索縛起。撒麻爾罕居民此時才知大難臨頭，有的欲圖抵抗，當場被長刀長矛格斃。蒙古軍十幾個千人隊齊聲吶喊，向人叢衝去，舉起長刀，不分男女老幼的亂砍。這一場屠殺當真慘絕人寰，自白髮蒼蒼的老翁，以至未離母親懷抱的嬰兒，無一得以倖免。當成吉思汗率領諸將前來察看時，早已有十餘萬人命喪當地，四下裏血肉橫飛，蒙古馬的鐵蹄踏著遍地屍首，來去屠戮。

成吉思汗哈哈大笑，叫道：「殺得好，殺得好，叫他們知道我的厲害。」郭靖看了片刻，再也忍耐不住，馳到成吉思汗馬前，叫道：「大汗，你饒了他們罷。」成吉思汗手一擺，喝道：「盡數殺光，一個也不留。」郭靖不敢再說，只見一個七八歲的孩子從

人叢中逃了出來，撲在一個被戰馬撞倒的女子身上，大叫：「媽媽！」一名蒙古兵疾衝而過，長刀揮處，母子兩人斬為四段。那孩子的雙手尚自牢牢抱著母親。

郭靖胸中熱血沸騰，叫道：「大汗，你說過這城中的子女玉帛都是我的，怎麼你又下令屠城？」成吉思汗一怔，笑道：「你自己不要的。」郭靖道：「你說不論我求你甚麼，你都允可，是麼？」成吉思汗點頭微笑。郭靖大聲道：「大汗言出如山，我求你饒了這數十萬百姓的性命。」

成吉思汗大為驚詫，萬想不到他會懇求此事，但既已答允，豈能反悔？心中極為惱怒，雙目如要噴出火來，瞪著郭靖，手按刀柄，喝道：「小傢伙，你當真求我此事？」諸王眾將見大汗發怒，都嚇得心驚膽戰。成吉思汗左右一列排開，無一不是身經百戰的勇將，剛猛剽悍，視死如歸，但大汗一怒，卻人人不寒而慄。

郭靖從未見成吉思汗如此兇猛的望著自己，也真極為害怕，身子不由得微微打戰，說道：「只求大汗饒了眾百姓的性命。」

成吉思汗低沉著嗓子道：「你不後悔？」郭靖想起黃蓉教他辭婚，現下放過這個良機，終身要失去大汗的歡心，那也罷了，而自己與黃蓉的良緣卻也化為流水，但眼見這數十萬百姓呼叫哀號的慘狀，如何能見死不救？昂然道：「我不後悔。」

成吉思汗聽他聲音發抖，知他心中害怕，但仍鼓勇強求，也不禁佩服他的倔強，拔出長刀，叫道：「收兵！」親兵吹起號角，數萬蒙古騎兵身上馬上都濺滿鮮血，從人叢中縱馬而出，整整齊齊的排列成陣。

成吉思汗自任大汗以來，從無一人敢違逆他旨意，這次給郭靖生生的將他屠城之令扼住，甚是惱怒，大叫一聲，將長刀重重擲在地下，馳馬回城。諸將都向郭靖橫目怒視，心想大汗盛怒之下，不知是誰倒霉，難免要大吃苦頭。攻破撒麻爾罕城後本可大掠大殺數日，這麼一來，破城之樂是全盤落空了。

郭靖心知諸將不滿，也不理會，騎著小紅馬慢慢向僻靜之處走去。此時大戰初過，城內城外成千成萬座房屋兀自焚燒，遍地都是屍骸，雪滿平野，盡染赤血。他想：「戰禍之慘，一至於斯。我為了報父親之仇，領兵來殺了這許多人。大汗為了要征服天下，殺人更多。可是千萬將士百姓卻又犯了甚麼罪孽，落得這般肝腦塗地，骨棄荒野？」越想心中越不安。「我破城為父報仇，卻害死了這許多人，到底該是不該？」

他一人一騎，在荒野中走來走去，苦苦思索，直到天黑，才回到城中宿營之處。來到營門，只見大汗的兩名親兵候在門外，上前行禮，稟道：「大汗宣召駙馬爺，小人相候已久，請駙馬爺快去。」

郭靖心想：「我日間逆了大汗旨意，他要將我斬首也未可知。事已如此，只好相機行事。」招手命自己的一名親兵過來，低聲囑咐了幾句，叫他急速報與魯有腳知道，自己逕行入宮。他惴惴不安，但打定了主意：「不管大汗如何威逼震怒，我總是不收回饒赦滿城百姓的求懇。他是大汗，不能食言。」

他滿心以為成吉思汗必在大發脾氣，那知走到殿門，卻聽得大汗爽朗的大笑之聲一

陣陣從殿中傳出。郭靖不由得微感詫異，加快腳步走進殿去，只見成吉思汗身旁坐著一人，腳邊又坐著一個少女，倚在他膝上。坐著的是個長鬚如漆的道士，原來是長春子丘處機，腳邊的少女卻是華箏公主。

郭靖大喜，忙奔上相見。成吉思汗從侍從手中搶過一枝長戟，掉過頭來，戟桿往郭靖上猛擊下去。郭靖一驚，側頭讓開，這一桿打在他的左肩，崩的一聲，戟桿斷為兩截。成吉思汗哈哈大笑，叫道：「小傢伙，就這麼算了。若不是你今日立了大功，又瞧在丘道長和女兒份上，今日要殺你的頭。」

華箏跳起身來，叫道：「爹，我不在這兒，你定盡欺侮我郭靖哥哥。」成吉思汗將斷戟往地下一擲，笑道：「誰說的？」華箏道：「我親眼見啦，你還賴呢。因此我不放心，要和丘道長一起來瞧瞧。」

成吉思汗一手拉著女兒，一手拉著郭靖，笑道：「大家坐著別吵，聽丘道長讀詩。」

丘處機在煙雨樓鬥劍後，見周伯通安好無恙，又知害死譚處端的正兇是歐陽鋒，便與馬鈺等向黃藥師鄭重謝罪。全真六子後來遇到柯鎮惡，得悉備細，不勝浩歎。丘處機想起收徒不慎，對楊康只授武功而不將他帶出王府，少年人習於富貴，把持不定，終於落此下場，更自責甚深。這日得到成吉思汗與郭靖來信，心想蒙古人併吞中國之勢已成，難得成吉思汗前來相邀，正好乘機進言，若能啟他一念之善，便可令普天下千千萬萬百姓免於屠戮，實為無量功德，又掛念郭靖，便帶了十餘名弟子冒寒西來。

丘處機見郭靖經歷風雪，面目黝黑，身子卻更壯健，甚是欣喜。郭靖未到之時，他

正與成吉思汗談論途中見聞，說有感於風物異俗，做了幾首詩，當下捋鬚吟道：

「十年兵災萬民愁，千萬中無一二留。去歲幸逢慈詔下，今春須合冒寒遊。

不辭嶺北三千里，仍念山東二百州。窮急漏誅殘喘在，早教生民得消憂。」

一名通曉漢語的文官名叫耶律楚材，將詩義譯成蒙古語。成吉思汗聽了，點頭不語。

丘處機向郭靖道：「當年我和你七位師父在醉仙樓頭比武，你二師父從我懷中摸去了一首未作成的律詩。此番西來，想念七位舊友，終於將這首詩續成了。」吟道：

「自古中秋月最明，涼風居候夜彌清，一天氣象沉銀漢，四海魚龍躍水精。

這四句是你二師父見過的，下面四句是我新作，他卻見不到了：

吳越樓台歌吹滿，燕秦部曲酒肴盈。我之帝所臨河上，欲罷干戈致太平。」

郭靖想到七位師父，不禁淚水盈眶。

成吉思汗道：「道長西來，想必已見我蒙古兵威，不知可有詩歌讚詠否？」丘處機道：「一路見到大汗攻城掠地之威，心中有感，也做了兩首詩。第一首云：

天蒼蒼兮臨下土，胡為不救萬靈苦？萬靈日夜相凌遲，飲氣吞聲死無語。

仰天大叫天不應，一物細瑣徒勞形。安得大千復混沌，免教造物生精靈。」

耶律楚材心想大汗聽了定然不喜，一時躊躇不譯。丘處機不予理會，續念道：「我

第二首是：

嗚呼天地廣開闢，化生眾生千萬億。暴惡相侵不暫停，循環受苦知何極。

皇天后土皆有神，見死不救知何因？下士悲心卻無福，徒勞日夜含酸辛。」

這兩首詩雖不甚工，可是一股悲天憫人之心，躍然而出。郭靖日間見到屠城的慘狀，更感慨萬分。成吉思汗道：「道長的詩必是好的，詩中說些甚麼，快譯給我聽。」耶律楚材心想：「我曾向大汗進言，勸他少殺無辜百姓，他那裏理睬。幸得這位道長深有慈悲心腸，作此好詩，只盼能說動大汗。」當下照實譯了。成吉思汗聽了不快，向丘處機道：「聽說中華有長生不老之法，盼道長有以教我。」

丘處機道：「長生不老，世間所無，但道家練氣，實能卻病延年。」成吉思汗問道：「請問練氣之道，首要何在？」丘處機道：「天道無親，常與善人。」成吉思汗問道：「何者為善？」丘處機道：「聖人無常心，以百姓心為心。」成吉思汗默然。

丘處機又道：「中華有部聖書，叫作《道德經》，吾道家奉以為寶。『天道無親』、『聖人無常心』云云，都是經中之言。經中又有言道：『兵者不祥之器，非君子之器，不得已而用之，恬淡為上。而美之者，是樂殺人。夫樂殺人者，則不可以得志於天下矣。』」

丘處機一路西行，見到戰禍之烈，心中惻然有感，乘著成吉思汗向他求教長生延年之術，當下反覆開導，為民請命。

成吉思汗以年事日高，精力駿衰，所關懷的只是長生不老之術，眼見丘處機到來，心下大喜，只道縱不能修成不死之身，亦必可獲知增壽延年之道，豈知他翻來覆去總是勸告自己少用兵、少殺人，言談極不投機，說到後來，對郭靖道：「你陪道長下去休息罷。」

注：

一、成吉思汗任郭靖為統兵大將，本為小說家言，正史中並無郭靖、黃蓉其人，評者有云：蒙古統治者歧視漢人，將天下人等分為1.蒙古人2.色目人3.漢人（中國北方人）4.南人（中國南方人）四等，絕無任漢人、南人為統兵大將之理。此評錯了，元朝分人民為四等，乃征服中國全境、建立元朝後的後期之事，因南人造反者多，遂加種種限制，不得執兵器等。當成吉思汗、窩闊台、忽必烈等為大汗之世，任命漢人為統兵大將者著實不少。如張柔、張世傑等皆為方面統兵大將。蒙古西征時有漢人作統兵大將，不但是漢人，而且姓郭。郭寶玉為成吉思汗之孫旭烈兀（Hulegu 1217-1265）麾下領蒙古大軍西征天房（沙地阿拉伯）及富浪（賽普魯斯島，島上回教蘇丹不敵投降）。郭侃從百戶、千戶升為萬戶、那顏，軍中官職等同郭靖，西征時攻克伊朗、伊拉克等地時立大功，降哈里發、蘇丹等甚眾。忽必烈入據中國後，派大軍西征日本，統兵元帥為漢人范文虎，兩次遇颶風覆舟，大軍覆沒，仍獲重用。

二、花剌子模為回教大國，國境在今俄羅斯南部、阿富汗、伊朗一帶。撒麻爾罕城在今俄羅斯烏茲別克共和國境內。據《元史》載，成吉思汗攻花剌子模舊都玉龍傑赤時，曾以石油澆屋焚燒，城因之破。

三、據史籍載，丘處機與成吉思汗來往通信三次，始攜弟子十八人經崑崙赴

雪山相見，本書略去通信三次過程。丘處機弟子李志常撰有《長春真人西遊記》一書，備記途中經歷，此書今尚行世。本書中所引的四首詩，是丘處機原作。

郭靖解下長衣，執住一端，縱馬馳過。

歐陽鋒伸手拉住長衣的另端。

郭靖雙腿急夾，大喝一聲。

小紅馬奮力前衝，波的一聲響，

將歐陽鋒從軟沙中直拔出來，

在雪地裏拖曳而行。

第三十八回

錦囊密令

郭靖陪了丘處機與他門下十八名弟子李志常、尹志平、夏志誠、于志可、張志素、王志明、宋德方等休息後，再赴成吉思汗的宴會。丘處機回答成吉思汗的詢問，詳述健身延年、保民行善之道，待得辭出來到宮外，天已微明，只見黃蓉與魯、簡、梁三長老以及千餘名丐幫幫眾，都騎了馬候在宮外。

眼見郭靖出宮，黃蓉拍馬迎上，笑問：「沒事嗎？」郭靖笑道：「運氣不錯，剛碰著丘道長到來，大汗心情正好。」黃蓉向丘處機行禮見過，對郭靖道：「我怕大汗發怒要殺你，領人在這裏相救。大汗怎麼說？答應了你辭婚麼？」郭靖躊躇半晌，道：「我沒辭婚。」黃蓉一怔，道：「為甚麼？」郭靖道：「蓉兒你千萬別生氣，因為……」剛說到這裏，華箏公主從宮中奔出，大聲叫道：「郭靖哥哥。」

黃蓉見到是她，臉上登時變色，立即下馬，閃在一旁。郭靖待要對她解釋，華箏卻拉住了他手，說道：「你想不到我會來罷？你見到我高不高興？」郭靖點點頭，轉頭尋黃蓉時，卻已人影不見。

華箏一心在郭靖身上，並未見到黃蓉，拉著他手，咭咭呱呱的訴說別來相思之情。郭靖暗暗叫苦：「蓉兒必道我見到華箏妹子，這才不肯向大汗辭婚。」華箏所說的話，他竟一句也沒聽進耳裏。華箏說了一會，見他呆呆出神，嗔道：「你怎麼啦？我大老遠的趕來瞧你，你全不理睬我？」

郭靖道：「妹子，我掛念著一件要事，先得去瞧瞧，回頭再跟你說話。」逕行奔回營房去找黃蓉。親兵說道：「黃姑娘回來拿了一幅畫，出東門去了。」郭靖驚問：「甚

1538

麼畫？」那親兵道：「就是駙馬爺常常瞧的那幅。」郭靖更驚，心想：「她將這畫拿去，顯是跟我決絕了。我甚麼都不顧啦，隨她南下便是。」匆匆留了個字條給丘處機，跨上小紅馬出城追去。

小紅馬腳力好快，郭靖生怕找不著黃蓉，心中焦急，更不住的催促，轉眼之間，已奔出數十里，城郊人馬雜沓，屍骸縱橫，一到數十里外，放眼但見一片茫茫白雪，雪地裏有一道馬蹄印筆直向東。郭靖心中甚喜：「小紅馬腳力之快，天下無雙，再過片刻，必可追上蓉兒。我和她同去接了母親，一齊南歸。大汗與華箏妹子必定怪我，也顧不得了。」

又奔出十餘里，只見馬蹄印轉而向北，蹄印之旁突然多了一道行人的足印。這足印甚是奇特，雙腳之間相距幾有四尺，步子邁得如此之大，而落地卻輕，只陷入雪中數寸。郭靖吃了一驚：「這人輕身功夫好厲害。」隨即想到：「左近除歐陽鋒外，更無旁人有此功夫，難道他在追趕蓉兒？」

想到此處，雖在寒風之下，不由得全身出汗。小紅馬甚通靈性，知道主人追蹤蹄印，不待郭靖控韁指示，順著蹄印一路奔了下去。只見那足印始終是在蹄印之旁，但數里之後，這一對印痕在雪地中忽爾折西，忽爾轉南，彎來繞去，竟無一段路是直行的。

郭靖心道：「蓉兒必是發現歐陽鋒在後追趕，故意繞道。但雪中蹄痕顯然，極易追蹤，老毒物始終緊追不捨。」

又馳出十餘里，蹄印與足印突然與另外一道蹄印足形重疊交叉。郭靖下馬察看，瞧

出一道在後，一道在後，望著雪地中遠遠伸出去的兩道印痕，斗然醒悟：「蓉兒使出她爹爹的奇門之術，故意東繞西轉的迷惑歐陽鋒，教他兜了一陣，又回上老路。」

他躍上馬背，又喜又憂，喜的是歐陽鋒多半再也追不上黃蓉，憂的是蹄印雜亂，自己卻也失了追尋她的線索，站在雪地中呆了一陣，心想：「蓉兒繞來繞去，終究是要東歸，我只是向東追去便了。」躍上馬背，認明了方向，逕向東行。奔馳良久，果然足印再現，接著又見遠處青天與雪地相交處有個人影。

郭靖縱馬趕去，遠遠望見那人正是歐陽鋒。這時歐陽鋒也已認出郭靖，叫道：「快來，黃姑娘陷進沙裏去啦。」

郭靖大驚，雙腿一夾，小紅馬如箭般疾衝而前。待離歐陽鋒數十丈處，只感到馬蹄忽沉，踏到的不再是堅實硬地，似乎白雪之下是一片泥沼。小紅馬也知不妙，忙拔足斜奔，再繞彎奔到臨近，只見歐陽鋒繞著一株小樹急轉圈子，片刻不停。郭靖大奇：「他在鬧甚麼玄虛？」一勒韁繩，要待駐馬相詢，那知小紅馬竟不停步，疾衝奔去，隨又轉回。

郭靖當即醒悟：「原來地下不是沼澤軟泥，一停足立即陷下。」一轉念間，不由得大驚：「莫非蓉兒闖到了這裏？」向歐陽鋒叫道：「黃姑娘呢？」歐陽鋒足不停步的奔馳來去，叫道：「我跟著她馬蹄足印一路追來，到了這裏，就沒了蹤跡。你瞧！」說著伸手向小樹上一指。

郭靖縱馬過去，只見樹枝上套著一個黃澄澄的圈子。小紅馬從樹旁擦身馳過，郭靖伸手拿起圈子，正是黃蓉束髮的金環。他一顆心幾乎要從腔子中跳了出來，圈轉馬頭，

向東直奔，馳出里許，只見雪地裏一物熠熠生光。他從馬背上俯下身來，長臂拾起，卻是黃蓉襟頭常佩的一朵金鑲珠花。他更加焦急，大叫：「蓉兒，蓉兒，你在那裏？」極目遠望，白茫茫的一片無邊無際，沒見一個移動的黑點，又奔出數里，左首雪地裏鋪著一件黑貂裘，正是當日在張家口自己所贈的。

他令小紅馬繞著貂裘急兜圈子，大叫：「蓉兒！」聲音從雪地上遠遠傳送出去，附近並無山峯，竟連回音也無一聲。郭靖大急，突然哭出聲來，哭著嘶聲大叫。

過了片刻，歐陽鋒也跟著來了，叫道：「我要上馬歇歇，咱們一道尋黃姑娘去。」

郭靖怒道：「若不是你追趕，她怎會奔到這沼澤之中？」雙腿一夾，小紅馬急竄而出。

歐陽鋒大怒，身子三起三落，已躍到小紅馬身後，伸手來抓馬尾。郭靖沒料他來得如此迅捷，一招「神龍擺尾」，右掌向後拍出，與歐陽鋒手掌相交，兩人都是出了全力。郭靖為歐陽鋒掌力推動，身子竟離鞍飛起，幸好小紅馬向前直奔，他左掌伸出，按落馬臀，借力又上了馬背。

歐陽鋒卻向後倒退了兩步，由於郭靖這一推之力，落腳重了，左腳竟深陷入泥，直沒至膝。歐陽鋒大驚，知道在這流沙沼澤之地，左腳陷了，倘出力上拔提出左腳，必致將右腳陷入泥中，如此愈陷愈深，任你有天大本事也難脫身。情急之下橫身倒臥，著地滾轉，同時右腳用力向空踢出，一招「連環鴛鴦腿」，憑著右腳這上踢之勢，左足跟著上踢，泥沙飛濺，已從陷坑中拔出。

他翻身站起，只聽得郭靖大叫「蓉兒，蓉兒！」一人一騎，已在里許之外，遙見小

紅馬跑得甚是穩實，看來已走出沼澤，當下跟著蹄印向前疾追，愈跑足下愈鬆軟，似乎起初尚是沼澤邊緣，現下已踏入中心。他連著了郭靖三次道兒，最後一次在數十萬人之前赤身露體，狼狽不堪，旁人佩服他武藝高強，他自己卻覺實是生平的奇恥大辱。此時與郭靖單身相逢，好歹也要報此大仇，縱冒奇險，也決不肯錯此良機，何況黃蓉生死未知，也不能就此罷休，施展輕功，提氣直追。

這番輕功施展開來，數里之內，當真疾逾奔馬。郭靖聽得背後踏雪之聲，猛回頭，見歐陽鋒離馬尾已不過數丈，一驚之下，急忙催馬。

一人一騎，頃刻間奔出十多里路。郭靖仍不住呼叫：「蓉兒！」眼見天色漸暗，黃蓉出現的機緣愈來愈渺茫，他呼喊聲自粗嗄而嘶啞，自哽咽而變成哭叫。小紅馬早知危險，足底愈軟，起步愈快，到得後來竟四蹄如飛，猶似凌空御風一般。汗血寶馬這般風馳電掣般全速而行，歐陽鋒輕功再好，時刻一長，終於呼吸迫促，腿勁消減，腳步漸漸慢了下來。小紅馬身上也是大汗淋漓，一點點的紅色汗珠濺在雪地上，鮮艷之極，顆顆蹄印之旁，宛如散了朵朵桃花。

待馳到天色全黑，紅馬已奔出沼澤，早把歐陽鋒拋得不知去向。郭靖心想：「蓉兒的坐騎無此神駿，跑不到半里，就會陷在沼澤中動彈不得。我寧教性命不在，也要設法救她。」他明知黃蓉此時失蹤已久，若陷在泥沙之中，縱然救起，也已返魂無術，這麼想也只自行寬慰而已。他下馬讓紅馬稍息片刻，撫著馬背叫道：「馬兒啊馬兒，今日休嫌辛苦，須得拚著命再走一遭。」

他躍上馬鞍，勒馬回頭。小紅馬害怕，不肯再踏入軟泥，但在郭靖不住催促之下，終於一聲長嘶，潑剌剌放開四蹄，重回沼澤。牠知前途尚遠，大振神威，越奔越快。

正急行間，猛聽得歐陽鋒叫道：「救命，救命。」郭靖馳馬過去，白雪反射微光下只見他大半個身子已陷入泥中，雙手高舉，在空中亂抓亂舞，眼見泥沙慢慢上升，已然齊胸，一抵口鼻，不免窒息斃命。

郭靖見他這副慘狀，想起黃蓉臨難之際亦必如此，胸中熱血上湧，幾乎要躍下馬來，自陷泥中。歐陽鋒叫道：「快救人哪！」郭靖切齒道：「你害死我恩師，又害死了黃姑娘，要我相救，再也休想。」歐陽鋒厲聲道：「咱們曾擊掌為誓，你須饒我三次。這次是第三次，難道你不顧信義了？」郭靖垂淚道：「黃姑娘已不在人世，咱們的盟約還有何用處？」

歐陽鋒破口大罵。郭靖不再理他，縱馬走開。奔出數十丈，聽得他慘厲的呼聲遠遠傳來，心終不忍，嘆了口氣，回馬過來，見泥沙已陷到他頸邊。歐陽鋒道：「你用繩子拖我。」郭靖道：「我救你便是。但馬上騎了兩人，馬身吃重，勢必陷入泥沼。」歐陽鋒道：「你用繩子拖我。」郭靖未攜帶繩索，轉念間解下長衣，執住一端，縱馬馳過他身旁。歐陽鋒伸手拉住長衣的另一端，郭靖雙腿急夾，大喝一聲。小紅馬奮力前衝，波的一聲響，將歐陽鋒從軟沙之中直拔出來，在雪地裏拖曳而行。

若是向東，不久即可脫出沼澤，但郭靖懸念黃蓉，豈肯就此罷休？當下縱馬西馳。歐陽鋒仰天臥在雪上，飛速滑行，乘機喘息運氣。小紅馬駸駸駪駪，奔騰駿發，天未大

明，又已馳過沼澤，只見雪地裏蹄印點點，正是黃蓉來時的蹤跡，可是印在人亡，香魂何處？郭靖躍下馬來，望著蹄印呆呆出神。

他心裏傷痛，竟忘了大敵在後，站在雪地裏左手牽著馬韁，右手挽了貂裘，極目遠眺，心搖神馳，突覺背上微觸，待得驚覺，急欲回身，只覺歐陽鋒的手掌已按在自己背心「陶道穴」上。歐陽鋒那日從沙坑中鑽出，也曾為郭靖如此制住，此時即以其人之道，還治其人之身，不禁哈哈大笑。

郭靖哀傷之餘，早將性命置之度外，淡然道：「你要殺便殺，咱們可不曾立約要你饒我。」歐陽鋒一怔，他本想將郭靖盡情折辱一番，然後殺死，那知他竟無求生之想，當即了然：「這傻小子和那丫頭情義深重，我若殺他，倒遂了他殉情的心願。」轉念又想：「那丫頭既已陷死沙中，倒著著落在他身上譯解經文。」點了郭靖的穴道，提著他手膀，躍上馬背，兩人並騎，向南邊山谷中馳去。

行到巳牌時分，見大道旁有個村落。歐陽鋒縱馬進村，但見遍地都是屍骸，天時寒冷，屍身盡皆完好，死時慘狀未變，自是皆為蒙古大軍經過時所害。歐陽鋒大喜，押著郭靖走進一間石屋，說道：「你現下為我所擒，我也不來殺你。只要打得過我，你就可出去。」解開他穴道，去牽了一條羊來宰了，在廚下煮熟。

郭靖望著他得意的神情，越看越恨。歐陽鋒拋一隻熟羊腿給他，說道：「等你吃飽

村中靜悄悄地竟無一人，只幾十頭牛羊高鳴相和。歐陽鋒大叫數聲，

了，咱們就打。」

歐陽鋒舉手擋開，回以一拳。頃刻之間，兩人在石屋中打得桌翻橫倒。

拆了三十餘招，郭靖畢竟功力不及，給歐陽鋒搶上半步，右掌抹到了脅下。郭靖難以閃避，只得停手待斃，歐陽鋒竟不發勁，笑道：「今日到此為止，你練幾招真經上的功夫，明日再跟你打過。」

歐陽鋒舉手擋開，回以一拳。頃刻之間，兩人在石屋中打得桌翻橫倒。

郭靖「呸」了一聲，坐在一張翻轉的橙上，拾起羊腿便咬，心道：「他有心要學真經功夫的訣竅，盼我演將出來，便可揣摩照學，他這是要拜我為師。我偏不上當。他要殺我，就讓他殺好了……嗯，他剛才這一抹，我該當如何拆解？」遍思所學的諸般拳術掌法，無招可以破解，卻想起真經上載得有門「飛絮勁」巧勁，似可將他這一抹化於無形。

他心想：「我自行練功，他要學也學不去。」當下將一隻羊腿吃得乾乾淨淨，盤膝坐在地下，想著經中所述口訣，依法修習。他自練成「易筋鍛骨章」後，根柢紮穩，又得一燈大師傳授，經中要旨已了然於胸，「飛絮勁」這等功夫只乃末節，用不到兩個時辰，便已練就，斜眼看歐陽鋒時，見他也坐著用功，當下叫道：「看招！」身未站直，已揮掌劈將過去。

歐陽鋒迴掌相迎，鬥到分際，他依樣葫蘆又伸掌抹到了郭靖脅下。突覺手掌滑溜，郭靖左掌已順勢向他頸中斬落。歐陽鋒又驚又喜，索性加力前衝，身不由主的微微前傾，避過了這招斬勢，迴身叫道：「好功夫，這是經中的麼？叫甚麼名字？」

郭靖道：「沙察以推，愛末琴兒。」歐陽鋒一怔，隨即想到這是經中的古怪文字，心想：「這傻小子一股牛勁，只可巧計詐取，硬逼無用。」掌勢變動，又跟他鬥在一起。

兩人纏鬥不休，郭靖一到輸了，便即住手，另練新招。當晚郭靖坦然而臥，歐陽鋒卻提心吊膽，既怕給他半夜偷襲，又恐他乘黑逃走。

兩人如此在石屋中一住月餘，將村中的牛羊幾乎吃了一半。這一個多月之中，倒似歐陽鋒硬逼郭靖練功。歐陽鋒武學深邃，瞧著郭靖練功前後的差別，也悟到了不少經中要旨，但以之與所得的經文參究印證，卻又全然難以貫通。他越想越不解，便逼得郭靖越緊，這麼一來，郭靖的功夫在這月餘之中竟突飛猛進。歐陽鋒不由得暗暗發愁：「如此下去，我還沒參透真經要義，打起來卻要不是這傻小子的對手了。」

郭靖初幾日滿腔憤恨，打到後來，更激起了克敵制勝之念，決意跟他拚鬥到底，終究要憑真功夫殺了他才罷，明知此事極難，卻毫不氣餒，怒火稍抑，堅毅愈增。只是歐陽鋒真正所長乃蛤蟆功內力，而內功修爲全仗積累，非幾下奇妙巧招可以達致，郭靖武功雖進，內力終究尚自不及。這一日他在村中死屍身畔拾到一柄鐵劍，便即苦練兵刃。歐陽鋒本使蛇杖，當日與洪七公舟中搏鬥，蛇杖沉入大海，後來另鑄鋼杖，派了屬下得力之人去西域覓得怪蛇，再加訓練，被困冰柱後，鋼杖與小蛇又讓魯有腳收了毀去。現下所用的只是一根尋常鐵棍，更無怪蛇助威，然而招術奇幻、變化無窮，不斷將郭靖的鐵劍震飛，如杖上有蛇，郭靖自更難抵擋。

耳聽得成吉思汗大軍東歸，人喧馬嘶，數日不絕，兩人激鬥正酣，毫不理會。這一

晚大軍過完，耳邊一片清靜。郭靖挺劍而立，心想：「今晚雖仍不能勝你，但你的鐵棍卻無論如何再震不脫我的鐵劍了。」他急欲一試練成的新招，靜候敵手先攻，忽聽得屋外有人喝道：「好奸賊，往那裏逃？」清清楚楚是老頑童周伯通的口音。

歐陽鋒與郭靖相顧愕然，均想：「怎麼他萬里迢迢的也到西域來啦？」兩人正欲說話，只聽得腳步聲響，兩個人一先一後的奔近石屋。村中房屋不少，僅這石屋中點著燈火。歐陽鋒左手揮處，一股勁氣飛出，將燈滅了。就在此時，大門呀的一聲推開，一人奔了進來，後面那人跟著追奔，自是周伯通了。

聽這兩人的腳步聲都輕捷異常，前面這人的武功竟似不在周伯通之下。歐陽鋒大是驚疑：「此人居然能逃得過老頑童之手，當世之間，有此本領的屈指可數。若是黃藥師或洪七公，老毒物可大大不妙。」當即籌思脫身之計。

只聽得前面那人縱身躍起，坐在樑上。周伯通笑道：「你跟我捉迷藏，老頑童最開心不過了，可別再讓你溜了出去。」黑暗中只聽他掩上大門，搬起門邊的大石撑在門後，叫道：「喂，臭賊，你在那裏？」一邊說，一邊走來走去摸索。郭靖正想出聲指點他敵人是在樑上，周伯通突然高躍，哈哈大笑，猛往樑上那人抓去。原來他早聽到那人上樑，故意在屋角裏東摸西摸，教敵人不加提防，然後突施襲擊。

樑上那人也好生了得，不等他手指抓到，已一個觔斗翻下，蹲在北首。周伯通嘴裏胡說八道，出手卻也甚為小心，留神傾聽那人所在。靜夜之中，他依稀聽到有三個人呼吸之聲，心想這屋中燈火夏然而滅，果然有人，只幹麼不作聲，想是嚇得怕了，叫道：

「主人別慌，我來拿個小賊，捉著了馬上出去。」常人喘氣粗重，內功精湛之人呼吸緩而長，輕而沉，稍加留心，極易分辨。那知側耳聽去，東西北三面三人個個呼吸低緩，周伯通一驚非小，叫道：「好賊子，居然在這裏伏下了幫手。」

郭靖本待開言招呼，轉念一想：「歐陽鋒窺伺在旁，周大哥所追的也是個勁敵，我且不表露身分，俟機助他的為是。」

周伯通一步一步走近門邊，低聲道：「看來老頑童捉人不到，反要讓人捉了去。」伸手去搬門後大石，似

心下計議已定，一覺局勢不妙，立時奪門而出。

就在此時，遠處喊聲大作，蹄聲轟轟隆隆，有如秋潮夜至，千軍萬馬，殺奔前來。這塊大石份量著實不輕，

周伯通叫道：「你們幫手越來越多，老頑童可要失陪了。」右側必然防禦不到，我先將他斃

要出門逃走，突然雙手舉起大石，往他所追之人站身處擲去，他在睡夢中必可醒覺。

歐陽鋒每晚搬來撐在門後，郭靖如移石開門，他在睡夢中必可醒覺。

歐陽鋒耳聽得風聲猛勁，心想老頑童擲石之際，

了，眼前少了禍患，日後華山二次論劍更去了個勁敵。心念甫動，身子已然蹲下，雙手齊推，運「蛤蟆功」直擊過去。他蹲在西端，這一推自西而東，雖在黑夜之中，一聽得這股勁風，已知他

他連鬥數十日，於他一舉一動都已了然於胸，

忽向周伯通施襲，當即跨步上前，一招「亢龍有悔」急拍而出。站在北首那人聽到大石

四人分站四方，勁力發出雖有先後，力道卻幾乎不分上下。大石為四股力道從東南

擲來，彎腿站定馬步，雙掌外翻，要以掌力將大石反推出去傷敵。

1548

西北一逼，飛到屋子中心落下，砰的一聲大響，將一張桌子壓得粉碎。

這一聲巨響震耳欲聾，周伯通覺得有趣，不禁縱聲大笑。但他的笑聲到後來竟連自己也聽不見了，原來成千成萬的軍馬已奔進村子。但聽得戰馬嘶叫聲、兵器撞擊聲、士卒呼喊聲亂成一團。郭靖聽了軍士的口音，知是花剌子模軍隊敗入村中，意圖負隅固守。但布陣未定，蒙古軍已隨後趕到，只聽馬蹄擊地聲、大旗展風聲、吶喊衝殺聲、羽箭破空聲自遠而近。跟著短兵相接，肉搏廝殺，四下裏不知有多少軍馬在大呼酣鬥。

突然有人推門，衝了進來。周伯通一把抓起，捧起大石，又擋在門後。

歐陽鋒一擊不中，心想反正已為他發現蹤跡，叫道：「老頑童，你知我是誰？」周伯通隱約聽到人聲，但分辨不出說話，左手護身，右手伸出去便抓。歐陽鋒右手勾住他手腕，左手反掌拍出。周伯通接了一招，驚叫：「老毒物，你在這裏？」身形微晃，搶向左首，身子已側了過來，就在那時，北首那人乘隙而上，發掌向他背後猛擊。周伯通右手向歐陽鋒攻去，左拳迴擋身後來掌，心想自在桃花島上練得左右互搏之術，迄今未有機緣分鬥兩位高手，今日正是試招良機，拳頭剛與敵掌相接，突然郭靖從東撲至，右手架開周伯通的拳頭，左手代他接了這一掌。

三人同聲驚呼，周伯通叫的是「郭兄弟」，那人叫的是「郭靖」，郭靖叫的卻是「裘千仞」！

周伯通那日在煙雨樓前比武，他最怕毒蛇，眼見無路可走，便橫臥樓頂，將屋面瓦

片一片片蓋在身上，遮得密密層層，官兵的羽箭固射他不著，歐陽鋒的青蛇也沒遊上屋頂來咬他。待得日出霧散，蛇陣已收，眾人也都走得不知去向。

他百無聊賴，四下閒逛，過了數月，丐幫的一名弟子送了一封黃蓉的信來，信中說道：他曾親口答應，不論她有何所求，必當遵命，現下要他去殺了鐵掌幫幫主裘千仞；此人與段皇爺的劉貴妃有深仇大怨，殺了他後，劉貴妃就不會再來找他，否則的話，劉貴妃便尋到天涯海角，也非嫁給他不可。信中還書明鐵掌峯的所在。

周伯通心想「不論何事，必當遵命」這句話，確對黃蓉說過。裘千仞那老兒與金國勾結，原本不是好人，殺了他也是應該。至於自己和劉貴妃這番孽緣，更一生耿耿於懷，自覺虧負她實多，她既與裘千仞有仇，自當代她出力，而她能不來跟自己糾纏，更加上上大吉，當下便找到鐵掌峯上。

裘千仞與他一動手，初時尚打成平手，待他使出左右互搏之術，登時不敵，只得退避。高手比武，若有一人認輸，勝負已決，本應了結，那知周伯通竟窮追不捨。裘千仞數次問他為了何事，周伯通卻又瞠目結舌，說不出個所以然來，要知「劉貴妃」三字，那是殺他頭也不肯出口的。

兩人打打停停，逃逃追追，越走越遠。周伯通的武功雖比裘千仞略勝一籌，但要傷他性命，卻也大非易事。裘千仞千方百計難以擺脫，心想：「我如逃到絕西苦寒之地，難道你仍窮追不捨？」周伯通心想：「倒要瞧你逃到那裏才走回頭路子。」

一到了塞外大漠，平野莽莽，追蹤極易，裘千仞更無所遁形。好在周伯通極顧信

義，遵守口頭約定，裘千仞只須躺下睡覺，坐下吃飯，或大便小解，他決不上前侵犯，自己也就跟著照做。但不論裘千仞如何行奸使詐，老頑童始終陰魂不散，糾纏不休。

周伯通一路與裘千仞鬥智鬥力，越來越興味盎然，幾次制住了他，竟不捨得下手殺卻，少了一個難逢難得的玩物。這一日也真湊巧，兩人亂逃亂追，誤打誤撞的闖進了郭靖與歐陽鋒所在的石屋。

此時周郭兩人已知其餘三人是誰，但三人的呼聲為門外廝殺激鬥之聲淹沒，歐陽鋒與裘千仞卻還認不出對方。歐陽鋒尚知此人是周伯通的對頭，裘千仞卻認定屋中兩人必是一路。周、裘、歐陽三人武功卓絕，而郭靖與歐陽鋒鬥了這數十日後，刻苦磨練，駸駸然已可與三人並駕齊驅。這四大高手密閉在這漆黑一團、兩丈見方的斗室之中，目不見物，耳不聽聞，言語不通，四人都似突然變成又聾又啞又瞎。

郭靖心想：「我擋住歐陽鋒，讓周大哥先結果了裘千仞。那時咱兩人合力，殺歐陽鋒不難。」算計已定，雙掌虛劈出去，右掌打空，左掌卻與一人的手掌碰到。郭靖在桃花島上與周伯通拆解有素，雙手一交，已知是他，當即縱上前去，待要拉他手臂示意，那知周伯通童心忽起，左臂疾縮，右手斗然出拳，一下擊在郭靖肩頭，這一拳並沒使上內勁，但郭靖絕無提防，倒給他打得隱隱作痛。周伯通道：「好兄弟，你要試試大哥的功夫來著？小心了！」左手跟著一掌。郭靖雖未聽到他的話聲，卻已有備，當下揮臂格開。

這時歐陽鋒與裘千仞也已拆了數招，均已從武功中認出對方。他兩人倒無仇怨，但想到日後華山論劍，勢須拚個你死我活，此時相逢，若能傷了對手，自是大妙，是以手上竟也毫不放鬆。鬥了片刻，只覺面上背後疾風掠來掠去，一愣之下，立時悟到周伯通在與郭靖過招。兩人心中奇怪，但想周伯通行事顛三倒四，人所難測，有此良機，如何不喜？不約而同的攻了上去。

周伯通與郭靖拆了十餘招，覺他武功已大非昔比，又驚又喜，連問：「兄弟，你從那裏學來的功夫？」但門外廝殺正酣，郭靖怎能聽見？周伯通怒道：「好啊，你不肯說，賣甚麼關子？」只覺勁風撲面，歐陽、裘兩人同時攻到，足下一點，躍上屋樑，叫道：「讓你一人鬥鬥他們兩個。」

歐陽鋒與裘千仞從他袍袖拂風之勢中，察覺周伯通上樑暫息，心想正好合力斃了這傻小子，一左一右，分進合擊。郭靖先前給周伯通纏住了，連變四五般拳法始終無法抽身，好容易待他退開，兩個強敵卻又攻上，不禁暗暗叫苦，只得打起精神，以左右互搏術分擋二人。鬥得片刻，歐陽鋒與裘千仞暗暗稱奇。均知以郭靖功力，單就歐裘一人便能勝他，那知兩人聯手，他竟左擋西毒、右拒鐵掌，兩人一時竟奈何他不得。

周伯通在樑上坐了一陣，心想再不下去，只怕郭靖受傷，悄悄從牆壁溜下，雙手亂抓，一下子恰好抓到歐陽鋒後心。他蹲在地下，正以蛤蟆功向郭靖猛攻，突覺背後有人，急忙回掌抵擋。郭靖乘機向裘千仞踢出一腿，躍入屋角，不住喘氣，倘若周伯通到來稍遲，歐陽鋒這一推他多半擋架不住。

四人在黑暗中倏分倏合，一時周伯通與裘千仞鬥，一時郭靖與裘千仞鬥，一時歐陽鋒與裘千仞鬥，一時周伯通與歐陽鋒鬥，一時郭靖又和周伯通交手數招。四人這一場混戰，就中周伯通最為興高采烈，但覺得生平大小數千戰，好玩莫逾於此。鬥到分際，他忽然纏住郭靖不放，說道：「我兩隻手算是兩個敵人，歐陽鋒、裘千仞兩個臭賊自然也是兩個敵人。你以一敵四，試試成不成？這新鮮玩意兒你可從來沒玩過罷？」

郭靖聽不到他說話，忽覺三人同時向自己猛攻，只得拚命閃躲。周伯通不住鼓勵：

「別怕，別怕。危險時我會幫你。」但在這漆黑一團之中，只要著了任誰的一拳一足，都有性命之憂，周伯通縱然事後相救，又怎來得及？

再拆數十招，郭靖累得筋疲力盡，但覺歐陽裘兩人的拳招越來越沉，只得邊架邊退，要待躍到樑上暫避，卻始終給周伯通的掌力罩住了無法脫身，驚怒交集之下，再也忍耐不住，破口罵道：「周大哥你這傻老頭，盡纏住我幹甚麼？」

但苦於屋外殺聲震天，說出來的話別人一句也聽不見。郭靖又退幾步，忽在地下的大石上一絆，險些跌倒。他彎著腰尚未挺直，裘千仞的鐵掌已拍了過來。郭靖百忙之中不及變招，順手抱起大石擋在胸前。裘千仞一掌擊在石上，郭靖雙臂運勁，往外推出，接了他這一掌。只覺左側風響，歐陽鋒掌力又到，郭靖力透雙臂，大喝一聲，將大石往頭頂擲了上去，跟著側身避過來掌。

大石穿破屋頂飛出，磚石泥沙如雨而下，天空星星微光登時從屋頂射了進來。周伯通怒道：「瞧得見了，還有甚麼好玩？」

1553

郭靖疲累已極，雙足力登，從屋頂的破洞中穿了出去。歐陽鋒急忙飛身追出。周伯通大叫：「別走，別走，陪我玩兒。」長臂抓他左足。歐陽鋒一驚，忙右足迴踢，破解了他這一抓，身子不能留空，又復落下。衾千仞不待他著地，飛足往他胸間踢去。歐陽鋒胸口微縮，伸指點他足踝。三人連環邀擊，又惡鬥起來。此時人影已隱約可辨，門外殺聲也漸消減，遠不如適才黑戰胡鬥時的驚險。周伯通大為掃興，一口惡氣都出在兩人身上，拳法陡變，向兩敵連下殺手。

郭靖逃出石屋，眼裏見人馬來去奔馳，耳中聽金鐵鏗鏘撞擊，不時夾著一聲雙方士卒著刀中箭時的慘呼號叫。他衝過人叢，飛奔出村，在一處小樹林裏躺下休息。惡鬥了這半夜，這一躺下來，只覺全身筋骨酸痛欲裂，雖然記掛周伯通的安危，但想以他武功，至不濟時也可脫身逃走，躺了一陣，便即沉沉睡去。

睡到第二日清晨，忽覺臉上冰涼，有物蠕蠕而動。他不及睜開眼睛，立即躍起，只聽一聲歡嘶，原來適才是小紅馬在舔他的臉。郭靖大喜，抱住紅馬，一人一馬劫後重逢，親熱了一陣。他為歐陽鋒囚在石屋之時，這馬自行在草地覓食，昨晚大軍激戰，牠仗著捷足機敏，居然逃走了禍殃，此刻又把主人找到。

郭靖牽了紅馬走回村子，只見遍地折弓斷箭，人馬屍骸枕藉，偶而有幾個受傷未死的士兵發出幾聲慘呼。他久經戰陣，見慣死傷，但這時想起黃蓉，不禁傷痛欲絕。悄悄回到石屋，在屋外側耳聽去，寂無人聲，再從門縫向內張望，屋中早已無人。推門入內，前後察看，周伯通、歐陽鋒、衾千仞三人早已不知去向。

他呆立半晌，上馬東行。小紅馬奔跑迅速，不久就追上了成吉思汗大軍。

此時花剌子模各城或降或破，數十萬雄師如土崩瓦解。花剌子模國王摩訶末素來傲慢暴虐，眾叛親離之餘，帶了一羣殘兵敗將，狼狽西遁。成吉思汗令大將速不台與哲別統帶兩個萬人隊窮追，自己率領大軍班師。速不台與哲別直追到今日莫斯科以西、第聶伯河畔基輔城附近，大破俄羅斯和欽察聯軍數十萬人，將投降的基輔大公及十一個俄羅斯王公盡數以車轅壓死。這一戰史稱「迦勒迦河之役」，俄羅斯大片草原自此長期呻吟於蒙古軍鐵蹄之下。摩訶末日暮途窮，後來病死於裏海中的一個荒島之上。

成吉思汗那日在撒麻爾罕城忽然不見了郭靖，甚是憂急，擔心他孤身落單，死於亂軍之中，見他歸來，不禁大喜。華箏公主自更歡喜。

丘處機隨大軍東歸，一路上力勸大汗恤民少殺。成吉思汗雖和他話不投機，但知他是有道之士，也不便過拂其意，因是戰亂之中，百姓憑丘處機一言而全活的不計其數。

花剌子模與蒙古相距數萬里，成吉思汗大軍東還，歷時甚久，回到斡難河畔後大宴祝捷，休養士卒。丘處機與魯有腳等丐幫幫眾先後告辭南歸。又過數月，眼見金風肅殺，士飽馬騰，成吉思汗又興南征之念，這一日大集諸將，計議伐金。

郭靖自黃蓉死後，忽忽神傷，常自一個兒騎著小紅馬，攜了雙鵰，在蒙古草原上信步漫遊，痴痴呆呆，每常接連數日不說一句話。華箏公主溫言勸慰，他就似沒有聽見。眾人得悉情由，知他心中悲苦，無人敢提婚姻之事。成吉思汗忙於籌劃伐金，自也無暇

理會。這日在大汗金帳之中計議南征，諸將各獻策略，郭靖卻始終不發一言。

成吉思汗遣退諸將，獨自在山岡上沉思了半天，次日傳下將令，遣兵三路伐金。其時他長子尤赤、次子察合台均在西方統轄新征服諸國，伐金的中路軍由三子窩闊台統率，左軍由四子拖雷統率，右軍由郭靖統率。

成吉思汗宣召三軍統帥進帳，命親衛暫避，對窩闊台、拖雷、郭靖三人說道：「金國精兵都在潼關，南據連山、北限大河，難以遽破。諸將所獻方策雖各有見地，但正面強攻，不免曠日持久。現下我蒙古和大宋聯盟，我軍取了金國中都燕京之後，最妙之策，莫如借道宋境，自唐州、鄧州進兵，直搗金國都城大梁。」

窩闊台、拖雷、郭靖三人聽到此處，同時跳了起來，互相擁抱，大叫：「妙計！」

成吉思汗向郭靖微笑道：「你善能用兵，深得我心。我問你，攻下大梁之後怎樣？」郭靖沉思良久，搖頭道：「不攻大梁。」

成吉思汗仍臉露微笑，問道：「不攻大梁便怎樣？」郭靖道：「既不是攻，也不是不攻；是攻而不攻，不攻而攻。」這幾句話把窩闊台與拖雷聽得更加胡塗了。成吉思汗笑道：「『攻而不攻，不攻而攻。』這八個字說得很好，是佯攻金都，殲敵城下。大梁乃金國皇帝所居之地，可是駐兵不多，一見我師迫近，金國自必從潼關急調精兵回師相救。中華的兵法上說：『卷甲而趨，日夜不處，倍道兼行，百里而爭利，則擒三將軍。勁者先，疲者後，

其法十一而至。」百里疾趨，士卒尚且能趕到十分之一。從潼關到大梁，千里赴援，精兵銳卒，十停中到不了一停，加之人馬疲敝，雖至而弗能戰。我軍在大梁城外休兵養銳，以逸待勞，必可大破金兵。金國精銳盡此一役而潰，大梁不攻自下。倘若強攻大梁，急切難拔，反易腹背受敵。」成吉思汗拊掌大笑，叫道：「說得好！」

他取出一幅地圖，攤在案上，三人看後，盡皆驚異。原來那是一幅大梁附近的地圖，圖上畫著敵我兩軍的行軍路線，如何拊敵之背，攻敵腹心，如何誘敵自潼關勞師遠來，如何乘敵之疲，聚殲城下，竟與郭靖所說的全無二致。窩闊台與拖雷瞧瞧父王，又瞧瞧郭靖，又驚又佩。郭靖心下欽服：「我從武穆遺書學得用兵之法，這是匯集中華名將數千年的智慧，不算希奇。大汗不識字不讀書，那是天縱奇才，天生的英明。」

成吉思汗道：「這番南征，破金可必。這裏有三個錦囊，各人收執一個，待攻破大梁之後，你們三人在大金皇帝的金鑾殿上聚會，共同開拆，依計行事。」從懷裏取出錦囊，每人交付一個。郭靖接過一看，見囊口用火漆密封，漆上蓋了大汗的印章。成吉思汗又道：「未入大梁，不得擅自拆開。啓囊之前，三人相互檢驗囊口有無破損。」三人一齊拜道：「大汗之命，豈敢有違？」

成吉思汗問郭靖道：「你平日行事極為遲鈍，何以用兵卻又如此機敏？」郭靖將熟讀《破金要訣》之事說了。成吉思汗問起岳飛的故事，郭靖將岳飛如何在朱仙鎮大破金兵、金兵如何稱他為「岳爺爺」、如何說「撼山易，撼岳家軍難」等語一一述說。成吉思汗不語，背著手在帳中走來走去，嘆道：「恨不早生百年，跟這位大英雄交一交手。今

1557

日世間，能有誰是我敵手？」言下竟大有寂寞之意。

郭靖從金帳辭出，想起連日軍務倥傯，未與母親相見，明日誓師南征，以報大宋歷朝世仇，今日這一日該當陪伴母親了，走向母親營帳。卻見帳中衣物俱已搬走，只賸下一名老軍看守，一問之下，原來他母親李氏奉了大汗之命，已遷往另一座營帳。

郭靖問明所在，走向彼處，見那座營帳比平時所居的大了數倍，揭帳進內，吃了一驚，只見帳內金碧輝煌，花團錦簇，盡是蒙古軍從各處掠奪來的珍貴寶物。華箏公主陪著李萍，正在閒談郭靖幼年時的趣事。她見郭靖進來，微笑著站起迎接。

郭靖道：「媽，這許多東西那裏來的？」李萍道：「大汗說你西征立了大功，特地賞你的。其實咱們清寒慣了，那用得著這許多物事？」郭靖點點頭，見帳內又多了八名服侍母親的婢女，都是大軍擄來的女奴。

三人說了一會閒話，華箏告辭出去。她想郭靖明日又有遠行，今日跟她必當有許多話說，那知她在帳外候了半日，郭靖竟不出來。

李萍道：「靖兒，公主定是在外邊等你，你也出去和她說一會話兒。」郭靖答應了一聲，卻坐著不動。李萍嘆道：「咱們在北國一住二十年，雖多承大汗眷顧，我卻想家得緊。但願你此去滅了金國，母子倆早日回歸故鄉。咱倆就在牛家村你爹爹的舊居住下，你也不是貪圖榮華富貴之人，這北邊再也休來了。只公主之事，卻不知該當如何，這中間實有許多難處。」

郭靖道：「孩兒當日早跟公主言明，蓉兒既死，孩兒是終生不娶的了。」李萍嘆

道：「公主或能見諒，但我推念大汗之意，卻甚兢心。」郭靖道：「大汗怎樣？」李萍道：「這幾日大汗忽然對咱娘兒優遇無比，金銀珠寶，賞賜無數。雖說是酬你西征之功，但我在漠北二十年，大汗性情，頗有所知，看來此中另有別情。」郭靖道：「媽，你瞧是甚麼事？」李萍道：「我是女流之輩，有甚高見？只細細想來，大汗多半不知你心中不願，也不須相逼。我看啊，你統率大軍南征，大汗是怕你忽起異心叛他。」郭靖搖頭道：「我無意富貴，大汗深知。我叛他作甚？」

李萍道：「我想到一法，或可探知大汗之意。你說我懷念故鄉，想與你一同南歸，你去稟告大汗，瞧他有何話說。」郭靖喜道：「媽，你怎不早說？咱們共歸故鄉，原是美事，大汗定然允准。」他掀帳出來，不見華箏，想是她等得不耐煩，已快快離去。

郭靖去了半晌，垂頭喪氣的回來。李萍道：「大汗不准，是不是？」郭靖道：「這個我可不懂啦，大汗定要留你在這兒幹甚麼？」李萍道：「大汗說，待破金之後，讓我再奉母回鄉，那時衣錦榮歸，豈非光采得多？我說母親思鄉情切，但盼早日南歸。大汗忽有怒色，只搖頭不准。」

李萍沉吟道：「大汗今日還跟你說了些甚麼？」郭靖將大汗在帳中指點方略、傳交錦囊等情說了。李萍道：「唉，若你二師父和蓉兒在世，定能猜測得出。只恨我是個蠢笨的鄉下女子，只越想越不安，卻又不知為了何事。」

郭靖將錦囊拿在手裏玩弄，道：「大汗授這錦囊給我之時，臉上神色頗為異樣，只

怕與此有關也未可知。」李萍接過錦囊，細細檢視，隨即遣開侍婢，拆開來瞧。」郭靖驚道：「不！破了火漆上金印，那可犯了死罪。」李萍笑道：「臨安府織錦之術，天下馳名。你媽媽是臨安人，自幼學得此法。又何須弄損火漆，只消挑破錦囊，回頭織補歸原，決無絲毫破綻。」郭靖大喜。李萍取過細針，輕輕挑開錦緞上的絲絡，從縫中取出一張紙來，母子倆攤開一看，面面相覷，不由得都身上涼了半截。

原來紙上寫的是成吉思汗一道密令，命窩闊台、拖雷、郭靖三軍破金之後，立即移師南向，以迅雷不及掩耳手段攻破臨安，滅了宋朝，自此天下一統於蒙古。密令中又說，郭靖若能建此大功，便即封為大蒙古國宋王，以臨安為都，統御宋朝山河。但若懷有異心，不遵詔命或棄軍逃遁，窩闊台與拖雷已奉有令旨，立即將其斬首，其母亦必凌遲處死。密令用蒙古新字書寫，郭靖在蒙古日久，也已學識。

郭靖呆了半晌，方道：「媽，若不是你破囊見此密令，我母子性命不保。想我是大宋之人，豈能賣國求榮？」李萍道：「為今之計，該當如何？」郭靖道：「媽，你老人家只好辛苦些，咱倆連夜逃回南邊。」李萍道：「正是，你快去收拾，可別洩露了形跡。」

郭靖點頭，回到自己帳中，取了隨身衣物，除小紅馬外，又挑選八匹駿馬。倘若大汗點兵追趕，便可和母親輪換乘坐，以節馬力，易於脫逃。

他於大汗所賜金珠一介不取，連同那柄虎頭金刀也留在帳中，除下那顏的元帥服色，換上了尋常皮裘。他自幼生長大漠，今日一去，永不再回，心中不禁難過，對著居

住日久的舊帳篷怯怯的出了會神，眼見天色已黑，又回母親帳來。

掀開帳門，心中突的一跳，只見地下橫著兩個包裹，母親卻已不在。郭靖叫了兩聲：「媽！」不聞應聲，心中微感不妙。待要出帳去找，突然帳門開處，光火耀眼，大將赤老溫站在帳門外叫道：「大汗宣召金刀駙馬！」他身後軍士無數，均手執長矛。郭靖見此情勢，心中大急，若憑武功強衝，料那赤老溫攔阻不住，但尋思：「母親既已為大汗擒去，我豈能一人逃生？」跟著赤老溫走向金帳。見帳外排列著大汗的無數筒衛士，手執長矛大戰，隊伍遠遠伸展出去。赤老溫道：「大汗有令將你綁縛。這可要得罪了，駙馬爺莫怪。」郭靖點點頭，反手就縛，走進帳中。

帳內燃著數十枝牛油巨燭，照耀有如白晝。成吉思汗猛力在案上一拍，叫道：「我待你不薄，自小將你養大，又將愛女許你為妻。小賊，你膽敢叛我？」郭靖見那隻拆開了的錦囊放在大汗案上，知道今日已有死無生，昂然道：「我是大宋臣民，豈能聽你號令，攻打自己邦國？」成吉思汗聽他出言挺撞，更加惱怒，喝道：「推出去斬了。」諸將雖多與郭靖交好，但見大汗狂怒，都不敢求情。

飛腳踢翻金案，喝道：「待我破了金國，與趙宋之盟約已然完成。那時南下攻宋，豈是背約？快快斬了！」

郭靖更不打話，大踏步出帳。忽見拖雷騎馬從草原上急奔而來，大叫：「刀下留人！」他上身赤裸，下身套著一條皮褲，想是睡夢中得到訊息，趕來求情。他直闖進

帳，叫道：「大汗父王，郭靖安答立有大功，曾經救你救我性命，雖犯死罪，不可處斬。」成吉思汗將郭靖押回。

成吉思汗沉吟半晌，道：「你心念趙宋，有何好處？你曾跟我說過岳飛之事，他如此盡忠報國，到頭來仍然處死。你為我平了趙宋，我今日當著眾人之前，答應封你為宋王，讓你統御南朝江山。你是南朝人，做南朝的大王，好好對待南朝人，並非叛國，背棄自己宗族。」郭靖昂然道：「我非敢不奉大汗號令。但要我攻打自己邦國，雖受千刀萬箭，亦不能遵命。」成吉思汗道：「帶他母親來。」兩名親兵押著李萍從帳後出來。

郭靖見了母親，叫道：「媽！」走上兩步，刀斧手舉刀攔住。郭靖心想：「此事只我母子二人得知，不知如何洩漏。」

成吉思汗道：「若能依我之言，你母子俱享尊榮，否則先將你母親一刀兩段，這可是你害的。你害死母親，先做不孝之人。」郭靖聽了他這幾句話，只嚇得心膽俱裂，垂頭沉思，不知如何是好。

拖雷勸道：「安答，你自小生長蒙古，就跟蒙古人一般無異。趙宋貪官勾結金人，害死你父親，逼得你母親無家可歸，若非父王收留，焉有今日？你不能做個害死母親之人。盼你回心轉意，遵奉大汗令旨，以後反可善待宋人，讓南朝百姓過太平日子。」

郭靖望著母親，就欲出口答應，但想起母親平日教誨，又想起西域各國為蒙古征服後百姓家破人亡的慘狀，委實左右為難。

成吉思汗一雙老虎般的眼睛凝望著他，等他說話。金帳中數百人默無聲息，目光全

1562

都集於郭靖身上。郭靖道：「我……」走上一步，卻又說不下去了。

李萍忽道：「大汗，只怕這孩子一時想不明白，待我勸勸他如何？」成吉思汗大喜，連說：「好，你快勸他。」李萍走上前去，拉著郭靖臂膀，走到金帳的角落，兩人一齊坐下。李萍將兒子摟在懷裏，輕輕說道：「二十年前，我在臨安府牛家村，身上有了你這孩子。一天大雪，丘處機丘道長與你爹結識，贈了兩把短劍，一把給你爹，一把給你楊叔父。」一面說，一面從郭靖懷中取出那柄短劍，指著柄上「郭靖」兩字，說道：「丘道長給你取名郭靖，給楊叔父的孩子取名楊康，你可知是甚麼意思？」郭靖道：「丘道長是叫我們不可忘了靖康之恥。」

李萍道：「是啊。楊叔父那孩子認賊作父，落得身敗名裂，那也不用多說了，只可惜楊叔父一世豪傑，身後子孫卻玷污了他的英名。」嘆了口氣，又道：「想我當年忍辱蒙垢，在北國苦寒之地將你養大，所為的是要養大一個賣國奸賊，好叫你父在黃泉之下痛心疾首麼？」郭靖叫了聲：「媽！」眼淚從面頰上流了下來。

李萍說的是漢語，成吉思汗與拖雷、諸將都不知她語中之意，但見郭靖流淚，只道李萍貪生怕死，已將兒子說動，均各暗喜。

李萍又道：「人生百年，轉眼即過，生死又有甚麼大不了？只要一生行事無愧於心，也就不枉了在這人世走一遭。倘若別人負了我們，也不必念他過惡。你記著我的話罷！」她凝目向郭靖望了良久，神色極是溫柔，說道：「兒子，你好好照顧自己！」說著舉起短劍割斷他手上繩索，不待郭靖轉身，便即轉過劍尖，刺入自己胸膛。

1563

郭靖雙手脫縛，急來搶奪，但那短劍鋒銳異常，早已直沒至柄。成吉思汗吃了一驚，叫道：「快拿！」那八名刀斧手不敢傷害駙馬，拋下手中兵刃，縱身撲上。

郭靖傷痛已極，抱起母親，一個掃堂腿，兩名刀斧手飛跌出去。他左肘後挺，撞正在一名刀斧手胸口。諸將大呼，猱身齊上。郭靖急撲後帳，左手扯住帳幕用力拉扯，將半座金帳拉倒，罩在諸將頭上。混亂之中，他抱起母親直奔而出。

但聽得號角急吹，將士紛紛上馬追來。郭靖哭叫數聲：「媽！」不聽母親答應，探她鼻息，早已斷氣。他抱著母親屍身在黑暗中向前急闖，但聽四下裏人喊馬嘶，火把如繁星般亮了起來。他慌不擇路的奔了一陣，眼見東南西北都是蒙古將士，他縱然神勇，但孤身一人，如何能敵十多萬蒙古精兵？倘若騎在小紅馬背上，憑著寶馬腳力或能遠遁，現下抱了母親的屍身步行，可萬難脫險了。

他一言不發，邁步疾奔，心想只要能奔到懸崖之下，施展輕功爬上崖去，蒙古兵將雖多，卻無人能爬得上來，當可暫且一避，再尋脫身之計。正奔之間，前面喊聲大振，一彪軍馬衝到，火光中看得明白，當先一員大將紅臉白鬚，正是開國四傑之一的赤老溫。郭靖側身避開赤老溫砍來的一刀，不轉身奔逃，反而直衝入陣。蒙古兵齊聲大呼。

郭靖左手前伸，拉住一名什長右腿，同時右足一點，人已縱起。他翻身騎上馬背，放穩母親屍身，隨手將那什長摔在馬下，搶過他手中長矛。上馬、放母、摔敵、搶矛，四件事一氣呵成，此時如虎添翼，雙腿一挾，搖動長矛，從陣後直衝了出去。赤老溫大聲發令，揮軍追來。

敵陣雖已衝出，但仍縱馬所向，卻與懸崖所在恰恰相反，越奔相距越遠。該當縱馬南逃，還是先上懸崖？心下計議未定，大將博爾忽又領軍殺到。此時成吉思汗暴跳如雷，傳下將令，不可放箭傷人，務須活捉郭靖。大隊人馬一層一層的圍上，更有數千軍馬遠遠向南奔馳，先行布好陣勢，防他逃逸。

郭靖衝出博爾忽所領的千人隊，衣上馬上，全是斑斑血跡。若不是大汗下令必須活捉，蒙古兵將不敢放箭，廝殺時又均容讓三分，否則郭靖縱然神勇，又怎能突出重圍？

他手上只覺母親身子已然冰涼，強行忍淚，縱馬南行。後面追兵漸遠，但天色也已明亮。身處蒙古腹地，離中土萬里，匹馬單槍，如何能擺脫追兵，逃歸故鄉？

行不多時，前面塵土飛揚，一彪軍馬衝來，郭靖忙勒馬向東。這時情勢危急已極，但他仍不肯捨卻母親屍身，當下左手抱母，右手持矛，反身迎敵。

眼見軍馬奔近，煙塵中颼颼聲響，一箭飛來，正中長矛。這一箭勁道極猛，郭靖只覺手中長矛一震，矛頭竟給射斷。接著又是一箭射向前胸。郭靖拋開長矛，伸手接住，卻見那箭箭頭已然折去。他一怔之下，抬起頭來，只見一名將軍勒住部屬，單騎過來，正是當年教他箭法的神箭將軍哲別。郭靖叫道：「師父，你來拿我回去麼？」哲別道：

「正是。」

郭靖心想：「反正今日難脫重圍，與其為別人所擒，不如將這場功勞送給師父。」便道：「好，讓我先葬了母親。」四下一望，見左首有個土岡，抱著母親走上岡去，用

斷矛掘了個坑，把母親屍身放入，眼見短劍深陷胸口，他不忍拔出，跪下拜了幾拜，捧沙土掩上，想起母親一生勞苦，撫育自己成人，不意竟葬身於此，傷痛中伏地大哭。

哲別躍下馬來，跪在李萍墓前拜了四拜，將身上箭壺、鐵弓、長槍，盡數交給郭靖，又牽過自己坐騎，把馬韁塞在他手裏，說道：「你去罷，咱們只怕再也不能相見了。」郭靖愕然，叫道：「師父！」哲別道：「當年你捨命救我，難道我不是男子漢大丈夫，就不會捨命救你？」郭靖道：「師父，你干犯大汗軍令，為禍不小。」郭靖道：「我東征西討，立下不少汗馬功勞。大汗最多打我軍棍，不至砍頭。你快快去罷。」哲別道：猶自遲疑。哲別道：「我只怕部屬不聽號令，這番帶來的都是你西征舊部。你且過去問問，他們肯不肯貪圖富貴拿你？」

郭靖牽著馬走近，眾兵將一齊下馬，拜伏在地，叫道：「小人恭送那顏南歸。」郭靖舉目望去，果然盡是曾隨他出生入死、衝鋒陷陣的舊部將士，心下感動，說道：「我得罪大汗，當受嚴刑。你們放我逃生，給大汗知道了，必受重罰。」眾軍道：「將軍待我等恩義如山，不敢有負。」郭靖嘆了口氣，舉手向眾軍道別，持槍上馬。

正要縱馬而行，忽然前面塵頭起處，又有一路軍馬過來。哲別、郭靖與眾軍盡皆變色。哲別道：「我拚受重責，放走郭靖，但若與本軍廝殺，那可是公然反叛了。」叫道：「郭靖快走！」只聽前軍中發喊：「莫傷了駙馬爺。」

眾人一怔，只見來軍奔近，打著四王子的旗號。

煙塵中拖雷快馬馳來，倏忽即至，騎的是郭靖的小紅馬。他策馬馳近，翻身下馬，

1566

說道：「安答，你沒受傷麼？」郭靖道：「沒有。哲別師父正要擒我去見大汗。」他故意替哲別掩飾，以免成吉思汗知曉內情。

拖雷向哲別橫了一眼，說道：「安答，你騎了這小紅馬快去罷。」又將一個包袱放在鞍上，道：「這裏是黃金千兩，你我兄弟後會有期。」

豪傑之士，當此時此情，也不須多言。郭靖翻身上了小紅馬馬背，說道：「你叫華箏妹子多多保重，另嫁他人，勿以我為念。」拖雷長嘆一聲，說道：「華箏妹子是永遠不肯另嫁別人的。我瞧她定會南下找你，那時我自當派人護送。」郭靖忙道：「不，不用來找我。且別說天下之大，難以找著，即令相逢，也只徒增煩惱。」拖雷默然，兩人相顧無語。隔了半晌，拖雷道：「走罷，我送你。」

兩人並騎南馳，直行出三十餘里。郭靖道：「安答，送君千里，終須一別，你請回罷！」拖雷道：「我再送你一程。」又行十餘里，兩人下馬互拜，摟抱了一會，洒淚而別。

拖雷眼望著郭靖的背影漸行漸小，在大漠中縮成一個黑點，終於消失，悵望南天，悄立良久，這才鬱鬱而回。

這是華山極險處之一，叫做「捨身崖」，

這一躍下去自是粉身碎骨。

黃蓉急忙縱前，一把抓住郭靖背心衣衫，

手上一使勁，

登足從他肩頭躍過，站在崖邊。

第三十九回

是非善惡

郭靖縱馬急馳數日，已離險險地。緩緩南歸，天時日暖，青草日長，沿途兵革之餘，城破戶殘，屍骨滿路，所見所聞，盡皆怵目驚心。一日在一座破亭中暫歇，見壁上題著幾行字道：「唐人詩云：『水自潺潺日自斜，盡無雞犬有鳴鴉。千村萬落如寒食，不見人煙盡見花。』我中原錦繡河山，竟成胡虜鏖戰之場。生民塗炭，猶甚於此詩所云矣。」

郭靖瞧著這幾行字怔怔出神，悲從中來，不禁淚下。

他茫茫漫遊，不知該赴何處，只一年之間，母親、黃蓉、恩師，世上最親厚之人，一個個的棄世而逝。歐陽鋒害死恩師與黃蓉，原該去找他報仇，但一想到「報仇」二字，花剌子模屠城的慘狀立即湧上心頭，自忖父仇雖復，卻害死了這許多無辜百姓，心下如何能安？看來這報仇之事，未必就是對了。

諸般事端，在心頭紛紛至沓來：「我一生苦練武藝，練到現在，又怎樣呢？連母親和蓉兒都不能保，練了武藝又有何用？我一心要做好人，但到底能讓誰快樂了？母親、蓉兒因我而死，華箏妹子因我而終生苦惱，給我害苦了的人可著實不少。

「完顏洪烈、摩訶末他們自然是壞人。但成吉思汗呢？他殺了完顏洪烈，該說是好人了，卻又命令我去攻打大宋……他養我母子二十年，到頭來卻又逼死我母親。

「我和楊康義結兄弟，然而兩人始終懷有異心。穆念慈姊姊是好人，為甚麼對楊康卻又死心塌地的相愛？拖雷安答和我情投意合，但如他領軍南攻，我是否要在戰場上跟他兵戎相見，殺個你死我活？不，不，每個人都有母親，都是母親十月懷胎、辛辛苦苦的撫育長大，我怎能殺了別人的兒子，叫他母親傷心痛哭？他不忍心殺我，我也不忍心殺

他。然而，難道就任由他來殺我大宋百姓？

「學武是為了打人殺人，看來我過去二十年全都錯了，我勤勤懇懇的苦學苦練，到頭來只有害人。早知如此，我一點武藝不會反而更好。如不學武，那麼做甚麼呢？我這個人活在世上，到底是為甚麼？以後數十年中，該當怎樣？活著好呢，還是早些死了？倘若活著，此刻已煩惱不盡，此後自必煩惱更多。但若早早死了，當初媽媽又何必生我？又何必這麼費心盡力的把我養大？」翻來覆去的想著，越想越胡塗。

接連數日，他白天吃不下飯，晚上睡不著覺，在曠野中躑躅來去，盡是思索這些事情。又想：「母親與眾位恩師一向教我為人該當重義守信，因此我雖愛極蓉兒，但始終不背大汗婚約，結果不但連累母親與蓉兒枉死，大汗、拖雷、華箏他們，心中又那裏快樂了？江南七俠七位恩師都是俠義之士，竟沒一人能獲善果。洪恩師為人這樣好，偏偏重傷難愈。歐陽鋒與裘千仞多行不義，卻又逍遙自在。世間到底有沒有天道天理？老天爺到底生不生眼睛？管不管正義、邪惡？」

他在曠野中信步而行，小紅馬緩緩跟在後面，有時停下來在路邊咬幾口青草，他心中只是琢磨：「我為救撒麻爾罕城數十萬男女老小的性命，害死了蓉兒，到底該是不該？這些人跟我無親無故，從不相識。為了蓉兒，我自己死了也不懊悔。我求大汗饒了這幾十萬可憐之人，大汗惱怒之極，幾乎要殺我的頭，而我的同袍部屬又個個惱恨我不堪，因為他們辛辛苦苦的攻城破敵，卻因我一句話而失了搶劫擄掠的樂趣。我為這些不相識的人害了蓉兒，幾乎害了自己性命，得罪了大汗、部下、好朋友，是不是蠢笨之

極？蠢當然是蠢的，但該不該呢？

「六位師父、洪恩師、我媽媽，總是教我該當行俠仗義、救人危困，不該為了自己的好處，見人危難而袖手不顧，有人殘殺無辜、傷害良民，該當奮不顧身的救援。金人來侵我國家、害我同胞，必須為國為民，奮起抵抗，自己生死禍福，不可放在心上。如果大汗要屠的是臨安城，要清洗的是濟南城，他下命要殺的都是我中國百姓，這千千萬萬轉眼便死的都是我中華同胞，我不顧蓉兒，不顧自己性命而去救他們，當然是對的。大丈夫該有仁人義士之心。洪恩師常常說的：『義所當為，死則死耳！』有甚麼了不起？

然而花剌子模不是中國，撒麻爾罕城中的男女老幼不是中國人，他們說的話跟我不同，寫的字跟我不同，眼睛、頭髮的顏色、相貌全跟我不同，跟我有甚麼相干？我為甚麼見到蒙古兵提槍揮刀要殺他們，心裏就不忍？就此拚了自己性命，害了蓉兒的性命？我是不是大大的錯了？是不是見到有人遭逢危難，是自己父母、師父、朋友，是我心愛的蓉兒，就該奮身相救？不相干的人就不必救？

「洪恩師甚至見到西毒叔姪這樣的大壞蛋在海裏遇難，也要出手相救。該做的就是該做，是中國人該救，外國人也是人，也應當救，救了之後對自己利不利，就不該理會。洪恩師明知救了西毒之後，對自己不利，他還是要救，後來果然給西毒打得重傷，險些喪命。他一點也不懊悔，對我們總是說：見人有難，必須相救，後果如何，在所不計。

他常說：所謂行俠仗義，所謂是非善惡，只是在這個『俠』字，在這個『義』字，是『是』，善就是『善』，俠士義士，做的只是求心之所安，倘若斤斤計較於成敗利鈍、

有利有害、還報多少、損益若干，那是做生意，不是行善做好事了。凡是『善』事，必定是對人有利而對自己未必有利的。咱們做人講究『義氣』，『義』就是『義所當為』，該做的就去做。對！師父教訓得是！中國人有危難該救，外國人有危難也該救！該做就要去做，不可計算對自己是否有利，有多少利益？

「如果我在大沙漠中渴得快乾死了，一個撒麻爾罕的牧人騎了駱駝經過我身邊，他水袋中清水很多，他會不會給我喝一點？雖然素不相識，他還是會給我喝的。這就是『義所當為』！

「我救了撒麻爾罕人，害死了蓉兒，該不該呢？不，蓉兒不是我害死的，是歐陽鋒追她追入了沼澤流沙。我拚了性命要救她，不過救不到。我寧可用自己性命來換她的命，不過她死的時候不知道，現下她死了，她在天有靈，該當知道了。我不是為了要娶華箏而求大汗饒了撒麻爾罕城幾十萬人性命，她知道我想娶的是她，她知道的，她知道的！想到黃蓉一死，或在天上，或在陰世，知道自己真心愛她，不會錯怪了自己……倘若她沒有死，那當然更好，錯怪了自己也不打緊。「最好蓉兒沒死，心裏怨我怪我，都不要緊，從此不理我，她去嫁了別人，我也情願。總之她沒死就好了！」想通了這一節，糾纏不清的煩惱便理清了不少。

這日來到山東濟南府的一個小鎮，他在一家酒家中要了座頭，自飲悶酒，剛吃了三杯，忽然一條漢子奔進門來，指著他破口大罵：「賊韃子，害得我家破人亡，今日跟你拚了。」說著揮拳撲面打來。

郭靖吃了一驚，左手翻轉，抓住他手腕，輕輕一帶，那人一交俯跌下去，竟絲毫不會武功。郭靖見無意中將他摔得頭破血流，甚是歉仄，忙伸手扶起，說道：「大哥，你認錯人了！」那人哇哇大叫，只罵：「賊韃子！」門外又有十餘條漢子擁進店來，撲上來拳打足踢。郭靖這幾日來常覺武功禍人，打定主意不再跟人動手，兼之這些人既非相識，又不會武，只一味蠻打，當下東閃西避，全不還招。但外面人眾越來越多，擠在小酒店裏，他身上終於還是吃了不少拳腳。

「丘道長？」郭靖抬頭見那人身披道袍，長鬚飄飄，正是長春子丘處機，心中大喜，叫道：「丘道長，這些人不知為甚麼打我。」丘處機雙臂推開眾人，拉著郭靖出去。

甚麼？」郭靖正欲運勁推開眾人，闖出店去，忽聽得門外有人高聲叫道：「靖兒，你在這裏幹

他正欲運勁推開眾人，闖出店去，忽聽得門外有人高聲叫道：「靖兒，你在這裏幹甚麼？」

眾人隨後喝打，但丘郭二人邁步疾行，郭靖唿哨招呼紅馬，片刻之間，兩人一馬已奔到曠野，將眾人拋得影蹤不見。郭靖將一眾市人無故聚毆之事說了。丘處機笑道：「你穿著蒙古人裝束，他們只道你是蒙古韃子。」接著說起，蒙古兵與金兵在山東一帶鏖戰，當地百姓久受金人之苦，初時出力相助蒙古，那知蒙古將士與金人一般殘虐，以暴易暴，燒殺擄掠，也害得眾百姓苦不堪言。蒙古軍大隊經過，眾百姓不敢怎樣，但官兵只要落了單，往往為百姓打死。

丘處機又問：「你怎由得他們踢打？你瞧，鬧得身上這許多瘀腫。」郭靖長嘆一聲，將大汗密令南攻、逼死他母親等諸般情事一一說了。

丘處機驚道：「成吉思汗既有攻宋之計，咱們趕快南下，好叫朝廷早日防備。」郭

1574

靖搖頭道：「那有甚麼好處？結果只有打得雙方將士屍如山積，眾百姓家破人亡。」丘處機道：「倘若宋朝亡了給蒙古，百姓可更加受苦無窮了。」郭靖道：「丘道長，我有許多事情想不通，要請你指點迷津。」丘處機牽著他手，走到一株槐樹下坐了，道：

「你說罷！」

郭靖於是將這幾日來所想的是非難明、武學害人種種疑端說了，最後嘆道：「弟子立志終生不再與人爭鬥。恨不得將所學武功盡數忘卻，不過積習難返，適才一個不小心，又將人摔得頭破血流。」

丘處機搖頭道：「靖兒，你這就想得不對了。數十年前，武林秘笈九陰真經出世，江湖上不知有多少人為此而招殺身之禍，後來華山論劍，我師重陽真人獨魁群雄，奪得真經。他老人家本擬將之毀去，但隨即說道：『水能載舟，亦能覆舟，是福是禍，端在人之為用。』終於將經書保全下來。天下的文才武略、堅兵利器，無一不能造福於人，亦無一不能為禍於世。你只要一心為善，武功愈強愈好，何必將之忘卻？」

郭靖沉吟片刻，道：「道長之言自然不錯，想當今之世，武學之士都稱東邪、西毒、南帝、北丐四人武功最強。弟子仔細想來，武功要練到跟這四位前輩一般，固已千難萬難，但即令如此，於人於己又有甚麼好處？」

丘處機呆了一呆，說道：「黃藥師行為乖僻，雖然出自憤世嫉俗，心中實有難言之痛，但自行其是，極少為旁人著想，我所不取。歐陽鋒作惡多端，那不必說了。段皇爺慈和寬厚，倘君臨一方，原可造福百姓，可是他為了一己小小恩怨，就此遁世隱居，亦

算不得是大仁大義之人。只洪幫主行俠仗義，扶危濟困，我對他才佩服得五體投地。華山二次論劍之期轉瞬即至，即令有人在武功上勝過洪幫主，可是天下豪傑之士，必奉洪幫主為當今武林中的第一人。」

郭靖聽到「華山論劍」四字，心中一凜，問道：「我恩師的傷勢痊愈了麼？他老人家是否要赴華山之會？」丘處機道：「我從西域歸來後亦未見過洪幫主，不論他是否出手，華山是定要去的。我也正為此而路過此地，你就隨我同去瞧瞧如何？」

郭靖這幾日心灰意懶，對這等爭霸決勝之事甚感厭煩，搖頭道：「講武論劍之地，弟子不想去了，請道長勿怪。」丘處機道：「你要去那裏？」郭靖木然道：「弟子不知。走到那裏算那裏罷啦！」

丘處機見他神情頹喪，形容枯槁，宛似大病初愈，了無生意，很是躭憂，雖百般開導，郭靖總搖頭不語。丘處機尋思：「他素來聽洪幫主的言語，若去到華山，師徒相見，或能使他重行振作，好好做人。但怎能勸他西去？」忽然想起一事，說道：「靖兒，你要盡數忘卻學會的武功，倒有法子。」郭靖道：「當真？」丘處機道：「世上有一個人，無意中學會九陰真經中的上乘武功，後來想起此事違背誓約，負人囑託，終於強行將這些功夫忘卻。你要學他榜樣，非去請他不可。」

郭靖一躍而起，叫道：「對，周伯通周大哥。」隨即想起周伯通是丘處機的師叔，自己脫口而叫他大哥，豈非比丘處機還僭長一輩，不禁甚是尷尬。

丘處機微微一笑，說道：「周師叔向來也不跟我們分尊卑大小，你愛怎麼稱呼就怎

麼稱呼，我毫不在乎。」郭靖問道：「他在那裏？」丘處機道：「華山之會，周師叔定是要去的。」郭靖道：「好，那我隨道長上華山去。」

兩人行到前面市鎮，郭靖取出銀兩，爲丘處機買了一匹坐騎。兩騎並轡西去，不一日來到華山腳下。

那華山在五嶽中稱爲西嶽，古人以五嶽比喻五經，說華山如同《春秋》，主威嚴肅殺，天下名山之中，最是奇險無比。兩人來到華山南口的山蓀亭，只見亭旁生著十二株大龍籐，夭矯多節，枝幹中空，就如飛龍相似。郭靖見了這古籐枝幹騰空之勢，猛然想起了「飛龍在天」那一招來，只覺依據九陰眞經的總旨，大可從這十二株大龍籐的姿態之中，創出十二路古拙雄偉的拳招出來。正自出神，忽然驚覺：「我只盼忘去已學的武功，如何又去另想新招、鑽研傷人殺人之法？我陷溺如此之深，委實不可救藥。」

忽聽丘處機道：「華山是我道家靈地，這十二株大龍籐，相傳是希夷先生陳摶老祖所植。」郭靖道：「陳摶老祖？那就是一睡經年不醒的仙長麼？」丘處機道：「陳摶老祖生於唐末，中歷梁唐晉漢周五代，每聞換朝改姓，必愀然不樂，閉門高臥。世間傳他一睡經年，其實只是他憂心天下紛擾，百姓受苦，閉門不出而已。及聞宋太祖登基，他哈哈大笑，喜歡得從驢子背上摔了下來，說道天下從此太平了。宋太祖仁厚愛民，天下百姓確是得了他不少好處。」

郭靖道：「陳摶老祖如若生於今日，少不免又要窮年累月的閉門睡覺了。」丘處機

長嘆一聲，說道：「蒙古雄起北方，蓄意南侵，宋朝君臣又昏庸若斯，眼見天下事已不可爲。然我輩男兒，明知其不可亦當爲之。希夷先生雖是高人，但爲憂世而袖手高臥，卻大非仁人俠士的行徑。」郭靖默然。

兩人將坐騎留在山腳，緩步上山，經桃花坪，過希夷峽，登莎夢坪，山道愈行愈險，上西玄門時須援鐵索而登，兩人一身上乘輕功，自是頃刻即上。行七里而至青坪，北壁下大石當路。丘處機道：「此石叫作回心石，再上去山道奇險，遊客至此，就該回頭了。」遠遠望見一個小小石亭。丘處機道：「這便是賭棋亭了。相傳宋太祖與希夷先生曾弈棋於此，將華山作爲賭注，宋太祖輸了，從此華山上的土地就不須繳納錢糧。」郭靖道：「成吉思汗、花剌子模國王、大金大宋的皇帝他們，都似是以天下爲賭注，大家下棋。」丘處機點頭道：「正是。靖兒，你近來潛思默念，頗有所見，已不是以前那般渾渾噩噩的一個傻小子了。」又道：「這些帝王元帥們以天下爲賭注，輸了的不但輸去了江山，輸去了自己性命，可還害苦了天下百姓。」

再過千尺峽、百尺峽，行人須側身而過。郭靖心想：「若是有敵人在此忽施突擊，那可難以抵擋。」心念方動，忽聽前面有人喝道：「丘處機，煙雨樓前饒你性命，又上華山作甚？」丘處機忙搶上數步，佔住峯側凹洞，這才抬頭，只見沙通天、彭連虎、靈智上人、侯通海等四人並排擋在山道盡頭。

丘處機上山之時，已想到此行必將遇到歐陽鋒、裘千仞等大敵，但周伯通、洪七公、黃藥師等齊至，也儘可抵敵得住，卻不料到沙通天等人竟也有膽上山。他站身之處

雖略寬闊，地勢仍然極險，若受擠迫，不免墮入萬丈深谷，事當危急，不及多想，唰的一聲拔出長劍，一招「白虹經天」，猛向侯通海刺去，眼前四敵中以侯通海最弱，又已斷了一臂，這一劍正是攻敵之弱。侯通海見劍招凌厲，側身略避，單手舉三股叉招架。彭連虎的判官筆與靈智上人的銅鈸左右側擊，硬生生要將丘處機擠入谷底。

丘處機長劍與侯通海的三股叉一黏，勁透劍端，借力騰身，已從侯通海頭頂躍過。彭連虎與靈智上人的兵刃擊上山石，火花四濺。沙通天在嘉興鐵槍廟中失去一臂，此刻臂傷已然痊愈，見師弟誤事，立施「移形換位」之術，想擋在丘處機身前。丘處機劍光閃閃，疾刺數招。沙通天晃身沒擋住，已為他急步搶過。沙彭兩人呼喝追去。丘處機回劍擋架數招，靈智上人揮鈸而上。三般兵刃，綿綿急攻。

眼見丘處機情勢危急，郭靖本當上前救援，但總覺與人動武是件極大壞事，見雙方鬥得猛烈，甚覺煩惡，當下轉過頭不看，攀籐附葛，竟從別處下山。他信步而行，內心兩個念頭不住交戰：「該當前去相助丘道長？還是當真從此不跟人動武？」他越想越胡塗，尋思：「丘道長若給彭連虎等人害死，豈非是我的不是？但如上前相助，將彭連虎等人擊下山谷，又到底該是不該？」他越行越遠，終於不聞兵刃相接之聲，獨自倚在石上，呆呆出神。

過了良久，忽聽身旁松樹後簌的一響，一人從樹後探出身來。郭靖轉過身來，見那人白髮紅臉，原來是參仙老怪梁子翁，當下也不理會，仍自苦苦思索。梁子翁卻大吃一

驚，知道郭靖武功大進，自己早非敵手，立即縮回，藏身樹後。躲了一會，見他並不追來，又見他如此失魂落魄，愁眉苦臉，不斷喃喃自語，似乎中邪著魔一般，心想：「今日這小子怎地如此怪模怪樣，且試他一試。」他不敢走近，拾起一塊石子向郭靖背後投去。

郭靖聽到風聲，側身避過，仍不理會。

梁子翁膽子大了些，從樹後出來，走近幾步，輕聲叫道：「郭靖，你在這裏幹甚麼？」郭靖道：「我在想，我用武功傷人，是否應該？」梁子翁一怔，隨即大喜，心想：「這小子當真傻得厲害。」又走近幾步，道：「傷人是大大惡事，自然不該。」郭靖道：「你也這麼想？我真盼能把學過的功夫盡數忘了。」

梁子翁見他眼望天邊出神，緩步走到他背後，柔聲道：「我也正在盡力要忘了自己的武功，待我助你一臂之力如何？」郭靖說道：「好啊，你說該當如何？」梁子翁道：「嗯，我有妙法。」雙手猛出，突以大擒拿手扣住了他後頸「天柱」和背心「神堂」兩大要穴。郭靖一怔，只感全身酸麻，已無法動彈。梁子翁獰笑道：「我吸乾你身上鮮血，你就全然不會武功了。」一張口，已咬住郭靖咽喉，用力吮吸血液，心想自己辛苦養育的一條蟒蛇給這小子吸去了寶血，以致他武功日強，不飲他的鮮血，自己卻全無長進，不飲他的鮮血，難以補償。雖事隔已久，蟒蛇寶血的功效未必尚在，卻也不必理會了。

這一下變生不測，郭靖只感頸中劇痛，眼前金星亂冒，忙運勁掙扎，可是兩大要穴為敵人緊緊拿住，全身竟使不出半點勁力。但見梁子翁雙目滿布紅絲，臉色狠惡之極，咬住自己頭頸，越咬越狠，只要喉管給他咬斷，那裏還有性命？情急之下，再沒餘暇思

向「天柱」「神堂」兩穴撞去。

梁子翁雙手抓得極緊，那知對方穴道中忽有一股力量自內外鑠，但覺兩手虎口大震，不由自主的滑脫。郭靖低頭聳肩，腰脅使力，凡人腰力之強，尤勝於手臂、腿腳，梁子翁立足不住，身子突從郭靖背上甩過，慘呼聲中，直墮入萬丈深谷，慘呼聲山谷鳴響，四下回音愈傳愈多，愈傳愈亂，郭靖聽了不由得毛骨悚然。

直過好半晌，他驚魂方定，撫著頸中創口，才想起無意中又以武功殺了一人，但想：「我若不殺他，他必殺我。我殺他若是不該，他殺我難道就該了麼？」探頭往谷底望去，山谷深不見底，參仙老怪已不知葬身何處。

郭靖坐在石上，撕下衣襟包住頸中創傷，忽聽鐸、鐸、鐸，數聲斷續，一個怪物從山後轉了出來。他嚇了一跳，定睛看時，原來是一個人。只是這人頭下腳上的倒立而行，雙手各持一塊圓石，以手代足，那鐸、鐸、鐸之聲就是他手中圓石與山道撞擊而發出。郭靖詫異萬分，蹲下身子去瞧那人面貌，驚奇更甚，這怪人竟是西毒歐陽鋒。

他適才受到襲擊，見歐陽鋒這般裝神弄鬼，心想定有詭計，當下退後兩步，嚴神提防。只見歐陽鋒雙臂先彎後挺，躍到一塊石上，以頭頂地，雙臂緊貼身子兩側，筆直倒立，竟似殭屍一般。郭靖好奇心起，叫道：「歐陽先生，你在幹甚麼？」歐陽鋒不答，似乎渾沒聽到他問話。郭靖退後數步，離得遠遠的，左掌揚起護身，防他忽出怪招，這

1581

才細看動靜。

過了一盞茶時分，歐陽鋒只倒立不動。郭靖欲知原委，苦於他全身上下顛倒，不易查看他臉色，當下雙足分開，低頭從自己胯下倒望出去，只見歐陽鋒滿頭大汗，臉上神色痛苦異常，似是在修習一門怪異內功，突然之間，他雙臂平張，向外伸出，身子就如一個大陀螺般轉將起來，越轉越快，但聽呼呼聲響，衫袖生風。

郭靖心想：「他果然是在練功，這門武功倒轉身子來練，可古怪得緊。」但想修習這等上乘內功最易受外邪所侵，其時精力內聚，對外來侵害無絲毫抗禦之力，修習時若不是有武功高強的師友在旁照料，便須躲於僻靜所在，以免不測。歐陽鋒獨自在此修習，似乎無人防護，委實大違常理。眼下是華山二次論劍之期，高手雲集，人人對他極為相忌，即令善自防護，尚不免人暗算，怎敢如是大膽，在這處所獨自練功？當此之時，別說高手出招加害，只要一個尋常壯漢上前一拳一腳，他也非受重傷不可。眼見歐陽鋒如肉在俎，靜候宰割，他是殺師害蓉兒的大仇人，此時再不報仇，更待何時？只是他剛殺了梁子翁，正大感內疚，走上兩步後便即站定，竟下不了殺人決心。

歐陽鋒轉了半晌，漸轉漸緩，終於不動，僵直倒立片刻，翻半個觔斗，挺身直立，雙目直視，邁步從原路回去。郭靖好奇心起，悄悄跟隨。

歐陽鋒上山登峯，愈行愈高。郭靖跟著他一路上山，來到一座青翠秀冶的峯前，見他走到一個山洞之前，停下不動。

郭靖躲在一塊大石後面，忽聽歐陽鋒厲聲喝道：「哈虎文体英，星爾吉近，斯古

耳。你解得不對，我練不安當。」郭靖大奇，心想這幾句明明是九陰真經總旨中的梵語，自己那日在海舟中被逼默經，洪恩師教他不可改動怪文奇句，因此這些怪話並未改動，歐陽鋒也一字不錯的背了出來，卻不知他是在與誰說話？

洞中傳出一個清脆的女子聲音：「你功夫未到，自然不成。我沒解錯！」

郭靖一聽這聲音，險此兒驚呼出聲，卻不是他日夜感懷悼念的黃蓉是誰？莫非她並未喪生大漠？難道此刻是在夢中，是在幻境？難道自己神魂顛倒，竟把聲音聽錯了？

歐陽鋒道：「我依你所說而練，絕無錯失，何以任脈與陽維脈竟爾不能倒轉？」那女子道：「火候若未足，強求也枉然。」

這聲音明明白白是黃蓉，更無絲毫可疑，郭靖驚喜交集，身子搖晃，幾欲暈去，激奮之下，竟將頸中創口迸破，鮮血從包紮的布片下不絕滲出，卻全然不覺。

只聽歐陽鋒怒道：「明日正午，便是論劍之期，我怎等得及慢慢修習？快將全部經文盡數譯與我聽，不得推三阻四。」郭靖這才明白他所以干冒奇險修習內功，實因論劍之期迫在眉睫，無可延緩。

只聽黃蓉笑道：「你跟我靖哥哥有約，他饒你三次不死，你就不能逼我，須得任我樂意之時方才教你。」郭靖聽她口中說出「我靖哥哥」四字，心中舒暢甜美，莫可名狀，恨不得縱起身來大叫大嚷，以抒胸中狂喜。

歐陽鋒冷然道：「事機緊迫，縱然有約在先，今日之事也只好從權。」說著拋下手中圓石，大踏步跨進洞去。黃蓉叫道：「不要臉，我偏不教你！」歐陽鋒連聲怪笑，低

聲道：「我瞧你教是不教。」

只聽得黃蓉驚呼一聲：「啊喲。」接著嗤的一聲響，似是衣衫破裂，當此之時，郭靖那裏還想到該不該與人動武，大叫：「蓉兒，我在這裏！」左掌護身，搶進山洞。

歐陽鋒左手抓住黃蓉手中竹棒，右手正要伸出去拿她左臂，黃蓉使一招「棒挑癩犬」，前伸斜掠，忽地將竹棒從他掌中奪出。歐陽鋒喝一聲采，待要接著搶攻，猛聽得郭靖在洞外呼叫。他是武學大宗師，素不失信於人，此時為勢所逼，才不得不對黃蓉用強，忽聽得郭靖到來，不由得面紅過耳，料想他定會質問自己為何棄信背約，袍袖拂起，遮住臉面，從郭靖身旁疾閃而過，與他更不朝相，出洞急竄，頃刻間人影不見。

郭靖奔過去握住黃蓉雙手，叫道：「蓉兒，真想死我了！」心中激動，不由得全身發顫。黃蓉兩手甩開，冷冷的道：「你是誰？拉我幹麼？」郭靖一怔，道：「我……我是郭靖啊。你……你沒有死，我……我……」黃蓉道：「我不識得你！」逕自出洞。郭靖趕上去連連作揖，求道：「蓉兒，蓉兒，你聽我說！」黃蓉哼了一聲，道：「蓉兒的名字，是你叫得的麼？你是我甚麼人？」郭靖張大了口，一時答不出話來。

黃蓉向他晃了一眼，但見他身形枯槁，容色憔悴，與前大不相同，心中忽有不忍之意，隨即想起他累次背棄自己，恨恨啐了一口，邁步向前。

郭靖大急，拉住她衣袖，顫聲道：「你聽我說一句話。」黃蓉道：「說罷！」郭靖道：「我在流沙中見到你的金環貂裘，只道你……」黃蓉道：「你要我聽一句話，我已聽到啦！」回奪衣袖，轉身便行。

郭靖又窘又急，見她決絕異常，生怕從此再也見不著她，但實不知該當說些甚麼話方能表明自己心意，見她衣袂飄飄，一路上山，只得悶聲不響的跟隨在後。

黃蓉乍與郭靖相遇，心情也激盪之極，回想自己拋棄金環貂裘，在流沙中引開歐陽鋒的追蹤，兇險萬狀；從西域東歸，獨個兒孤苦伶仃，只想回桃花島去和父親相聚，在山東卻生了場大病。病中無人照料，更加淒苦，病榻上想到郭靖的薄情負義，真恨父母不該將自己生在世上，受盡這許多苦楚。待得病好，在魯南又給歐陽鋒追到，被逼隨來華山，譯解經文。回首前塵，盡是恨事，卻聽得郭靖的腳步一聲聲緊跟在後。

她走得快，郭靖跟得快，走得慢，郭靖也跟得慢。她走了一陣，忽地回身，大聲道：「你跟著我幹麼？」郭靖道：「我永遠要跟著你，一輩子也不離開的了。」

黃蓉冷笑道：「你是大汗的駙馬爺，跟著我這窮丫頭幹麼？」郭靖道：「大汗害死了我母親，我怎能再做他駙馬？」黃蓉大怒，一張俏臉兒脹得通紅，道：「好啊，我道你當真還記著我一點兒，原來是給大汗撞了出來，當不成駙馬，才又來找我這窮丫頭。難道我是低三下四之人，任你要就要，不要就不要？」說到這裏不禁氣極而泣。

郭靖見她流淚，更加手足無措，欲待說幾句辯白之言、慰藉之辭，卻不知如何啓齒，呆了半晌，才道：「蓉兒，我在這裏，你要打要殺，全憑你就是。」

黃蓉凄然道：「我幹麼要打你殺你？算咱們白結識了一場，求求你，別跟著我啦。」

郭靖見她始終不肯相諒，臉色蒼白，叫道：「你要怎麼，才信我對你的心意？」黃蓉道：「今日你跟我好了，明兒甚麼華箏妹子、華箏姊姊一來，又將我拋在腦後。除非你

1585

眼下死了，我才信你的話。」

郭靖胸中熱血上湧，一點頭，轉過身子，大踏步就往崖邊走去。這正是華山極險處之一，叫做「捨身崖」，這一躍下去自是粉身碎骨。黃蓉知他性子戇直，只怕說幹就幹，急忙縱前，一把抓住他背心衣衫，手上一使勁，蹬足從他肩頭躍過，站在崖邊，又氣又急，流淚道：「好，我知道你一點也不體惜我。我隨口說句氣話，你也不肯輕易放過。跟你說，你不用這般惱我，乾脆永不見我面就是。」

她身子發顫，臉色雪白，憑虛凌空的站在崖邊，就似一枝白茶花在風中微微晃動。

郭靖當時管不住自己，憑著一股蠻勁，真要踴身往崖下跳落，這會兒卻又怕她失足滑下，忙道：「你站進來些。」

黃蓉聽他關懷自己，不禁愈是心酸，哭道：「誰要你假情假意的說這些話？我在山東生病，沒人理會，那時你就不來瞧我？我給歐陽鋒那老賊撞到了，使盡心機也逃不脫他掌握，你又不來救我，她撇下我自顧自死了。我爹不要我，他也沒來找我。你自然更加不要我啦！這世上沒一個人要我，沒一個人疼我！」說著連連頓足，放聲大哭，這些日子來的孤苦傷心，至此方得盡情一洩。

郭靖心中萬般憐愛，但覺她說得句句不錯，越聽越惱恨自己。一陣風來，黃蓉只覺身上一寒，身子一縮。郭靖解下外衣要給她披上，忽聽崖邊有人大喝：「誰敢大膽，欺侮咱們黃姑娘？」一人長鬚長髮，從崖邊轉了上來，卻是老頑童周伯通。

郭靖只凝望著黃蓉，是誰來了，全不理會。黃蓉正沒好氣，喝道：「老頑童，我叫

你去殺裘千仞，人頭呢？」周伯通嘻嘻一笑，沒法交代，只怕她出言怪責，要想個法兒哄她歡喜，說道：「黃姑娘，誰惹你惱啦？老頑童替你出氣。」

黃蓉向郭靖一指道：「不是他是誰？」

周伯通一意要討好黃蓉，更不打話，反手一記，順手一記，啪啪兩下，重重的打了郭靖兩個耳光。郭靖正當神不守舍之際，毫沒防備，老頑童出手又重，只感眼前一黑，雙頰立時紅腫。周伯通道：「黃姑娘，夠了麼？倘若不夠，我給你再打。」

黃蓉見郭靖兩邊面頰上都腫起了五個紅紅的指印，滿腔怒意登時化為愛憐，愛憐之情又轉為對周伯通大感惱怒，嗔道：「我自生他的氣，又關你甚麼事？誰叫你出手打人了？我叫你去殺裘千仞，幹麼你不聽我吩咐？」

周伯通伸出了舌頭，縮不回來，尋思：「老頑童拍馬屁拍在馬腳上。」正自狼狽，忽聽身後崖邊兵刃聲響，隱隱夾著呼叱之聲，此時不溜，更待何時？叫道：「多半是裘千仞那老兒來了，我這就去殺他。」語音甫畢，已一溜煙的奔到了崖後。

倘若裘千仞當真趕到，周伯通避之惟恐不及，那敢前去招惹？那日他與裘千仞、歐陽鋒、郭靖三人在西域石屋中盲目混戰，郭靖與歐陽鋒先後脫身，裘千仞終於也俟機衝了出去。周伯通仍緊追不捨。裘千仞給他迫得筋疲力盡，悲恨交迸，心想自己是武林大幫的幫主，竟然遭此羞辱，只盼尋個痛快法兒自戕而死，免得落入他的手中慘遭荼毒，一眼瞥見沙石裏盤著幾條毒蛇。他知道這類蛇劇毒無比，只要給咬中一口，立時全身麻木，死得最無痛苦，當即抓起一條，伸指捏住毒蛇七寸，叫道：「周伯通老賊，你好！」

1587

正要將蛇口放向自己手腕，那知周伯通生平怕極了蛇，大叫一聲，轉身便逃。

裘千仞一怔，過了半晌，方始會意他原來怕蛇。這一來，局面逆轉，裘千仞左手再捉了一條蛇，大喊大叫趕來。周伯通嚇得心膽俱裂，發足狂奔。裘千仞號稱「鐵掌水上飄」，輕身功夫還在他之上，若非對他心有忌憚，不敢過份逼近，早已追上。兩人一逃一追，鬧到天黑，周伯通才得乘機脫身。裘千仞其實是以進為退，心中暗暗好笑，卻不敢當真追逐。第二日周伯通搶到一匹駿馬，加鞭東歸，只怕給裘千仞追上了。

黃蓉見周伯通溜走，向郭靖凝望一會，嘆了口氣，低下頭不再言語。郭靖叫了聲「蓉兒！」黃蓉輕輕「嗯」了一聲。郭靖欲待說幾句謝罪告饒的話，但自知笨拙，生怕一句話說錯了，卻又惹得她生氣。兩人迎風而立，黃蓉忽然打了個噴嚏。郭靖本已解下外衣，當即給她披在身上。黃蓉低下了頭，只不理會。

猛聽得周伯通哈哈大笑，大叫：「妙極，妙極！」黃蓉伸出手來，握住了郭靖的手，低聲道：「靖哥哥，咱們瞧瞧去。」郭靖喜極而涕，說不出話來。黃蓉伸衣袖給他抹去淚水，笑道：「臉上又是眼淚，又是手指印，人家還道是我把你打哭了呢。」郭靖道：「是你把我打哭了最好！」黃蓉盈盈一笑，兩人就此言歸於好。

兩人手拉著手轉過山崖，只見周伯通坐在一塊大石上，抱腹翹足，大是得意。丘處機按劍侍立在旁。沙通天、彭連虎、靈智上人、侯通海四人或持兵器撲擊，或縮身退避，神態各不相同，但都似泥塑木彫般動也不動，原來均讓周伯通點中了穴道。

周伯通道：「那時我推下身上泥垢，做成丸藥給你們服下，你們這幾個臭賊倒也鬼

機靈，瞧出無毒，竟不聽你爺爺的話，哼哼，今日怎麼樣了？」他雖將這四人制住，一時卻也想不出處置之法，見靖蓉二人過來，哼哼，說道：「黃姑娘，這四個臭賊我送給你罷！」

黃蓉道：「我要來有甚麼用？哼，你不想殺人，又不想放人，捉住了臭賊卻沒法使喚，你叫我三聲好姊姊，我就教你個乖。」周伯通大喜，連叫兩聲：「好姊姊！」每叫一聲，又加上一個揖。第三聲加料，叫作……「好阿姨！」黃蓉抿嘴一笑，指著彭連虎道：「你搜他身上。」

彭連虎等耳中聽得清清楚楚，只嚇得魂不附體，苦於穴道被點，動彈不得，但覺身上連連劇痛，已各自讓周伯通用指環上毒針戳刺了幾下。

黃蓉道：「解藥在你手裏，你叫他們幹甚麼，瞧他們敢不敢違抗？」周伯通大喜，側頭一想，從身上又推下不少污垢，將解藥倒在裏面，搓成一顆顆小丸，交給丘處機道：「你押這四個臭賊，到終南山重陽宮去幽禁二十年。他們路上倘若乖乖的，就給一丸我的靈丹妙藥，否則讓他們毒發罷，這叫做自作自受，不用慈悲！」丘處機躬身答應。黃蓉笑道：「老頑童，你這幾句話倒說得挺好，一年不見，你大有長進了啊！」

周伯通一向佩服黃蓉，得她稱讚，甚是得意，將彭連虎等人穴道解了，說道：「你們到重陽宮去，給我安安穩穩的住上二十年，如誠心改過，日後還可做個好人。如仍不學好，哼哼，我全真教的道爺們個個是殺人不眨眼、抽筋不皺眉的老手，將你這四個臭賊先用解藥解了毒，再做成人肉丸子，分來吃了，瞧你們還作得成甚麼怪？」彭連虎等

那敢多說，諾諾連聲。丘處機忍住了笑，向周伯通行禮作別，仗劍押著四人下山。

黃蓉笑道：「老頑童，你幾時學會教訓別人了？前面的話倒還有理，到後來可越說越不成體統。」周伯通仰天大笑，忽見左側高峯上白光閃動，顯是兵刃為日光所映，叫道：「咦，那是甚麼？」靖蓉二人抬起頭來，閃光卻已不見。

周伯通只怕黃蓉追問他裘千仞之事，說道：「我去瞧瞧。」健步如飛，搶上峯去。

靖蓉二人都有滿腹言語要說，找了一個山洞，互訴別來之情。這一說直說到日落西山，意猶未盡。郭靖背囊中帶著乾糧，取出來分與黃蓉。

她邊吃邊笑，說道：「歐陽鋒那老賊逼我教他九陰真經，你那篇經文本就寫得顛三倒四，我再給他胡亂一解，他信以為真，已苦練了幾個月。我說這上乘功夫要顛倒來練，他果真頭下腳上的練功，強自運氣叫周身脈逆行。這廝本領也當真不小，把陰維、陽維、陰蹻、陽蹻四脈練得順逆自如。若他全身經脈都逆行起來，不知會怎生模樣？」說著格格而笑。郭靖也笑道：「難怪我見他顛倒行路，這功夫可不易練。」（數百年來天竺有一門瑜珈之術，其中頭下腳上的倒練之法，流傳全球，健身作用甚強，《射鵰》讀者聲稱此術傳自宋代西域歐陽鋒云。異術源流，真相難考，不必深究矣。）

黃蓉道：「你到華山來，想是要爭那『武功天下第一』的名號了？」郭靖道：「蓉兒，你怎麼又來取笑？我是要向周大哥請教一個法子，怎生將已會的武功盡數忘卻。」

將這三日來自己所思各節一一說了。

黃蓉側過頭想了一陣，道：「唉，忘了也好。咱倆武功越練越強，心裏卻越來越不快活，反不如小時候甚麼也不會，倒無憂無慮。」她那想到一個人年紀大了，必有不少煩惱愁苦，跟武功高低殊不相干。她又道：「聽歐陽鋒說，明日是論劍之期，我爹爹定要上山，你既不想爭這第一，那麼咱們怎生想個法兒，助我爹爹獨冠羣雄。」郭靖道：

「蓉兒，非是我不聽你言語，但我想洪恩師大仁大義，為人勝過了你爹爹。」

黃蓉本來與他偎倚在一起，聽他說自己爹爹不好，一怒將他推開。郭靖一呆，黃蓉道：「嗯，洪恩師待咱倆原也不錯。這樣罷，咱倆誰也不幫，好不好？」郭靖道：「你爹爹與洪恩師都是光明磊落的君子，若知咱們暗中設法相助，反不喜歡。」黃蓉道：「好啊，我起心弄鬼，那就是奸惡小人了？」說著板起了臉。郭靖道：「糟糕，我這蠢才，淨是說錯話，又惹你生氣。」不由得滿臉惶恐之色。

黃蓉噗哧一笑，道：「往後我不要你生你多少氣呢。」郭靖不解，搔頭呆望著她。

黃蓉道：「倘若你當眞不再抛了我，咱倆以後在一起的日子才長呢。我眞想不出你會有多少傻話要說。」郭靖大喜，握住她雙手，連說：「我怎麼會抛了你？我怎麼會？」黃蓉道：「人家公主不要你，你自然只好要我這窮丫頭啦。」

郭靖給黃蓉這一語引動了心事，想起母親慘死大漠，黯然不語。此時新月初上，銀光似水，照在兩人身上。黃蓉見他臉色有異，知道自己也說錯了話，忙岔開話題道：

「靖哥哥，過去的事誰也別提啦。我跟你在一起，心中也歡喜得緊呢。我讓你親親我的臉，好不？」

郭靖臉上一紅，竟不敢去親她。黃蓉媽然一笑，自覺不好意思，又轉換話題，說道：「你說明日論劍，誰能得勝？」郭靖道：「那眞難說得緊，不知一燈師伯來不來？」黃蓉道：「大師出家遁世，與人無爭，決不會來搶這個虛名兒。」郭靖點頭道：「我也這麼想。你爹爹、洪恩師、周大哥、裘千仞、歐陽鋒五人，個個有獨擅技藝。但不知洪恩師是否已全然康復？是否武功如昔？」說著戚然有憂。黃蓉道：「按理說，原是老頑童武功最強，但若他決計不使九陰眞經上的功夫，卻又不及另外四人了。」

兩人談談說說，黃蓉漸感疲倦，輕輕倚在郭靖懷中睡著了。她一向身穿軟蝟甲，凡靠在郭靖身上，必慣於使得甲上尖刺不會刺痛郭靖，這姿勢好久不擺了，久別重作，心中說不出的舒暢開心。郭靖正也有矇矓之意，忽聽腳步聲響，兩個黑影一前一後的從崖後急奔而出。

那二人衣襟帶風，跑得極為迅捷，看那身形步法，前一人是老頑童周伯通，後面追的竟是裘千仞。郭靖不知裘千仞用毒蛇威嚇取勝，不禁大奇，心想在西域時裘千仞給周大哥逼得亡命而逃，怎麼現下變得反其道而行？輕推黃蓉，在她耳邊低聲道：「你瞧！」

黃蓉抬起頭來，月光下見周伯通東奔西竄，始終不敢站定身子，聽他叫道：「姓裘的老賊，我在這兒伏下捉蛇的幫手，你還不快逃！」裘千仞笑道：「你當我是三歲孩兒？」周伯通大叫：「郭兄弟，黃姑娘，快來幫我捉蛇。」郭靖待要躍出，黃蓉倚在他懷裏，輕聲道：「別動！」

周伯通轉了幾個圈子，不見靖蓉二人出來，叫道：「臭小子，鬼丫頭，再不出來，

我可要罵你們十八代祖宗啦。」黃蓉站起身子，笑道：「我偏不出來，你有本事就罵我爹爹。」周伯通見裘千仞雙手各握一條昂頭吐舌的毒蛇，嚇得腳都軟了，央求道：「黃姑娘，快來，快來，我罵自己周家十八代祖宗如何？」

裘千仞見靖蓉二人候在一邊，暗暗吃驚，尋思須得乘早溜走，否則這三人合力，自己決討不了好去，一到明日正午，那是單打獨鬥的爭雄賭勝，就不怕他們了，當下雙足一點，猛竄而前，舉起毒蛇往周伯通臉上挨去。周伯通揮袖急擋，向旁閃避，突然間頭頂一聲輕響，只覺頸中一下冰涼，一個活東西從衣領中鑽到了背後，在衣服內亂蹦亂跳，又滑又膩。這一下他嚇得魂不附體，大叫：「死啦，死啦！」又不敢伸手到衣內去將毒蛇掏出來，只不住狂奔翻躍，忽覺那蛇似乎在背心上咬了一口，心想這番再也沒命了，全身發麻，委頓在地。靖蓉兩人大驚，一齊飛步來救。

裘千仞見周伯通突然狼狽不堪，大感詫異，正要尋路下山，猛見樹叢中走出一個黑影，冷冷的道：「裘老賊，今日你再也逃不走啦。」這人背向月光，面目無法看清，裘千仞心中一凜，喝道：「你是誰？」

周伯通迷迷糊糊的縮在地下，只道正在走向陰曹地府，忽覺一人扶起了他，說道：「周老爺子，別怕，那不是蛇。」周伯通一楞，急忙站起，只覺背上那冰冷之物又在亂跳，不禁尖聲狂呼：「又在咬我啦，是蛇，是蛇！」那人道：「是金娃娃，不是蛇。」

這時靖蓉二人已看清那人容貌，卻是一燈大師座下漁樵耕讀四大弟子之一的漁人，他伸手探入周伯通頭後衣領，抓了一條金娃娃出來。原來他在華山山溪中見到一對金娃

娃，捉住了放在懷中，卻給一條溜了出來，爬上了樹，無巧不巧，正好跌入了周伯通衣領。那金娃娃其實不會咬人，但周伯通一心念著毒蛇，認定這冰涼滑膩之物在自己背心猛咬射毒，那漁人再遲來一步，只怕他要嚇得暈過去了。

周伯通睜開眼來，見到那漁人，此時驚魂未定，只覺眼前之人曾經見過，卻想不起是誰，一回頭，猛見裘千仞不住倒退，一個黑影正向他慢慢逼近。周伯通微一定神，只驚得魂飛魄散，這黑影正是大理國皇宮中的劉貴妃。

裘千仞本以為當今之世，只周伯通的武功高過自己，若以毒蛇將他驚走，次日比武，大有獨魁羣雄之望，不料在這論劍前夕瑛姑斗然出現。那日青龍灘上，他曾見她發瘋蠻打，心想若為這瘋婆抱住，大敵環伺在旁，定當性命不保，祇聽她嘶啞著嗓子叫道：「還我兒子的命來！」裘千仞心中一凜，當年自己喬裝改扮，夜入皇宮她孩子，原意是要段皇爺耗費功力，那知他竟忍心不加救治，只不知怎的給她識破了真相？強笑道：「瘋婆子，你儘纏著我幹麼？」

瑛姑叫道：「還我兒子的命來！」裘千仞道：「甚麼兒子不兒子？你兒子喪命，跟我有甚相干？」瑛姑道：「哼，那晚上我沒瞧見你面貌，可記得你的笑聲。你再笑一下！笑啊，笑啊！」

裘千仞見她雙手伸出，隨時能撲上來抱住自己，又退兩步，身子微側，左掌在右掌上一拍，右掌斜飛而出，直擊瑛姑小腹。這是他鐵掌功的十三絕招之一，叫作「陰陽歸一」，最是猛惡無比。瑛姑眼見厲害，正要用泥鰍功化開，不料敵招來得奇快，自己腳步

尚未移動，他手掌距身已不及半尺。

瑛姑心中一痛，自知報仇無望，拚著受他這一掌，縱上去要抱著他身子滾下山谷，同歸於盡，忽然一股拳風從耳畔擦過，刮面如刀。裘千仞這一掌未及打實，急忙縮回手臂，架開從旁襲來的一拳，怒道：「老頑童，你又來啦。」卻是周伯通見瑛姑勢危，施展九陰真經中的上乘功夫，解開了他這鐵掌絕招。

周伯通不敢直視瑛姑，背向著她，說道：「瑛，你不是這老兒的對手，快快走罷。我去也！」正欲飛奔下山，瑛姑叫道：「周伯通，你怎不給你兒子報仇？」周伯通一楞，道：「甚麼，我的兒子？」瑛姑道：「正是，害了你兒子的，就是這裘千仞。」周伯通尚不知自己與瑛姑歡好數日，竟已生下一子，心中迷迷糊糊，一時難解，回過頭來，見瑛姑身旁多了數人，除郭靖、黃蓉外，一燈大師與他四弟子都站在自己背後。

此時裘千仞離崖邊已不及三尺，眼見身前個個都是勁敵，形勢之險，生平從所未遇，雙掌一拍，昂然道：「我上華山，為的是爭武功天下第一的名號。哼哼，你們竟想合力傷我，好先去了一個勁敵，這等奸惡行徑，虧你們幹得出來。」

周伯通心想這廝的話倒也有幾分在理，說道：「好，那麼待明日論劍之後，再取你狗命。」瑛姑卻厲聲叫道：「死冤家，我怎能等到明日？」黃蓉也道：「老頑童，跟信義之人講信義，跟奸詐之人就講奸詐。現下是擺明了幾個打他一個，瞧他又怎奈何得咱們？」

裘千仞臉色慘白，眼見凶多吉少，叫道：「你們憑甚麼殺我？」那書生道：「你作惡多端，人人得而誅之。」裘千仞仰天打個哈哈，說道：「若論動武，你們恃衆欺寡，我獨個兒不是對手。可是說到是非善惡，嘿嘿，裘千仞孤身在此，那一位生平沒殺過人、沒犯過惡行錯事的，就請上來動手。在下引頸就死，皺一皺眉頭的也不算好漢。」

一燈大師長嘆一聲，首先退後，盤膝低頭而坐。各人給裘千仞這句話擠兌住了，分別想到自己一生之中所犯的過失。漁樵耕讀四人當年在大理國為大臣時都曾殺過人，雖說是秉公行事，但終不免有所差錯。周伯通與瑛姑對望一眼，想起生平恨事，各自內心有愧。郭靖西征之時戰陣中殺人不少，本就在自恨自咎。黃蓉想起近年來累得父親心驚擔憂，大是不孝，至於騙人上當、欺詐作弄之事，更加屈指難數。

裘千仞幾句話將衆人說得啞口無言，心想良機莫失，大踏步向郭靖走去。眼見他側身避讓，裘千仞足上使勁，正要竄出，突然山石後飛出一根竹棒，迎面劈到。這一棒來得突兀之極，裘千仞左掌飛起，正待翻腕帶住棒端，這棒連截三下，竟在霎時之間分點他胸口三處大穴。裘千仞大驚，見竹棒來勢如風，擋無可擋，閃無可閃，只得又退回崖邊。山石後一條黑影身隨棒至，站在當地。

郭靖黃蓉齊叫：「師父！」正是九指神丐洪七公到了。

裘千仞罵道：「臭叫化，你也來多事。」洪七公道：「我是來鋤奸，誰跟你論劍？」裘千仞道：「好，大英雄大俠士，我是奸徒，你是從來沒作過壞事的大大好人。」洪七公道：「不錯。老叫化一生殺過二百三十一人，這二百三十一人

個個都是惡徒，若非貪官污吏、土豪惡霸，就是大奸巨惡、負義薄倖之輩。我們丐幫查得清清楚楚，證據確實，一人查過，二人再查，決無冤枉，老叫化這才殺他。裘千仞，你是第二百三十二人！」

這番話大義凜然，裘千仞聽了不禁氣為之奪。

洪七公又道：「裘千仞，你師父鐵掌幫上代幫主上官劍南何等英雄，一生盡忠報國，是一條鐵錚錚的好漢子。你接你師父當了幫主，卻去與金人勾結，通敵賣國，死了有何面目去見你師父？你上華山來，妄想爭那武功天下第一的榮號，莫說你武功未必能獨魁羣雄，縱然當世無敵，天下英雄能服你這賣國奸徒麼？」

這番話只把裘千仞聽得如痴如呆，數十年來往事，一一湧向心頭，想起師父素日的教誨，後來自己接任鐵掌幫幫主，師父在病榻上傳授幫規遺訓，諄諄告誡該當如何為國為民，「鐵掌」二字，原是鐵面無私、辣手鋤奸之意，那知自己年歲漸長，武功漸強，越來越與本幫當日忠義報國、殺敵禦侮的宗旨相違。陷溺漸深，幫眾流品日濫，忠義之輩潔身引去，奸惡之徒蠭聚羣集，竟把大好一個鐵掌幫變成了藏垢納污、為非作歹的邪惡淵藪。一抬頭，只見明月在天，低下頭來，見洪七公一對晬子凜然生威的盯住自己，猛然間天良發現，但覺一生行事，不少皆為傷天害理，不禁全身冷汗如雨，嘆道：「洪幫主，你教訓得是。」轉過身來，踴身便往崖下躍去。

洪七公手持竹棒，只防他羞愧之餘，忽施突擊，此人武功非同小可，這一出手必是極厲害的絕招，萬料不到他竟會忽圖自盡。正自錯愕，忽然身旁灰影閃動，一燈大師身

子已移到了崖邊，他本來盤膝而坐，這時仍盤膝坐著，左臂伸出，攬住裘千仞雙腳，硬生生將他拉回，說道：「善哉，善哉！苦海無邊，回頭是岸，你既痛悔前非，重新為人，尚且不遲。」

裘千仞放聲大哭，向一燈跪倒，心中有千言萬語，卻一句也說不出來。

瑛姑見他背向自己，正是復仇良機，從懷中取出利刃，猛往他背心插落。

周伯通自她出現，一直膽戰心驚，給她這麼迎面一喝，叫聲：「啊喲！」轉身急向山下奔去。瑛姑道：「你到那裏去？」隨後趕來。周伯通大叫：「我肚子痛，要拉屎。」瑛姑微微一怔，不加理會，仍發足急追。周伯通大驚，又叫：「啊喲，不好啦。我褲子上全是屎，臭死啦，你別來。」瑛姑尋了他二十年，心想這次再給他走脫，此後再無相見之期，不理他拉屎是真是假，不停步的追趕。周伯通嚇得魂飛天外，本來他口叫拉屎是假，只盼將瑛姑嚇得不敢走近，就可乘機溜走，不料惶急之下，大叫一聲，當真屎尿齊流。

郭靖與黃蓉見這對冤家越奔越遠，先後轉過了山崖，均感好笑，回過頭來，見一燈大師在裘千仞耳邊低聲說話，裘千仞不住點頭。一燈說了良久，站起身來，道：「走罷！」靖蓉二人上前拜見，又與漁樵耕讀四人點首為禮。

一燈伸手撫了撫兩人頭頂，臉現笑容，神色甚是慈祥，向洪七公道：「七兄，故人無恙，英風勝昔，又收得兩位賢徒，當真可喜可賀。」洪七公躬身道：「大師安好。多

謝你救了我徒兒小命！」一燈微笑道：「山高水長，後會有期。」雙手合什行禮，轉身便走。洪七公叫道：「明日論劍啊，大師怎麼就走了？」

一燈轉過身來，笑道：「想老衲乃方外閒人，怎敢再與天下英雄比肩爭先？老衲今日來此，為的是要化解這場糾纏二十年的冤孽，幸喜功德圓滿。七兒，當世豪傑捨你更有其誰？你又何必自謙？」說著又合什行禮，攜著裘千仞的手，逕自下山去了。大理四大弟子齊向洪七公躬身下拜，跟著師父而去。

那書生經過黃蓉身邊，見她暈生雙頰、喜透眉間，笑吟道：「隰有萇楚，猗儺其枝！」黃蓉聽他取笑自己，也吟道：「雞棲於塒，日之夕矣。」那書生哈哈大笑，一揖而別。

郭靖聽得莫名其妙，問道：「蓉兒，這又是甚麼梵語麼？」黃蓉笑道：「不，這是詩經上的話。」郭靖聽說他們是對答詩文，也就不再追問。黃蓉笑吟吟的瞧著他，心想：「這位朱相爺果真聰明，猜到了我心事。他引的那兩句詩經，下面有『樂子之無知，樂子之無家，樂子之無室』三句，本是少女愛慕一個未婚男子的情歌，用在靖哥哥身上，倒也合適，說他這冒冒失失的傻小子，還沒成家娶妻，我很歡喜。」想到此處，突然輕叫：「啊喲！不對。」郭靖忙問：「怎麼？」黃蓉微笑道：「我引這兩句詩經，下面接著是『羊牛下來，羊牛下括』，說時候不早，羊與牛下山坡回羊圈、牛欄去啦，本是罵這朱相爺為畜生。但這可將一燈師伯也一併罵進去啦！那就無禮之極。」

郭靖不去理會她這些不打緊的機鋒嘲謔，只是想著適才洪七公斥罵裘千仞的一番言語，這三日來苦惱他折磨他的重重疑團，由此片言而解，豁然有悟：「師父說他生平殺過二百三十一人，但這二百三十一人個個都是惡徒。只要不殺錯一個好人，那就問心無愧。瞧師父指斥裘千仞之時，何等神威凜凜。這裘千仞的武功並不如何信服，而他隨成邪不勝正，氣勢先就餒了。只要我將一身武功用於仗義為善，又何須將功夫拋棄忘卻？」

這番道理其實平易淺白，丘處機也曾跟他說過，只他對丘處機的空言大為憎惡，方有這番苦思默想。他素來敬服洪七公，恩師這番言行，比之丘處機的空言開導，自有效得多。經此一反一覆，他為善之心卻更堅一層了。

靖蓉二人上前拜見師父，互道別來之情。原來洪七公隨黃藥師同赴桃花島養傷，當地僻靜之極，又有黃藥師這大高手在旁護持相助，他順順利利的以九陰真經總旨中所載上乘內功自通經脈，經半年而內傷痊愈，又半年而神功盡復。黃藥師因掛念女兒，待他傷勢一愈，即行北上尋女。洪七公反而離島較遲，他日前曾與魯有腳相遇，因而於靖蓉二人之事已得知大略。

三人談了一陣，郭靖道：「師父，你休息一會罷，天將破曉，待會論劍比武，使勁必多。」洪七公笑道：「我年紀越老，好勝之心越強，想到即將與東邪西毒過招，心中竟惴惴不安，說來大是好笑。蓉兒，你爹爹近年來武功大進，你倒猜猜，待會比武，你爹爹和你師父兩人，到底誰強誰弱？」

黃蓉道：「您老人家和我爹爹向來難分上下，現下你會了九陰神功，我爹爹怎麼還是你對手？待會見到爹爹，我就跟他說乾脆別比了，早些兒回桃花島是正經。」

洪七公聽她語氣之中有些古怪，微一沉吟，已明白了她心意，哈哈大笑，說道：「你不用跟我繞彎兒說話，九陰神功是你們倆的，你就不激我，老叫化也不會老著臉皮使將出來。待會跟黃老邪比武，我只用原來的武功就是。」

黃蓉正要他說這句話，笑道：「師父，如你輸在我爹爹手裏，你別氣悶，我燒一百樣好菜給你吃，有些是我新近想出來的，教你贏了固然歡喜，輸了卻也開心。」洪七公吞了一口饞涎，哼了一聲，道：「你這女孩兒心地不好，又是激將，又是行賄，刁鑽古怪，一心就盼自己爹爹得勝。」

黃蓉一笑，尚未答話，洪七公忽然站起身來，指著黃蓉身後叫道：「老毒物，你到得好早啊！」

郭靖與黃蓉急忙躍起，站在洪七公身旁，回過頭來，只見歐陽鋒高高的身軀站在當地。他悄沒聲的忽爾掩至，兩人竟沒知覺，都大為驚異。

成吉思汗取下鐵胎畫弓，扣上長箭，對著雌鵰射去。雌鵰側過身子，左翼橫掃，竟將長箭撲落。雄鵰大怒，縱聲長唳，向成吉思汗頭頂撲擊下來。

第四十回

華山論劍

歐陽鋒冷冷的道：「早到早比，遲到遲比。老叫化，你今日跟我是比武決勝呢，還是性命相拚？」洪七公道：「既賭勝負，亦決死生，你下手不必容情。」歐陽鋒道：「好！」他左手本來放在背後，突然甩將出來，手裏握著蛇杖，將杖尾在山石上重重一登，道：「就在這兒呢，還是換個寬敞的所在？」

洪七公尚未回答，黃蓉接口道：「華山比武不好，還是到船裏去比。」洪七公哈哈大笑，道：「上一次當，學一次乖，你別指望老叫化再能饒你。」

歐陽鋒聽黃蓉出口譏嘲，絲毫不動聲色，雙腿微曲，杖交右手，左掌緩緩運起蛤蟆功的勁力。

黃蓉將打狗棒交給洪七公，說道：「師父，打狗棒加九陰神功，跟這老奸賊動手，不必講甚麼仁義道德。」洪七公心想：「單憑我原來武功，要勝他原極不易，待會尚要與黃老邪比武，倘跟老毒物鬥了個筋疲力盡，就不能敵黃老邪了。」點了點頭，接過打狗棒，左一招「打草驚蛇」，右一招「撥草尋蛇」，分攻兩側。

歐陽鋒與他對敵數次，從未見他使過打狗棒法，當日在大海火船中性命相搏，情勢緊迫，洪七公也一直未用。歐陽鋒曾見黃蓉使這棒法時招數精奇，早就不敢小視了，這時見洪七公兩招打出，棒夾風聲，果然非同小可，蛇杖抖處，擋左避右，直攻敵人中宮。他的蛇杖已失落兩次，現下手中所持的是第三次新製，杖上人頭彫得更加詭奇可怖，只是兩條怪蛇馴養未久，臨敵之時卻不如最初那兩條這般熟習靈動。

洪七公當日後頸爲他怪蛇咬中，又受他狠力掌擊，險此送命，直養了將近兩年方始康復。那是他一生從所未有之大敗，亦是從所未遇之奇險，此仇豈可不報？當下運棒成風，奮力進攻。

兩人首次華山論劍，爭的是榮名與九陰眞經；第二次在桃花島過招，是爲了郭靖與歐陽克爭婚；均是只決勝負，不關生死。第三次海上相鬥，生死只隔一線，但洪七公手下尚自容讓；現下第四次惡戰，才眞正各出全力，再無半點留情。兩人均知對方年齒雖增，武功卻較前更加狠辣，只要稍有疏神，中了對方一招半式，難免命喪當地。

兩人翻翻滾滾的鬥了兩百餘招，忽然月亮隱沒，天色轉黑。這是黎明之前的昏黯不明，轉瞬隨即破曉。兩人生怕黑暗中著了對方毒手，各自嚴守門戶，不敢搶攻。

郭靖與黃蓉不禁擔心，踏上數步，若見洪七公有甚差失，立即出手相助。郭靖瞧著二人惡鬥，思潮起伏：「這二人是當今難分上下的高手，但一個行俠仗義，一個恃強爲惡，可見武功本身並無善惡，端在人之爲用。行善則武功愈強愈善，肆惡則愈強愈惡。」

到後來天色陰暗，兩人招式已瞧不清楚，但聞兵刃破空和竄撲呼喝之聲，心中怦怦亂跳，暗想：「師父因運功療傷，就誤了兩年進修。若眞如此，當初實不該三次相饒。」又想起丘處機曾解說「信義」兩字，該分大信大義與小信小義，倘顧全一己的小信小義而虧大節，就算不得是信義了。想到此處，熱血上湧，心道：「雖然師父與他言明單打獨鬥，但如他害了師父，從此橫行天下，不知有多少好人要傷在他手裏。我從前不明『信義』二字的眞

1605

意，以致做了不少胡塗事出來。」心意已決，雙掌一錯，就要上前相助。

忽聽黃蓉叫道：「歐陽鋒，我靖哥哥和你擊掌相約，饒你三次不死，那知你仍然恃強欺我。你言而無信，尚不及武林中一個無名小卒，怎有臉來爭武功天下第一的名號？」

歐陽鋒一生惡行幹了不計其數，可是始終極重然諾，說一是一，說二是二，從無反悔，生平也一直以此自負，若非事勢迫切，他決不致違約強逼黃蓉，此時與洪七公鬥得正緊，忽聽她提起此事，不禁耳根子發燒，心神大亂，出杖稍偏，險些為打狗棒戳中。

黃蓉又叫道：「你號稱西毒，行事奸詐原也不在話下，可是要一個後生小輩饒你三次不死，已丟盡了臉面，居然還對後輩食言，真叫江湖上好漢笑歪了嘴巴。歐陽鋒啊歐陽鋒，有一件事，普天下當真無人及得上你老人家，那就是不要臉天下第一！」

歐陽鋒大怒，但隨即想到這是黃蓉的詭計，有意引得自己氣惱慚愧，只要內力運轉微有不純，立時便敗在洪七公手下，便給她來個聽而不聞。那知黃蓉越罵越刁鑽古怪，武林中許多出名的壞事與他本來全無干係，卻都栽在他的名下。給她這麼東拉西扯的一陣胡說，似乎普天下就只他一個歹人，世間千千萬萬樁惡事皆是他一人所作所為。倘若單是說他大做陰毒壞事，歐陽鋒本來也不在乎，他原本以「毒」為榮，可是黃蓉數說他做的盡是江湖上諸般下流的下三濫勾當，說見他向靈智上人苦苦哀求，又叫沙通天做「親叔叔」，硬要拜彭連虎為「乾爹」，為的是乞求他指環毒針的毒藥秘方，種種肉麻無恥，匪夷所思；說聽得他一再向完顏洪烈自薦，要做他的親兵隊長，得以每晚在趙王府中守夜。至於郭靖在西域如何饒他三次不死，如何從流沙、冰柱、和糞坑中放他出來，

如何脫了褲子躍下冰峯，屁股上連中三箭，留下老大箭疤，硬要抵賴，不妨脫下褲子在

華山絕頂展示，由眾公決，更加上了十倍油鹽醬醋，說得他不堪已極。

初時歐陽鋒尚能忍耐，到後來聽得她有些話實在太過不近情理，忍不住反駁幾句。

黃蓉正是要惹他與自己鬥口，越加的跟他歪纏胡鬧。這麼一來，歐陽鋒拳腳兵刃是在與

洪七公惡鬥，與黃蓉卻另有一場口舌之爭，說到費心勞神，與黃蓉的鬥口似猶在與洪七

公角力之上。

又過半晌，歐陽鋒心智漸感不支，心想：「我如再不使出九陰真經的功夫來，定難

取勝。」他雖未能依照黃蓉所說將全身經脈逆轉，但修習了半年，憑著武學淵深，內功

渾厚，竟爾已有小成，當下蛇杖揮動，忽變怪招。洪七公吃了一驚，凝神接戰。

黃蓉叫道：「源思英兒，巴巴西洛著，雪陸文兵。」歐陽鋒一怔：「這幾句話是甚

麼意思？」他那知黃蓉全是在信口胡說，捲起舌頭，將一些全無意義的聲音亂喊亂叫，

模仿九陰真經中的梵文怪話，但叫嚷的語氣卻變化多端，有時似憤怒喝罵，有時似誠懇

勸誡，忽爾驚歎，忽爾歡呼，突然之間，她用迫問的語氣連叫數聲，顯是極迫切的質

問。歐陽鋒雖欲不理，卻不由自主的道：「你問甚麼？」

黃蓉以假梵語答了幾句。歐陽鋒茫然不解，竭力往郭靖所寫的「經文」中去追尋，

一時之間，腦中各種各樣雜亂無章的聲音、形貌、招數、秘訣，紛至沓來，但覺天旋地

轉，竟不知身在何處。洪七公見他杖法中忽然大露破綻，叫聲：「著！」一棒打在他的

天靈蓋上。

這一棒是何等勁力，歐陽鋒腦中本已亂成一團，經此重擊，更加七葷八素，不知所云，大叫一聲，倒拖了蛇杖轉身便走。郭靖叫道：「往那裏跑？」縱身趕上，歐陽鋒忽然躍起，在半空連翻三個觔斗，轉瞬間連滾帶爬的轉入崖後，不知去向。

洪七公、郭靖、黃蓉三人相顧愕然，駭極而笑。

洪七公嘆道：「蓉兒，今日打敗老毒物，倒是你的功勞大。只不過咱們師徒聯手，以二敵一，未免勝之不武。」黃蓉笑道：「師父，這功夫不是你教的罷？」洪七公笑道：「你這功夫是天生的。有你爹爹這麼鬼精靈的老子，才有你這麼鬼精靈的女兒。」

忽聽山後有人叫道：「好啊，他人背後說短長，老叫化，你羞也不羞？」黃蓉大叫：「爹爹！」躍起奔去。

洪七公道：「黃老邪，我曾在桃花島上言道：你閨女聰明伶俐，詭計多端，只有別人上她的當，她決不能吃別人的虧，叫你不必躭心。你說，老叫化的話錯了沒有？」

朝暾初上，陽光閃耀下一人青袍素巾，緩步而來，正是桃花島主東邪黃藥師。

黃蓉撲上前去，父女倆摟在一起。黃藥師見女兒臉上稚氣大消，已長成一個亭亭少女，與亡妻更為相似，既甚歡喜，又不禁傷感。

黃藥師微微一笑，拉著女兒的手，走近身去，說道：「恭喜你打跑了老毒物啊。此人一敗，了卻你我一件大心事。」洪七公道：「天下英雄，唯使君與叫化啦。我見了你女兒，肚裏的蛔蟲就亂鑽亂跳，饞涎水直流。咱們爽爽快快的馬上動手，是你天下第一

也好，是我第一也好，我只等吃蓉兒燒的好菜。」

黃蓉笑道：「不，要師父敗了，我才燒菜給你吃。」洪七公道：「呸，不怕醜，你想挾制我，是不是？」黃藥師道：「老叫化，你受傷之後躭誤了兩年用功，只怕現下已不是我對手。蓉兒，不論誰勝誰敗，你都須燒天下第一的菜肴相請師父。」洪七公道：「是啊！這才是大宗師的說話，堂堂桃花島島主，那能像小丫頭這般小氣。咱們也別等正午不正午，來罷！」說著竹棒一擺，就要上前動手。

黃藥師搖頭道：「你適才跟老毒物打了這麼久，雖說不上筋疲力盡，卻也大累了一場，黃某豈能撿這個便宜？咱們還是等到正午再比，你好好養力罷。」洪七公雖知他說得有理，但不耐煩再等，堅要立時比武。黃藥師坐在石上，不去睬他。

黃蓉見兩人爭執難決，說道：「爹爹，師父，我倒有個法兒在此。你倆既可立時比武，爹爹又不佔便宜。」洪七公與黃藥師齊道：「好啊，甚麼法兒？」黃蓉道：「你們兩位是多年好友，不論誰勝誰敗，總傷了和氣。可是今日華山論劍，卻又勢須分出勝敗，是不是？」洪黃二人本就想到此事，這時聽她言語，似乎倒有一個妙法竟可三全其美，既能立時動手，又可不讓黃藥師佔便宜，而且還能使兩家不傷和氣，齊問：「你有甚麼好主意？」

黃蓉道：「是這樣：爹爹先跟靖哥哥過招，瞧在第幾招上打敗了他，然後師父再與靖哥哥過招。若是爹爹用九十九招取勝，而師父用了一百招，那就是爹爹勝了。倘若師父只用九十八招，那就是師父勝了。」洪七公笑道：「妙極，妙極！」黃蓉道：「靖哥

哥先和爹爹比，兩人都精力充沛，待與師父再比，豈不是公平得緊麼？」黃藥師點點頭道：「這法兒不錯。靖兒，來罷，你用不用兵刃？」郭靖道：

「不用！」正要上前，黃蓉又道：「且慢，還有一事須得言明。倘若你們兩位前輩在三百招之內都不能打敗靖哥哥，那便如何？」洪七公哈哈大笑，道：「黃老邪，我初時尚羨你生得個好女兒，這般盡心竭力的相助爹爹，咳，那知女生外向，卻是顛撲不破的至理。她一心要傻小子得那武功天下第一的稱號啊！」

黃藥師生性怪僻，但憐愛幼女之心卻素來極強，暗道：「我成全了她這番心願就是。」說道：「蓉兒的話也說得是。咱兩個老頭若不能在三百招內擊敗靖兒，還有甚麼顏面自居天下第一？」轉念又想：「我原可故意相讓，容他擋到三百招，但老叫化卻不肯讓，必能在三百招內敗他。那麼我倒並非讓靖兒，卻是讓老叫化了。」一時沉吟未決。

洪七公在郭靖背後一推，道：「快動手罷，還等甚麼？」郭靖一個踉蹌，衝向黃藥師面前。黃藥師心道：「好，我先試試他的功夫，再定行止。」左掌翻起，向他肩頭斜劈下去，叫道：「第一招！」

當黃藥師舉棋不定之際，郭靖也好生打不定主意：「我決不能佔那天下第一的名號，可是該當讓黃島主得勝，還是讓師父得勝？」正在遲疑，黃藥師已揮掌劈到。他右臂舉起架開，身子一晃，險此摔倒，心道：「我好胡塗，竟想甚麼讓不讓的？我縱出全力，也決擋不了三百招。」眼見黃藥師第二招又到，便凝神接戰，此時心意已決，任憑二人各用真功夫將自己擊敗，誰快誰慢，由其自決，自己絕無絲毫偏袒。

數招一過，黃藥師大為驚異：「這傻小子的武功，怎麼竟練到了這等地步？我如稍有容讓，莫說讓他擋到三百招之外，說不定還得輸在他手裏。」高手比武，實讓不得半分。黃藥師初時出手只使了七分勁，不料郭靖全力奮抗，竟給壓在下風。他心中一急，忙展開桃華落英掌法，身形飄忽，力爭先著。

郭靖的武功確已大非昔比，黃藥師連變十餘種拳掌，始終難以反先，待拆到一百餘招，他候施詭招，郭靖料不到他竟會使詐，險此給他左腳踢中，只得退開兩步，這才扳成平衡之局。黃藥師舒了一口氣，暗叫：「慚愧！」欲待乘機佔到上風，不料郭靖守得堅穩之極，儘管他攻勢有如驚風駭浪，始終不求有功，但求無過，拳腳上竟沒半點破綻。耳聽得女兒口中已數到「二百零三，二百零四」，黃藥師大為焦躁：「老叫化出手剛猛，倘若他在一百招內敗了靖兒，我這張臉往那裏擱去？」招勢一變，掌影飄飄，出手快捷無倫。

這一來，郭靖登處下風，只感呼吸急促，有似一座大山重重壓向身來，眼前金星亂冒，堪堪要抵擋不住。黃藥師出手加快，攻勢大盛，黃蓉口中，卻也跟著數得快了。郭靖唇乾舌燥，手足酸軟，越來越難擋，只憑著一股堅毅之氣硬挺下來，正危急間，忽聽黃蓉大叫一聲：「三百！」黃藥師臉色一變，向後躍開。

此時郭靖已給逼得頭暈眼花，身不由主的向左急轉，接連打了十多個旋子，眼見再轉數下，就要摔倒，危急中左足使出了「千斤墜」功夫，要待將身子定住。可是黃藥師內力的後勁極大，人雖退開，拳招餘勢未衰，郭靖竟定不住身子，只得彎腰俯身，右手

用力在地下撥動，借著「降龍十八掌」的猛勁，滴溜溜的向右打了十多個旋子，腦中方得清明，呆了一呆，向黃藥師道：「岳父爹爹，你再出一招，我非摔倒不可。」黃蓉大喜，笑道：「靖哥哥，你叫我爹爹，叫得挺好！」

黃藥師見郭靖居然有此定力，抗得住自己以十餘年之功練成的「奇門五轉」，不怒反喜，笑道：「老叫化，天下第一的稱號是你的啦。」雙手一拱，轉身欲走。

洪七公道：「慢來，慢來，我也未必能成。你的鐵簫借給靖兒罷。」黃藥師的玉簫已然折斷，腰帶裏插著一根鐵簫，當下拔出來遞給郭靖。洪七公對郭靖道：「你用兵刃，我空手跟你過招。」郭靖一愕，道：「這個……」洪七公道：「你掌法是我教的，拳腳有甚麼比頭？上罷！」左手五指如鉤，一把抓住他手腕，將鐵簫奪了過來。郭靖沒懂他用意，脫手放簫，竟未抵禦。洪七公罵道：「傻小子，咱們是在比武哪！」左手將鐵簫還給了他，右手卻又去奪。郭靖這才迴簫避開。黃蓉數道：「二招！」

高手比武，手上有無兵刃相差其實不多，洪七公將降龍十八掌使將開來，掌風掃到一丈開外，郭靖雖有鐵簫，又那能近身還擊？他本不擅使用兵器，但自在西域石屋之中給歐陽鋒逼著過招，劍法已大有進益。自來武功必定攻守兼習，郭靖的兵刃功夫練的卻是八成守禦，二成攻敵。要知江南六怪授他的兵刃招數不能算是極上乘武功，他習得九陰真經後再此進修，卻是在西域石屋之中，那時他但求自保，不暇傷敵，以鐵劍抵擋歐陽鋒的鐵棍，鑽研出不少防身消勢之法，此刻以簫作劍，用以抵擋洪七公凌厲無倫的掌風，便也大見功效。

洪七公見他門戶守得極為緊密，心下甚喜，暗道：「這孩子極有長進，也不枉了我教導一場，但我如在二百招之內敗他，黃老邪臉上鬚不好看。過得二百招後，我再施展重手便是。」依著降龍十八掌的招式，自一變以至九變順序演將下去，疾風呼呼，掌影已將郭靖全身裹住。

此時洪七公若猛下重手，郭靖兵刃功夫未至登峯造極，原難抵擋，但洪七公要在二百招後再行取勝，卻想錯了一著。郭靖正當年富力壯，練了「易筋鍛骨章」後內力更加渾厚，洪七公年歲卻不輕了，中了歐陽鋒的蛇咬掌擊，功力雖復，究亦大見摧傷，降龍十八掌招招須使真力，到九變時已是一百六十二掌，勢道雖仍剛猛狠辣，後勁卻已漸見衰減。

待拆到兩百招外，郭靖鐵簫上的劍招倒還罷了，左手配合的招勢卻漸見強勁。洪七公暗想不妙，若與他以力相拚，說不定會輸在他手裏，傻小子可以智取，不必力敵，當下雙掌外豁，門戶大開，郭靖一怔，心想：「這招掌法師父卻從沒教過。」若與敵人對敵，自可直進中宮，攻敵前胸，但眼前對手是自己恩師，豈能用此殺手？微一遲疑間，洪七公笑道：「你上當啦。」左足倏起，將他手中鐵簫踢飛，右掌斜翻，拍中他左肩。

這一掌手下容情，不欲相傷，只使了八成力，準以為他定要摔倒，那就算勝了。不料郭靖這幾年來久歷風霜，身子練得極為粗壯，受了這一掌只晃得幾晃，肩頭雖一陣劇痛，竟未跌倒。洪七公見他居然硬挺頂住，不禁大吃一驚，道：「你吐納三下，調勻呼吸，莫要受了內傷。」郭靖依言吐納，胸氣立舒，說道：「弟子輸了。」洪七公道：

「不，適才你故意不攻我前胸，讓我在先，倘若就此認輸，黃老邪如何能服？接招！」說著又發掌劈去。

郭靖手中沒了兵刃，見來勢道勢鋒銳，當下以周伯通所授的空明拳化開。那空明拳是天下至柔的拳術，是周伯通從《道德經》中化出來的，《道德經》中有言道：「兵強則滅，木強則折。堅處下，柔弱處上。」又云：「天下莫柔弱於水，而攻堅強者莫之能勝，其無以易之。弱之勝強，柔之勝剛，天下莫不知，莫能行。」那降龍十八掌卻是武學中至剛至堅的拳術。古語有云：「柔能克剛」，但也須視「柔」的功力是否勝「剛」而定，以洪七公的修為，縱然周伯通以至柔之術對敵，卻也未必能勝。但郭靖習了那左右互搏的法子，右手出的是空明拳，左手出的卻是降龍掌，剛柔相濟，陰陽為輔，洪七公的拳招雖剛猛莫京，竟也奈何他不得。

黃蓉在旁數著拳招，眼見三百招將完，郭靖全無敗象，心中甚喜，一招一招的數著。洪七公耳聽得她數到二百九十九招，不禁好勝心起，突然一掌「亢龍有悔」，排山倒海般直擊過去，此招既出，只怕郭靖抵擋不住，受了重傷，大叫：「小心啦！」

郭靖聽到叫聲，掌風已迎面撲到，但覺來勢猛烈之極，知道無法以空明拳化解，危急之下，右臂劃個圓圈，呼的一聲，也是一招「亢龍有悔」拍出。砰的一響，雙掌相交，兩人都全身大震。黃藥師與黃蓉齊聲驚呼，走近觀看。

兩人雙掌相抵，膠著不動。郭靖有心相讓，但知師父掌力厲害，若此刻退縮，給他順勢推來，自己必受重傷，決意先運勁抵擋一陣，待他掌勁稍殺，再行避讓認輸。洪七

公見郭靖居然擋得住自己畢生精力之所聚的這一掌，不由得又驚又喜，憐才之意大盛，好勝之心頓滅，決意讓他勝此一招，以成其名，當下留勁不發，緩緩收力。

便在這雙方不勝不敗、你退我讓之際，忽聽山崖後一人大叫三聲，三個觔斗翻將出來，正是西毒歐陽鋒。

洪七公與郭靖同時收掌，向後躍開。只見歐陽鋒全身衣服破爛，滿臉血痕斑斑，大叫：「我九陰真經上的神功已然練成，我的武功天下第一！」蛇杖向四人橫掃過來。

洪七公拾起打狗棒，搶上去將他蛇杖架開，數招一過，四人無不駭然。歐陽鋒的招術本就奇特，此時更加怪異無倫，忽爾伸手在自己臉上猛抓一把，忽爾反足在自己臀上狠踢一腳，每一杖打將出來，中途方向必變，實不知他打將何處。洪七公驚奇萬分，只得使開打狗棒法緊守門戶，那敢貿然進招？

鬥到深澗，歐陽鋒忽然反手啪啪啪連打自己三個耳光，大喊一聲，雙手各從懷中摸出一塊圓石，按在地下，身子倒立，竄將過來。洪七公又吃驚，又好笑，心想：「我這棒法最擅長打狗，你忽作狗形，豈非自投羅網？」竹棒伸處，向他腰間挑去。不料歐陽鋒忽地翻身一滾，將竹棒半截壓在身下，隨即順勢滾去，洪七公拿捏不定，竹棒脫手。

歐陽鋒驟然間飛身躍起，雙足連環猛踢。洪七公大驚，向後急退。

這時黃蓉早已拾起地下鐵簫，還給父親。黃藥師挺簫斜刺而出。歐陽鋒叫道：「段皇爺，我不怕你的一陽指！」說著縱身撲上。黃藥師見了他的舉止，已知他神智錯亂，只心中雖瘋，出手卻比未瘋時更加厲害。饒是他智慧過人，一時也想不明其中道理，怎

知歐陽鋒苦讀郭靖默寫的假經，本已給纏得頭昏腦脹，黃蓉更處處引他走入歧路，盲練瞎闖，適才頭頂遭洪七公擊以一棒，更加胡塗了，然他武功本強，雖走了錯道，錯有錯著，出手離奇荒誕，竟教洪黃兩大宗師錯愕難解。

數十招一過，黃藥師又敗下陣來。郭靖搶上迎敵。歐陽鋒忽然哭道：「我的兒啊，你死得好慘！」拋去蛇杖，張開雙臂，撲上來便抱。郭靖知他將自己認作了姪兒歐陽克，聽他叫聲悽慘，發掌要將他推開。歐陽鋒左腕陡翻，已抓住郭靖手臂，右臂將他牢牢抱住。郭靖心下悵惘，忙運勁掙扎，但歐陽鋒力大無窮，抱得他絲毫動彈不得。

洪七公、黃藥師、黃蓉大驚，三人搶上救援。洪七公伸指疾點歐陽鋒背心「鳳尾穴」，要迫他鬆手。不料他此時全身經脈倒轉，穴道全已變位，洪七公挺指戳將下去，他茫然未覺，全不理會。黃蓉回身撿起一塊石頭，向他頭頂砸落。歐陽鋒右手握拳，自下揮擊上來。黃蓉拿捏不住，石頭脫手飛落山谷。郭靖乘歐陽鋒鬆了右手，用力猛掙，向後躍開，定了定神，只見歐陽鋒與黃藥師鬥得正猛。黃藥師插簫於腰，空手而搏。

此時歐陽鋒所使的招數更為希奇古怪，詭異絕倫，身子時而倒豎，時而直立，甚而有時一手撐地，身子橫挺，只以一手與敵人對掌。黃藥師全神貫注的發招迎敵，倒還不覺得怎樣，洪七公、郭靖、黃蓉三人卻看得心搖神馳。黃蓉見父親連遇險招，叫道：

「師父，對付這瘋子不必依武林規矩，咱們齊上！」

洪七公道：「若在平時，咱們原可合力擒他。但今日華山論劍，天下英雄都知須得單打獨鬥，咱們以眾敵寡，須惹江湖上好漢恥笑。」但見歐陽鋒瘋勢更增，口吐白沫，

挺頭猛撞。黃藥師抵擋不住，不住倒退。

突然之間，歐陽鋒俯身疾攻，上盤全然不守。黃藥師大喜，心想：「這瘋子畢竟胡塗了。」運起「彈指神通」功夫，急彈他鼻側的「迎香穴」。這一指去勢快極，不料剛觸到他臉皮，歐陽鋒微微側頭，一口咬住他食指。黃藥師大驚，急出左手拍他「太陽穴」，逼他鬆口。歐陽鋒右手揮出，將他招術化開，牙齒卻咬得更加緊了。

郭靖見黃藥師遇險，更不思慮，和身撲上，右臂彎過，扣到歐陽鋒頸中，使的是蒙古的摔跤之術。歐陽鋒果然忌憚，側頭閃避，便鬆口放開了黃藥師的手指。黃藥師與黃蓉見郭靖這一下志在救援岳父，已不顧自身安危，用心極佳，黃藥師微微一笑，黃蓉叫道：「靖哥哥，做女婿的該當如此，好得很啊！」見歐陽鋒猛向郭靖攻擊，搶上助戰。

歐陽鋒十指往黃蓉臉上抓去，日光直射之下，但見他面容獰惡，滿臉是血，黃蓉心下害怕，驚呼逃開。郭靖忙發掌救援。歐陽鋒回手抵敵，黃蓉方得脫身。

只十餘合，郭靖肩上腿上接連中招。洪七公道：「靖兒退下，再讓我試試。」空手搶上。兩人這一番激鬥，比適才更加猛惡。洪七公當歐陽鋒與黃藥師、郭靖對掌之時，在旁留神觀看，見他出招雖怪異無比，其中實也有理路可尋，主要是將他常用的掌法逆轉運使，上者下之，左者右之，雖並非盡皆如此，卻也是十中不離八九，心中有了個大概，對戰之時雖仍處下風，卻已有攻有守，三招中能還得一招。

黃蓉取出手帕，為父親包紮指上創口。黃藥師更瞧出許多路子來，接連叫道：「七兒，踢他環跳。」「上擊巨闕！」「反掌倒劈天柱。」黃藥師旁觀者清，洪七公依言施

為，片刻間便將戰局拉平。兩人心中都暗自慚愧：「這是合東邪、北丐二人之力，合拚西毒一人了。」眼見即可取勝，歐陽鋒忽然張嘴，一口唾沫往洪七公臉上吐去。

洪七公忙側身避開，歐陽鋒竟料敵機先，發掌擊向他趨避的方位，同時又是一口濃痰吐來。洪七公處境窘迫，欲待不避，可是那口痰勢挾勁風，倘若打中眼珠，就算不致受傷，定也十分疼痛，而敵人必乘機猛攻，那就難以抵擋，百忙中伸右手將痰抄在掌中，左手還了一招。戰不數合，歐陽鋒又是一口唾沫急吐，他竟將痰涎唾沫也當作了攻敵利器，夾在拳招之中使用，令人眼花繚亂，心意煩躁。

洪七公見他顯然輕辱於己，不由得怒氣勃發，同時右手握著一口濃痰，滑膩膩的極不好受，又不想抹在自己身上，鬥到分際，他突然張開右掌，叫聲：「著！」疾往歐陽鋒臉上抹去。這一招明裏是用痰去抹他的臉，暗中卻另藏厲害殺著。歐陽鋒神智雖亂，耳目四肢只有比平時更爲靈敏，見洪七公手掌抹到，立即側臉微避。洪七公手掌翻轉，直截過去，歐陽鋒斗然張口急咬。

這正是他適才用以擊敗黃藥師的絕招，看來滑稽，但他張口快捷，教人難以躲閃，以黃藥師如此登峯造極的武功竟也著了道兒。黃藥師、黃蓉、郭靖看得分明，但見洪七公的手掌已伸到他嘴邊，相距不及一寸，而他驀地張口，一副白牙在日光下一閃，已向洪七公手上咬落，不禁叫道：「小心！」「啊喲，不好！」

豈知他們三人與歐陽鋒竟都忘了一事。洪七公號稱九指神丐，當年爲了饞嘴貪吃，誤了時刻，來不及去救一個江湖好漢的性命，大恨之下，將自己食指發狠砍下。歐陽鋒

這一咬又快又準，倘若換了旁人，食指定會給他咬住，偏生洪七公沒有食指，只聽咯的一響，他兩排牙齒自相撞擊，卻咬了個空。洪七公少了食指，歐陽鋒原本熟知，但他這時勢如瘋虎般亂打亂撲，那裏還想得到這些細微末節？

高手比武，若雙方武功都到了爐火純青的地步，往往對戰竟日，仍然難分上下，唯一取勝之機端在對方偶犯小錯，此刻歐陽鋒一口咬空，洪七公那能放過？立即一招「笑言啞啞」，中指已戳在他嘴角的「地倉穴」上。

旁觀三人見洪七公得手，正待張口叫好，不料一個「好」字還未出口，洪七公已一個觔斗倒翻出去。歐陽鋒踉踉蹌蹌的倒退幾步，有如醉酒，但終於站穩身子，仰天大笑。原來他經脈倒轉，洪七公這一指雖戳中他「足陽明胃經」的大穴，他只全身微微一麻，立即如常，卻乘機一掌擊在洪七公的肩頭。好在他中招在先，這一掌的力道已不如何凌厲，洪七公順著來勢倒翻觔斗，將他掌力消去大半，百忙中還回了一招「見龍在田」，也將歐陽鋒打得倒退幾步。洪七公幸而消解得快，未受重傷，但半身酸麻，一時之間已無法再上。他是大宗師身分，若不認輸那就跡近無賴，同時確也佩服對方武功了得，抱拳說道：「歐陽兄，老叫化服了你啦，你是武功天下第一！」

歐陽鋒仰天長笑，雙臂在半空亂舞，向黃藥師道：「段皇爺，你服不服我？」黃藥師心中不忿，暗想：「武功天下第一的名號，竟教一個瘋子得了去，我跟老叫化二人豈不教天下好漢恥笑？」但若上前再鬥，自忖又難取勝，只得點了點頭。

歐陽鋒向郭靖道：「孩兒，你爹爹武藝蓋世，天下無敵，你喜不喜歡？」歐陽克是

他與嫂子私通所生的孩子，名是叔姪，實是父子，此時他神智半迷半醒，把郭靖當作歐陽克，竟將藏在心中數十年的隱事說了出來。郭靖心想這裏各人都不是他對手，他天下第一的名號當之無愧，說道：「咱們都打不過你！」

歐陽鋒嘻嘻傻笑，問黃蓉道：「好媳婦兒，你喜不喜歡？」黃蓉見父親、師父、郭靖三人相繼敗陣，早在苦思對付這瘋漢之法，但左思右想，實無妙策，這時聽他相問，又見他手舞足蹈，神情怪異，日光映照之下，他身後的影子也是亂晃亂搖，靈機忽動，說道：「誰說你是天下第一？有一個人你就打不過。」

歐陽鋒大怒，搥胸叫道：「是誰？是誰？叫他來跟我比武。」黃蓉說道：「此人武功了得，你定然打他不過。」歐陽鋒道：「是誰？是誰？叫他來跟我比武。」黃蓉道：「他名叫歐陽鋒。」歐陽鋒搔搔頭皮，遲疑道：「歐陽鋒？」黃蓉道：「不錯，你武功雖好，卻打不過歐陽鋒。」

歐陽鋒心中越加胡塗，只覺「歐陽鋒」這名字好熟，定是自己最親近之人，可是自己是誰呢？脫口問道：「我是誰？」

黃蓉冷笑道：「你就是你。自己快想，你是誰啊？」

歐陽鋒心中一寒，側頭苦苦思索，但腦中混亂一團，愈要追尋自己是誰，愈是想不明白。智力超異之人，有時獨自瞑思，常會想到：「到底我是誰？我在生前是甚麼？死後又是甚麼？」等等疑問。古來哲人，常致以此自苦。歐陽鋒才智卓絕，這些疑問有時亦曾在腦海之中一閃而過，此時連鬥三大高手而獲勝，而全身經脈忽順忽逆，心中忽喜

忽怒，驀地裏聽黃蓉這般說，不禁四顧茫然，喃喃道：「我，我是誰？我在那裏？我怎麼了？」

黃蓉道：「歐陽鋒要找你比武，要搶你的九陰真經。」歐陽鋒道：「他在那裏？」

黃蓉指著他身後的影子道：「喏，他就在你背後。」歐陽鋒急忙回頭，見到了石壁上映出來的自己影子。

他身後恰好是一塊平整光滑的白色山壁，他轉身回頭，陽光自他身後照來，將他影子映得清清楚楚。他出拳發掌，影子也出拳發掌，他飛腳踢出，影子也飛腳踢出。他一腳重重踢在山壁上，好不疼痛，急忙縮腳，怔了一怔，奇道：「這……這……他……他……」黃蓉道：「他要打你了！」

歐陽鋒蹲低身子，發掌向影子劈去。影子同時發出一掌，雙掌相對，歐陽鋒只覺來掌力堅，對自己剛猛的掌力毫不退縮。歐陽鋒大急，左掌右掌，連環邀擊，那影子也掌力連發，掌力越強，對打過來也相應而強，絕不示弱。歐陽鋒見對方來勢兇害，轉身相避，他面向日光，影子已在身後。他發覺敵人忽然不見，大叫：「往那裏逃？」向左搶上數步。

左邊也是光禿禿的山壁，日光將他影子映在壁上，甚像是個直立的敵人。歐陽鋒右掌猛揮，擊在石上，只疼得他骨節欲碎，大叫：「好厲害！」隨即左腳飛出。山壁上的影子也舉足踢來，雙足相撞，歐陽鋒奇痛難當，不敢再鬥，轉身便逃。

此時他是迎日而奔，果然不見了敵人，竄出丈餘，回頭返望，只見影子緊隨在後，

其時影子平鋪在地，已不似有人追逐，但他心智混亂，嚇得大叫：「讓你天下第一，我認輸便是。」那影子動也不動。歐陽鋒轉身再奔，微一回頭，仍見影子緊緊跟隨。他驅之不去，鬥之不勝，只嚇得心膽欲裂，邊叫邊號，直往山下逃去。過了半刻，隱隱聽到他的叫聲自山坡上傳來，仍是：「我輸了！別追我，別追我！」

黃藥師與洪七公眼見這位一代武學大師竟落得如此下場，不禁相顧嘆息。此時歐陽鋒的叫聲時斷時續，已在數里之外，但山谷間回音不絕，有如狼嗥鬼叫，四人身旁雖陽光明亮，心中卻都微微感到寒意。洪七公嘆道：「此人命不久矣。」

郭靖忽然自言自語：「我？我是誰？」黃蓉知他是直性子之人，只怕他苦思此事，竟致著魔，忙道：「你是郭靖。靖哥哥，快別想自己，多想想人家的事罷。」郭靖凜然驚悟，道：「正是。師父，黃島主，咱們下山去罷。」

洪七公罵道：「傻小子，你還叫他黃島主？我劈面給你幾個老大耳括子。」

黃蓉臉現紅暈，似笑非笑的說道：「靖哥哥，你剛才叫過了，再叫！」郭靖一凜，大聲叫道：「岳父爹爹！」

黃藥師哈哈大笑，一手挽了女兒，一手挽著郭靖，向洪七公道：「七兄，武學之道無窮無盡，今日見識到老毒物的武功，實令人又驚又愧。自重陽真人逝世，從此更無武功天下第一之人了。」

洪七公道：「蓉兒的烹調功夫天下第一，這個我卻敢說。」

黃蓉抿嘴笑道：「不用讚啦，咱們快下山去，我給你燒幾樣好菜就是。」

洪七公、黃藥師、郭靖、黃蓉四人下得華山，黃蓉妙選珍肴，精心烹飪，讓洪七公吃了個酣暢淋漓。當晚四人在客店中宿了，黃藥師父女住一房，郭靖與洪七公住一房。

次晨郭靖醒來，對榻上洪七公已不知去向，桌面上抹著三個油膩的大字：「我去也」，也不知是用雞腿還是豬蹄寫的。

郭靖心下悵惘，忙去告知黃藥師父女。黃藥師嘆道：「七兄一生行事，宛似神龍見首不見尾。」向靖蓉二人望了幾眼，道：「靖兒，你母亡故，世上最親之人就是你大師父柯鎮惡了，你隨我回桃花島去，請你大師父主婚，完了你與蓉兒的婚事如何？」郭靖悲喜交集，說不出話來，只連連點頭。黃蓉抿嘴微笑，想出口罵他「傻子」，但向父親瞧了一眼，便忍住了不說。

黃藥師沉默寡言，不喜和小兒女多談無謂之事，同行了一兩日便即分手。郭靖將小紅馬給黃蓉乘坐，另行買了一匹白馬自乘，兩騎連轡緩緩而行。

黃蓉說道：「爹爹真好，放咱倆小夫妻自由自在的胡鬧，他眼不見為淨。」兩人商量行程，黃蓉說要沿途遊山玩水，自西而東，要從京兆府路東經南京路而至洛陽、開封，然後南下淮南、江南而至浙西。黃蓉道：「難得無心無事，開開心心，跟靖哥哥遊遍天下，人生一大樂事也。靖哥哥，你說好不好？」郭靖自然說：「好！」這條路雖要在金國地界而行，但金國近年來對蒙古每戰必敗，一到潼關以東，已全無管束之力。兩人縱馬而行，並無金兵胥吏查問。

不一日過了江南東路的廣德，忽然空中鵰鳴聲急，兩頭白鵰自北急飛而至。郭靖大喜，長聲呼嘯，雙鵰撲了下來，停在他肩頭，見到黃蓉在旁，更增歡喜，輕啄兩人身臂，十分親熱。郭靖離蒙古時走得倉皇，未及攜帶雙鵰，此時相見，欣喜無已，伸手不住撫摸鵰背，忽見雄鵰足上縛著一個皮革捲成的小筒，忙解下打開，但見革上用刀尖刻著幾行蒙古文字道：

「我師南攻，將襲大宋，我父雖知君南返，但攻宋之意不改。知君精忠為國，冒死以聞。我累君母慘亡，愧無面目再見，西赴絕域以依長兄，終身不履故土矣。諺語云駱駝雖壯，難負千夫，挺身負重，雖死無益。願君善自珍重，福壽無極。」

那革上並未寫上下款，但郭靖一見，即知是華箏公主的手筆，當下將革上文字譯給黃蓉聽了，問道：「蓉兒，你說該當如何？」

黃蓉問道：「她說駱駝難負千夫，那是甚麼意思？」郭靖道：「這是蒙古人的諺語，等如咱們說『獨木難支大廈』。」黃蓉道：「蒙古兵要攻宋，咱們早就知道了，不過她飛鵰傳訊，總是對你的一番好意。」

這一日兩人進了兩浙西路，將到長興，這一帶雖是太湖南岸的膏腴之地，但離江淮戰區不遠，百姓亦多逃難，拋荒了田地不耕。行入山間，山道上長草拂及馬腹，不見人跡，眼見前面黑壓壓的一片森林。正行之間，兩頭白鵰突在天空高聲怒鳴，疾衝而下，不見人影，眼前面黑壓壓的一片森林。靖蓉二人心知有異，忙催馬趕去。繞過林子，只見雙鵰盤旋飛舞，瞬息間隱沒在林後。

1624

正與一人鬥得甚急，看那人時，原來是丐幫的彭長老。但見他舞動鋼刀，護住全身，刀法迅狠，雙鵰雖勇，卻也難以取勝。鬥了一陣，那雌鵰突然奮不顧身的撲落，抓起彭長老的頭巾，在他頭上猛啄了一口。彭長老鋼刀揮起，削下牠不少羽毛。

黃蓉見彭長老頭上半邊光禿禿的缺了大塊頭皮，不生頭髮，登時醒悟：「當日這鵰兒胸口中了一支短箭，原來是這壞叫化所射。後來雙鵰在青龍灘旁與人惡鬥，抓下一塊頭皮，那就是這惡丐的了。」大聲叫道：「姓彭的，你瞧我們是誰。」彭長老抬頭見到二人，只嚇得魂飛天外，轉身便逃。雄鵰疾撲而下，向他頭頂啄去。

彭長老舞刀護住頭頂，雌鵰從旁急衝而至，長嘴伸處，已啄瞎了他的左眼。彭長老大叫一聲，拋下鋼刀，衝入了身旁的荊棘叢中，那荊棘生得極密，彭長老性命要緊，那顧得全身刺痛，連滾帶爬的鑽進了荊棘深處。這一來雙鵰倒也沒法再去傷他，只是不肯干休，兀自在荊棘叢上盤旋不去。

郭靖招呼雙鵰，叫道：「他已壞了一眼，就饒了他罷。」忽聽身後長草叢中傳出幾聲嬰兒呼叫。郭靖叫聲：「啊！」躍下白馬，撥開長草，只見一個嬰兒坐在地下，身旁露出一雙女子的腿腳，忙再撥開青草，見一個青衣女子暈倒在地，卻是穆念慈。

黃蓉驚喜交集，大叫：「穆姊姊！」俯身扶起。郭靖抱起了嬰兒。那嬰兒目光炯炯的凝望著他，也不怕生。黃蓉在穆念慈身上推拿數下，又在她鼻下人中用力一捏。

穆念慈悠悠醒來，睜眼見到二人，疑在夢中，顫聲道：「你……你是郭大哥……黃家妹子……」郭靖道：「穆世妹，你怎麼會在這裏？你沒受傷嗎？」穆念慈掙扎著要起

身，未及站直，又已摔倒，只見她雙手雙足都爲繩索縛住。黃蓉忙過來給她割斷繩索。

穆念慈忙不迭的從郭靖手中接過嬰兒，定神半晌，才含羞帶愧的述說經過。

原來穆念慈在鐵掌峯上失身於楊康，竟然懷孕，只盼回到臨安故居，千辛萬苦的向東行到長興郊外，已支持不住，在樹林中一家無人破屋中住了下來，不久生了一子。她不願見人，索性便在林中捕獵採果爲生，幸喜那孩子聰明伶俐，解了她不少寂寞凄苦。

這一天她帶了孩子在林中撿拾柴枝，恰逢彭長老經過，見她姿色，上前意圖非禮。穆念慈武功雖也不弱，但彭長老是丐幫四大長老之一，在丐幫中可與魯有腳等相頡頏，何況他又會懾心術，能以目光迷人心智，穆念慈自不是他對手，不久即給他以目光迷倒綁縛，驚怒交集之下，暈了過去。若不是靖蓉二人適於此時到來，而雙鵰目光銳利，在空中發現了仇人，穆念慈一生苦命，勢必又受辱於惡徒了。

這晚靖蓉二人歇在穆念慈家中。黃蓉說起楊康已在嘉興鐵槍廟中逝世，眼見穆念慈淚如雨下，大有舊情難忘之意，便不敢詳述眞情，只說楊康是中了歐陽鋒之毒，心道：「我這也不是說謊，他難道不是中了老毒物的蛇毒而死嗎？」

郭靖見那孩兒面目英俊，想起與楊康結義之情，深爲嘆息。穆念慈垂淚道：「郭大哥，請你給這孩兒取個名字。」郭靖想了一會，道：「我與他父親義結金蘭，只可惜沒好下場，我未盡朋友之義，實爲生平恨事。但盼這孩子長大後有過必改，力行仁義。蓉兒，我文字上不通，請你給取個名字。」黃蓉眼望穆念慈，看她意願。

穆念慈道：「蓉妹妹，請你照著郭大哥說的意思，給孩兒取個名兒。」黃蓉道：

「我給他取個名字叫作楊過，字改之，你說好不好？」穆念慈謝道：「好極了！但願如郭大哥和蓉妹妹所說。」

黃蓉邀穆念慈同去桃花島，郭靖自告奮勇，願收楊過為徒，傳他武功。穆念慈見郭靖蓉二人神情親密，對己一片真情好意，但想到自己淒苦，心酸更甚，只是推辭，說道：「郭大哥肯收這孩子為弟子，真是他的福氣。咱們先拜師父！」抱了楊過，向郭靖拜了幾拜，說道：「孩子太小，現下來桃花島不很方便。日後一定來投靠師父、師娘。」郭靖次晨，郭靖黃蓉再邀穆念慈同去桃花島，穆念慈只說要去臨安故居自己家裏。郭靖曾得拖雷贈以千兩黃金，便贈了穆念慈不少銀兩。穆念慈謝了，輕聲道：「我母子二人，得先去嘉興鐵槍廟，瞧瞧他爹爹的墳墓。」三人互道珍重，黯然而別。

這日晚間投宿，兩人飯後在燈下閒談。

郭靖懷裏藏著華箏刻著字的那塊皮革，想到兒時與華箏、拖雷同在大漠遊戲，種種情狀宛在目前，對華箏雖無兒女之情，但想她以如花年華，在西域孤身依兀赤而居，自必鬱鬱寡歡，心頭甚有黯然之意。又想到蒙古大軍南侵，宋朝主昏臣庸，兵將腐朽，難以抵擋，千萬百姓勢必遭劫。蒙古南侵，如去向朝廷稟告，朝廷亦必無對策，只怕促使早日向蒙古投降，有損無益。黃蓉任他呆呆出神，自行在燈下縫補衣衫。

郭靖忽道：「蓉兒，華箏說累我母親慘亡，愧無面目見我，那是甚麼意思？」黃蓉道：「她爹爹逼死你母親，她自然心中過意不去。」郭靖「嗯」了一聲，低頭追思母親逝世前後的情景，突然躍起，伸手在桌上用力一拍，叫道：「我知道啦，原來如此！」

黃蓉給他嚇了一跳，針尖在手指上刺出了一滴鮮血，笑問：「怎麼啦？大驚小怪的，知道了甚麼？」郭靖道：「我與母親偷拆大汗的密令，決意南歸，當時帳中並無一人，大汗卻立即知曉，將我母子捕去，以致我母自刎就義。這消息如何洩漏，我一直思之不解，原來，原來是她。」黃蓉搖頭道：「華箏公主對你誠心相愛，她決不會去告密害你。」郭靖道：「她不是要害我，而是要留我。她在帳外偷看到我媽私拆錦囊，抽出大汗的密令，又見到我媽和我收拾行李，要悄悄別去，於是去告知了爹爹，只道大汗定會留住我在大漠不放，就遂了她心願。她不知私拆錦囊乃是大罪，那知卻生出這等大禍來。」說著連連嘆息。

黃蓉道：「既是她無心之過，你就該到西域去尋她啊！」郭靖道：「我與她只有兄妹之情，她現下依長兄而居，在西域尊貴無比，我去相尋幹麼？」黃蓉嫣然一笑，心下甚喜。

次晨兩人縱馬南行，當晚在湖州一家大客棧「招商安寓」中歇宿。黃昏時分，兩人在客店大堂中用飯，聽得鄰桌七八名大漢飲酒縱談，都是山東口音，談論山東益都府青州「忠義軍」抗金殺敵之事。郭靖聽得關心，叫了五斤酒、八大碗菜請客，移座過去請教詢問。

這些大漢是從青州南逃的客商，一向做兩浙的絲綢生意，最近青州危急，他們便逃到浙西來暫避兵亂，見郭靖請吃酒菜，甚是殷勤有禮，便告知山東青州的情狀。益都府

青州是魯南要地，近年來金兵對蒙古連吃敗仗，聲勢衰弱，地方上的漢人揭竿起事，佔了不少地方，稱為「忠義軍」，奉濰州人李全為首。那李全甚是能幹，他夫人楊妙眞更爲了得，當時號稱「二十年梨花槍，天下無敵手」。再加上李全的哥哥李福，三人將金兵打得落花流水，山東義民紛紛來歸，聲勢浩大。近幾個月來連打勝仗，將淮南與山東的金兵趕得只好西退，自從岳飛、劉錡、虞允文以來，宋人從未如此大勝金兵過。

臨安朝廷得訊後大喜，其時丞相史彌遠當政，便任命李全爲京東路總管（其時京東西路早已屬金國該管，但宋朝仍任命京東路的官員），部下軍隊正式稱爲「忠義軍」，以楚州（淮安）爲總部。宋朝在江北有了一支軍隊，似乎有所振作。但朝廷雖對忠義軍發一些糧餉，其實對之十分猜忌。後來金兵渡淮，攻向長江邊，李全率軍打得金兵一敗再敗，一蹶不振。朝廷升李全爲保寧軍節度使兼京東路鎮撫副使，儼然是大將大官了。但朝廷在李全之上，又派了一名大將許國任淮東制置使，以作牽制。許國過去在襄樊、棗陽打仗，軍功卓著，但他爲人昏暴，對李全、楊妙眞夫婦不加禮遇。忠義軍與宋軍（正規部隊）如發生磨擦糾紛，許國必定處分忠義軍，十分不公。其時李全在山東青州前線作戰，後方忠義軍氣憤不平，便即作亂，殺了許國全家，許國自殺。其時蒙古兵擊敗金兵，打到了山東，起始進攻青州。

這一帶的百姓有的做過忠義軍，有的是忠義軍的親友，那幾個青州客商也把李全和楊妙眞夫婦吹得天花亂墜。黃蓉聽得這位女將竟如此了得，說道：「靖哥哥，我想瞧瞧這二十年天下無敵手的梨花槍，到底如何了得！」郭靖道：「好！這是咱們大宋收復的

土地，雖在江北，一尺一寸也都是大宋的江山。咱們既然撞到了，總得助那李全夫婦一臂之力。」兩人商議了幾句，便向北往山東益都府而去。

見到李全、楊妙真夫婦後，說起來意。李全做了大官，已有了官架子，對金兵連打勝仗，不免有些驕傲，同時內亂未靖，心下正自憂急，見靖蓉二人年紀輕輕，男的純樸，女的美貌，諒無奇才異能，謝了幾句，便吩咐下屬款待酒飯，說道敵兵來時，如我夫婦打不退敵軍，請兩位相助守城。

李全隨即發號施令，卻不是部署守城，而是調兵遣將，去擒殺叛亂的忠義軍下屬，以及將強佔了餉銀庫的宋兵趕出城去。靖蓉二人見他雖剽悍英武，但統兵統得亂糟糟地，屬下互鬥，內部甚為混亂，四分五裂，自己各部之間看來尚有一番生死搏鬥。

郭靖久經戰陣，行軍打仗的首先要務，便是哨探敵情，見李全只隨口訊問：「敵兵有多少，到底是蒙古兵還是金兵？不會是蒙古兵吧？敵軍前鋒已到了那裏？」下屬將士隨口而答，難知真假。靖蓉也無心去用酒飯，低聲商量了幾句，黃蓉自告奮勇，騎了小紅馬去察看敵情。

傍晚時分，郭靖在北門外引領遙望，見小紅馬絕塵而至，忙迎了上去。黃蓉勒住馬頭，臉現驚恐之色，顫聲道：「蒙古大軍看來有十餘萬之眾，咱們怎抵擋得住？」郭靖吃了一驚，道：「有這麼多？」

黃蓉道：「上次成吉思汗叫你們兵分三路，想一舉滅宋。你不肯幹，旁人卻肯幹啊。」

郭靖道：「要請諸葛亮想個妙策。」黃蓉搖頭道：「我已想了很久啦。靖哥哥，若說單

1630

打獨鬥，天下勝得過你的只二三人而已，就說敵人有十人百人，自也不在咱倆心上。可是現下敵軍是千人、萬人、十萬人，那有甚麼法子？」郭靖嘆道：「咱們大宋軍民比蒙古人多上數十倍，若能萬眾一心，又何懼蒙古兵精？恨只恨官家膽小昏庸、虐民誤國，忠義軍又有內亂，大敵當前，卻還在自相殘殺。」

黃蓉道：「蒙古兵不來便罷，倘若來了，咱們殺得一個是一個，當真危急之際，咱們還有小紅馬可賴。天下事原也憂不得這許多。」郭靖正色道：「蓉兒，這話就不是了。咱們既學了武穆遺書中的兵法，又豈能不受岳武穆『盡忠報國』四字之教？他教的是『破金』，其實是『破敵』，那也無妨。咱倆雖人微力薄，卻也要盡心竭力，為國禦侮。縱然捐軀沙場，也不枉了父母師長教養一場。」黃蓉素明他心意，嘆道：「我原知難免有此一日。罷罷罷，你活我也活，你死我也死就是！」

兩人計議已定，心中反而舒暢，當下回入城中，對酌談論，想到敵軍壓境，面臨生離死別，比往日更增一層親密。直飲到二更時分，忽聽城外號哭之聲大作，遠遠傳來，極是慘厲。黃蓉叫道：「來啦！」兩人奔到城頭，只見城外難民大至，扶老攜幼，人流滾滾不盡。原來忠義軍雖未收復了青州，但宋軍反而進攻忠義軍，忠義軍的將領又起叛亂，殺死了李全的哥哥李福，李全夫婦便派兵平亂，眾百姓怕亂，不敢進城，散居於山野之間，現下蒙古兵殺到，只得逃向城中躲避。

那知守城官令軍士緊閉城門，不放難民入城。過不多時，李全加派士卒，彎弓搭箭，對住難民，喝令退去。城下難民大叫：「蒙古兵殺來啦！」守城官只不開城門。眾難民

在城下號叫呼喊，哭聲震天。

靖蓉二人站在城頭，極目遠望，但見遠處一條火龍蜿蜒而來，顯是蒙古軍的先鋒到了。

郭靖久在成吉思汗麾下，熟知蒙古軍攻城慣例，常迫使敵人俘虜先登，眼見數萬難民集於城下，蒙古先鋒一至，青州城內城外軍民，勢非自相殘殺不可。

此時情勢緊急，已無遲疑餘裕，郭靖站在城頭，振臂大呼：「青州城如給蒙古兵打破，沒人能活，是好漢子快跟我殺敵去！」那北門守城官是李全的親信，聽得郭靖呼叫，怒喝：「奸民擾亂人心，快拿下了！」郭靖從城頭躍下，右臂長出，抓住守城官前胸，舉起他身子，自己登上了他坐騎。

守城官兵中原多忠義之士，眼見難民在城下哀哭，許多俱是自己親友，盡懷不忿，見郭靖拿住守城官，不由得驚喜交集，並不上前救護長官。郭靖喝道：「快傳令開城！」那守城官性命要緊，只得依言傳令。北門大開，難民如潮水般湧入。

郭靖將守城官交與黃蓉看押，便欲提槍縱馬出城。黃蓉道：「等一等！」命守城官將甲冑脫下交與郭靖穿戴，在郭靖耳邊輕聲道：「假傳聖旨，領軍出城。」反手拂中了那守城官穴道，將他擲在城門之後。郭靖心想此計大妙，當即朗聲大叫：「奉聖旨：臨安皇上派我守城抗敵，救護百姓！眾軍快隨我出城禦敵！」他內功深湛，這幾句話以丹田之氣叫將出來，雖城內城外叫鬧喧嘩，但人人聽得清楚，剎時間竟爾寂靜半晌。慌亂之際，眾軍那分辨得出真偽？兼之近來忠義軍自相殘殺，又與朝廷官兵對殺，軍令混亂，莫可適從，當此強敵壓境、驚惶失措之際，聽得有人領軍抗敵，四下裏齊聲歡呼。

郭靖領了六七千人馬出得城來，見軍容不整，隊伍散亂，如何能與蒙古精兵對敵？

想起武穆遺書中有云：「事急用奇，兵危使詐。」便傳下將令，命三千餘軍士赴東邊山後埋伏，聽號砲一響，齊聲吶喊，招揚旌旗，卻不出來廝殺；又命三千餘軍士赴西山後埋伏，聽號砲二響，也叫喊揚旗，虛張聲勢；又下令安排了號砲。

兩隊軍士的統領見郭靖胸有成竹，指揮若定，各自接令領軍而去。

待得難民全數進城，天已大明。只聽得金鼓齊鳴，鐵騎奔踐，眼前塵頭大起，蒙古軍先鋒已迫近城垣！

黃蓉從軍士隊中取過一槍一馬，隨在郭靖身後。郭靖朗聲發令：「四門大開！城中軍民盡數躲入屋中，膽敢現身者，立即斬首！」其實他不下此令，城中軍民也早躲得影蹤全無，勇敢請纓的都已在東西兩邊山後埋伏。只聽得背後鸞鈴聲響，兩騎馬馳到，李全夫婦分持刀槍，站在靖蓉二人身側。黃蓉見那楊妙真頂盔貫甲，英風颯颯，手中一桿梨花槍擦得雪亮，心中暗讚。

蒙古軍鐵騎數百如風般馳至，但見青州城門大開，一男一女兩個少年騎馬綽槍，站在護城河的吊橋之前，身後只男女二人護衛。統帶先鋒的千夫長看得奇怪，不敢擅進，飛馬報知後隊的萬夫長。

那萬夫長久歷戰陣，得報後甚是奇怪，心想世上那有此事，忙縱馬來到城前，遙遙望見郭靖，先自吃了一驚。他西征之時，數見郭靖迭出奇謀，攻城克敵，戰無不勝，飛

1633

天進軍攻破撒麻爾罕城之役，尤令他欽佩得五體投地，蒙古軍中至今津津樂道，此時見郭靖擋在城前，城中卻空蕩蕩的沒半個人影，料得他必有妙策，那敢進攻？在馬上抱拳行禮，叫道：「金刀駙馬在上，小人有禮了。」

郭靖還了一禮，卻不說話，那萬夫長勒兵退後，飛報統帥。過了一個多時辰，大纛招展下一隊鐵甲軍鏗鏘而至，擁衛著一位少年將軍來到城前，正是四皇子拖雷。

拖雷飛馬突出衛隊之前，大叫：「郭靖安答，你好麼？」郭靖縱馬上前，叫道：「拖雷安答，原來是你！」他二人往常相見，必互相歡喜擁抱，此刻兩馬馳到相距五丈開外，卻不約而同的一齊勒馬。郭靖道：「安答，你領兵來攻我大宋，是也不是？」拖雷道：「我奉父王大汗之命，身不由主，請你見諒。」

郭靖放眼遠望，見旌旗如雲，刀光勝雪，不知有多少人馬，心想：「這鐵騎衝殺過來，我郭靖今日要畢命於此了。」朗聲說道：「好，那你來取我的性命罷！」

拖雷心裏微驚，暗想：「此人用兵如神，我實非他敵手，何況我與他恩若骨肉，豈能傷了結義之情？」一時躊躇難決。李全夫婦見他二人敘話，心中驚疑不定。

黃蓉回過頭來，右手一揮，城內軍士點起號砲，轟的一聲猛響，東邊山後眾兵將齊聲吶喊，旌旗招動。拖雷臉上變色，但聽號砲連響，西山後又有敵軍叫喊，心道：「不好，我軍中伏。」他隨著成吉思汗東征西討，豈但身經百戰而已，甚麼大陣大仗沒見過，這數千軍士的小小埋伏那在他眼內？但郭靖在西征時大顯奇能，拖雷素所畏服，此時見情勢有異，心下先自怯了，當即傳下將令，後隊作前隊，退兵三十里安營。

郭靖見蒙古兵退去，與黃蓉相顧而笑。黃蓉道：「靖哥哥，恭賀你空城計見功。」

郭靖笑容登歛，憂形於色，搖頭道：「拖雷為人堅忍勇決，今日雖然退兵，明日必定再來，那便如何抵敵？」黃蓉沉吟半晌，道：「計策倒有一個，就怕你顧念結義之情，不肯下手。」郭靖一凜，說道：「你要我去刺殺他？」黃蓉道：「他是大汗最寵愛的幼子，尊貴無比，非同別個統軍大將。四皇子一死，敵軍必退。」郭靖低頭無語，回進城去。

城中軍民雖見敵軍退兵，到處仍亂糟糟地。忠義軍統帥李全夫婦眼見郭靖蓉二人來到客店，要邀兩人去官衙中飲酒慶賀。郭靖與他商量守城之策。李全聽他說蒙古大軍明天還要再來，說道：「閣下既同蒙古兵統帥是好朋友，咱們不妨商量投降，好救滿城官兵百姓。」郭靖喝了聲：「呸！」說道：「要投降，你自己幹罷，你投降了，也救不得滿城百姓。」李全夫婦討了個沒趣，含愧而去。

郭靖久在蒙古軍中，知道蒙古兵對投降的敵人決不寬待，心中鬱悶不已，酒飯難以入口，天色漸漸黑了下來，耳聽得城中到處大哭小叫之聲，心想明日此時，青州城中只怕更無一個活著的大宋臣民，蒙古軍屠城血洗之慘，他親眼看見過不少，當日撒麻爾罕城殺戮情狀不絕湧向腦中，伸掌在桌上猛力一拍，叫道：「蓉兒，古人大義滅親，我今日豈能再顧朋友之義！」黃蓉嘆道：「這件事本來難得很。」

郭靖心意已決，換過夜行衣裝，與黃蓉共騎小紅馬向北馳去，待至蒙古大軍附近，將紅馬放在山中，步行去尋覓拖雷的營帳。兩人捉到兩名守夜巡邏的軍士，點了穴道，

剝下衣甲來換了。郭靖的蒙古話是自幼說慣了的，軍中規程又無一不知，毫不費力的混到了大帳邊上。此時天色全黑，兩人伏在大帳背後，從營帳縫中向裏偷瞧。

只見拖雷在帳中走來走去，神色不寧，口中只是叫著：「郭靖，安答，郭靖！」郭靖不察，只道他已發現自己蹤跡，險些脫口答應。黃蓉早有提防，一見他張口，立即伸手按住他嘴巴。郭靖暗罵自己蠢才，又好笑，又難過。黃蓉在他耳邊道：

「動手罷，大丈夫當機立斷，遲疑無益。」

就在此時，遠處馬蹄聲急，一騎快馬奔到帳前。郭靖知有緊急軍情來報，俯在黃蓉耳邊道：「且聽過軍情，再殺他不遲。」見一名黃衣使者翻身下馬，直入帳中，向拖雷磕頭，稟道：「四王子，大汗有令。」

拖雷道：「大汗說甚麼？」那使者呈上文書，跟著跪在氈上，唱了起來。蒙古人開化未久，雖已有文字，但成吉思汗既不識字，更不會寫，有甚旨意，發出文書之外，更常命使者口傳。軍令事關重大，生怕遺漏誤傳，常將旨意編成歌曲，令使者唱得爛熟，覆誦無誤，這才出發。

那使者只唱了三句，拖雷與郭靖一齊心驚，拖雷更流下淚來。原來成吉思汗於滅了西夏後得病，近來病勢日重，自知不起，召拖雷急速班師回去相見。旨意最後說：日來甚是思念郭靖，拖雷在南倘若知他下落，務須邀他北上與大汗訣別；他所犯重罪，盡皆赦免。

郭靖聽到此處，伸匕首劃開篷帳，鑽身進去，叫道：「拖雷安答，我和你同去。」

拖雷吃了一驚，見是郭靖，不勝之喜，兩人這才相抱。

那使者認得郭靖，上前磕頭，道：「金刀駙馬，大汗對你日日思念，請你務必赴金帳相見。」

郭靖聽得「金刀駙馬」四字，心頭一凜，生怕黃蓉多心，忙從帳篷裂縫中躍了出去，拉住黃蓉的手，道：「蓉兒，我和你同去同歸。」黃蓉沉吟不答。郭靖道：「你信不信我？」黃蓉嫣然一笑，道：「你若再想做甚麼駙馬駙牛，我也大義滅親，一刀把你宰了，把你的牛腿馬腳割下來，凍在雪峯之上。我爬上雪峯，跳了下來。」

當晚拖雷下令退軍，次晨大軍啟行。郭靖與黃蓉找回紅馬雙鵰，隨軍北上。郭靖道：「這李全甚無骨氣，蒙古兵倘若再來，他必投降。」後來果不出所料，李全爲蒙古大軍包圍，無法得脫，便即投降。

拖雷只怕不及見到父親，令副帥統兵班師，自與靖蓉二人快馬奔馳，未及一月，已來到西夏成吉思汗的金帳。拖雷遙遙望見金帳前的九旄大纛矗立無恙，知道父親安好，歡呼大叫，催馬馳至帳前。

郭靖勒住馬頭，想起成吉思汗撫養之恩、知遇之隆、殺母之仇、屠戮之慘，一時愛恨交迸，低頭不語。忽聽得號角吹起，兩排箭筒衞士在金帳前列成兩行。成吉思汗身披黑貂，扶著拖雷的右肩，從帳中大踏步而出。他腳步雖豪邁如昔，但落地微顫，身子隨著抖動。郭靖搶上前去，拜伏在地。

1637

成吉思汗熱淚盈眶，顫聲道：「起來，起來！郭靖孩兒，你們回來了，好極！我天天想著你們兩個。」郭靖站起身來，見大汗滿頭白髮，滿臉皺紋，兩頰深陷，看來在世之日已然無多，不禁仇恨之心稍減。成吉思汗另一手扶住郭靖左肩，瞧瞧拖雷，又瞧瞧郭靖，嘆了一口長氣，遙望大漠遠處，呆呆出神。郭靖與拖雷不知他心中所思何事，都不敢作聲。

過了良久，成吉思汗嘆道：「當初我與札木合安答結義起事，那知到頭來我卻非殺他不可。我做了天下大汗，他卻死在我手裏。再過幾天那又怎樣呢？我還不是與他一般的同歸黃土？誰成誰敗，到頭來又有甚麼差別？」拍拍二人肩頭，說道：「你們兩人須得始終和好，千萬別自相殘殺。郭靖孩兒不肯跟華箏結親，那也罷了！你終究是漢人，變不成蒙古人。那是誰都沒法子的，勉強不來，這一節我近來也想通了。咱們雖是蒙古人漢人，但一直到死，始終要和好，像一家人一樣。札木合安答是一死完事，我每當想起結義之情，卻常常終夜難以合眼。」

拖雷與郭靖想起在青州城下險此拚個你死我活，都暗叫慚愧。

成吉思汗站了這一陣，但覺全身乏力，正要回帳，忽見一小隊人馬飛馳而至。當先一人白袍金帶，穿的是金國服色。成吉思汗見到敵人，精神一振。那人在遠處下馬，急步過來，遙遙拜伏在地，不敢走近。親衛報道：「金國使者求見大汗。」成吉思汗怒道：「金國不肯歸降，派人來見我作甚？」

那使者伏在地下說道：「下邦自知冒犯大汗天威，罪該萬死，特獻上祖傳明珠千

1638

，以求大汗息怒赦罪。這千顆明珠是下邦鎮國之寶，懇請大汗賜納。」使者稟罷，從背上解下包袱，取出一隻玉盤，再從錦囊中倒出無數明珠，跪在地下，雙手托起玉盤。

成吉思汗斜眼微睨，只見玉盤中成千顆明珠，都有小指頭般大小，繞著一顆大母珠滴溜溜的滾動。這些珠子單就一顆已是希世之珍，何況千顆？更何況除了一顆母珠特大之外，其餘的珠子都是差不多大小。若在平日，成吉思汗自是歡喜，但見珍珠光采柔和晶瑩，相輝交映，玉盤上竟似籠罩著一層淡淡虹暈。

道：「收下了。」親衛接過玉盤。那使者見大汗收納禮物，歡喜無限，說道：「大汗許和，下邦自國君而下，同感恩德。」成吉思汗怒道：「誰說許和？回頭就發兵討伐金狗。左右，拿下了！」親衛一擁而上，將那使者擒住。

成吉思汗嘆道：「縱有明珠千顆，亦難讓我多活一日！」從親衛手裏接過玉盤，猛力一擲，連盤帶珠遠遠摔了出去，玉盤撞在石上，登時碎裂。眾人盡皆愕然，那金國使者更嚇得魂不附體。

原上的牧人尚偶有拾到。

那些珍珠後來蒙古將士拾起了不少，但仍有無數遺在長草之間，直到數百年後，草

成吉思汗意興索然，回入金帳。黃昏時分，他命郭靖單獨陪同，在草原上閒逛。兩人縱馬而行，馳出十餘里，猛聽得頭頂鵰唳數聲，抬起頭來，只見那對白鵰在半空中盤旋翱翔。成吉思汗取下鐵胎畫弓，扣上長箭，對著雌鵰射去。郭靖驚叫：「大汗，別射！」成吉思汗雖然衰邁，出手仍是極快，待聽到郭靖叫聲，長箭早已射出。

郭靖暗暗叫苦，他素知成吉思汗臂力過人，箭無虛發，這一箭愛鵰必致斃命，豈知那雌鵰側過身子，左翼橫掃，竟將長箭拍落，原來成吉思汗氣力衰了，這一箭已不如何勁急。雄鵰大怒，縱聲長唳，向成吉思汗頭頂撲擊下來。郭靖喝道：「畜生，作死麼？」揚鞭向雄鵰打去。雄鵰見主人出手，振翼凌空，急鳴數聲，與雌鵰雙雙飛遠。

成吉思汗神色黯然，將弓箭拋在地下，說道：「數十年來，今日第一次射鵰不中，想來確是死期到了。」郭靖待要勸慰，卻不知說甚麼好。成吉思汗突然雙腿一夾，縱馬向北急馳。郭靖怕他有失，催馬趕上，小紅馬行走如風，一瞬眼間已追到馬旁。

成吉思汗勒馬四顧，忽道：「靖兒，我所建大國，歷代莫可與比。自國土中心達於諸方極邊之地，東南西北乘馬奔馳，皆有一年行程。你說古今英雄，有誰及得上我？」

郭靖沉吟片刻，說道：「大汗武功之盛，古來無人能及。只大汗一人威風赫赫，天下卻不知積了多少白骨，流了多少孤兒寡婦之淚。」成吉思汗雙眉豎起，舉起馬鞭就要往郭靖頭頂劈將下去，但見他凜然不懼的望著自己，馬鞭揚在半空卻不落下，喝道：「你說甚麼？」

郭靖心想：「自今而後，與大汗未必有再見之日，縱然惹他惱怒，心中言語終須說個明白。」昂然說道：「大汗，你養我教我，逼死我母，這些舊事，那也不必說了。你一直當我是親人，愛我、提拔我，我也當你是親人般敬你、愛你。我只想問你一句：人死之後，葬在地下，佔得多少土地？」成吉思汗一怔，馬鞭打個圈兒，道：「那也不過這般大小。」郭靖道：「是啊，那你殺這麼多人，流這麼多血，佔了這麼多國土，到頭

1640

來又有何用？」成吉思汗默然不語。

郭靖又道：「自來英雄而爲當世欽仰、後人追慕，必是爲民造福、愛護百姓之人。以我之見，殺得人多卻未必算是英雄。」成吉思汗道：「難道我一生就沒做過甚麼好事？」郭靖道：「好事自然是有，而且也很大，你叫蒙古人不可自相殘殺，大夥兒的日子都過得好了。你滅卻數十國，歸併千百部族，統率萬國，大國萬姓都有太平日子好過，大家不再你打我，我打你，日子過得太平，人人心裏是很感激你的。只是你南征西伐，積屍如山，那功罪是非，可就難說得很了。」他生性戇直，心中想到甚麼就說甚麼。

成吉思汗一生自負，此際給他這麼一頓說，竟難以辯駁，回首前塵，勒馬回顧，不禁茫然若失，過了半晌，哇的一聲，一大口鮮血噴在地下。

郭靖嚇了一跳，才知自己把話說重了，忙伸手扶住，說道：「大汗，你回去歇歇。」

我言語多有冒犯，請你恕罪。」

成吉思汗淡淡一笑，一張臉全成蠟黃，嘆道：「我左右之人，沒一個如你這般大膽，敢跟我說幾句眞心話。」隨即眉毛一揚，臉現傲色，朗聲道：「我一生縱橫天下，滅國無數，依你說竟算不得英雄？嘿，眞是孩子話！」在馬臀上猛抽一鞭，急馳而回。

當晚成吉思汗崩於金帳之中，臨死之際，口裏喃喃念著：「英雄，英雄……」想是心中一直琢磨著郭靖的那番言語。

郭靖與黃蓉向大汗遺體行過禮後，辭別拖雷，即日南歸。兩人一路上但見骷髏白骨

散處長草之間，不禁感慨不已，心想兩人鴛盟雖諧，可稱無憾，但世人苦難方深，不知

何日方得太平。正是：

兵火有餘燼，貧村纔數家。

無人爭曉渡，殘月下寒沙！

（全書完。郭靖、黃蓉等事蹟在《神鵰俠侶》中續有敘述。）

郭靖、黃蓉之時的宋、金、蒙古、大理、西夏

俄羅斯諸侯國

撒麻爾罕

花剌子模

西夏

金

吐蕃

蒙古
本部

宋

大理

蒲甘

大越

蒙古大帝國疆域圖

成吉思汗家族

祖先

在中國北方很寒冷的地方，山野、草原、沙漠、樹林裏的人以打獵、捕漁和遊牧爲生。他們分爲許多不同的部族，後來都稱爲蒙古人。

有兄弟兩個，哥哥的眼力很好，所以傳說中他有三隻眼睛，額頭中間還有一隻。有一天，兩兄弟站在高山上瞭望，看見一羣人沿著河過來。哥哥對弟弟說：「那邊車上坐著一個美麗的姑娘，可以做你的妻子。」弟弟走過去一看，見那姑娘果然美貌動人。兩兄弟把那姑娘雅蘭花搶了來，做了弟弟的妻子。

雅蘭花生了兩個兒子。後來她丈夫死了。她又生了三個兒子。兩個大兒子暗地裏議論：「爸爸死了，媽媽卻又生了三個兒子。我們家裏只有一個男僕，這三個孩子是他的兒子罷？」雅蘭花知道了兩個大兒子的議論。在春天裏的一天，她煮了臘羊肉給五個兒子吃，然後叫他們並排坐在一邊，每個人給一支箭，叫他們折斷，他們很容易的就折斷了；又把五支箭合起來叫他們折斷，五兄弟輪流著使勁拗箭，都折不斷。

雅蘭花說道：「大孩兒，二孩兒，你們懷疑三個弟弟是怎麼生的，是誰的孩子。我也不怪你們。你們不知道，每天晚上，有一道光從天窗中照射到我帳幕裏，變成了一個淡黃色的男子，來撫摸我的肚皮，後來那人又變成了一道光，從天窗中出去。這三個孩子是天神的兒子。你們五人都是從我肚皮裏生出來的，如果一個個分散開，就會像一支箭那樣給任何人折斷。要是大家相親相愛，同心協力，就像合起來的五支箭那樣堅牢，

誰也折不斷你們了。」

然而母親雅蘭花死後，五兄弟並不和睦。四個哥哥說小弟勃端察兒不喜歡說話，是傻子，不分牲畜給他。小弟弟只得騎了一匹禿尾巴生瘡的瘦馬，沿著斡難河出去打獵過活，揀拾野狼吃過後賸下來的殘肉。

但勃端察兒可不是傻子，是狼一樣的厲害人物。他搶劫別人的牲口，搶了一個孕婦做妻子，又娶了別的女人做妻子，俘虜別族的人做奴隸。他是成吉思汗的祖先。

父親母親

勃端察兒和四個哥哥都子孫眾多，一代代的繁衍下來，分成蒙古人的許多部族。勃端察兒的子孫所組成的許多部族之中，有一部的酋長叫做也速該。有一天，他在野外放鷹捕雀，看見一個男子帶了美麗的新婚妻子經過。也速該就回到家裏，叫了哥哥和弟弟，來追趕這對夫妻。

那男子名叫赤列都，是篾兒乞惕部人，見到三個人惡狠狠的追來，很是害怕，騎了馬急奔，三兄弟在後追趕，赤列都繞著山岡逃了一圈，又回到妻子坐著的車前。他妻子訶額倫（「雲」的意思）說：「那三個人追來，想殺死你。只要保住性命，不難再娶得妻子。每個車座上都有女子，每輛車中都可以找到夫人。你如果想念我，另外娶一個妻子，叫她用我的名字，也叫訶額倫好了。現在你快逃，聞著我的香氣逃走罷。」把身上衫子脫下來給他。赤列都剛接過衫子，見那三人繞過山坳追來，忙拍馬逃走了。

三兄弟追了一會，追他不上，回來把訶額倫帶走。她大聲哭叫，也沒法子。也速該把她帶回家去，和她成親。

也速該和訶額倫生了四個兒子，一個女兒。大兒子生下來的時候，左手掌裏握著一塊凝結的血塊。那時也速該正在和敵人打仗，捉來的俘虜中有一個人名叫鐵木眞，就把兒子取名爲鐵木眞，紀念這個勝仗。

鐵木眞就是後來的成吉思汗。

鐵木眞九歲（有的書上說是十三歲）的時候，父親也速該帶他到外婆家去求婚，半路上遇見了一個親戚德薛禪。

德薛禪見鐵木眞眼睛明亮，臉有光采，很是歡喜，說他有個女兒，請他父子去看。也速該見到小姑娘眉清目秀，就向德薛禪求婚。德薛禪答應了。那小姑娘名叫蒲兒帖，比鐵木眞大一歲，十歲了。

也速該將帶來的馬匹當作財禮，把兒子留在德薛禪家裏，就回去了。路上遇到一羣塔塔兒人在宴會。塔塔兒人請他喝酒，但想起也速該以前搶掠過他們，便在食物裏放上了毒藥。

也速該在回家途中，覺得很不舒服，勉強支撐著走了三天，回到家中，毒發而死；臨死時把妻子兒女託給親信蒙力克照顧，去把鐵木眞領回家來。鐵木眞見父親死了，撲在地下大

哭。

也速該是部族的領袖，他死之後，兒子幼小，部族中人拋棄了訶額倫夫人母子，去歸附另一個部族泰亦赤兀惕人。訶額倫夫人趕上去苦苦哀求，也是沒用。有一個忠心的族人勸大家不要走，反給他們用刀砍死了。

訶額倫夫人一家生活很苦，她採拾野果野菜，撫養孩子長大。

也速該另外一個妻子生了兩個兒子，一個叫別克帖，一個叫別勒古台，也跟訶額倫夫人和鐵木眞住在一起。

異母兄弟

有一天，鐵木眞和比他小兩歲的親弟弟合撒兒，還有別克帖、別勒古台四人一起去釣魚。鐵木眞和合撒兒釣到了一條銀魚，另外兩兄弟恃強搶了去。鐵木眞兄弟氣憤得很，回去告訴母親。訶額倫夫人勸他們要和好，說大家同是一個父親的兒子，不應該爭鬧，要齊心合力，向泰亦赤兀惕人報仇。

鐵木眞和合撒兒不聽母親的話，說道：「昨天射到一隻雀兒，給他們搶了去，今天又來搶魚。咱們可不能老是受他們欺侮。」兩兄弟氣憤憤的奔了出去。

別克帖坐在山岡上牧馬，忽然看見鐵木眞從後面掩來，合撒兒從前面過來，手裏都拿著弓箭，知道事情不妙，說道：「咱們正受著泰亦赤兀惕人的欺辱，仇還沒有報，你們爲甚麼把我當作眼中釘？我們大家孤另另的，除了影子之外，沒有旁的朋友；除了馬尾

之外，沒有旁的鞭子。爲甚麼要自相殘殺？請你們不要殺弟弟勒古台。」說罷，盤膝而坐，也不抵抗。鐵木眞、合撒兒二人一前一後的把他射殺了。

兩兄弟回家。一進門，訶額倫夫人看了二人的神氣就明白了，大大生氣，狠狠的責罵了他們一頓。

妻子

鐵木眞長大了，泰亦赤兀惕人把他捉了去，想殺死他，但給他逃了出來。

後來鐵木眞去娶了幼年時父親給他定下的妻子蒲兒帖。蒲兒帖帶來一件名貴的黑貂皮襖做嫁妝。鐵木眞將這件貂皮襖拿去送給父親的老朋友王罕。

王罕念著也速該的舊情，對鐵木眞很是照顧，認他爲義子。

有一天半夜裏，篾兒乞惕人忽然前來襲擊，幸虧訶額倫夫人的女僕耳朵好，遠遠就聽見了，忙叫醒眾人逃跑。鐵木眞躲在不兒罕山裏，敵人尋他不到。可是鐵木眞的妻子蒲兒帖沒馬騎，躲在一輛牛車裏，給篾兒乞惕人發現了。

篾兒乞惕人就是訶額倫夫人的前夫赤列都的族人，他們爲了報復訶額倫夫人被奪的仇恨，所以半夜裏來襲擊。他們捉到了年輕美貌的蒲兒帖，怨仇已報，又找不到鐵木眞，就收兵回去，把蒲兒帖給了赤列都的兄弟做妻子。

鐵木眞去向義父王罕求救。王罕點起了兵，又約了另一個義子札木合，和鐵木眞三路會師去攻打篾兒乞惕人。打了很久時候的仗，才把篾兒乞惕部打垮。鐵木眞把妻子奪

了回來，很是高興。

蒲兒帖在歸途中生了個兒子，沒有嬰兒褓褓，就把他裹在麵粉裏。這個兒子是篾兒乞惕掠奪者和她生的。鐵木眞也不介意，把孩子當作自己的親兒子，給他取名爲朮赤，那是「客人」的意思。那時蒙古人還處在部落氏族社會，財產公有，妻子兒子的誰屬，並不分得很清楚。

全世界較原始的氏族都是這樣的。

鐵木眞聰明勇敢，很有見識，勢力越來越大，打敗了無數敵人，做了蒙古許多部族的共同領袖。大家尊他爲成吉思汗。「成吉思」是「大海」的意思，頌揚他和海洋一樣偉大。

他的妻子蒲兒帖和他生了三個兒子和幾個女兒。

成吉思汗報了仇，把泰亦赤兀惕部滅了，把害死他父親的塔塔兒部也打垮了。

成吉思汗和部屬商議，怎樣處置塔塔兒部的俘虜。大家說，塔塔兒部的男子，只要高過車軸的，一概殺死，婦女兒童就分給大家做奴隸。

成吉思汗的異母弟別勒古台開完了會，從帳房裏出來。塔塔兒部中有人問他：「你們商量此甚麼？」別勒古台說：「決定將你們高過車軸的男人都殺死。」塔塔兒的俘虜知道後就奮力抵抗，使成吉思汗部下遭到很大損失。成吉思汗很是生氣，下命令說，以後開親族會議，不許別勒古台參加。❶

成吉思汗娶了塔塔兒部美麗的姑娘依速甘❷做妃子。依速甘說：「我的姊姊也遂比我還要美麗。」成吉思汗道：「如果我找到你的姊姊，你肯讓位給她麼？」依速甘說：「肯的。」成吉思汗便派人去找尋。

也遂和她丈夫正在樹林中避難，終於被成吉思汗部下的兵士捉住，她丈夫卻逃跑了。也遂的確美麗非凡，成吉思汗很愛她。

有一天，成吉思汗坐在也遂、依速甘兩姊妹中間飲酒，聽得也遂長嘆一聲，神色鬱鬱不樂。他就起了疑心，把博爾朮和木華黎兩員大將叫來，吩咐說：「把所有的人一部一部的分開。自己部裏不准有別部的人。」

這樣分開之後，剩下一個年輕男子無部可歸，查問出來，原來是塔塔兒人，就是也遂的丈夫。成吉思汗怒道：「這個人心懷惡意，混在我們這裏，想幹甚麼？塔塔兒部中凡是比車軸高的男人都要處死，還有甚麼說的？快快斬了。」就把他殺了。

成吉思汗對也遂還是一樣的寵愛。

叔父

成吉思汗東征西伐，捉了不少俘虜。

他分給母親和幼弟斡赤斤❸一萬戶百姓，作為奴隸。他母親訶額倫夫人心裏嫌少，但沒有作聲。給長子朮赤九千戶，次子察合台八千戶，三子窩闊台五千戶，幼子拖雷也是五千戶。給二弟合撒兒四千戶，三弟合赤溫❹二千戶，異母弟別勒古台一千五百戶。

他叔父曾經投降過敵人，成吉思汗不分俘虜給他，還想殺了他。大將博爾朮、木華黎等苦苦相勸，說他叔父和他父親從小在一個帳房中居住，在同一隻鍋子裏吃飯。成吉思汗想起了父親，才饒了叔父不殺。

胞弟　後父的兒子

成吉思汗的父親也速該臨死之時，將妻子兒女託給蒙力克照料。蒙力克有七個兒子。他又娶了訶額倫夫人為妻，成為成吉思汗的後父。

蒙力克的七個兒子中，有一個名叫闊闊出，是個巫師。「成吉思汗」這個尊號就是他提議的。他裝神作怪，自稱常常騎馬到天上，所以蒙古各部的族長都很尊敬他。闊闊出越來越狂妄，有一次聯合了六個兄弟，把成吉思汗的弟弟合撒兒捉住了，吊起來狠狠的打了一頓。

合撒兒是草原上出名的勇士，據說力氣比三條牡牛還大，射箭能射到五百丈遠。他身材高大，人家說他一餐可以吃完一隻小牛。那當然都是誇張，然而他總是個了不起的好漢。

成吉思汗那時候心情正在不好，聽到了合撒兒被吊打的消息，就罵他道：「人家說，世上凡是活的東西，都打你不過。為甚麼你給人家打敗了？」合撒兒很難過，流著眼淚走了，三天沒見哥哥的面。

闊闊出向成吉思汗挑撥離間，說道：「上天有指示：這一次讓鐵木真執掌大權，下

一次讓合撒兒執掌大權。所以你如果不提防合撒兒，後患可大得很。」

成吉思汗信了，當即出發去逮捕合撒兒。

訶額倫夫人得到了訊息，急忙乘了白駱駝轎車，連夜奔馳，黎明時候趕到，只見成吉思汗已把合撒兒的衣袖縛住了，除下他的帽子，正在那裏嚴厲審問，想要殺死他。他見母親趕來，就避在一邊。訶額倫夫人怒氣沖沖的下車，親手解開合撒兒的袖子，盤膝坐下，解開衣衫，露出了兩隻乳房，說道：

「鐵木眞孩兒，看見了嗎？你是吃這奶長大的。你三弟、四弟一個奶還沒吃完，你二弟合撒兒已把我兩個奶都吃完了。他吃完了我兩個奶的乳水，使我胸頭舒暢，心裏快活。合撒兒力大無比，箭法了得，打倒了無數敵人。現今敵人打完了，你就不要合撒兒了嗎？」

成吉思汗爲了要使母親息怒，就說：「母親責備得是，我很慚愧，以後我不敢這樣了。」

他雖沒殺死合撒兒，但總擔心合撒兒會搶他的權位，暗中奪取了合撒兒所領的大部份百姓，原來有四千戶百姓，只給他剩下一千四百戶。訶額倫夫人知道了，很是愁悶，老得很快，不久就死了。合撒兒手下的人有許多很害怕，都悄悄逃走了。

巫師闊闊出的勢力漸漸擴大，許多部族都去投奔他，擁他爲領袖。成吉思汗幼弟斡赤斤的奴隸有些逃到闊闊出那裏，斡赤斤派人去討還。闊闊出把他的使者打了一頓，不

1656

許使者騎馬，叫他背負了鞍子，徒步回來。

斡赤斤親自去講理。闊闊出七兄弟圍住了要打他。斡赤斤害怕得很，只得認錯。七兄弟強迫他跪在闊闊出的面前悔過。

第二天早晨，成吉思汗還沒起床，斡赤斤就到帳裏跪下哭訴。和成吉思汗睡在一起的蒲兒帖夫人坐起來，拉被子遮住自己赤裸的胸膛，見斡赤斤痛哭，欺侮你的好兄弟，不禁也掉下淚來，對丈夫道：「他們吊打了合撒兒，又逼迫斡赤斤下跪，將來你逝世之後，你留下來的廣大國土，當然就給他們搶去了。」成吉思汗對斡赤斤道：「闊闊出就要過來，你會知道怎麼報仇的。」斡赤斤拭乾了眼淚，走到帳外，布置了三個大力士。

過不多時，成吉思汗的後父蒙力克老翁領著七個兒子，一同走進帳裏。斡赤斤抓住闊闊出的衣領，說道：「昨天你強迫我下跪悔過，現今我們角力去。」闊闊出返身也把斡赤斤的衣領扭住。成吉思汗道：「到外面去，你們摔一場跤。」斡赤斤把闊闊出拉出去，預先伏下的三名大力士迎上來，捉住闊闊出，折斷了他的腰。斡赤斤回進帳去，說道：「闊闊出跟我摔跤，打敗了，耍胡賴，躺在地下不肯起來。」

蒙力克老翁明白了原因，對成吉思汗道：「當你廣大的國土還只像小小土塊的時候，我就跟你相識了。你怎麼不念舊情？」

他六個兒子攔住了帳門，圍繞著火盆，挽起了袖子要打。成吉思汗急了，喝道：

「讓開！」衝出帳去，眾衛士便上來保護。

1657

成吉思汗見到闊闊出的屍身，命人取來一頂舊帳幕，搭在屍身上。

第二天早晨，帳幕本來關著的天窗打開了，帳幕的門仍然關著，闊闊出的屍身卻不見了，再也找不到。

成吉思汗對大家說：「巫師闊闊出打我的弟弟，又說壞話離間我們兄弟，違犯了天意，所以上天把他的性命和屍身都取去了。」❺

成吉思汗又責備蒙力克不對，看在母親的份上，沒有處罰他和他別的兒子。

長子和次子爭吵

成吉思汗率領大軍去討伐花剌子模。那是在蒙古人西方的回教大國，土地廣大，人民眾多，兵力很強。❻花剌子模的蘇丹摩訶末傲慢而胡塗。

成吉思汗出兵的前夕，王妃也遂對他說：「大汗越高山、渡大河，長途遠征。如果你高山似的金身忽然倒塌了，你的蒙古國家由誰來治理？你像樑柱似的金身忽然倒塌了，你的神威大纛由誰來高舉？你四個兒子之中，由誰來執政？請大汗留下旨意。」

這件事大家心中都早已想到了的，但誰也不敢提。也遂是成吉思汗寵愛的王妃，所以她說了出來。

成吉思汗召集眾人，說道：「也遂雖是女子，她這話倒很對。我的弟弟、兒子、博爾朮、木華黎，你們都不說。我倒不知自己已經老了，好像是不會死的，竟把這件事給忘了。朮赤，你是我長子，你怎麼說？」

朮赤還沒開口，次子察合台大聲道：「父王叫朮赤說話，要派他做甚麼？我們能讓著簸兒乞惕的雜種管轄麼？」

朮赤聽察合台這樣說，跳起來抓住他的衣襟，怒道：「我父王從來不把我當作外人，你爲甚麼老是跟我過不去？你甚麼事勝過我了？你不過暴躁驕傲而已。我和你比箭，要是我輸了，就割下大拇指。我和你比武，要是我輸了，就倒在地上永遠不起來。請父王下令。」兩兄弟互相拉著衣襟。博爾朮搶上去拉住了朮赤的手，木華黎拉住察合台的手。成吉思汗鐵青了臉不作聲。

大臣闊可搠思說道：「察合台，你爲甚麼說這樣的話？你們出生之前，各部各族的人都打得昏天黑地，連睡覺的時候也沒有，大家日夜只是打仗、擄掠。察合台，你的話讓你母親傷心。你們同是蒲兒帖夫人的兒子，是同胞親兄弟，你這樣的話，忘了母親的大恩，令她灰心落淚。你們英明的父王建國之初，何等艱難困苦，忍飢挨渴，汗流腳底。你們的母親一同吃苦，把好吃好喝的東西留給你們，清洗你們的屎尿，直到你們會站立騎馬。你們母親盼望的是愛子幸福，你們千萬不可令她憂愁。」

成吉思汗道：「不能這樣說朮赤。朮赤當然是我的長子，這種話不許再說。」

察合台笑道：「朮赤是有本事的。朮赤和我，都是父王的大兒子。我二人齊心合力爲父王出力。三弟窩闊台仁慈，我推舉他將來繼承父王的大業。」

成吉思汗問朮赤：「你怎麼說？」朮赤知道自己沒有希望繼承大位，便道：「察合台的話不錯。我們二人齊心爲你出力。我也推舉窩闊台。」成吉思汗道：「世界廣大，

江河眾多。你們只要出力去攻打外國，地方有的是，你們儘可去佔來做牧場。朮赤、察合台，你們兩個今後一定要和睦，不可讓人恥笑。」兩人都答允了。

成吉思汗問窩闊台：「你有甚麼話說？」窩闊台道：「父王恩賜，兩位兄長推舉，我只有勉力去做。要是我的子孫不行，雖然包著草，牛也不吃，雖然包著油，狗也不吃，那麼自有兄們的子孫來高舉父王的大纛。」

成吉思汗點頭稱是，問四子拖雷道：「你有甚麼話說？」拖雷素來和窩闊台很是友愛，說道：「我願全力輔助窩闊台三哥。他忘了的，我提醒他。他睡著了，我叫他起來。他出去征戰，我總在他身旁。」

於是成吉思汗便立窩闊台為繼承人。

在攻打花剌子模之時，朮赤和察合台兩人仍然不和，兩軍不能協調，征戰不利。成吉思汗派窩闊台做總司令，統率兩軍，這才節節勝利。

吉思汗派窩闊台做總司令，統率兩軍，這才節節勝利。

生兒子的氣

朮赤、察合台、窩闊台攻打花剌子模的首都玉龍傑赤大城。❼ 三兄弟分取了城中的百姓工匠，沒有留給父王。三兄弟回來時，成吉思汗惱怒得很，三天沒有傳見。

博爾朮、木華黎等大將勸他說：「為了教訓花剌子模的蘇丹，我們已把他打得落花流水。玉龍傑赤的百姓雖然給大汗的三個兒子分了，也和大汗自己所有一樣。我軍大勝，大家都很歡喜，大汗何必發怒？兒子們做錯了事，心裏很害怕，以後一定會小心謹

慎，請准許他們謁見罷。」

成吉思汗接受勸告，命三個兒子進見，引述祖言古語，重重責罵。朮赤、察合台、窩闊台三人站著，汗流滿面，又是慚愧，又是害怕。

三名親衛箭筒士勸大汗道：「兒子們打了勝仗，大汗這樣重責，令他們灰心。兒子們已經知錯了。從日出的地方到日落的地方，敵人還很多，讓我們去攻打他們，去攻打巴格達的蘇丹，去搶奪他們的金銀、綢緞。大汗請息怒罷。」

成吉思汗怒氣平息，重賞勸他的大將和三名親衛箭筒士，與三個兒子和好。

皇后和妃子

成吉思汗的皇后妃子很多，他讓她們分住在五個地方，蒙古人在帳幕裏居住，所以稱為五個斡兒朵，斡兒朵是「宮帳」的意思。

第一斡兒朵的正后是元配蒲兒帖皇后，其下有五個次后，再下面有許多妃子。各斡兒朵的情形都相同，不過后妃的數目有多有少。蒲兒帖皇后生了朮赤、察合台、窩闊台、拖雷四個兒子，五個女兒。

第二斡兒朵的正后是忽蘭皇后。她父親是篾兒乞惕部的一個酋長，本來跟隨乃蠻部的塔陽汗對成吉思汗作戰。塔陽汗敗死後，那個酋長帶了女兒去向成吉思汗投降，要把美麗的女兒獻給他。走在路上，遇到成吉思汗部下的一名將領納牙阿。納牙阿說：「現今戰事激烈，你們父女倆如在路上遇到軍隊，恐怕會遭難，你女兒會受到污辱。你們留

1661

在我這裏，等戰事結束，我護送你們去見大汗。」於是父女倆在納牙阿的帳幕裏住了三天，再去見成吉思汗。

成吉思汗大怒，要殺納牙阿，說他不該將這樣美麗的姑娘在帳幕裏留了三天。忽蘭和納牙阿忙說明經過。成吉思汗後來發覺忽蘭果然仍是處女，對她很寵愛，對忠誠的納牙阿也大加重用，覺得這樣美麗的姑娘在他帳幕裏住了三天，居然仍是處女，這人可以付託大事。

成吉思汗很喜歡忽蘭，稱她為「我那嬌小的美人兒」。忽蘭皇后生了一個兒子，叫做闊列堅。成吉思汗待他如同四個嫡子一樣。後來闊列堅隨拔都西征，在俄羅斯中箭而死。

第二斡兒朵的次后叫做古兒八速，是塔陽汗的後母。當塔陽汗和成吉思汗打仗的時候，古兒八速曾說蒙古人身上很臭。這句話給成吉思汗聽到了，後來將她俘虜了來，就問她：「你說我們蒙古人身上很臭嗎？」當晚就和她同房，大概要她聞聞自己身上臭不臭。古兒八速自然不敢說臭。

第三斡兒朵的正后是也遂皇后。在諸后之中，她和忽蘭皇后兩人最為得寵。成吉思汗出征，有時帶忽蘭同行，有時帶也遂同行。

第四斡兒朵的正后是依速甘皇后。她是也遂皇后的妹妹。由於她舉薦姊姊，成吉思汗才得到也遂皇后，但甘心位居姊姊之下。

第四斡兒朵的三后名叫合答安皇后，是四大功臣之一赤老溫的妹妹。她嫁給成吉思汗較早，成吉思汗少年時為泰亦赤兀惕人俘虜，脫逃後躲在赤老溫家裏的羊毛車中，才得免難。後來成吉思汗

滅了泰亦赤兀惕部，合答安的丈夫給亂兵殺死，她給蒙古兵俘虜了。她遠遠望見成吉思汗，大叫：「鐵木眞救我。」成吉思汗就收她爲妻。

四大斡兒朵之外，又另有一個「公主斡兒朵」，正后是金國的公主。成吉思汗率兵圍困中都燕京，金國皇帝送女兒歧國公主求和。當時金國皇宮中未嫁的公主共有七人，歧國公主最美麗聰明，宮中稱她爲「小姐姐」。這位「小姐姐」嫁了成吉思汗後，很受到敬重，蒙古人稱她爲「公主皇后」。成吉思汗爲她特別成立一個「公主斡兒朵」。❽

五個斡兒朵分設在不同地方，相隔很遠。❾

死亡

成吉思汗征服西夏，把西夏百姓殺了一大批，於豬兒年（丁亥，一二二七年）七月十二日在西夏去世，年七十三歲。去世的地方在今甘肅東部清水縣。也遂皇后一直陪伴著他。

車子載著大汗的金棺東歸，走到一個地方，車輪陷入了地裏不動，許多駿馬也拖拉不動。一個善歌的歌手唱道：「大汗啊，你棄掉天下而去了，你的皇后、皇子、親族、故土都在等你回去。你所出生的故鄉，還在遙遠的地方。你的蒲兒帖皇后、忽蘭皇后，你的夥伴博爾朮、木華黎他們，都在等你回去。由於西夏的姑娘們美麗，你忘了蒙古的親人麼？」

這樣唱了之後，車子動了，把成吉思汗的遺體送回蒙古。諸將嚴守秘密，路上遇到行人，一概殺卻，免得消息洩漏。

1663

大汗的靈柩在各個皇后的斡兒朵中逐一陳列發喪，最後葬在不兒罕山中。

成吉思汗年輕的時候給篾兒乞惕人追逐，避入不兒罕山，躲過了大難。不兒罕山是斡難河和怯綠連河的發源地。成吉思汗曾在山谷中一株大樹下默思多時，說過要葬在這棵大樹的下面。兒子們遵從他的遺命。葬後不起墳墓，蒙古兵將騎了大羣馬匹踐平土地，後來四周長起密林。至今還沒有發現真正的所在地。❿

長子朮赤

成吉思汗所征服的大帝國，從中心騎馬向四方奔跑，據說東南西北都要奔馳一年才到邊界。他把這個大帝國分給四個兒子。

長子朮赤的封地，在今日俄羅斯的鹹海、頓河、伏爾加河一帶，稱為「欽察汗國」。因為那時候這些地方叫做欽察。

朮赤是長子，但不得繼承大位，封地又遠，所以快快不樂，後來就生病了。成吉思汗派他去征討裏海、黑海北方諸地，朮赤沒有很快的出動，成吉思汗很不高興。後來成吉思汗征伐了西域回蒙古，沿途幾次叫朮赤來相會。朮赤生了病，不能來見。那時有個蒙古人從朮赤的領地到來，成吉思汗問起朮赤的病況。那人說大王子身體很好，行前還見到他帶了大隊人馬在打獵。成吉思汗大怒，便率兵去征討問罪，派窩闊台與察合台作先鋒。大軍剛要出發，朮赤的死訊由快馬傳到。成吉思汗十分悲痛，問起死因，才知他生病已久，那次行獵的其實是朮赤的部將。大汗要將傳假訊的人捉來治罪，那人卻已逃

走了。

尤赤死時四十九歲，有十四個兒子。長子鄂爾達，次子拔都。鄂爾達自知才能不及弟弟，兄弟倆又友愛，所以將繼承父位的權利讓給了拔都。

次子察合台

察合台的長子叫做莫圖根。成吉思汗在他的眾多孫子之中，最鍾愛莫圖根。在攻打花剌子模時，有一次圍城，莫圖根給敵人射死。成吉思汗很悲痛，城破之後，屠殺全城百姓，為孫兒報仇。

那時察合台還不知兒子已死，旁人都不敢告訴他。有一天，成吉思汗和幾個兒子一同吃飯，假裝大發脾氣，說兒子們都不聽話，對察合台尤其惱怒。察合台很惶恐，說道：「我如不聽父王的吩咐，甘願給父王處死。」成吉思汗道：「我不論甚麼吩咐你都聽，是嗎？」察合台道：「是。兒子決計不敢違命。」成吉思汗道：「那麼你聽我吩咐：你的兒子莫圖根已經死了，我叫你不可悲傷。」察合台大驚，拚命的忍住眼淚，裝作並不悲傷，安安靜靜的吃完了飯，才獨自到野外去放聲大哭。

察合台脾氣暴躁，但很會辨別是非，軍中如果有甚麼爭執，疑難不決，由他來判斷，總十分公平。

窩闊台能繼承大位，察合台擁立的功勛最大。窩闊台繼位後，遇到甚麼大事，總派人去徵求二哥的意見，對他十分尊敬。

察合台的封地在今新疆、阿富汗、俄羅斯烏茲別克共和國一帶，稱為「察合台汗國」，地域也十分廣大。

三子窩闊台

窩闊台的領地「窩闊台汗國」在今俄羅斯中亞細亞巴爾喀什湖附近。他是蒙古的共主，統治蒙古本部和中國北部，所以作為特別領地的「窩闊台汗國」，地域就很小了。

窩闊台做了十三年大汗，死時五十六歲，因酗酒得病。他個性光明磊落，寬大溫和，曾公開檢討自己，說：「我繼承父皇的大位以來，做了四件好的事情。第一，征服金國；第二，成立了驛站，因而數萬里之間交通便利；第三，在許多沒有水的地方開掘了水井，使得百姓有豐富的水草，繁殖牲口；第四，在所征服的各城各地設立治民官，讓眾百姓能安居樂業。但我也做了四件錯事，第一，我繼承大位，受命統治萬國，但我時時飲酒大醉；第二，我強娶叔父斡赤斤所屬部眾中的女子，這是不合道理的；第三，我誤信讒言，殺死了父親手下的功臣朵豁勒忽，他是忠義人，我十分後悔；第四，我下令構築圍牆，圈定兄弟們的牧地，以致兄弟們發出怨言。」

他能公開作自我批評，可見性格坦白直率，能分辨是非。

四子拖雷

拖雷是成吉思汗的小兒子，也最得他鍾愛。成吉思汗出征，經常叫拖雷陪在身邊，

稱他是「伴當」。成吉思汗死後將大部份精兵猛將都交了給他（據Michel Hoang 在《成吉思汗》一書中所說，成吉思汗逝世時有十四萬精兵，將其中十萬人交給拖雷），因此四個兒子中，拖雷這一系兵力最強，勢力最大。拖雷為人英明，很得人心。成吉思汗逝世時，察合台和窩闊台都領兵在外，只拖雷在蒙古本部，因此軍國大事都由他決定，稱為「監國」。

蒙古習俗，國主由親王大將共同推舉，這個大會叫做「庫里爾台」。成吉思汗雖有遺命要窩闊台繼承，但根據傳統習慣，還是要召開「庫里爾台」來正式推舉。

大會中王公、駙馬、眾大將都極力推舉拖雷。窩闊台也不敢接任大位。拖雷卻主張尊重父皇遺命。會議一直開了四十幾天，始終不能決定。最後在拖雷堅持之下，斡赤斤和察合台也都贊成擁戴窩闊台，窩闊台才得到庫里爾台的承認。

兔兒年（辛卯，一二三一年），窩闊台大汗親征金國，攻破居庸關，佔領了許多城市，忽然得了病，說不出話。巫師卜占之後，說道：「因為殺害金國百姓太多，所以山川神靈作祟侵害大汗，必須由親族中一個人代死，否則病不能好。」

拖雷說：「我答應過父皇，一心輔助皇兄，我願意代皇兄死。巫師，你念咒罷。」

巫師就念了咒，給拖雷飲了神水。拖雷說：「請皇兄照料我的孤兒和妻子。」不久就死了。拖雷代死之後，窩闊台的病果然就好了。⓫

蒙古人對拖雷都十分欽佩。窩闊台更加感激，曾說他將來死後，要將大位傳給拖雷的長子蒙哥。

孫子拔都 （朮赤的次子）

窩闊台做大汗的第七年，俄羅斯諸部起來反抗。窩闊台聽從察合台的意見，命令諸王、駙馬、萬戶、千戶各派長子出征。因為每個長子麾下都兵眾將廣，所以實力特別強大，總兵力大約是十五萬人，已經超過了成吉思汗逝世時的兵力。這次西征稱為「長子遠征」。

拔都是朮赤的繼承人，是長子中的長子（其實是次子），由他做統帥。察合台部派長子莫圖根（已死）的長子不里統軍，窩闊台部由長子貴由統軍，拖雷部由長子蒙哥統軍。統軍的是長子，但別的兒子也有不少參加遠征。

大軍西征，勢如破竹，平定了欽察、北俄羅斯、南俄羅斯，攻克莫斯科、基輔等大城。在征服俄羅斯等十一個國家之後，拔都決定分兵三路西征，於是搭起大帳設宴。在宴會中卻發生了一場大爭吵。

拔都是長兄，又是大軍統帥，宴會還沒有開始，便拿起酒杯來先飲了幾杯。察合台的孫子不里、窩闊台的兒子貴由十分不滿，吵嚷起來。不里罵道：「拔都為甚麼先飲酒？他自以為是元帥，其實是個生鬍子的婆娘，早就該將他踏在腳底下。」貴由說：「這是個帶弓箭的婆娘，我們二人早就該用棍子狠狠的打他一頓。」還有一個大將附和二人。大吵之後，宴會不歡而散。

他們為甚麼罵拔都是「婆娘」？拔都很會打仗，對待部下將士很好，人人叫他為

「賽因汗」。「賽因」在蒙古話裏是「好」的意思，說他是「好王子」。不里和貴由對部下卻很兇，他們覺得拔都婆婆媽媽，不夠威風，像個女人。

更重要的原因，是察合台系和窩闊台系的王子們心中對朮赤系的王子都瞧不起，總記得朮赤並不是成吉思汗的親生子。

拔都派人去稟告了大汗。窩闊台很是惱怒，等貴由回來朝見報告戰況時，痛罵他：「聽說你在出征途中，把有屁股的人都打了屁股，把軍人的臉都丟光了。你自以為征服了俄羅斯，就可對兄長不敬嗎？其實那又不是你的功勞。」把他送去給拔都處分，把不里交給察合台處分。

拔都自然不敢當真處分大汗的兒子貴由，但這場怨仇互相結得很深。

拔都和貴由、不里兩人爭吵後，兵分三路。北路軍察合台部隊，由察合台的另一個兒子貝達爾任統帥，攻打波蘭。中路軍朮赤部隊，由拔都自己任統帥，攻打匈牙利。南路軍窩闊台部隊，由大將速不台及窩闊台另一個兒子合丹（貴由的弟弟）共任統帥。

北路軍擊破波蘭大軍，打得波蘭王布萊斯狼狽逃命，渡過奧得河，在莘爾斯達特大平原上和波蘭日耳曼聯軍遭遇，一場大戰，波德聯軍全軍覆沒。貝達爾命部下在戰場上割下敵軍的耳朵，收集在一起，共有九巨綑之多。這是世界史上有名的一個戰役。

中路軍和南路軍也都節節勝利。北、中、南三路軍隊在多瑙河畔會師，只殺得歐洲人屍骨如山，藍色多瑙河變成了紅色多瑙河。❷

1669

拔都大軍一路打到亞德里亞海的威尼斯國邊界，一路打到離維也納三十里的地方，正要征服全歐洲，忽然接到窩闊台大汗逝世的消息，於是拔都下令班師。這次西征一共打了六年，嚇得歐洲人心驚膽破，稱之為「黃禍」。

拔都班師回到俄羅斯，在自己汗國都城中駐守。從東到西，幾萬里的大片土地都是他的勢力範圍。他統治的欽察汗國，歐洲人稱為金帳汗國。俄羅斯侯王在金帳前戰慄聽命，達四百年之久。當元朝在中國的統治結束後，金帳汗國仍統治著俄羅斯。直到十六世紀中葉，俄國彼得大帝興起，蒙古人在俄國的統治才衰退而消失。⑬

拔都的哥哥鄂爾達讓位給拔都，所以拔都將東方錫爾河一帶地方分給哥哥，鄂爾達一系建立了「白帳汗國」。拔都的弟弟昔班（朮赤第五個兒子）西征有功，拔都也分給他一片領地，建立的汗國叫做「青帳汗國」。這兩個汗國都遠不及金帳汗國重要。

孫子貴由（窩闊台的長子）

窩闊台死後，皇后和諸王大臣召開「庫里爾台」。幾次召拔都來參加，拔都始終不來。大會決定立窩闊台的長子貴由接位。

貴由作了大汗，便要統兵去征討拔都，朝中大臣極力勸阻，才打消了這主意。這是聰明的決定，如果出兵，多半打不過拔都。

貴由喜歡喝酒，手足有瘞攣病，接位後第三年春天就死了。

孫子蒙哥（拖雷的長子）

短命的貴由死後，王公大將都開「庫里爾台」大會推舉大汗。大會的地點是在拔都所管轄的地方。會中王公大將都推舉拔都。在成吉思汗的許多孫子中，拔都年紀最長，兵力強盛，西征的威名很大，仁慈而得人心，何況大會在他勢力範圍之內舉行。

然而拔都不肯當大汗，極力主張由拖雷的長子蒙哥接位。拔都很精明，知道自己如做大汗，別的三系會聯合起來反對拔都，拖雷系的蒙哥卻一直支持統帥。

蒙哥在西征之時和拔都很合作，堂兄弟間感情很好。察合台系的不里、窩闊台系的貴由聯合起來反對拔都，自己寡不敵眾，一定抵擋不住。

庫里爾台大會尊重拔都的意見，推舉蒙哥當大汗。

這時朝中大權是在貴由的皇后海迷失手裏。她想叫自己的兒子做大汗，派人去對拔都說：「大會議向來是在東方蒙古本部舉行的，這次在西方開，不合祖宗規矩，而且許多王公大將都沒有參加，會議的決定不能算數。」拔都說：「那麼明年在東方再開大會好了。」

到了明年，拔都派自己的弟弟統領大軍，護送蒙哥到蒙古本部開會，自己駐在西方作後援。開大會之時，窩闊台與察合台兩個系統的王公知道爭不過拔都和蒙哥，都不到會。拔都傳下命令：那一個不遵大會決定，國法從事。朮赤和拖雷兩個系統的兵力很強，兩系聯合，窩闊台系和察合台系的力量及不上。蒙哥做大汗的決定，在東方的大會

中又通過了。國家大權於是從窩闊台系轉移到了拖雷系的手裏。

窩闊台曾經說過將來要讓蒙哥做大汗。但窩闊台的性子隨隨便便，說過的話不大放在心上。他養了幾頭小獵豹，沒有奶吃，就叫人牽了一頭母牛來，讓小獵豹吃母牛的奶。窩闊台有一個小孫子，名叫失烈門，就說：「爺爺，你叫小豹吃母牛的奶，這頭母牛自己的小牛就沒有奶吃了，不是要餓死麼？」⓮窩闊台很感動，說道：「失烈門這話很對。你很有仁愛心腸，將來可以繼我的位子做大汗。」所以失烈門一直認為自己有權繼承大汗的位子。失烈門不是貴由的兒子，是他的姪兒。

蒙哥做了大汗，失烈門和貴由的兩個兒子都不服。貴由的兩個兒子在車中藏了兵器，想發動政變，結果被破獲了。蒙哥把這三人送到荒僻地方去監禁起來，後來都殺了他們。

察合台的孫子不里和貴由交好，曾在宴會中一起罵過拔都，也參與了貴由兒子姪兒的政變密謀。政變失敗後，蒙哥將不里送去交給拔都。拔都就把他殺了。

蒙哥英明果毅，善於處理政務，他滅了大理，征服今西康、西藏、印度支那一帶土地，派兵遠征，攻克今伊拉克的首都巴格達，遣兵攻朝鮮、印度，擄掠了大批百姓和財物回來。他做了九年大汗，在攻打四川重慶時去世。⓯

孫子忽必烈（拖雷的第四子）

蒙哥的胞弟忽必烈接任大汗，滅了南宋，統一全中國，是元朝的開國皇帝。⓰

忽必烈做了二十年大汗後征服中國，統治了十五年，到八十歲才死。他治理國家的本事，是蒙古所有大汗之中最好的。❶他曾派兵去攻打日本、緬甸、越南等國。

攻打日本的大軍十餘萬人，乘船在海中遇到颶風，全軍覆沒。蒙古兵天下無敵，但不懂海戰。征日本的大軍在陰曆八月初一出發，那正是颶風季節，只要遲得兩個月出發，日本人一定也給蒙古人征服了。❶蒙古兵從成吉思汗興起到忽必烈去世，一百年中只打了一個大敗仗。不是敗在敵人的手裏，而是敗給了颶風（日本人稱之為「神風」）。

元朝在中國統治了八十九年，一共十個皇帝，都是拖雷的子孫。

孫子旭烈兀（拖雷的第六子）

拖雷有十一個兒子，其中兩個做皇帝，那是長子蒙哥、四子忽必烈。第六子旭烈兀也是大大有名之人，他比忽烈小兩歲。

蒙古人有三次大西征。第一次西征是成吉思汗親自率領，第二次是朮赤的次子拔都率領，第三次西征的統帥是旭烈兀。

忽必烈九歲時，成吉思汗從西域凱旋回來，忽必烈和七歲的弟弟同去迎接祖父。成吉思汗率眾打獵，忽必烈射死一隻兔子，旭烈兀射死一隻野山羊。蒙古人的習俗，兒童第一次射殺禽獸，要將獵物的血塗在長輩的手指上表示敬意。旭烈兀握住成吉思汗的手塗血，出力很重，成吉思汗怪他太粗魯。忽必烈卻捧住祖父的手輕輕塗拂，成吉思汗很歡喜。

這件事顯示兩兄弟從小就性格不同。

蒙哥做大汗的時候，裏海、阿母河一帶的回教徒木剌夷教派行兇作亂，派遣刺客到處殺人。蒙哥派六弟哈里發的西征，將這個實行暗殺政策的教派滅了。❶旭烈兀又再西行，攻破回教大教主哈里發的總部巴格達。❷

旭烈兀在巴格達城中，見到大教主哈里發的宮殿華美之極，一座又高又大的藏寶塔中珍寶堆積如山，感到十分驚異，把哈里發叫來，說道：「你積聚了這麼許多金銀財寶，到底用來做甚麼？你為甚麼不把財寶分給部屬，叫他們為你出力死戰，保住你的性命和巴格達？」哈里發不知道怎樣回答才是。旭烈兀道：「你既然這樣喜歡財寶，這許多財寶我就都還給你。」於是把哈里發關在藏寶塔裏，不給他飲食，對他說：「這些財寶都是你的，你要吃便吃好了，沒有人來干涉。」

哈里發對著滿塔的金銀財物，但寶石珍珠是不能當飯吃的，困頓了七日就死了。❸

旭烈兀再派部下的漢人大將郭侃❹西征，攻打天房（今沙地阿拉伯），天房蘇丹投降。郭侃再渡海攻富浪（今地中海中的塞普魯斯島），島上的蘇丹也投降。那時蒙哥去世的訊息傳到，旭烈兀便停止西攻。

旭烈兀在伊朗、敘利亞、伊拉克、土耳其、沙地阿拉伯一帶建立一個大汗國，稱為「伊兒汗國」。伊兒汗國包括了中東當代所有的石油出產國家，邊境與埃及相接。埃及抵抗蒙古人入侵，各地回教難民紛紛湧到，所以埃及就成為回教的文化中心。

旭烈兀曾向東羅馬帝國國王求婚，要娶他女兒。東羅馬王不敢拒絕，但知道蒙古男

1674

人娶很多妻子，不捨得把公主嫁給他，於是送了自己的私生女兒瑪麗亞給他。瑪麗亞到時，旭烈兀剛逝世，旭烈兀的兒子阿八哈就娶了她。阿八哈瞧在妻子的面上，對待天主教徒很好，不加虐待，又和教皇、法蘭西等國建交，互通使節。㉓

孫子阿里不哥（拖雷的第七子）

拖雷的第七個兒子叫阿里不哥，當大哥蒙哥大汗汗逝世時，四哥忽必烈在攻打中國，六哥旭烈兀在西征，他自己在老家蒙古的和林（在今蒙古烏蘭巴托西南）大本營留守。他得到一批王公大將的擁戴，立為大汗，而忽必烈則在上都開平（在今內蒙多倫之北）立為大汗。

兩兄弟爭奪大位，擁護阿里不哥的王公大將較多。但兩兄弟領兵打了幾仗，弟弟打不過哥哥，連戰連敗，終於投降。忽必烈問他：「你倒平心而論，到底是該你做大汗，還是該我做？」阿里不哥說：「以前是該我做，現今當然是你該做了。」他意思是說，我是根據蒙古祖傳的規矩，由王公大將開「庫里爾台」推舉的，你是用刀槍弓箭打出來的。

女兒

成吉思汗女兒很多，其中一個叫做阿剌海別吉，最有本事。她先嫁汪古部酋長的兒子，丈夫死後，改嫁丈夫的哥哥的兒子，丈夫又死，改嫁趙王孛要合。成吉思汗西征，

四個兒子都帶兵隨行，派這個公主留守老家，稱爲「監國公主」。這位監國公主處理政事很有見識，經常判斷得很對。監國公主的辦公廳有數千名女官和侍女，奉她命令辦理政務。那時在東方負責攻打金國的大將是木華黎，遇到軍國大事，都要向監國公主請示。

（《射鵰》小説中華箏公主爲虛構，不提其他公主，求簡也。）

成吉思汗另有一個女兒布亦塞克，成吉思汗將她許配給宏吉剌部的酋長。那個酋長嫌她相貌太醜，不肯娶她，成吉思汗就將這酋長殺了。

宏吉剌部是蒙古各部中專出美女的地方。那個酋長平生美女見得多了，竟連大汗的公主也感到不能忍耐。

成吉思汗的妻子蒲兒帖皇后就是宏吉剌部人，他的許多媳婦、孫媳也都是這部的女子。到了忽必烈時，更定下規矩，每兩年一次，到宏吉剌去選妃嬪和宮女。㉔

曠古未有的蒙古大帝國，到成吉思汗的孫子手裏才建成。但基礎是成吉思汗奠定的。無敵於天下的蒙古軍隊的一切軍事制度和軍事技術，也是成吉思汗一手建立的。他團結蒙古各部族，發展蒙古的生產力和經濟，是人類歷史中位居第一的軍事大天才。他西征南伐雖然也有溝通東西文化和交通的功勞，但破壞和殘殺厲害，對於整個人類，到底功大還是罪大，後世學者的評價因觀點不同而有異。無論如何，他是一位了不起的偉人。西方文化以擴張征服爲尚，但西方人的歷史中，無一人及得上成吉思汗（以及他的子孫拔都、旭烈兀等等）。

西方傳統的歷史家既有種族自大、以及西方文化最為優秀的偏見，對於西方國家給

成吉思汗、拔都、旭烈兀打得一敗塗地的史實十分不忿，因之在評價成吉思汗時儘量誇

大他的殘暴和破壞。其實，任何戰爭中都有殘暴和破壞，以高舉基督教旗幟、並以保衛

西方文明為號召的十字軍東征，何嘗不燒殺殘暴、姦淫擄掠？絕沒有比蒙古大軍西征文

明了半點。近代歷史家對蒙古西征和其他戰爭以同一標準評論，就比較公允，一般認

為，其破壞和殘暴，和任何大戰役相等，但有溝通世界貿易、促進東西交通之功。阿拉

伯回教人從第七到十一世紀時打得西方人步步退縮，束手無策，蒙古人攻克巴格達，佔

領中亞細亞各地，回教大軍大敗，西方歷史家出於種族及宗教偏見，又大讚成吉思汗和

他的子孫，亦非公允。

研究成吉思汗領導的蒙古大軍所以能征服中亞、俄羅斯，一直打到威尼斯、維也

納，原因之一是蒙古馬質素優良，能耐勞，可長途行軍戰鬥，蒙古人學會了使用馬鐙，

騎在馬上雙手可空出來射箭，而騎射之術遠勝回教徒及西方武士。

第二個原因是科技上的，當時阿拉伯回教徒的科技文明大大勝於西歐人。中國宋代

的鍊鐵、鑄鐵之術、使用火藥的高科技剛發明，蒙古人從遼國、金國（女真人）那裏間接

學得，使用於戰陣，回教徒及歐西人無可抗擋。

最大的原因是成吉思汗的軍事天才與組織天才。西方歷史家認為整個人類歷史上，

只有希臘馬其頓王亞力山大大帝、迦太基大將漢尼拔、阿拉伯回教蘇丹薩拉丁、法國拿

破崙，這四個人的軍事天才方可和成吉思汗相比較，但四個人都比他不上。世界論劍，

他是人類歷史中天下五絕的「天下第一」。

但《射鵰英雄傳》所更頌揚的英雄，是質樸厚道的平民郭靖，而不是滅國無數的成吉思汗。相信這是更加人民性的歷史觀點。

注：在一九九八年十一月臺北舉行的「金庸小說國際學術研討會」中，澳大利亞國立大學柳存仁教授提出一篇《脫卜赤顏》·全眞教和《射鵰英雄傳》的論文。本書作者向來尊柳教授爲半師半友的前輩，以他學識之淵博，品德之崇高，其實是「大半爲師小半友」。該論文所述《蒙古秘史》一書諸家之評述，以及與《射鵰》之干係，多爲作者所未知，深受教益，謹此書以誌感。該文收入研討會之論文集中，論文集由臺北遠流出版公司出版，王秋桂教授主編。

注釋：

❶ 別勒古台據說有子孫八十人。

❷ 蒙古人譯名非常複雜。本文譯名大致上依照《新元史》，但也有若干改動。「依速甘」在《新元史》中譯作「也速干」，和成吉思汗的父親也速該的名字太接近了。

❸ 斡赤斤在蒙古語中是「灶君、火王」的意思。蒙古習俗，由幼子守家，看管家財。斡赤斤知道他是大汗所召，不敢先向他請教長生的祕訣（見《長春眞人西遊記》）。斡赤斤壽命很長，後來忽必烈和弟弟阿丘處機西去見成吉思汗時，途中曾受斡赤斤的款待。

❹合赤溫早死，沒有留下甚麼重要事蹟。

❺成吉思汗知道闊闊出得族人崇信，說他的生命和屍首都為上天取去，族人就認為連上天都處罰他，不會因此而反對成吉思汗。猜想闊闊出的屍體一定是成吉思汗暗中派人取去的。這是蒙古部族中軍權、政權對抗神權、文化權的一場鬥爭。

❻花剌子模的領土包括現代俄羅斯中亞細亞南部、伊朗、阿富汗等地。

❼玉龍傑赤在現代俄羅斯烏茲別克共和國鹹海之南，現名庫尼亞烏爾根赤。撒麻爾罕在今俄羅斯境，仍名撒麻爾罕，在阿富汗喀布爾之北，新疆喀什之西。地勢與《射鵰》中所描寫者不同，小說內容誇張以增趣味耳。

❽金歧國公主的母親袁，是漢人。但蒙古歷代大汗、皇帝的后妃中無漢人，只有朝鮮人。

❾日本人箭內瓦著《元朝怯薛及斡兒朵考》（陳捷、陳清泉譯）對四大斡兒朵的所在地有所考證，但沒有提到「公主斡兒朵」。

❿葉奇《草木子》中說：蒙古諸汗葬後，以萬騎踏平墓地，在上面殺一隻小駱駝，以千騎守墓。等明年青草生長，守軍移去，草原上一望平野，已無絲毫墓地的痕跡。要祭墓的時候，把小駱駝的母親牽來，母駱駝來回悲鳴的所在便是葬所。但母駱駝死後，就誰也找不到墓地了。

成吉思汗陵寢的所在地，學者意見不一。宋人彭大雅、徐霆所著《黑韃事略》，言陵

里不哥爭位時，蒙古多數王公支持阿里不哥，斡赤斤卻擁護忽必烈。據說他有一百個妻子、一百個兒子，妻兒走到他面前，有許多他竟不認識。

墓在外蒙古克魯倫河側。近人屠寄亦主此說。張相文〈成吉思汗陵寢發見記〉一文，根據蒙古人近世傳說和清朝官方文書，認爲陵墓在河套的榆林附近。以主張外蒙古說的較多。

⑪也許這只是巧合，更可能是巫師在神水中下了毒。《新元史》的作者卻大讚拖雷誠心感動了鬼神。成吉思汗四子中，拖雷所擁兵馬最多，勢力最大，窩闊台爲大汗，也可能是兩系爭權，窩闊台部殺了拖雷，但史實全無跡象。

⑫拔都遠征軍於一二四一年三月十八日在Chmielnik大破波蘭王Boleslaw統率的軍隊；當年四月九日在Liegnitz大破波德聯軍，殺了西里西亞（德國南部、捷克北部）國王亨利二世；另一個戰役中在戰場上殺了布希米亞（今捷克）國王Wenceslas，打敗了烏高林大主教所統率的匈牙利軍。大將速不台打敗了匈牙利王貝拉所統率的匈牙利、克羅茲、日耳曼、法國聯軍。

⑬蒙古人統治黑海裏的克里米亞半島，直到一七八三年才給俄國人佔去，離開現在還不到二百年。（本文作於二十世紀七十年代）

⑭失烈門這幾句話，或許是提醒祖父：「你如讓拖雷的兒子蒙哥繼任大汗，你自己的兒子、孫子卻沒有奶吃了。」

⑮在《神鵰俠侶》中，改寫爲死於攻襄陽之役。

⑯在中國歷史書中，成吉思汗爲元朝「太祖」，窩闊台爲「太宗」，貴由爲「定宗」，蒙哥爲「憲宗」，忽必烈爲「世祖」。也速該和拖雷沒有做大汗，但因子孫做了大汗，所以

1680

❶⑦ 忽必烈在史書上的評價很高。《新元史》說他：「混壹南北，紀綱法度燦然明備，致治之隆，庶幾貞觀。」極力讚揚他任用儒生；又說唐太宗玄武門之變，把哥哥和弟弟殺了，忽必烈也和弟弟爭位，但把弟弟捉來後沒有殺他，所以在這件事上還勝過唐太宗。《元史》說他：「度量弘廣，知任善使，信用儒術，能以夏變夷。」馬可波羅說他是：「自有人類祖先亞當以來，迄於今日，世上從來未見如此廣有人民、土地、財貨的強大君主。」又Yule本《馬可波羅行紀》中引波斯歷史家Wassaf的評論，說：「從我國（波斯）境到蒙古帝國的中心、有福皇帝公道可汗駐在之處，路程相距雖有一年之遠，但他的豐功偉業，傳到了我們的地方。他的制度法律，睿敏智慧，賢明判斷，可驚可羨的治績，據可信的證人如著名商賈和博學旅人的述說，都是遠遠超過了迄今所見的偉人之上。單以他的功業和才能而言，已使歷史上所有的名人都黯然失色。羅馬、波斯、中國、印度、阿拉伯等國所有的君主都及他不上。」這些歌頌當然是未免太誇張了，但忽必烈所統治的土地之廣，確是亙古未有。屠寄《蒙兀兒史記》說他：「目有威稜，而度量弘廣，知人善用，輩下畏而懷之……一變祖父諸兄武斷之風，漸開文明之治。」但忽必烈征服中國，後代虐殺甚眾，元朝橫征暴歛，規模制度遠不及清朝。

❶⑧ 忽必烈派去征日本的統帥，是右丞相蒙古人阿剌罕、中書右丞漢人范文虎。范文虎是呂文煥之兄呂文德的女婿。呂文煥就是守襄陽多年的宋朝大將，後來投降了蒙古。遇

追尊也速該爲「烈祖」，拖雷爲「睿宗」。

到颶風而覆沒的蒙古主力部隊由范文虎統帶。范文虎落海後，漂流一晝夜，幸好抓到一塊船板而逃得性命。忽必烈很寬大，說遇到颶風不是他的過失，繼續重用他。

⑲ 木剌夷是回教的一個狂熱教派，起源於波斯，正統回教認為他們是異端邪派。這教派的領袖稱為「山中老人」，以暗殺作為主要手段，總部設在高峯的頂上，稱為「鷲巢」。在山谷中建立了一座大花園，花木庭榭，美麗無比。宮殿輝煌，裝飾有無數金銀珍寶，到處有管子流通美酒、蜜糖、牛乳。園中充滿各族美貌的少女，能歌善舞。山上養了一批幼童，從小就教導他們，說為領袖而死，可以上升天堂。等他們到了二十歲時，在他們的飲料中放入迷藥，任由他們在花園裏無所不為，所有美女都溫柔的服侍他們。這些青年盡情享樂，舒服之極，相信確是到了《可蘭經》中所說的天堂樂園。過了一段時候，再用迷藥將他們迷倒，抬出花園。他們醒轉之後，甚是失望，山中老人召他們來見。這些青年自幼深受教育，確信山中老人是回教聖經中所說的大先知，對他絕對崇拜。山中老人問他們從那裏來，都答稱來自天堂樂園。山中老人於是派他們去行刺，說為教盡力，死後可入天堂。這些青年為了返回天堂享樂，行刺時奮不顧身，但求早死，所以往往成功。各國君主對山中老人都十分害怕，對他所提的要求不敢不答允。刺客所服的迷藥是大麻一類，突厥語稱為Haschachin，西歐歷史家稱這個教派的教徒為Assassini。英文Assassin（刺客、暗殺者）一字就由此而來。旭烈兀攻破了該派在高峯上的城堡，一舉而將之殲滅，不分老小，全部殺光。但這教派分布甚廣，總部被摧毀後

仍在別的地方繼續恐怖活動。

⑳ 那時回教徒在中東一帶勢力極大。回教的大教主稱為哈里發，駐在巴格達（今伊拉克首都），就像基督教的教皇駐在羅馬一樣。哈里發統率大軍，兼管政治。當時在巴格達統治已近五百年，又佔領了基督教的聖城耶路撒冷。西歐的基督徒組織「十字軍東征」，一次又一次的和回教徒作戰，規模巨大的東征共有八次，但終於打不過回教徒而失敗。旭烈兀的西征卻只打一仗就摧毀了回教的大本營。

㉑ 那個哈里發名叫木司塔辛，愛好音樂，是大食朝的第三十七代哈里發。一說旭烈兀將他裏在毛氈中，放在巴格達大街上，命軍士縱馬踐踏而死。

㉒ 郭侃的祖父郭寶玉是郭子儀的後裔，陝西人，成吉思汗手下大將，隨大汗西征，功勞很大，在攻打撒麻爾罕城時身受重傷，流血不止。成吉思汗命人剖開一條大牛的肚子，將郭寶玉放在大牛肚子裏，後來就血止傷愈。郭寶玉、郭侃在《元史》、《新元史》中均有傳。當世有評者認為：「元人分治下百姓為四等，南人為第四等，因此成吉思汗不可能封郭靖為統兵大將。」可惜這位評者不熟悉歷史，元朝分百姓為四等，是後代之事。早期蒙古統治者不但封漢人為西征大將，而且封的碰巧有幾個是漢人中姓郭的。蒙古攻金、攻宋，統兵大將中張柔、史天澤、張宏範、嚴忠範等均為漢人。忽必烈滅金滅宋後，以漢人史天澤、廉希憲、楊惟中、劉秉忠、張文謙、姚樞、商挺、竇默等為丞相、尚書等大官。成吉思汗死於一二二七年。蒙古於一二七九年滅宋，蒙古滅南宋後，發覺南宋百姓不服者多，難於統治，方逐步有歧視南人的規定，這些規定

為習慣法，並非於某年制定。成吉思汗在生時，肯定尚無歧視南人的觀念，而且當時

根本尚無「南人」的分類，南人要到忽必烈滅南宋後才有。成吉思汗時漢人做大將者

甚多，「劉伯林、濟南人、好任俠，善騎射，後封太師、秦國公」（《元史》）那是官居

極品了，其子「劉黑馬，封太傅、秦國公」，父子都作三公，封國公。

㉓洪鈞（賽金花的丈夫）對元史研究有重要貢獻。在中國歷史家中，他最先參考大量歐西

書籍材料，以補充及校正《元史》，所著《元史譯文證補》成為柯紹忞著《新元史》的

主要參考資料。可惜他準備寫的《旭烈兀補傳》等篇，未及成而逝世。

㉔《馬可波羅行紀》的刺木學本中詳述蒙古大汗選妃之法：大汗每兩年一次派使者到宏

吉剌部，把所有的處女都召集了來，檢查她們的皮膚、頭髮、面貌、口唇等等是否與

全身相稱，用品定黃金成色的「克拉」來定分數。最高滿分是廿四K。評定結果有的

是十六K，有的是十七、十八K，要二十K、廿一K以上，才選到大汗的後宮。大汗

再派人在這些二十K以上的處女中選出三四十人，派大臣的妻子三四十人分別陪她們

睡覺，審查她們是否有隱疾或缺點，睡著後是否打鼾，身上有沒有難聞的氣息。淘汰

了一批之後，每五人為一班（馮承鈞譯的本子則說是六人一班），每一班侍奉三日三夜，

期滿改由第二班輪值，周而復始。淘汰出來的姑娘仍住在宮裏，蒙古貴人有要娶妻

的，大汗就遣一名姑娘給他，贈送豐富的嫁妝。大汗到宏吉剌部這樣選女，該部族人

都感到榮耀，因為選中的姑娘不是侍奉大汗，就是配給貴人，出路都很好。

本文材料主要出自下列各書：

1　元史（宋濂等）

2　新元史（柯紹忞）

3　蒙古秘史（外蒙古策・達木丁蘇隆編譯，謝再善譯）

4　馮承鈞：成吉思汗傳

5　王國維：皇元聖武親征錄校注

6　馬可波羅行紀（馮承鈞譯注）

7　李思純：元史學

8　Henry H. Howorth: *History of the Mongols*

9　Jeremiah Curtin: *The Mongols, a history*

10　Gabriele Mondel: *The Life and Times of Genghis Khan*

11　成吉思汗（俄羅斯楊契維茨基著，邵循岱譯）

12　Ralph Fox: *Genghis Khan*

13　Michel Hoang: *Genghis-khan*

（本文前半部份根據《蒙古祕史》，其餘部份參考餘書。）

附錄二

關於「全真教」

道教開始於漢代的「太平道」與「五斗米道」。先秦的道家是哲學上的學派，到了漢代才成為宗教。六朝時有「干君道」（即太平道）、「天師道」（即五斗米道）、「帛家道」等。宋金以後，鍊養派分南宗、北宗；符籙科教派分為「龍虎」（即天師道，又稱正一教）、閣皂、茅山三宗。

道教鍊養派注重修仙長生之術，所鍊的丹分為外丹、內丹。外丹是黃白術，末流演變為點金術，成為化學的前身，中外相同。內丹是鍊氣，化為內功與內家拳術，以及醫學上針灸、經脈與穴道的研究，末流演變為房中術。

道教末流所吹噓的本事，是世俗人生的理想，既能財富無窮、長生不老、性機能特強，又能召仙降妖、招魂捉鬼，所以掌握了世俗最高權力的帝王也大感興趣。北宋之末，徽宗皇帝對道教尤其著迷，命道教的領導人冊封他為「教主道君皇帝」。

金兵佔領中國北方後，北方百姓流離失所，慘受欺壓，陝西、山東、河北一帶興起了三個新的道教教派，稱為「全真教」、「大道教」、「太一教」，結納平民，隱然和異族的統治者對抗，其中尤以全真教聲勢最盛。

全真教不尚符籙燒鍊，而以苦己利人為宗，所以大得百姓的尊敬。全真教屬於道教中的北宗。元朝虞集《道園學古錄》一書中說：「昔者汴宋之將亡，而道士家之說，詭幻益盛，乃有豪傑之士，佯狂玩世，志之所存，則求返其真而已，謂之全真。士有識變亂之機者，往往從之，門戶頗寬弘，雜出乎期間者不可勝紀。而澗飲谷食，耐辛苦寒暑，堅忍人之所不能堪，力行人之所不能守，以自致於道，亦頗有所述於世。」

王重陽

全真教的教祖是王喆。（這「喆」字也有寫作三個「吉」字重疊的，兩個字的聲音意義都和「哲」字相同。）關於他的生平，終南山重陽宮有一大碑，上刻劉祖謙所撰的〈重陽仙跡記〉，其中說：「師咸陽人，姓王氏，名喆，字知明，重陽其號。美鬚髯，目長於口，形質魁偉，任氣好俠，少讀書，係學籍，又隸名武選。天眷初，以財雄鄉里……後於南時村掘地爲隧，封高數尺，榜曰：『活死人墓』。……大定丁亥夏，焚其居，人爭赴救，師婆娑舞於火邊，且作歌以見意。詰曰東邁，遙達寧海，首會馬鈺於怡老亭。馬亦儒流中豪傑者，與其家人孫氏俱執弟子禮。又得譚處端、劉處玄、丘處機、王處一、郝大通等七人，號馬曰丹陽、譚曰長眞、劉曰長生、丘曰長春、王曰玉陽、郝曰廣寧、孫曰清淨散人……若其出神入夢、擲傘投冠、騰凌滅沒之事，皆其權智，非師之本教，學者期聞大道，無溺於方技可矣。」

金密國公金源鑄撰有〈全眞教祖碑〉，其中說：「先生美鬚髯，大目，身長六尺餘寸，氣豪言辯，以此得衆。家業豐厚，以粟貸貧人……有譚玉者，患大風疾垂死，乞爲弟子，先生以滌面餘水賜之，盥竟，眉髮儼然如舊，頓親道氣蕭洒，訓名處端，號長眞子。又有登州棲霞縣丘哥者，幼亡父母，未嘗讀書，來禮，先生使掌文翰，自後日記千餘言，亦善吟詠，訓名處機，號長春子者是也。後願禮師者雲集，先生詬罵捶楚以磨鍊之，往往散去，得先生道者，馬譚丘而已。八年三月，鑿洞崑崙山，於嶺上採石爲用，

不意有巨石飛落，人皆悚慄，先生振威大喝，其石屹然而止。山間樵蘇者歡呼作禮，遠近服其神變。又或餐瓦石，或現二首坐庵中。……九年己丑四月，寧海周伯通者，邀先生住庵，榜曰金蓮堂，夜有神光照耀如晝，人以為火災，近之，見先生行光明中。……至登州，游蓬萊閣下觀海，忽發颶風，人見先生隨風吹入海中，驚訝間，有頃復躍出，唯遺失簪冠而已，移時，卻見逐水波汎汎而出。或言先生目秀者，即示以病眸；或誇先生無漏者，即於州衙前登溷。凡為變異，人不可測者，皆此類也。……於寧海途中，先生擲油傘於空，傘乘風而起，至查山王處一庵，其傘始墮，至擲處已二百餘里也。……與眾別曰：『我將歸矣！』眾乞留頌。先生曰：『我於長安欒村呂道人庵壁上書矣。』……枕左肱而逝。眾皆號慟。先生復起曰：『何哭乎？』於是呼馬公附身密語。……銘之曰：咸陽之屬，日大魏村，山川溫麗，實生異人。幼之發秀，長而不羣，工乎談笑，妙於斯文。又善騎射，健勇絕倫。以文非時，復意於武，勘定禍亂，志欲斯舉。文武二進，天不我與……」

碑文中敘述王重陽許多希奇古怪的事蹟，自然不可盡信，喝斥飛岩、口嚼瓦石、墮海不溺、擲傘飛行等等，或許是他顯示一些武功，而傳聞者加以誇大。人家說他內功深厚，不必大小便，他即刻在官府衙門前當眾大小便，作風十分幽默。

清末廣東東莞陳友珊著有《長春道教源流》八卷，考證王重陽曾起兵與金兵相抗，其中說：

「王重陽，有宋之忠義也。……據此則重陽不惟忠憤，且實曾糾眾與金兵抗矣。金時碑記，有所忌憚，不敢顯言。」

全眞七子

全眞七子都名顯當世，他們的事蹟在碑文或書籍記載中流傳下來。碑文和書籍都很多，重要的書籍有《歷世眞仙體道通鑑》、《七眞年譜》、《終南山祖庭仙眞內傳》、《甘水仙源錄》、《金蓮正宗記》、《金蓮正宗仙源像傳》等。

元王利用〈無爲眞人馬宗師道行碑〉：「馬師鈺，字玄寶，號丹陽子……山東寧海州人……中元後，重陽祖師造其席，與之瓜，即從蒂而食，詢其故，曰：『甘從苦中來。』問：『奚自？』曰：『終南。不遠三千里，特來扶醉人。』……遂心服而師事之。祖師感化非一，師悟……頭分三髻，三髻者，三『吉』字，祖師諱也。十四年秋，與三道友言志於秦渡鎮，師曰：『鬥貧。』譚曰：『鬥是。』劉曰：『鬥志。』丘曰：『鬥閒。』師曰：『夫道以無心爲體，忘言爲用，柔弱爲本，清淨爲基。節飲食，絕思慮，靜坐以調息，安寢以養氣。心不馳則性定，形不勞則精至，神不擾則丹結，然後滅情於虛，寧神於極，不出戶庭而妙道得矣。』」

金密國公金源鑄〈譚眞人仙跡碑銘〉：「譚公處端，字通正，號長眞子，初名玉，寧海州人，其父即鏐鐐之工，每以己生資濟貧窘……往執弟子禮，重陽使宿庵中。時嚴冬飛雪，藉海藻而寐，重陽展足令抱之，少頃，汗流被體，如罩身炊甑中，拂曉以盥餘水使滌面，月餘，疾頓愈，由是推心敬事。」王重陽伸腳令譚處端抱住，譚感全身發熱，當是王重陽以內功爲他治病，盥餘水中可能含有藥物，滌面月餘而大麻瘋病痊愈，這說

金秦志安〈長生真人劉宗師道行碑〉：「劉先生處玄，字通妙，號長生子，東萊之武官莊人……承安丁巳，章宗召問至道之要。先生對曰：『寡嗜慾則身安，薄賦歛則國泰。」

《元史·丘處機傳》：「丘處機，登州棲霞人，自號長春子……金宋之季，俱遣使來召，不赴。歲己卯，太祖自乃蠻命近臣徹伯爾劉仲祿持詔求之……處機乃與弟子十有八人同往見焉……經數十國，歷地萬有餘里……既見，太祖大悅，賜食，設廬帳甚飭。太祖時方西征，日事攻戰。處機每言：『欲一天下者，必在乎不嗜殺人。』及問為治之方，則以敬天愛民為本。問長生久視之道，則告以清心寡慾為要。太祖深契其言，曰：『天賜仙翁，以悟朕志。』命左右書之，且以訓諸子焉。於是錫之虎符，副以璽書，不斥其名，惟曰『神仙』……時國兵踐蹂中原，河南北尤盛，民罹俘戮，無所逃命。處機還燕，使其徒持牒招求於戰伐之餘，於是為人奴者得復為良，與濱死而得更生者，毋慮二三萬人，中州人至今稱道之。」

元姚燧〈王宗師道行碑銘〉：「玉陽體玄廣度真人王處一……寧海牟人……嘗俯大壑，一足跂立，觀者目瞬毛豎，舌撟然不能下，稱為『鐵腳仙』。洞居九年，制鍊形魄。長春頌以詩，有『九夏迎陽立，三冬抱雪眠』語。出遊齊魯間，大肆其術，度人逐鬼、踏盜碎石……或以為善幻誣民，因召飲可鴆。真人出門，戒其徒先鑿池灌水，撓而濁之，往則持杯盡飲，曰：『吾貧人也，未嘗從人丐取。今幸見招，願丐餘杯，以盡君

歡。」與之，又盡飲，歸，解衣浴池中，池水沸溢，以故不死。……或讒其善幻，世宗試而鴆之，見不可殺，悔怒，逐讒者。」

元徐琰《郝宗師道德碑》：「郝師大通，字太古，號廣寧子，寧海人……研精於易，因通陰陽律歷之術，性不樂仕進，慕司馬季主、嚴君平之為人，以卜筮自晦，乃棄家禮重陽於煙霞洞，求為弟子，重陽……解納衣，去其袖而與之，曰：『勿患無袖，汝當自成』，蓋傳法之意也。」《續文獻通考》：「廣寧坐趙州橋下，兒童戲累石為塔於其頂，囑以勿壞，頭竟不側，河水溢，不動，亦不傷。」

據《續文獻通考》及《登州府志》：「孫仙姑不二，號清淨散人，寧海縣忠顯幼女……父以配馬丹陽，生三子。丹陽既棄家從道，重陽祖師畫骷髏勸化之，又畫天堂一軸示之。姑棄三子詣金蓮堂祈度。重陽贈以詩，改今名，遂授以道要。」

《長春真人西遊記》

丘處機遠赴西域去見成吉思汗的事蹟，隨行弟子李志常著有《長春真人西遊記》（有王國維校注本）一書，詳述經過及旅途見聞。

《長春真人西遊記》載有丘處機旅途中的一首長詩：「金山東畔陰山西，千巖萬壑攢深溪。溪邊亂石當道臥，古今不許道輪蹄。前年軍興二太子（即察合台），修道架橋徹溪水。今年吾道欲西行，車馬喧闐復經此。銀山鐵壁千萬重，爭頭競角誇清雄。日出下觀滄海近，月明上與天河通。參天松如筆管直，森森動有百餘尺。萬株相倚鬱蒼蒼，一鳥

不鳴空寂寂。羊腸孟門壓太行，比斯大略猶尋常。雙車上下苦敦顛，百騎前後多驚惶。

天池海在山頭上，百里鏡空含萬象。縣車束馬西下山，四十八橋低萬丈。我來時當八九月，半山已上皆為雪。山前草木曉如春，山後衣裘冷如鐵。」

丘處機、李志常一行，在西行途中見到成吉思汗攻破花剌子模諸城後屠殺之慘，《長春真人西遊記》中有云：「方算端（即蘇丹，回教國王）之未敗也，城中常十餘萬戶，國破而來，存者四之一。」

近代史家新會陳垣先生著《南宋初河北新道教考》對全真教甚為推重，書中說：「自永嘉以來，河北淪於左衽者屢矣，然卒能用夏變夷，遠而必復，中國疆土乃愈拓而愈廣，人民愈生而愈眾，何哉？此固先民千百年之心力艱苦培植而成，非倖致也。三教祖之所為，亦先民表現之一端耳。」後記中又說：「……覺此所謂道家者類皆抗節不仕之遺民，豈可以其為道教而忽之也……諸人所以值得表揚者，不僅消極方面有不甘事敵之操，其積極方面復有濟人利物之行，固與明季遺民之逃禪者異曲同工也。」

據陳垣先生考證，全真教歷任掌教，自王喆以後，依次為馬鈺、譚處端、劉處玄、丘處機、尹志平、李志常、張志敬、王志坦、祁志誠、張志僊、苗道一、孫德彧、藍道元、孫履道、苗道一（二次接任）、完顏德明。其中譚處端曾任教主，尹志平壽至八十三歲，《射鵰》、《神鵰》兩書中寫其早逝，並非根據史實。尹志平號稱「清和真人」，乃有道之士，《神鵰》一書中將他寫得不堪，有誣先賢，新修本中另改姓氏，音同字不

同，已非清和真人矣。

全真七子和以後歷任教祖未必都會武功，他們鍊氣修習內功，主要是健身卻病之術。

在《神鵰俠侶》書中出現的耶律楚材，是成吉思汗的近臣「蒙古」兩字的漢譯，據說是耶律楚材所創），當丘處機會見成吉思汗時，耶律楚材和他時相往來，作詩唱和。但耶律楚材信奉佛教，對於丘處機得到成吉思汗的優待（命丘處機通管天下僧尼，豁免道士賦稅差役，但僧人不能豁免）十分不滿，在他所著的《西遊錄》中對丘處機大肆攻擊。今人姚從吾先生著有〈耶律楚材西遊錄足本校註〉專文，詳加分析，認為耶律楚材的攻擊主要從宗教的偏見出發，不能成立。耶律楚材的兒子耶律鑄，亦為蒙古貴官，耶律齊、耶律燕二人則為作者虛構，未必真有其人。

《列仙全傳》

《列仙全傳》是明朝萬曆年間刊行的一部有文有圖的道家傳說故事書。

中國的神仙傳記，以題名漢劉向撰的二卷《列仙傳》為最早，陶洪景、葛洪、孫夷中、杜光庭、沈汾等相繼有所編撰。最大部頭的是北宋初年樂史所撰的《總仙記》，共一百三十卷，相信傳說中的全部仙人都已包括在內，但已失傳。《列仙全傳》九卷，敘述了五百八十一位仙人的故事，起自老子、木公、西王母，一直敘至明朝成化、弘治年間。其中許多並不是仙人，只是會幻術或得到皇帝封號的道士。在現存的這類書籍中，這是內容最豐富的了。

1695

這書號稱是王世貞編輯，又有李攀龍序，但多半是刊行此書的汪雲鵬所僞託。汪雲鵬是徽州「玩虎軒」書鋪的主人，曾刊行許多附有精美插圖的書籍和戲曲本子。《射鵰》書中所附王喆、馬鈺、譚處端、丘處機、郝大通、王處一等六人的圖像都出於此書。《列仙全傳》中也有劉處玄與孫不二兩人的故事，但沒有圖。

六幅圖中所繪全真教六位領袖的故事，都強調神怪法力。

圖中王重陽手中提鐵罐，因他曾提鐵罐乞食。他有許多特立異行，常人以為他是瘋子，叫他「王害風」，風同瘋，即稱他為「王瘋子」。馬鈺逝世那一天，對門人說：「今日當有非常之喜。」不久聽得空中有音樂聲，仰見仙姑乘雲而過，仙童玉女，擁導前後，對馬鈺說：「我們先去蓬島等你。」當夜馬鈺在大風雷中去世。譚處端在高唐縣寫了「龜蛇」二字送給茶館主人吳六，吳掛在茶館裏，後來鄰舍失火，延燒甚廣，只有吳六的茶館不遭波及。延祥館中有枯槐一株，丘處機以杖遠而擊之，喝道：「槐樹復生！」槐樹至今榮茂。郝大通圖中所繪是他在趙州橋邊頭頂磚石小塔的故事。王處一圖中所繪是王重陽飛傘二百里而傳書的故事。

黃裳

《射鵰英雄傳》中所說的黃裳真有其人。近人陳國符先生《道藏源流考》中考證宋徽宗訪求天下道教遺書刻板的經過頗詳。徽宗於政和三年下詔天下訪求道教仙經，所獲甚衆。政和五年設經局，敕道士校定，送福州閩縣，由郡守黃裳役工鏤板。所刊道藏稱為

《政和萬壽道藏》，共五百四十函，五千四百八十一卷。

黃裳，字晟仲，人稱演山先生，福建延平人，高宗建炎三年卒，年八十七。「演山先生神道碑」中說他：「頗從事於延年養生之術。博覽道家之書，往往深解，而參諸日用。」

黃裳刊印道藏的名氣很響，後來「明教」刊印經書，也借用他的名字。陸游《渭南文集卷五·條對狀》：「明教僞經妖像，至於刻版流佈。假借政和中道官程若清爲校勘、福州知州黃裳爲監雕。」

至於黃裳根據道藏而撰《九陰眞經》，自是武俠小說家的憑空撰述了。

後記

《射鵰英雄傳》作於一九五七年到一九五九年，在《香港商報》連載。回想十多年前《香港商報》副刊編輯李沙威兄對這篇小說的愛護和鼓勵的殷殷情意，而他今日已不在人世，不能讓我將這修訂本的第一冊書親手送給他，再想到他那親切的笑容和微帶口吃的談吐，心頭甚感辛酸。

《射鵰》中的人物個性單純，郭靖誠樸厚重、黃蓉機智靈巧，讀者容易印象深刻。這是中國傳統小說和戲劇的特徵，但不免缺乏人物內心世界的複雜性。大概由於人物性格單純而情節熱鬧，所以《射鵰》比較得到歡迎，很早就拍成粵語電影，在泰國上演潮州劇的連台本戲，在中國內地和香港、臺灣拍過多次電視片集和電影。他人冒名演衍的小說如《江南七俠》、《九指神丐》等等種類也頗不少。但我自己，卻覺得我後期的某幾部小說似乎寫得比《射鵰》有了些進步。

寫《射鵰》時，我正在長城電影公司做編劇和導演，這段時期中所讀的書主要是西洋的戲劇和戲劇理論，所以小說中有些情節的處理，不知不覺間是戲劇體的，尤其是牛家村密室療傷那一大段，完全是舞台劇的場面和人物調度。這個事實經劉紹銘兄提出，我自己才覺察到，寫作之時卻完全不是有意的。當時只想，這種方法小說裏似乎沒有人用過，卻沒想到戲劇中不知已有多少人用過了。

修訂時曾作了不少改動。刪去了初版中一些與故事或人物並無必要聯繫的情節，如小紅鳥、蛙蛤大戰、鐵掌幫行兇等等，除去了秦南琴這個人物，將她與穆念慈合而為一。也加上一些新的情節，如開場時張十五說書、曲靈風盜畫、黃蓉迫人抬轎與長嶺遇

雨、黃裳撰作《九陰眞經》的經過等等。我國傳統小說發源於說書，以說書作為引子，以示不忘本源之意。

成吉思汗的事跡，主要取材於一部非常奇怪的書。這部書本來面目的怪異，遠勝《九陰眞經》，書名《忙豁侖紐察脫必赤顏》，一共九個漢字。全書共十二卷，正集十卷，續集二卷。十二卷中，從頭至尾完全是這些嘰哩咕嚕的漢字，你與我每個字都識得，但一句也讀不懂，當眞是「有字天書」。這部書全世界有許許多多學者窮畢生之力鑽研攻讀，發表了無數論文、專書、音釋，出版了專為這部書而編的字典，每個漢字怪文的詞語，都可在字典中查到原義。任何一個研究過去八百年中世界史的學者，非讀此書不可。

原來此書是以漢字寫蒙古話，寫成於一二四〇年七月。「忙豁侖」就是「蒙古」，「紐察」在蒙古話中是「秘密」，「脫必赤顏」是「總籍」，九個漢字聯在一起，就是「蒙古秘史」。此書最初極可能就是用漢文註音直接寫的，因為那時蒙古人還沒有文字。這部書是蒙古皇室的秘密典籍，絕不外傳，保存在元朝皇宮之中。元朝亡後，給明朝的皇帝得了去，於明洪武十五年譯成漢文，將嘰哩咕嚕的漢字註音怪文譯為有意義的漢文，書名《元朝秘史》，譯者不明，極可能是當時在明朝任翰林的兩個外國人，翰林院侍講火原潔、修撰馬懿亦黑。怪文本（漢字蒙語）與可讀本（漢文譯本）都收在明成祖時所編的《永樂大典》中，由此而流傳下來。明清兩代中版本繁多，多數刪去了怪文原文不刊。

1701

《元朝秘史》的第一行，仍寫著原書書名的怪文「忙豁侖紐察脫必赤顏」。起初治元史的大學者如李文田等不知這九字怪文是甚麼意思，都以為是原作者的姓名。歐陽鋒不懂《九陰眞經》中的怪文「哈虎文鉢英、呼吐克爾」等等，那也難怪了。

後來葉德輝所刊印的「怪文本」流傳到了外國，各國漢學家熱心研究，其中以法國人伯希和、德國人海涅士、蘇聯人郭增、日本人那珂通世等致力最勤。

我所參考的《蒙古秘史》，是外蒙古學者策·達木丁蘇隆先生將漢字怪文本還原為蒙古古語（原書是十三世紀時的蒙古語，與現代蒙語不同），再譯成現代蒙語，中國的蒙文學者謝再善先生據以譯成現代漢語。

《秘史》是原始材料，有若干修訂本流傳到西方，再由此而發展成許多著作，其中最重要的是波斯人拉施特所著的《黃金史》。西方學者在見到中國的《元朝秘史》之前，關於蒙古史的著作都根據《黃金史》。修訂本中刪去事蹟甚多，如也速該搶人之妻而生成吉思汗、也速該為人毒死、成吉思汗曾為敵人囚虜、成吉思汗的妻子蒲兒帖為敵人搶去而生長子朮赤、成吉思汗曾射死其異母弟別克帖等，都是說起來對成吉思汗不大光彩的事。

《九陰眞經》中那段怪文的設想從甚麼地方得到啓發，讀者們自然知道了。

蒙古人統治全中國八十九年，統治中國北部則超過一百年，但因文化低落，對中國人的生活沒有遺留重大影響。蒙古人極少與漢人通婚，所以也沒有為漢人同化。據李思純先生在《元史學》書中說，蒙古語對漢語的影響，可考者只有一個「歹」字，歹是不

好的意思，歹人、歹事、好歹的「歹」，是從蒙古語學來的。撰寫以歷史作背景的小說，

不可能這樣一字一語都考證清楚，南宋皇帝官員、郭嘯天、楊鐵心等從未與蒙古人接

觸，對話中本來不該出現「歹」字，但我也不去故意避免。我所設法避免的，只是一般

太現代化的詞語，如「思考」、「動機」、「問題」、「影響」、「目的」等等。

「所以」用「因此」或「是以」代替，「普通」用「尋常」代替，「速度」用「快慢」代

替，「現在」用「現今」、「現下」、「目下」、「眼前」、「此刻」、「方今」代替等等。

本書的插圖有一幅是大理國畫師張勝溫所繪的佛像，此圖有明朝翰林學士宋濂的一

段題跋，其中說：

「右梵像一卷，大理國畫師張勝溫之所貌，其左題云『爲利貞皇帝信畫』，後有釋妙

光記，文稱盛德五年庚子正月十一日，凡其施色塗金皆極精緻，而所書之字亦不惡云。

大理本漢楪榆、唐南詔之地，諸蠻據而有之，初號大蒙，次更大禮，而後改以今名者，

則石晉時段思平也。至宋季微弱，委政高祥、高和兄弟。元憲宗帥師滅其國而郡縣之。

其所謂庚子，該宋理宗嘉熙四年，而利貞者，即段氏之諸孫也。」

其中所考證的年代弄錯了。宋濂認爲畫中的「庚子」是宋理宗嘉熙四年（一二四〇

年），其實他算遲了六十年，應當是宋孝宗淳熙七年庚子（一一八〇年）。原因在於宋濂沒

有詳細查過大理國的歷史，不知道大理國盛德五年庚子是一一八〇年，而不是六十年之

後的庚子。另有一個證據，畫上題明爲利貞皇帝畫，利貞皇帝就是段智興，他在位時共

有利貞、盛德、嘉會、元亨、安定、亨時（據羅振玉《重校訂紀元編》。《南詔野史》中無「亨時」年號）六個年號。宋濂所說的庚子年（宋理宗嘉熙四年），在大理國是孝義帝段祥興（段智興的孫子）在位，那是道隆二年。大理國於一二五三年（宋理宗寶祐元年）爲蒙古忽必烈所滅，其時大理國皇帝爲段興智。

此圖現藏臺北故宮博物院，該院出版物中的說明根據宋濂的考證而寫，將來似可改正。宋濂是明初享有大名的學者，朱元璋的皇太子的老師，號稱明朝開國文臣之首。但明人治學粗疏，宋濂奉皇帝之命主持修《元史》，六個月就編好了，第二年皇帝得到新的資料，命他續修，又只六個月就馬馬虎虎的完成，所以《元史》是中國正史中質素最差者之一。比之《明史》從康熙十七年修到乾隆四年，歷六十年而始成書，草率與嚴謹相去極遠，無怪清末學者柯劭忞要另作《新元史》代替。單是從宋濂題畫、隨手一揮便相差六十年一事，便可想得到《元史》中的錯誤不少。但宋濂爲人忠直有氣節，決不拍朱元璋的馬屁，做人的品格是很高的。

本書第三版於二○○一年至二○○二年再作修訂，改正了不少年代的錯誤，黃藥師和諸弟子的關係也重寫了。修改時參考了臺灣網頁「金庸茶館」中諸網友，以及不少讀者們的寶貴意見，不過錯誤恐怕仍不能掃除乾淨，繼續歡迎讀者們指正和提供意見。

一九七五年十二月

第三版修訂本中，將呂文煥守襄陽一節，改為李全、楊妙眞夫婦領「忠義軍」守青州，以順合歷史及地理，守襄陽事至《神鵰》書中再發展。

本書臺灣出版者臺北遠流出版公司負責人王榮文先生、編輯李佳穎小姐、鄭祥琳小姐、趙貞儀小姐，對書中年代、人物年齡、事跡先後等糾正甚多，尤其鄭小姐編製年月表格，以學術態度處理，更為感謝，年齡表中，她甚至將侯通海、陸冠英、程瑤迦等次要人物的年齡也一併計算。

二〇〇二年六月

【金庸簡介】

本名查良鏞，浙江海寧人，一九二四年生。曾任報社記者、編譯、編輯，電影公司編劇、導演等；一九五九年在香港創辦明報機構，出版報紙、雜誌及書籍，一九九三年退休。先後撰寫武俠小說十五部，廣受當代讀者歡迎，至今已蔚為全球華人的共同語言，並興起海內外金學研究風氣。曾獲頒眾多榮銜，包括英國政府O.B.E.勳銜、香港大學名譽博士、加拿大UBC大學名譽文學博士、法國「榮譽軍團騎士」勳銜、北京大學名譽教授、日本創價大學名譽教授、英國牛津大學、劍橋大學等校榮譽院士、台北清華大學、南開大學、蘇州大學、華東師大等校名譽教授。現任英國牛津大學中國學術研究所高級研究員、加拿大UBC大學文學院兼任教授、浙江大學人文學院院長、教授。其《金庸作品集》分由香港、廣州、臺灣、新加坡/馬來西亞四地出版，有英、日、韓、泰、越、印尼等多種譯文。

為使全世界金庸迷能夠彼此分享閱讀心得，遠流特別架設「金庸茶館」網站，以整合、提供、聯結、傳播一切與金庸作品相關的資訊，站址是：http://jinyong.ylib.com

齊白石「秋風紅豆」。

全世界華人的共同語言 金庸新校新序‧全十五部

金庸作品集

從台北到紐約，從香港到倫敦，從東京到上海，中國人在不同的地方，可能說不同的方言，可能吃不同的菜式，也可能有不同的政治立場，但他們都讀——金庸作品集。

【新修版共三十六冊，每冊定價二八○元】另有典藏版‧平裝版‧文庫版‧大字版

射鵰英雄傳/金庸作.-- 四版.-- 臺北市：
遠流, 2003 [民92]
　　冊；　公分.--（金庸作品集；5-8）
ISBN 957-32-4975-8（全套：精裝）
857.9　　　　　　　　92010262

金庸作品集❽

射鵰英雄傳 (四)〔公元2003年金庸新修版〕

Yhe Eagle-shooting Heroes, Vol. 4

作者　金庸

Copyright © 1957, 1976, 2003, by Louis Cha. All rights reserved.

※本書由查良鏞（金庸）先生授權遠流出版公司限在臺灣地區出版發行。
※使用本書內容作任何用途，均須得本書作者查良鏞（金庸）先生正式授權。

執行主編　李佳穎
執行副主編　鄭祥琳
特約編輯　黃麗群
封面設計　霍榮齡
內頁插畫　姜雲行
美術編輯　霍榮齡設計工作室
封面原圖　元 黃公望「富春山居圖」，國立故宮博物院（臺灣）藏品。

發　行　人　王榮文
出版‧發行　遠流出版事業股份有限公司
　　　　　　臺北市南昌路二段81號6樓
電　　話　886-2-23926899
傳　　真　886-2-23926658
郵　　撥　01894561

1987年 2 月 1 日　初版一刷
2018年 8 月16日　四版二十一刷

新修版　每冊 280 元（本作品全四冊，共1120元）
〔另有典藏版共 36 冊（不分售），平裝版共 36 冊，文庫版共 72 冊，大字版共 72 冊（陸續出版中）〕

行政院新聞局局版臺業字第1295號

有著作權‧侵害必究（缺頁或破損的書，請寄回更換）

ISBN 957-32-4975-8（套：精裝）
ISBN 957-32-4973-1（第四冊：精裝）
Printed in Taiwan

金庸茶館網站
http://jinyong.ylib.com　E-mail:jinyong@ylib.com
YLib 遠流博識網
http://www.ylib.com　E-mail:ylib@ylib.com